内蒙古民族文化通鉴·研究系列丛书

胡仁乌力格尔研究

李树新 ◎ 著

中国社会科学出版社

图书在版编目(CIP)数据

胡仁乌力格尔研究 / 李树新著. —北京：中国社会科学出版社，2023.4
(内蒙古民族文化通鉴. 研究系列丛书)
ISBN 978-7-5227-1339-7

Ⅰ.①胡… Ⅱ.①李… Ⅲ.①蒙古族—说唱文学—文学研究—中国 Ⅳ.①I207.39

中国国家版本馆 CIP 数据核字(2023)第 031044 号

出 版 人	赵剑英
责任编辑	宫京蕾
特约编辑	芮　信
责任校对	刘　娟
责任印制	郝美娜

出　　版	中国社会科学出版社
社　　址	北京鼓楼西大街甲 158 号
邮　　编	100720
网　　址	http：//www.csspw.cn
发 行 部	010-84083685
门 市 部	010-84029450
经　　销	新华书店及其他书店

印刷装订	北京君升印刷有限公司
版　　次	2023 年 4 月第 1 版
印　　次	2023 年 4 月第 1 次印刷

开　　本	710×1000　1/16
印　　张	17.25
插　　页	2
字　　数	283 千字
定　　价	99.00 元

凡购买中国社会科学出版社图书，如有质量问题请与本社营销中心联系调换
电话：010-84083683
版权所有　侵权必究

《内蒙古民族文化通鉴》编委会

主　任　吴团英

副主任　刘少坤　李春林

成　员　(以姓氏笔画为序)

　　　　马永真　王来喜　包银山　包斯钦　冯建忠
　　　　周纯杰　金　海　徐春阳　额尔很巴雅尔
　　　　蔚治国　毅　松

主　编　吴团英

副主编　刘少坤　李春林　金　海　马永真
　　　　毅　松　包斯钦

《内蒙古民族文化通鉴》总序

乌 兰

"内蒙古民族文化研究建设工程"成果集成——《内蒙古民族文化通鉴》（简称《通鉴》）六大系列数百个子项目的出版物将陆续与学界同仁和广大读者见面了。这是内蒙古民族文化传承保护建设中的一大盛事，也是对中华文化勃兴具有重要意义的一大幸事。借此《通鉴》出版之际，谨以此文献给所有热爱民族文化，坚守民族文化的根脉，为民族文化薪火相传而殚智竭力、辛勤耕耘的人们。

一

内蒙古自治区位于祖国北部边疆，土地总面积118.3万平方公里，占中国陆地国土总面积的八分之一，现设9市3盟2个计划单列市，全区共有102个旗县（市、区），自治区首府为呼和浩特。2014年，内蒙古总人口2504.81万，其中蒙古族人口458.45万，汉族人口1957.69万，包括达斡尔族、鄂温克族、鄂伦春族"三少"自治民族在内的其他少数民族人口88.67万；少数民族人口约占总人口的21.45%，汉族人口占78.15%，是蒙古族实行区域自治、多民族和睦相处的少数民族自治区。内蒙古由东北向西南斜伸，东西直线距离2400公里，南北跨度1700公里，横跨东北、华北、西北三大区，东含大兴安岭，西包阿拉善高原，南有河套、阴山，东南西与8省区毗邻，北与蒙古国、俄罗斯接壤，国境线长达4200公里。内蒙古地处中温带大陆气候区，气温自大兴安岭向东南、西南递增，降水自东南向西北递减，总体上干旱少雨，四季分明，寒暑温差很大。全区地理上大致属蒙古高原南部，从东到西地貌多样，有茂密的森林，广袤的草原，丰富的矿藏，是中国为数不多的资源富集大区。

内蒙古民族文化的主体是自治区主体民族蒙古族的文化，同时也包括达斡尔族、鄂温克族、鄂伦春族等人口较少世居民族多姿多彩的文化和汉族及其他各民族的文化。

"内蒙古"一词源于清代"内札萨克蒙古"，相对于"外札萨克蒙古"即"外蒙古"。自远古以来，这里就是人类繁衍生息的一片热土。1973年在呼和浩特东北发现的大窑文化，与周口店第一地点的"北京人"属同一时期，距今50—70万年。1922年在内蒙古伊克昭盟乌审旗萨拉乌苏河发现的河套人及萨拉乌苏文化、1933年在呼伦贝尔扎赉诺尔发现的扎赉诺尔人，分别距今3.5—5万年和1—5万年。到了新石器时代，人类不再完全依赖天然食物，而已经能够通过自己的劳动生产食物。随着最后一次冰河期的迅速消退，气候逐渐转暖，原始农业在中国北方地区发展起来。到了公元前6000—前5000年，内蒙古东部和西部两个亚文化区先后都有了原始农业。

"红山诸文化"（苏秉琦语）和海生不浪文化的陆续兴起，使原始定居农业逐渐成为主导的经济类型。红山文化庙、坛、冢的建立，把远古时期的祭祀礼仪制度及其规模推进到一个全新的阶段，使其内容空前丰富，形式更加规范。"中华老祖母雕像""中华第一龙""中华第一凤"——这些在中华文明史上具有里程碑意义的象征物就是诞生在内蒙古西辽河流域的红山文化群。红山文化时期的宗教礼仪反映了红山文化时期社会的多层次结构，表明"'产生了植根于公社，又凌驾于公社之上的高一级的社会组织形式'（苏秉琦语——引者注），这已不是一般意义上的新石器时代文化概念所能包容的，文明的曙光已照耀在东亚大地上"[①]。

然而，由于纪元前5000年和纪元前2500年前后，这里的气候出现过几次大的干旱及降温，原始农业在这里已经不再适宜，从而迫使这一地区的原住居民去调整和改变生存方式。夏家店文化下层到上层、朱开沟文化一至五段的变迁遗迹，充分证明了这一点。气候和自然环境的变化、生产力的进一步发展，必然促使这里的人类去寻找更适合当地生态条件、创造具有更高劳动生产率的生产方式。于是游牧经济、游牧文化诞生了。

---

① 田广金、郭素新：《北方文化与匈奴文明》，江苏教育出版社2005年版，第131页。

历史上的游牧文化区，基本处于北纬40度以北，主要地貌单元包括山脉、高原草原、沙漠，其间又有一些大小河流、淡水咸水湖泊等。处于这一文化带上的蒙古高原现今冬季的平均气温在-10℃—20℃之间，年降雨量在400毫米以下，干燥指数在1.5—2之间。主要植被是各类耐寒的草本植物和灌木。自更新世以来，以有蹄类为主的哺乳动物在这一地区广泛分布。这种生态条件，在当时的生产力水平下，对畜牧业以外的经济类型而言，其制约因素无疑大于有利因素，而选择畜牧、游牧业，不仅是这种生态环境条件下的最佳选择，而且应该说是伟大的发明。比起从前在原始混合型经济中饲养少量家畜的阶段，逐水草而居，"依天地自然之利，养天地自然之物"的游牧生产、生活方式有了质的飞跃。按照人类学家L.怀特、M.D.萨赫林斯关于一定文化级差与一定能量控驭能力相对应的理论，一头大型牲畜的生物能是人体生物能的1—5倍，一人足以驾驭数十头牲畜从事工作，可见真正意义上的畜牧、游牧业的生产能力已经与原始农业经济不可同日而语。它表明草原地带的人类对自身生存和环境之间的关系有了全新的认识，智慧和技术使生产力有了大幅提高。

马的驯化不但使人类远距离迁徙游牧成为可能，而且让游牧民族获得了在航海时代和热兵器时代到来之前绝对所向披靡的军事能力。游牧民族是个天然的生产军事合一的聚合体，具有任何其他民族无法比拟的灵活机动性和长距离迁徙的需求与能力。游牧集团的形成和大规模运动，改变了人类历史。欧亚大陆小城邦、小农业公社之间封闭隔绝的状况就此终结，人类社会各个群体之间的大规模交往由此开始，从氏族部落语言向民族语言过渡乃至大语系的形成，都曾有赖于这种大规模运动；不同部落、不同族群开始通婚杂居，民族融合进程明显加速，氏族部族文化融合发展成为一个个特色鲜明的民族文化，这是人类史上的一次历史性进步，这种进步也大大加快了人类文化的整体发展进程。人类历史上的一次划时代的转折——从母权制向父权制的转折也是由"放牧部落"带到农耕部落中去的。①

对现今中国北方地区而言，到了公元前一千年左右，游牧人的时期业

---

① [苏] Д. Е. 叶列梅耶夫：《游牧民族在民族史上的作用》，《民族译丛》1987年第5、6期。

已开始，秦汉之际匈奴完成统一草原的大业，此后的游牧民族虽然经历了许多次的起起伏伏，但总体十分强势，一种前所未有的扩张从亚洲北部，由东向西展开来。于是，被称为"世界历史两极"的定居文明与草原畜牧者和游牧人开始在从长城南北到中亚乃至欧洲东部的广阔地域内进行充分的相互交流。到了"蒙古时代"，一幅中世纪的"加泰罗尼亚世界地图"，如实反映了时代的转换，"世界体系"以"蒙古时代"为开端确立起来，"形成了人类史上版图最大的帝国，亚非欧世界的大部分在海陆两个方向上联系到了一起，出现了可谓'世界的世界化'的非凡景象，从而在政治、经济、文化、商业等各个方面出现了东西交流的空前盛况"。① 直到航海时代和热兵器时代到来之后，这种由东向西扩张的总趋势才被西方世界扭转和颠倒。而在长达约两千年的游牧社会历史上，现今的内蒙古地区始终是游牧文化圈的核心区域之一，也是游牧世界与华夏民族、游牧文明与农耕文明碰撞激荡的最前沿地带。

在漫长的历史过程中，广袤的北方大草原曾经是众多民族繁衍生息的家园，他们在与大自然的抗争和自身的生存发展过程中创造了各民族自己的文化，形成了以文化维系起来的人群——民族。草原各民族有些是并存于一个历史时期，毗邻而居或交错居住，有些则分属于不同历史时期，前者被后者更替，后者取代前者，薪尽而火传。但不论属何种情形，各民族文化之间都有一个彼此吸纳、继承、逐渐完成民族文化自身的进化，然后在较长历史时期内稳定发展的过程。比如，秦汉时期的匈奴文化就是当时众多民族部落文化和此前各"戎""狄"文化的集大成。魏晋南北朝时期的鲜卑文化，隋唐时期的突厥文化，宋、辽、金时期的契丹、女真、党项族文化，元代以来的蒙古族文化都是如此。

二

蒙古民族是草原文化的集大成者，蒙古文化是草原文化最具代表性的文化形态，蒙古民族的历史集中反映了历史上草原民族发展变迁的基本

---

① 《杉山正明谈蒙古帝国："元并非中国王朝"一说对错各半》，《东方早报·上海书评》2014年7月27日。

规律。

有人曾用"蝴蝶效应"比喻13世纪世界历史上的"蒙古风暴"——斡难河畔那一次蝴蝶翅膀的扇动引起周围空气的扰动,能量在连锁传递中不断增强,最终形成席卷亚欧大陆的铁骑风暴。这场风暴是由一位名叫铁木真的蒙古人掀起,他把蒙古从一个部落变成一个民族,于1206年建立了大蒙古国。铁木真统一蒙古各部之后,首先废除了氏族和部落世袭贵族的权利,使所有官职归于国家,为蒙古民族的历史进步扫清了重要障碍,并制定了世界上第一部具有宪法意义、包含宪政内容的成文法典,而这部法典要比英国在世界范围内最早制定的宪法性文件早了九年。成吉思汗确立了统治者与普通牧民负同等法律责任、享有同等宗教信仰自由等法律原则,建立了定期人口普查制度,创建了最早的国际邮政体系。

13、14世纪的世界可被称为蒙古时代,成吉思汗缔造的大蒙古国囊括了多半个亚欧版图,发达的邮驿系统将东方的中国文明与西方的地中海文明相连接,两大历史文化首度全面接触,对世界史的影响不可谓不深远。亚欧大陆后来的政治边界划分分明是蒙古帝国的遗产。成吉思汗的扩张和西征,打破了亚欧地区无数个城邦小国、定居部落之间的壁垒阻隔,把亚欧大陆诸文明整合到一个全新的世界秩序之中,因此他被称为"缔造全球化世界的第一人"①。1375年出现在西班牙东北部马略卡岛的一幅世界地图——"卡塔拉地图"(又称"加泰罗尼亚地图",现藏于法国国家图书馆),之所以被称为"划时代的地图",并非因为它是标明马可·波罗行旅路线的最早地图,而是因为它反映了一个时代的转换。从此,东西方之间的联系和交往变得空前便捷、密切和广泛。造纸、火药、印刷术、指南针——古代中国的这些伟大发明通过蒙古人,最终真正得以在欧洲推广开来;意大利作家但丁、薄伽丘和英国作家乔叟所用的"鞑靼绸""鞑靼布""鞑靼缎"等纺织品名称,英格兰国王指明要的"鞑靼蓝",还有西语中的许多词汇,都清楚地表明东方文化以蒙古人为中介传播到西方的那段历史;与此同时,蒙古人从中亚细亚、波斯引进许多数学家、工匠和管理人员,以及诸如高粱、棉花等农作物,并将其传播到中国和其他

---

① [美]杰克·威泽弗德:《成吉思汗与今日世界之形成》,温海清、姚建根译,重庆出版社2014年版,第8页封面。

地区，从而培育或杂交出一系列新品种。由此引发的工具、设备、生产工艺的技术革新，其意义当然不可小觑；特别是数学、历法、医学、文学艺术方面的交流与互动，知识和观念的传播、流动，打破了不同文明之间的隔阂，以及对某一文明的偏爱与成见，其结果就是全球文化和世界体系若干核心区的形成。1492年，克里斯托弗·哥伦布说服两位君主，怀揣一部《马可·波罗游记》，信心满满地扬帆远航，为的就是找到元朝的"辽阳省"，重建与蒙古大汗朝廷的海上联系，恢复与之中断的商贸往来。由于蒙古交通体系的瓦解和世界性的瘟疫，他浑然不知此时元朝已经灭亡一百多年，一路漂荡到加勒比海的古巴，无意间发现了"新大陆"。正如美国人类学家、蒙古史学者杰克·威泽弗德所言，在蒙古帝国终结后的很长一段时间内，新的全球文化继续发展，历经几个世纪，变成现代世界体系的基础。这个体系包含早先蒙古人强调的自由商业、开放交通、知识共享、长期政治策略、宗教共存、国际法则和外交豁免。①

即使我们以中华文明为本位回望这段历史，同样可以发现蒙古帝国和元朝对我国历史文化久远而深刻的影响。从成吉思汗到忽必烈，历时近百年，元朝缔造了人类历史上版图最大的帝国，结束了唐末以来国家分裂的状况，基本划定了后世中国的疆界；元代实行开放的民族政策，大力促进各民族间的经济文化交流和边疆地区的开发，开创了中华民族多元一体的新格局，确定了中国统一的多民族国家的根本性质；元代推行农商并重政策，"以农桑为急务安业力农"，城市经济贸易繁荣发展，经贸文化与对外交流全面推进，实行多元一体的文化教育政策，科学技术居于世界前列，文学艺术别开生面，开创了一个新纪元；作为发动有史以来最大规模征服战争的军事领袖，成吉思汗和他的继任者把冷兵器时代的战略战术思想、军事艺术推上了当之无愧的巅峰，创造了人类军事史的一系列"第一"、一系列奇迹，为后人留下了极其丰富的精神财富；等等。

统一的蒙古民族的形成是蒙古民族历史上具有划时代意义的时间节点。从此，蒙古民族成为具有世界影响的民族，蒙古文化成为中华文化不可或缺的组成部分。漫长的历史岁月见证了蒙古族人民的智慧，他们在文

---

① [美]杰克·威泽弗德：《成吉思汗与今日世界之形成》（修订版），温海清、姚建根译，重庆出版社2014年版，第6、260页。

学、史学、天文、地理、医学等诸多领域成就卓然，为中华文明和人类文明的发展做出了不可否认的伟大贡献。

20世纪30年代被郑振铎先生称为"最可注意的伟大的白话文作品"的《蒙古秘史》，不单是蒙古族最古老的历史、文学巨著，也是被联合国教科文组织列为世界名著目录（1989年）的经典，至今依然吸引着世界各国无数的学者、读者；在中国著名的"三大英雄史诗"中，蒙古族的《江格尔》、《格斯尔》（《格萨尔》）就占了两部，它们也是目前世界上已知史诗当中规模最大、篇幅最长、艺术表现力最强的作品之一；蒙古民族一向被称为能歌善舞的民族，马头琴、长调、呼麦被列入世界非物质文化遗产，蒙古族音乐舞蹈成为内蒙古的亮丽名片，风靡全国，感动世界，诠释了音乐不分民族、艺术无国界的真谛；还有传统悠久、特色独具的蒙古族礼仪习俗、信仰禁忌、衣食住行，那些科学简洁而行之有效的生产生活技能、民间知识，那些让人叹为观止的绝艺绝技以及智慧超然且极其宝贵的非物质文化遗产，都是在数千年的游牧生产生活实践中形成和积累起来的，也是与独特的生存环境高度适应的，因而极富生命力。迄今，内蒙古已拥有列入联合国非物质文化遗产名录的项目2项（另有马头琴由蒙古国申报列入名录）、列入国家级名录的81项、自治区及盟市旗县级名录的3844项，各级非遗传承人6442名。其中蒙古族、达斡尔族、鄂温克族、鄂伦春族等内蒙古世居少数民族的非遗项目占了绝大多数。人们或许不熟悉内蒙古三个人口较少民族的文化传统，然而那巧夺天工的达斡尔造型艺术、想象奇特的鄂温克神话传说、栩栩如生的鄂伦春兽皮艺术、闻名遐迩的"三少民族"桦皮文化……这些都是一朝失传则必将遗恨千古的文化瑰宝，我们当倍加珍惜。

内蒙古民族文化当中最具普世意义和现代价值的精神财富，当属其崇尚自然、天人相谐的生态理念、生态文化。游牧，是生态环保型的生产生活方式，是现代以前人类历史上唯一以人与自然和谐共存、友好相处的理念为根本价值取向的生产生活方式。游牧和狩猎，尽管也有与外在自然界相对立的一面，但这是以敬畏、崇尚和尊重大自然为最高原则、以和谐友好为前提的非对抗性对立。因为，牧民、猎人要维持生计，必须有良好的草场、清洁的水源和丰富的猎物，而这一切必须以适度索取、生态环保为条件。因此，有序利用、保护自然，便成为游牧生产方式的最高原则和内在要求。对亚洲北部草原地区而言，人类在无力改造和控制自然环境的条件下，游牧生产方式是维持草畜平衡，使草场及时得到休整、涵养、恢复的自由而能动的最佳选择。我国北方的广大地区尽管数千年来自然生态环境相当脆弱，如今却能够成为我国北部边疆的生态屏障，与草原游牧民族始终如一的精心呵护是分不开的。不独蒙古族，达斡尔族、鄂温克族、鄂伦春族等草原世居少数民族在文化传统上与蒙古族共属一个更大的范畴，不论他们的思维方式、信仰文化、价值取向还是生态伦理，都与蒙古族大同小异，有着多源同流、殊途同归的特点。

随着人类历史进程的加速，近代以来，世界各地区、各民族文化变迁、融合的节奏明显加快，草原地区迎来了本土文化和外来文化空前大激荡、大融合的时代。草原民族与汉民族的关系日趋加深，世界各种文化对草原文化的作用和影响进一步增强，农业文明、工业文明、商业文明、城市文明的因素大量涌现，草原各民族的生产生活方式，乃至思想观念、审美情趣、价值取向都发生了巨大变化。虽然，这是一个凤凰涅槃、浴火重生的过程，但以蒙古族文化为代表的草原各民族文化，在空前的文化大碰撞中激流勇进，积极吸纳异质文化养分，或在借鉴吸纳的基础上进行自主的文化创新，使民族文化昂然无惧地走上转型之路。古老的蒙古族文化，依然保持着她所固有的本质特征和基本要素，而且，由于吸纳了更多的活性元素，文化生命力更加强盛，文化内涵更加丰富，以更加开放包容的姿态迎来了现代文明的曙光。

三

古韵新颜相得益彰，历久弥新异彩纷呈。自治区成立以来的近70年间，草原民族的文化事业有了突飞猛进的发展。我国社会主义制度和民族区域自治、各民族一律平等的宪法准则，党和国家一贯坚持和实施的尊重、关怀少数民族，大力扶持少数民族经济文化事业的一系列方针政策，从根本上保障了我国各民族人民传承和发展民族文化的权利，也为民族文化的发展提供了广阔空间。一些少数民族，如鄂伦春族仅仅用半个世纪就从原始社会过渡到社会主义社会，走过了过去多少个世纪都不曾走完的历程。

一个民族的文化发展水平必然集中体现在科学、文化、教育事业上。在历史上的任何一个时期，蒙古民族从来不曾拥有像现在这么多的科学家、文学家等各类专家教授，从来没有像现在这样以丰富的文化产品供给普通群众的消费，蒙古族大众的整体文化素质从来没有达到现在这样的高度。哪怕最偏远的牧村，电灯电视不再稀奇，网络、手机、微信微博业已成为生活的必需。自治区现有7家出版社出版蒙古文图书，全区每年都有数百上千种蒙古文新书出版，各地报刊每天都有数以千百计的文学新作发表。近年来，蒙古族牧民作家、诗人的大量涌现，已经成为内蒙古文学的一大景观，其中有不少作者出版有多部中长篇小说或诗歌散文集。我们再以国民受教育程度为例，它向来是一个民族整体文化水准的重要指标之一。中华人民共和国成立前，绝大多数蒙古人根本没有接受正规教育的机会，能够读书看报的文化人寥若晨星。如今，九年义务教育已经普及，即便是上大学、读研考博的高等教育，对普通农牧民子女也不再是奢望。据《内蒙古2014年国民经济和社会发展统计公报》显示，全自治区2013年少数民族在校大学生10.8万人，其中蒙古族学生9.4万人；全区招收研究生5987人，其中，少数民族在校研究生5130人，蒙古族研究生4602人，蒙古族受高等教育程度可见一斑。

每个时代、每个民族都有一些杰出人物曾经对人类的发展进步产生深远影响。正如爱迪生发明的电灯"点亮了世界"一样，当代蒙古族也有为数不少的文化巨人为世界增添了光彩。提出"构造体系"概念、创立地质力学学说和学派、提出"新华夏构造体系三个沉降带"理论、开创油气资源勘探和地震预报新纪元的李四光；认定"世界未来的文化就是中国文化复兴"、素有"中国最后一位大儒家"之称的国学大师梁漱溟；在国际上首次探索出山羊、绵羊和牛精子体外诱导获能途径，成功实现试管内杂交育种技术的"世界试管山羊之父"旭日干；还有著名新闻媒体人、文学家、翻译家萧乾；马克思主义哲学家艾思奇；当代著名作家李准……这些如雷贯耳的大名，可谓家喻户晓、举世闻名，但人们未必都知道他们来自蒙古族。是的，他们来自蒙古民族，为中华民族的伟大复兴，为全人类的文明进步做出了应有的贡献。

历史的进步、社会的发展、蒙古族人民群众整体文化素质的大幅提升，使蒙古族文化的内涵得以空前丰富，文化适应能力、创新能力、竞争能力都有了显著提升。从有形的文化特质，如日常衣食住行，到无形的观念形态，如思想情趣、价值取向，我们可以举出无数个鲜活的例子，说明蒙古文化紧随时代的步伐传承、创新、发展的事实。特别是自2003年自治区实施建设民族文化大区、强区战略以来，全区文化建设呈现出突飞猛进的态势，民族文化建设迎来了一个新的高潮。内蒙古文化长廊计划、文化资源普查、重大历史题材美术创作工程、民族民间文化遗产数据库建设工程、蒙古语语料库建设工程、非物质文化遗产保护、一年一届的草原文化节、草原文化研究工程、北部边疆历史与现状研究项目等，都是这方面的有力举措，收到了很好的成效。

但是，我们也必须清醒地看到，与经济社会的跨越式发展相比，文化建设仍然显得相对滞后，特别是优秀传统文化的传承保护依然任重道远。优秀民族文化资源的发掘整理、研究转化、传承保护以及对外传播能力尚不能适应形势发展，某些方面甚至落后于国内其他少数民族省区的现实也尚未改变。全球化、工业化、信息化和城市化的时代大潮，对少数民族弱势文化的剧烈冲击是显而易见的。全球化浪潮和全方位的对外开放，意味着我们必将面对外来文化，特别是强势文化的冲击。在不同文化之间的交往中，少数民族文化所受到的冲击会更大，所经受的痛苦也会更多。因为，它们对外来文化的输入往往处于被动接受的状态，而对文化传统的保护常常又力不从心，况且这种结果绝非由文化本身的价值所决定。换言之，在此过程中，并非所有得到的都是你所希望得到的，并非所有失去的都是你应该丢掉的，不同文化之间的输入输出也许根本就不可能"对等"。这正是民族文化的传承保护任务显得分外紧迫、分外繁重的原因。

文化是民族的血脉，内蒙古民族文化是中华文化不可或缺的组成部分，中华文化的全面振兴离不开国内各民族文化的繁荣发展。为了更好地贯彻落实党的十八大关于文化建设的方针部署，切实把自治区党委提出的实现民族文化大区向民族文化强区跨越的要求落到实处，自治区政府于2013年实时启动了"内蒙古民族文化建设研究工程"。"工程"包括文献档案整理出版，内蒙古社会历史调查、研究系列，蒙古学文献翻译出版，内蒙古历史文化推广普及和"走出去"，"内蒙古民族文化建设研究数据库"建设等广泛内容，计划六年左右的时间完成。经过两年的紧张努力，从2016年开始，"工程"的相关成果已经陆续与读者见面。

建设民族文化强区是一项十分艰巨复杂的任务，必须加强全区各界研究力量的整合，必须有一整套强有力的措施跟进，必须实施一系列特色文化建设工程来推动。"内蒙古民族文化建设研究工程"就是推动我区民族文化强区建设的一个重要抓手，是推进文化创新、深化人文社会科学可持续发展的一个重要部署。目前，"工程"对全区文化建设的推动效应正在逐步显现。

"内蒙古民族文化建设研究工程"将在近年来蒙古学研究、"草原文化研究工程""北部边疆历史与现状研究"、文化资源普查等科研项目所取得的成就基础上，突出重点，兼顾门类，有计划、有步骤地开展抢救、保护濒临消失的民族文化遗产，搜集记录地方文化和口述历史，使民族文化传承保护工作迈上一个新台阶；将充分利用新理论、新方法、新材料，有力推进学术创新、学科发展和人才造就，使内蒙古自治区传统优势学科进一步焕发生机，使新兴薄弱学科尽快发展壮大；"工程"将会在科研资料建设，学术研究，特色文化品牌打造、出版、传播、转化等方面取得突破性的成就，推出一批具有创新性、系统性、完整性的标志性成果，助推自治区人文社会科学研究和社会主义文化建设事业蓬勃发展。"内蒙古民族文化建设研究工程"的实施，势必大大增强全区各民族人民群众的文化自觉和文化自信，必将成为社会主义文化大发展大繁荣，实现中华民族伟大复兴中国梦的一个切实而有力的举措，其"功在当代、利在千秋"的重要意义必将被历史证明。

（作者为时任内蒙古自治区党委常委、宣传部部长，"内蒙古民族文化建设研究工程"领导小组组长）

前　言

"胡仁乌力格尔"这一曲艺名称，是由"胡仁"（也称"胡尔"，即四弦胡琴）和"乌力格尔"（蒙古语意为"说书"，是蒙古族的一种传统曲艺形式）两个名词组合而成的，意为"在四胡伴奏下说唱的故事"。在内蒙古东部蒙古族聚居地区，俗称其为"本子故事"。胡仁乌力格尔在200余年的发展过程中，其故事来源逐渐从汉族历史演义小说（故事本子）拓展到"四大名著"等章回体小说，又延及现代革命故事，还囊括了蒙古族艺人（胡尔齐）自行创作（包括二度创作）的故事（小说），已然形成一个内容丰富、题材多样的艺术宝库。

在这个发展过程中，胡尔齐（民间传统说唱艺人，也译作胡尔奇）对胡仁乌力格尔的传承、保护与发展做出了重要的贡献，他们保存并延续了胡仁乌力格尔的艺术生命力。那些说唱技艺精湛、承载着蒙古族口头叙事传统的胡尔齐，对胡仁乌力格尔说唱传统的沿袭有着特殊的作用，他们既是创作者，又是这一文化传统的承载者和传播者，并且以极为鲜明的说唱个性和演艺风格，极大地推动了胡仁乌力格尔的艺术发展，深层次地拓展了这一民间艺术的传播范围和精神影响力。

胡仁乌力格尔作品在体裁上属于叙事文体，其中有引人入胜的传奇故事、有离奇惊骇的人物形象、有跌宕起伏的情节结构，是建立在小说和曲艺文化交汇点上的独立文学艺术。因为需要直面观众的现场反应和品头论足，胡尔齐不得不调动浑身解数，精研演、唱、说等十八般武艺，所以在故事情节的谋篇建构、人物形象的典型塑造等方面形成了独具标识力的说唱风格，展现了强大的艺术魅力，深受广大蒙古族民众的喜爱。

作为重要的非物质文化遗产，胡仁乌力格尔在弘扬民族文化、促进民族文化交流、增强民族凝聚力等方面都具有极高的研究价值和重要的现实意义。胡尔齐在创作胡仁乌力格尔时，将汉民族文化同蒙古族传统文化有机结合，这种积极的民族文化之间的交往交流交融使胡仁乌力格尔历久弥新，在新时代新形势下具有了新的内涵和价值。时至今日，胡尔齐仍在努力创作蕴含时代精神、展现民族团结与社会和谐的作品，但在现代文明和电子娱乐泛滥的强烈冲击下，胡仁乌力格尔的"活态"传承也陷入了发展困境，面临诸多危机，对其进行全力抢救、精心保护、系统整理和深入挖掘，已经成为刻不容缓的使命和责任。

2013年年底，内蒙古大学正式启动了国家社科基金重大项目——"胡仁乌力格尔（300部）整理与研究"，开始对蒙古族民间文化艺术瑰宝——胡仁乌力格尔进行全面的整理、数据化及比较研究，为胡仁乌力格尔的命运转机打开了一扇天窗，更多的学者和研究机构加入进来，共同点亮了胡仁乌力格尔生命的希望之光。本书就是这个重大项目的阶段性成果。

胡仁乌力格尔是历史上民族文化交往交流交融的成功范例，体现出立足于中华民族共同体的文化根脉之所涵养的文化共性和精神共鸣。习近平总书记在2014年9月召开的中央民族工作会议上指出："加强中华民族大团结，长远和根本的是增强文化认同，建设各民族共有精神家园，积极培养中华民族共同体意识。"我们希望这本书能够抛砖引玉，引起更多的人关注胡仁乌力格尔这一独具魅力的民间艺术，激发更多的人挖掘中华民族共同的民族记忆和文化认同。

目　　录

第一章　胡仁乌力格尔概观 ……………………………………（1）

　第一节　胡仁乌力格尔的形成与发展 ……………………………（1）

　　一　汉文小说对胡仁乌力格尔形成的影响 ……………………（3）

　　二　说唱流派 ……………………………………………………（7）

　　三　说唱的艺术特征 ……………………………………………（9）

　第二节　胡仁乌力格尔说唱曲目 …………………………………（18）

　　一　具体的说唱曲目 ……………………………………………（18）

　　二　代表作品的故事梗概 ………………………………………（20）

　第三节　胡仁乌力格尔研究概况 …………………………………（41）

　　一　国外研究概况 ………………………………………………（42）

　　二　国内研究概况 ………………………………………………（43）

第二章　胡尔齐研究 ………………………………………………（50）

　第一节　胡尔齐现状调查 …………………………………………（51）

　　一　改革开放至20世纪末 ………………………………………（52）

　　二　21世纪初至今 ………………………………………………（55）

　第二节　胡尔齐的分布与谱系 ……………………………………（57）

　　一　胡尔齐的分布 ………………………………………………（58）

　　二　胡尔齐传承谱系 ……………………………………………（67）

　第三节　胡尔齐的地位与贡献 ……………………………………（73）

　　一　胡尔齐的社会地位更迭 ……………………………………（74）

　　二　胡尔齐的文化传承贡献 ……………………………………（78）

第三章 胡仁乌力格尔情节研究……（81）

第一节 胡仁乌力格尔情节的传奇性……（81）
　　一　胡仁乌力格尔情节传奇的原因……（82）
　　二　惊险的情节设计……（92）
　　三　以假乱真的艺术手段……（96）

第二节 胡仁乌力格尔情节的程式化……（99）
　　一　正邪忠奸斗争的主题程式设计……（99）
　　二　神话英雄母题的沿袭……（104）
　　三　情节单元的程式化……（124）

第三节 胡仁乌力格尔情节的再创造……（133）
　　一　故事线索的简单化……（133）
　　二　采用全知视角设计情节……（136）
　　三　将蒙古族文化和习俗融入情节……（143）

第四章 胡仁乌力格尔人物形象研究……（150）

第一节 仁义忠孝型英雄形象……（150）
　　一　薛刚……（150）
　　二　伍辛……（159）
　　三　吴汉……（164）

第二节 莽撞型英雄形象……（167）
　　一　程咬金……（167）
　　二　秦龙……（179）

第三节 智谋型英雄形象……（182）
　　一　晏婴……（182）
　　二　程四海……（185）

第四节 女性英雄形象……（188）
　　一　钟无艳……（188）
　　二　巴金定……（198）

第五节 反面人物形象……（202）
　　一　武则天……（202）
　　二　西施……（206）

第五章　胡仁乌力格尔的传承与保护 (210)

第一节　从民间自在状态进入到国家艺术体制的改变 (210)
一　从民间走向舞台 (211)
二　各地说书馆（说书厅）的建立 (212)
三　举办胡尔齐训练班以及发放艺人证 (214)
四　社会转型与民间音乐艺术的变迁 (215)

第二节　"文化大革命"期间遭受的破坏 (219)

第三节　新时期的恢复与发展 (221)
一　"文化大革命"后重建说书馆（说书厅） (222)
二　说唱艺人的组织构成和演绎形式 (222)
三　胡仁乌力格尔受众群体的情况对比 (224)
四　文化传播地域的缩减 (225)

第四节　新时代下的发展与演变 (225)
一　胡仁乌力格尔复兴引发的忧思 (226)
二　现代生活变迁以及传统艺术的境遇 (228)
三　新时代下传统文化发展的困境与出路 (230)

第五节　内蒙古大学胡仁乌力格尔研究概况 (242)

主要参考文献 (249)

后记 (254)

第一章　胡仁乌力格尔概观

胡仁乌力格尔是在汉蒙文化关系史上稀有的、承载深远历史意义的、别具一格的文化现象。这种富有活力的艺术形式是活形态的文化现象，至今还在内蒙古东部蒙古族聚居地区不断地被说唱。它的形成与内蒙古东部地区的社会政治、历史变迁以及汉族章回小说的传入有着密切的关系。迄今为止，胡仁乌力格尔已经得到了充分的发展，其内容丰富多彩，形式成熟完善，说唱流派众多，深受蒙古族民众和文化艺术知识界的喜爱，充分显示了胡仁乌力格尔强大的生命力和感染力。

第一节　胡仁乌力格尔的形成与发展

胡仁乌力格尔的形成与清朝时期汉人移民蒙古地区有关。为了防备汉蒙民族联合，巩固边疆治理，清政府对蒙古地区采取了一系列的封禁条令，严防汉蒙民众进行直接的交往联系活动，如不许蒙古人（包括王公、台吉等封建主）随意进入长城以南进行贸易互市，严厉禁止汉蒙两族百姓通婚等；同时，也极力限制汉人流入蒙古地区定居、耕种、贸易等。[1] 乾隆后期，内地社会矛盾加剧，迫使大量破产农民进入蒙古地区谋生，清政府不得不默许内地的汉人可以到蒙古地区耕种，蒙古王公也可把自己的土地租给汉人开垦。随后，内地破产的汉人纷纷涌入蒙古地区，在蒙古地区定居开垦的汉人数量以惊人的速度不断增加，哲里木盟（今通辽市）的汉族人口数量甚至超过了蒙古族。至宣统二年（1910），清政府不再干涉蒙古族开垦耕地，也准许汉蒙两族联姻。大量汉人迁至内蒙古东部蒙古族聚居地区，促使卓索图盟（今辽宁、河北、内蒙古接壤地区）、

---

[1] 卢明辉：《清代蒙古史》，天津古籍出版社1990年版，第91页。

哲里木盟（今通辽市）、昭乌达盟（今赤峰市）的蒙古族牧民改变了原来的生产和生活方式，即由原来逐水草而居的游牧生活方式转变为半游牧半农耕的生活方式，而汉蒙杂居与汉蒙联姻又在一定程度上推动了汉蒙两个民族间的文化交流。这些都无疑为胡仁乌力格尔这种独特的艺术形式的形成提供了重要的社会历史条件。

  胡仁乌力格尔扎根于蒙古族的历史文化，更多的是接受了汉文章回体小说的影响。根据《全国蒙古文古旧图书资料联合目录》《中国蒙古文古籍总目》《全国满文图书资料联合目录》《蒙古人民共和国科学院图书馆亚洲书库藏蒙古文抄写与印刷本图书总目编录》等资料，扎拉嘎统计出汉文古旧小说蒙古文译本总计44种。[①] 根据李福清的判断，佚名的蒙古族翻译者一共翻译了汉文古旧小说80余种。[②] 至于这些汉文小说的蒙译本对胡仁乌力格尔的影响力，李福清有过论述："从18世纪到20世纪初，在现今中国的辽宁省和内蒙古一带，显然还形成了一种特殊的口头叙事文学。当地将这种广泛流传的说书文学称之为'胡仁·乌力格尔'[③]，即'书面故事'。这种文学以翻译过来的汉文小说题材为内容。它是两种不同传统的奇妙结合：一种是源于汉族口头说书的东北地区章回小说传统；另一种是高度发展的纯属蒙古人的史诗传统。拉着胡琴的说书人按照自己的需要对翻译过来的作品进行改编，突出描述草原蒙古人所喜爱的骏马和骑士，极力采用传统的史诗手法和民族曲调。这样，久而久之，两种原本不大相同的文化经过一个复杂的过程终于结合在一起了。"[④] 也就是说，汉文小说的蒙古文译本是胡仁乌力格尔题材和曲目的重要来源，二者相互依存。

[①] 扎拉嘎：《比较文学：文学平行本质的比较研究——清代蒙汉文学关系论稿》，内蒙古教育出版社2002年版，第111—117页。

[②] ［俄］李福清：《中国章回小说与话本的蒙古文译本》，田大畏译，《文献》1982年第4期，第117页。

[③] 胡仁乌力格尔是一个合成词，由两个名词构成的一个专业术语，所以有些人著文时在"胡仁"（即"四胡"）和"乌力格尔"（即"说书"）之间加一个中圆点，实际并无必要。对于著作名称和引文，本书照录原稿，行文客观论述中一律不加中圆点。

[④] ［俄］李福清：《汉文古小说论衡》，陈周昌选编，江苏古籍出版社1992年版，第205页。

一 汉文小说对胡仁乌力格尔形成的影响

我们以布仁巴雅尔和芭杰演唱的胡仁乌力格尔作品作为个案,来探讨胡仁乌力格尔对明清小说题材的再创作方式。

常见的再创作方式是胡尔齐完全蹈袭明清小说的情节和人物,将其直接移植到自己的蒙古语演唱中,布仁巴雅尔演唱的《隋唐演义》便是这样一个典型范例。

布仁巴雅尔的胡仁乌力格尔作品《隋唐演义》直接搬演汉文小说《说唐全传》的内容,用蒙古语的演唱方式讲述了秦琼、伍云召等人的故事以及群雄兴唐的故事等。清代鸳湖渔叟校订的《说唐全传》共 68 回,每回由两个情节组成。如果将一个情节作为一个母题,那么《说唐全传》便由 136 个母题构成,这些母题大部分都完整地再现于布仁巴雅尔演唱的《隋唐演义》情节里。

不过,布仁巴雅尔的《隋唐演义》对这些母题的描述会做一些个人的筛选,有些显得颇为简约,甚至几句话便概括过去了。如鸳湖渔叟的《说唐全传》使用了 1600 余字描述"秦彝托孤宁夫人"、2000 余字描述"定燕山罗艺兴兵",而布仁巴雅尔的《隋唐演义》在"解幽州姑侄相逢"里对这两个母题进行的是概述处理方式,翻译成汉文只有百余字。

当然,布仁巴雅尔对汉文小说《说唐全传》中的一些母题也会采取铺陈敷衍的再创作方式。比如,"程咬金劫皇杠"是隋唐故事中最经典的故事情节,鸳湖渔叟在《说唐全传》里只用了 671 字描述这个情节,而在布仁巴雅尔的《隋唐演义》中,关于这个情节的描写篇幅就长多了,以翻译成汉文的字数计,约有 1310 字,较汉文底本的篇幅增加了将近一倍。两者情节相同,不同的是,布仁巴雅尔在《隋唐演义》里增添的内容主要是有关普通士兵的心理描写和语言描写,这不是简单的加法,也不是没有目的的铺陈,而是为了拉近说唱艺人与受众的距离,增强胡仁乌力格尔的艺术感染力。

另外,布仁巴雅尔还根据演唱的具体情况,对鸳湖渔叟《说唐全传》中的一些母题采取了减法的方式,如删掉了原小说中谋东宫晋王纳贿、犯中原塞北鏖兵、魔王一星探地穴、高唐草射破飞钹等情节。当然,被删减的这些母题对隋唐故事的整体叙事结构不会有丝毫影响，因为布仁巴雅尔的《隋唐演义》保留了鸳湖渔叟《说唐全传》中的基本面貌，删减掉的这些情节对整个故事的发展进程没有关键性的影响作用，反而因为减法效用而使其演唱中的故事情节推进得更为紧凑、合理。毋庸置疑，大闹长安城的秦琼、王伯当等五位英雄逃出长安城并非一定得依靠李靖的非凡法力，在布仁巴雅尔的《隋唐演义》里，他们是依靠自己的高强武艺与过人勇气逃出长安城的。对于故事情节发展来说，他们顺利逃脱了，以下的故事便能继续下去，至于是怎么逃脱的反而显得不是很重要了。

布仁巴雅尔的另一部胡仁乌力格尔作品《薛刚反唐》承袭的是如莲居士的《薛刚反唐》。汉文小说以薛刚反唐为主线，讲述的是薛刚招兵买马、辅佐庐陵王李显讨伐武则天的故事，兼以马周辅佐李旦兴兵讨伐武则天为副线，共同呈现了群雄起兵反唐的历史壮举。布仁巴雅尔的《薛刚反唐》与如莲居士的《薛刚反唐》在情节结构方面大体相同，仅在细节的处理上有些差异。薛刚祭扫铁丘坟是《薛刚反唐》中最为脍炙人口的情节，如莲居士的《薛刚反唐》对"薛刚一扫铁丘坟"仅用 1623 字描述，而布仁巴雅尔的《薛刚反唐》则对此进行了更详细的铺陈，翻译为汉文约有 7652 字，其中增添了薛刚的随从余音和余波被抓时贪生怕死的心理活动、士兵的对话、掌柜与伙计的心理活动、薛刚在长街馆喝酒、薛刚的打斗场面等。布仁巴雅尔把"薛刚一扫铁丘坟"这一情节牵涉的各方都进行了生动细腻的铺叙，在原著的基础上增添了大量生活化的细节，不但介绍了薛刚与这些人物的关系，叙述了薛刚等人做了什么、说了什么，还解释了他们这样说和这样做的原因，从而让薛刚的形象更加饱满生动，让读者能听得见，也能感受得到。为了让故事情节明快紧凑，也为了适应演唱的现场需要，布仁巴雅尔也删减了如莲居士版《薛刚反唐》里的一些次要情节，如薛丁山平定西凉、众功勋宴饮饯行、仁贵安葬白虎山、敬晖保驾出长安、天辉连擒四好汉、方彪入牢见家主、赵武大怒闹武衙等。因为这些情节无碍于故事的情节推进，所以删减掉这些旁枝末节会使故事的主干更加突出，有助于现场受众的记忆和理解。

胡仁乌力格尔对明清小说创编的另一种方式是把明清小说中某个作品的典型情节摘取出来铺陈敷衍成篇，从而构成胡仁乌力格尔演唱的重要曲目。《水浒传》是蒙古族人民最喜爱的汉文小说之一，胡尔齐经常从中截取部分精彩的情节，将其改编成独立完整的胡仁乌力格尔作品，琶杰演唱的《景阳冈武松打虎》便是其中的一个典例。琶杰的《景阳冈武松打虎》与汉文小说《水浒传》中《景阳冈武松打虎》的情节非常相似，都有武松店内饮酒、上景阳冈、打虎、宴饮、赢得奖赏和名声等情节要素，只是在细节上有所差别。原著中描写客商在巳、午、未三个时辰能够过冈，而寅、卯、申、酉、戌、亥六个时辰不能过冈，但没有解释其中的具体原因。琶杰则对此进行了合理性的解释，他在曲目中详细描述了老虎的生活习性："巳时开始，一直昏睡。午时正是，酣睡时刻。未时乃是，沉睡得无知觉。"① 这让受众清楚地了解了老虎的生活习惯，从而使得故事的情节设置更贴合生活情理，情节更加完整而有逻辑性。

《三国演义》在蒙古族地区也广泛流传，许多胡尔齐都曾从中撷取精彩情节进行专场演唱。布仁巴雅尔的《三国演义》的基本情节与原著区别不大，他截取了原著第一回至第二十八回的故事情节，演唱了自黄巾军起义至刘关张相聚古城的故事，差异主要在于增加了一些细节。如关云长温酒斩华雄是《三国演义》中最精彩的情节之一，原著只写到了关云长斩华雄的快，但是没有描写关云长斩杀华雄的过程细节，而是侧重写了此时战场上其他英雄的心理活动。而布仁巴雅尔充分发挥了自己丰富的艺术想象力，生动细腻地增补了汉文小说中关云长快速斩杀华雄的生动场景：

> 那时华雄为接自上而下的兵器，举刀的瞬间，云长的刀虽从上往下劈，却在下边又横切，利用声东击西的兵法，从下巴下边穿进去，华雄的身体落地之前，关云长来到旁边，又转过身来，在华雄落地瞬间，快速地拎住耳朵，拾起他的首级之后，快马加鞭回去了。②

显然，布仁巴雅尔依据原著的情节，对关云长斩杀华雄的情节进行了合理的虚构和艺术加工，将打斗的场景说唱得绘声绘色，令人如身临其境。增加的这个情节描写也加强了故事的连贯性与完整性，通过描绘一幅

---

① 策·达木丁苏荣编：《蒙古古代故事一百篇》第四册，内蒙古人民出版社1979年版，第1660—1661页。

② 布仁巴雅尔：《三国演义》，呼伦贝尔播音站1984年8月录音，录音为第17小时的第1分钟至第7分钟。内蒙古大学文学与新闻传播学院整理本，第107页。

形象生动的斩杀画面，成功地塑造了关云长这样一个武艺高强的英雄形象。

胡仁乌力格尔对明清小说再创编的第三种方式是将明清小说中许多典型的情节有机地融合在一起，从而构成一个完整而独立的新故事。例如芭杰的《程咬金的故事》就是连缀了汉文小说《说唐全传》和《薛丁山征西》中的情节，重新组织建构了一个全新的故事。其中，"程咬金劫皇杠"截取于汉文小说《说唐全传》，但情节又与之有些不同。原著中程咬金劫皇杠是在瓦岗寨聚义之前发生的，而芭杰将这一片段安排在瓦岗寨聚义之后，群雄遵奉程咬金的旨意下山去劫财物，程咬金则趁群雄不在偷下瓦岗寨，恣意豪饮，顺手牵羊劫了皇杠。罗成下山劫财物则是另一番情况：他闯入海青城，与城里的官兵展开搏斗，最后以请回妻子庄金定为赌注，与鲁银打赌定输赢。这个故事情节改编自汉文小说《薛丁山征西》中的薛丁山三请樊梨花，与原著稍有差异。原著是樊梨花假死以考验薛丁山，芭杰的《程咬金的故事》则改为罗成佯死来考验庄金定。

布仁巴雅尔的《吴越春秋》夹杂了汉文小说《东周列国志》《薛刚反唐》《封神演义》中的故事情节，但在细节的描写上有一些差异。布仁巴雅尔的《吴越春秋》里，伍子胥被杀、越国敬献西施给吴王夫差的段落都取自汉文小说《东周列国志》。但布仁巴雅尔将伍子胥被杀这一情节由原著中伍子胥犯颜直谏夫差而招致杀身之祸改为遭西施诬陷偷看自己洗澡而被掏心挖眼，西施便移位为汉文小说《封神演义》中的妲己这一形象，她还设计让夫差杀死正宫娘娘并诛杀太子姬丕陵和公主姬月兰。与此同时，布仁巴尔雅借鉴《薛刚反唐》中的情节，把西施改编塑造为类似武则天一样的女帝形象，描写她心肠歹毒，篡位称帝。逃亡的太子姬丕陵到韩国借兵，与伍子胥的儿子伍辛兵合一处，最终推翻了西施的暴虐统治。这显然取自《薛刚反唐》中薛刚借兵辅佐庐陵王李显灭武兴唐的故事。

还需要提及的一种再创作方式是胡尔齐对某部明清小说故事情节的续写，再自创新作，这使得胡仁乌力格尔的曲目中有了许多在明清小说中没有的故事，虽然它们有些许参考和借鉴明清小说的影子。胡仁乌力格尔是以"说唐"系列故事为主的蒙古族民间说唱艺术，因而胡尔齐自创的许多新故事情节在某种程度上都是汉文"说唐"故事的拓展延伸，"说唐五传"是其中最为突出的样例。"说唐五传"是《苦喜传》《全家福》《殇妖传》《契僻传》《羌胡传》的总称，描述了秦龙、程四海、徐云、罗强等英雄的故事。这些英雄是汉文说唐故事中秦琼、程咬金、徐茂公、罗成等人的后裔，显示了"说唐五传"与明清"说唐"小说的渊源关联。"说唐五传"中的英雄与明清"说唐"小说中的英雄的这种亲缘关系是胡尔齐虚构出来的，其故事情节是明清小说所没有的，是胡尔齐在借鉴明清小说的基础上根据蒙古族英雄史诗的叙事传统创编出来的新作，体现了蒙古族叙事传统与明清小说自然结合的轨迹。

当然，胡尔齐对明清小说进行的创编并非仅使用某一种方式。虽然这四种再创作的方式各有特点，但是胡尔齐在再创作过程中经常灵活地运用这四种方式，有时一部胡仁乌力格尔作品可能使用了多种再创作方式。如布仁巴雅尔的《吴越春秋》便既有蹈袭汉文小说《东周列国志》之处，又融合了汉文小说《薛刚反唐》和《封神演义》中的某些篇章情节。再如琶杰的《程咬金的故事》在截取《说唐全传》中某一情节的同时，又有对《薛丁山征西》中个别情节的借鉴。因此，研究胡尔齐在故事情节上对明清小说的改编不能只局限于胡尔齐对某部明清小说具体使用的某一种再创作方式，而应注意到多种创编方式的互相糅合。

二 说唱流派

胡仁乌力格尔的说唱艺人被称为胡尔齐。他们不仅是胡仁乌力格尔的创造者，也是胡仁乌力格尔的传承者，是多才多艺的民间艺人。他们的说唱活动遍及内蒙古自治区各盟市和相邻省区蒙古族聚居地区，比较集中的分布是在内蒙古东部的通辽市（原哲里木盟）、兴安盟和赤峰市（原昭乌达盟）。叁布拉诺日布和王欣的《蒙古族说书艺人小传》记载，晚清至当代的 249 位胡尔齐的地域分布情况是：扎鲁特旗 71 位、库伦旗 33 位、奈曼旗 15 位、科尔沁左翼中旗 51 位、通辽市（原哲里木盟）6 位、锡林郭勒盟 2 位、鄂尔多斯市（原伊克昭盟）1 位、赤峰市（原昭乌达盟）23 位、阿鲁科尔沁旗 6 位、巴林左旗 6 位、巴林右旗 4 位、敖汉旗 3 位、翁牛特旗 4 位、兴安盟 34 位、科尔沁右翼中旗 33 位、科尔沁右翼前旗 1 位、乌兰察布市（原乌兰察布盟）5 位、呼伦贝尔市（原呼伦贝尔盟）3

位、辽宁省3位、吉林省1位。①

拜师是许多胡尔齐学艺的重要途径，通过此途径成为著名胡尔齐的有朝玉邦、百达其、阿敏布和、巴力吉尼玛、毛衣罕等。一些胡尔齐的说唱技艺是经由家族世代传承的。扎鲁特旗的新尼根自小跟随父亲说唱胡仁乌力格尔，后收侄子萨仁满都拉为徒。朝鲁从小便听爷爷讲故事，父亲也是达尔汗公主府的胡尔齐。孟天宝的家族，是具有胡仁乌力格尔的说唱传承的家族，有孟奥色尔、孟乌力吉、参布拉等16位胡尔齐通过学习走上胡仁乌力格尔的艺术道路。大多数胡尔齐自小口齿伶俐、记忆力强，在经常性地听别的胡尔齐说唱胡仁乌力格尔的过程中，潜移默化，慢慢学会了胡仁乌力格尔的说唱技艺，最终选择了胡尔齐的职业。

人人都有自己的风格，每位胡尔齐也有专属于自己的风格。胡尔齐会因为各自生活的时代背景、个性特点以及自身语言艺术能力等的不同，在长期说唱胡仁乌力格尔的过程中通常都会形成自己擅长的说唱方式或演艺风格，而不同的说唱风格形成不同的流派。叁布拉诺日布将胡尔齐的说唱艺术分为四个流派，即以琶杰、毛衣罕、乌斯格宝音为代表的乌拉穆吉派，以扎那、额尔敦珠日合、希日巴为代表的浩布日拉派，以锁柱、布仁巴雅尔、却吉戈瓦为代表的楚路格图派，以李双喜、劳斯尔、巴图为代表的欣特戈乎派。

朝克图不仅将胡尔齐流派进行了分类，而且概括了其各自的特点。②

一是重修辞的流派。这一流派与内蒙古东部地区的蟒古思故事一脉相承，注重故事的铺排和故事的形象性，说唱流利、硬健、明晰，并且节奏严格、韵律短小活泼。这一流派中的代表人物有琶杰、朝玉邦、毛衣罕、新尼根、老色尔等人。

二是重教育的流派。这一流派注重故事的逻辑性和真实性，注重故事对听众的教育和启迪作用，说唱流利、富有哲理、描写细致，并且节奏富有特点、韵律铿锵有力。这个流派以布仁巴雅尔、白锁、白顺、希日巴（布）为代表。

三是重情感的流派。这一流派节奏严格，叙议结合，一定程度上运用

---

① 叁布拉诺日布、王欣：《蒙古族说书艺人小传》，辽沈书社1990年版。
② 朝克图：《胡仁乌力格尔研究》（蒙古文），民族出版社2002年版。

了汉语说书艺术的技巧，故事抒情的部分多运用婉约悠长的音调吸引听众的注意力，风格婉约、绵长，慢节奏却变化多样，多用民歌音调。这个流派以吴前宝、阿拉塔、包锁珠、松林、呼昂嘎、吴道尔吉、特木日为代表。

四是重乐趣的流派。这一流派语言风趣幽默，情节跌宕起伏，并且韵律独具特色。这个流派有金宝山、孟根高拉图、朴宝辽、长明、快猛、高木布、定格尔扎布、孟天宝、丹希巴雅尔、海宝、温都苏、特木日（吐协图）、元宝等人，以金宝山、海宝和孟根高拉图为代表。

即便是归属于同一流派，但不同的胡尔齐，其说唱也呈现出迥异的风格。扎那和布仁巴雅尔同属重教育的流派，他们的说唱风格就大为不同。兴安盟科尔沁右翼中旗存在着三个风格不同的流派，上派以扎那为代表，中派以金宝山为代表，下派以孟根高力图为代表，他们各自有各自的特点。上派胡尔齐的创作以写实为主；中派在原有的基础上更重创新，逻辑较严谨，文白兼用，易于理解，注重拉近与观众的距离；下派则即兴创作能力较强。其中的布仁巴雅尔派在三派中的弟子最多，影响也最为广泛。

师徒相承的风格虽会有所不同，但并不孤立存在，而是相互贯通的，他们彼此融合，共同推动着胡仁乌力格尔艺术的发展。

三 说唱的艺术特征

胡仁乌力格尔是蒙古族传统民间说唱艺术，从内容上来看，它脱胎于汉族的史书、演义和传说等文本，在承袭和自我发展的过程中，形成了独具民族特色的艺术风格。为了让叙说的故事更为形象、更为清晰、更为通俗，胡尔齐都非常注重艺术表现手法。

比喻和夸张是胡仁乌力格尔惯常使用的蒙古族民间叙事技艺。胡仁乌力格尔常用比喻修辞描绘勾勒人物的外貌特征，刻画细致入微。汉文小说《水浒传》仅用"身长八尺，相貌堂堂"[①] 八个字概述武松的外貌特征，琶杰则对武松的体态样貌运用了工笔画的细致描写手法。他这样描述道：

[①] 《水浒传会评本》，陈曦钟、侯忠义、鲁玉川辑校，北京大学出版社1981年版，第432页。

"说起身高，宽约有九掌宽，体态样貌宛若天上仙人，说起那面庞，如拂拭过的美玉，珠链串起的玉石一样，又如十五的月亮，剥掉躯壳的鸡蛋，像擦拭的镜子，生得清秀，钢圈般圆、星星般闪亮的双眸，拥簇着修长的浓眉，英勇且坚毅。"① 这种比喻的描绘无疑能够让受众从视觉上对武松的面庞、身形等各个部位留下深刻的印象。再如《龙虎两山》中对人物的描写："这个齐挡风钢铁一样的脸上挂着像铜铃大的眼睛，生着一张血盆大口，四颗獠牙紧压着上下唇快长到耳朵上了，两只鼻孔喘着粗气，大的都能塞进两三只蛤蟆了。"在这里，比喻与夸张的修辞手法结合运用，表现出人物外形的粗犷野蛮，以及拔山扛鼎的气力。

汉文小说《水浒传》使用"浑身上下，有千百斤气力"② 来表现武松的武艺高强，而芭杰则使用夸张的手段突出其艺高人胆大："年轻英勇的小伙子，他的力气，打比方说，能够撼昆仑，移黄河，具备了勇气的，力大无穷的年轻人。"③ 这些生动的描述，凸显了蒙古族的审美趣味——崇尚勇武。汉文小说《说唐全传》在描写裴元庆与宇文成都打斗的场面时写道："手执两柄银锤，杀下山来。宇文成都迎上去，把流金铛一铛，裴元庆把双锤一架，'叮当'一响。宇文成都挡不住，回马便走。"④ 布仁巴雅尔不仅描述了打斗的结果，还对打斗时的细节进行了详细的描绘："裴元庆双手的铁锤，不断地压下来，就像东岳泰山崩塌，四海翻腾咆哮，就像南岳衡山倾倒，八河之水泛滥河流，就像中岳嵩山崩裂，九江八河之水汹涌泛滥，交接分开的兵器，就像是山岩脆裂，海江沸腾一般。"⑤ 布仁巴雅尔运用比喻和夸张的修辞手段，极尽能事地渲染了打斗的惨烈场面，将裴元庆英勇的气质和惊人的力量塑造得活灵活现，满足了

---

① 策·达木丁苏荣编：《蒙古古代文学一百篇》第四册，内蒙古人民出版社1979年版，第1595页。

② 《水浒传会评本》，陈曦钟、侯忠义、鲁玉川辑校，北京大学出版社1981年版，第432页。

③ 策·达木丁苏荣编：《蒙古古代文学一百篇》第四册，内蒙古人民出版社1979年版，第1595页。

④ （清）鸳湖渔叟校订：《说唐全传》，上海古籍出版社2010年版，第215页。

⑤ 布仁巴雅尔：《胡仁乌力格尔〈隋唐演义〉》，内蒙古大学文学与新闻传播学院整理本2013年，第242页，录音为第38小时的4分33秒至5分10秒。本文所引布仁巴雅尔说唱的胡仁乌力格尔《隋唐演义》文段皆出自此版本，下文不再另注。

听众对戏剧化情节的追求心理。

胡仁乌力格尔的语言艺术具有程式化的特点。程式是说唱艺人说唱故事的部件，它的使用既可以帮助说唱艺人缓解现场即兴创编的压力，也便于受众对说唱活动的惯性接受。因此，程式是口头说唱文学口承性的重要特征。这里以布仁巴雅尔说唱的《隋唐演义》为样例，考察程式在其中呈现的情况和发挥的作用。特性形容词是布仁巴雅尔在《隋唐演义》中使用的一种程式，用于解释、说明。在布仁巴雅尔《隋唐演义》里，一些特性形容词，如"重情重义""面色金黄""骑着黄骠马"，经常被用来修饰秦琼的专有特征。

例如在单雄信口中的秦琼形象：

> 我与秦琼交往深厚，先前曾听说过山东历城县的秦琼，好结交兄弟，仗义疏财，重情重义，他的盛名如雷贯耳，盼望有朝一日能与他相识。

秦琼蒙冤被判到燕山府充军，张公谨将其介绍给罗元帅的部下：

> 张公谨把秦琼介绍给四人，把书信的事告知兄弟尉迟南、尉迟北、北延道、南延平。得知这些事后，四人心想："既有单雄信的介绍信，而冤案在身的秦琼兄弟仗义疏财、重情重义、侠肝义胆，而且气力过人，何不与他结为兄弟。"

"重情重义"成为形容秦琼性格品质的程式词汇，而"面色金黄"则是形容秦琼外貌的显性特征词汇。如在燕山府罗元帅的授意下，秦琼向众将领展示武艺，写到众人眼中的秦琼形象：

> 众人知道事情的原委后，下人把两把铜拿过来，召唤秦琼。秦琼乃有罪之人，他出来后向元帅和众将军行礼。这时，众将领看他面色金黄，双眼有神，身高九尺，形体匀称，均有英雄之气，看起来他好似有杀猛虎、斩蛟龙的能耐。

秦琼帮助李渊击退伏兵时，也用"面色金黄"形容他的外貌特点：

> 围着李渊的贼人突然看到有一个人赶了过来，杨广一看心里非常着急，来者身高九尺，五官端正，面色金黄，手持金装铜，冲盗匪咆哮道："盗匪休得无理！胆敢与官军对峙？丢掉武器，赶紧下马，好让我来取你性命。"

"黄骠马"作为秦琼的坐骑，也多次出现在其搜寻劫持皇杠之人的情节中：

> 当天，秦琼与徐文德一同从济南府出发，秦琼接到命令，手握金装铜，胯下黄骠马，日夜赶路到历城县。到明天早晨吃完饭，秦琼与樊虎、连明共商对策，并问清楚事情的大概，打算一人去找。秦琼骑着黄骠马，手握金装铜，到小孤山长叶林，爬上山，四周探看，看见宫殿似曾有过，但现今已被毁塌，看情况，山贼已转移，从这儿找不到任何线索，去南边打探，快马加鞭地往少华山出发。

这些特性形容词不仅是秦琼的一个标签，还是一种特殊的提示作用，让受众联想到秦琼的整体特征，自然而然地将秦琼"反山东"的义举与"情义"二字联系起来。比如，"楠木制作的"是旗杆的特性形容词，它不仅表示旗杆的质地，而且指涉与之相关的军队出发。

布仁巴雅尔经常使用"长着四颗猪牙"形容程咬金的外貌，这个特性形容词不只是指程咬金相貌的丑陋，也是程咬金整体特征的一个符号。①

在布仁巴雅尔的《隋唐演义》中，有些程式是由一个句子构成的。在形容骏马奔驰的速度时，布仁巴雅尔经常使用"就像射出去的箭似的"这个程式句子。如在追赶麻叔谋时，雄阔海鞭打着宝马，"宝马的四只脚下刨起了尘土，就像射出去的箭似的"。又如，在四明山与十八路反王军

---

① 冯文开、李昂格乐玛：《胡仁·乌力格尔〈隋唐演义〉对〈说唐演义全传〉的因革》，《内蒙古大学学报》（哲学社会科学版）2013年第2期。

队交战时，李元霸的万里云"跑过去就像在云中的龙似的，也像射出去的箭似的"。再如，当罗成要杀单雄信时，秦琼心有预感，便快马加鞭地要赶回去，"他的马像是射出去的箭一样，像是老鹰飞过来一样"。

"甲乙丙丁战旗随风飘荡"是描述军队出发时的一个常用程式①。当王世充率领三军攻打长安时，"甲乙丙丁战旗随风飘荡，将军和士兵们走出了洛阳"。当王世充攻打金墉城时，"甲乙丙丁战旗随风飘动，将军士兵在路上不停地前进着"。当秦王进军洛阳城时，"甲乙丙丁战旗随风飘荡，将军和士兵们跟着指令赶着路"。军队胜利时，布仁巴雅尔也会用到这个程式。当秦王率胜利之师进入洛阳城时，"甲乙丙丁战旗随风飘动，将军士兵大家一起驻扎在了洛阳城"。当秦王率军回师长安时，"甲乙丙丁旗帜随风飘动，将军士兵各自走在自己的旗下，像是江海里波涛一样的步兵骑兵，非常高兴地走在回长安的路上"。

布仁巴雅尔《隋唐演义》的有些程式是由多个句子构成的。在形容混战时，布仁巴雅尔经常使用程式"有箭的射箭，有刀的砍，有枪的刺"。如在麻叔谋与司马超两军人马混战时，"有箭的射箭，有刀的砍，有枪的刺，战地一片混乱，刀枪碰撞声如五雷轰顶"。当伍云召被围在五行八卦阵内时，"有剑的砍，有箭的射，有枪的刺，有刀的砍"。当伍云召与韩擒虎两方军队混战时，"将军与将军周旋，士兵和士兵交战，有刀的砍，有枪的刺，有弓箭的射，打成一片混乱"。在描述天缘之合与结交朋友时，布仁巴雅尔经常使用程式句："没有缘分是不会相遇的，没有底部的容器里装不了东西"②。如柴绍与双阳公主定亲时、单雄信挽留秦琼在家多待一段时间时、贾柳店英雄结义时，布仁巴雅尔都使用了这个程式句。再如布仁巴雅尔本的开篇经常说道："即使是像玉这样的宝物，虽有屋檐般那么高大，但不加以修饰并利用它，就不能称其为美玉，而它只能是一个普普通通的石头。如果人们从不提过去发生的事情，那么奸佞小人所做的事，人们就会永远无从知晓。玉石即使是长到人的膝盖那么高，如果不雕刻并利用它，它也只能是一块普普通通的石头。人们如果从不提过

---

① 冯文开、李昂格乐玛：《胡仁·乌力格尔〈隋唐演义〉对〈说唐演义全传〉的因革》，《内蒙古大学学报》（哲学社会科学版）2013年第2期。

② 冯文开、李昂格乐玛：《胡仁·乌力格尔〈隋唐演义〉对〈说唐演义全传〉的因革》，《内蒙古大学学报》（哲学社会科学版）2013年第2期。

去发生的事情，那么这世间的黑白正义就会被永远颠覆。珍贵的檀木是在大地上扎根生长的，现在要讲述的，是隋唐的故事。"这是开启故事的一种程式化论述，它在胡仁乌力格尔的开篇中经常出现。

这些程式不仅是说唱艺人完成说唱故事所需要的，也是受众所需要的。当布仁巴雅尔说唱《隋唐演义》时，说唱的内容转瞬即逝，除了记忆之外，没有什么东西能够让受众回忆起说唱艺人先前说唱的内容，而程式则帮助听众唤起对以前内容的回忆，帮助受众抓住业已说唱的大部分内容，减轻受众在聆听过程中由于信息过度密集而带来的压力，更为重要的是程式有利于说唱艺人轻松地顺着说唱的结构和内容流畅地走下去。[①]

当然，胡尔齐在说唱胡仁乌力格尔时，还会使用拟人、平行式等诸多修辞手法，唤起听众对胡仁乌力格尔说唱的兴趣。另外，说唱结合、诗歌和散文的结合也是胡仁乌力格尔中最突出的艺术特色。

胡尔齐在胡仁乌力格尔中，侧重于描绘人物的外貌与体态，从而令塑造的人物形象栩栩如生。布仁巴雅尔《隋唐演义》对尉迟恭的体态面貌多次运用侧面描写的方式，反复提及他的"如炭面色"。如在其与罗成对阵时，布仁巴雅尔通过罗成的视角描述尉迟恭的外貌："罗成看了这个将军，像是黑塔的一角一样，黑压压地过来了，穿的盔甲是黑的，手上拿着的兵器也是黑的，往上看的时候，他的脸真是世界上最黑的东西，像是烟囱似的，像是在锅底上抹了油一样，要是他闭上眼睛和嘴巴就分不出他的前后。"这里运用了多重比喻，直观地表现了尉迟恭之"面黑"。对罗成，布仁巴雅尔则极力渲染了他面色的"粉白"："粉白的脸，清澈的大眼发着亮光，头上戴了双龙冠，身披五虎银甲，脚穿虎头钢底的战靴。"尤其是罗成与尉迟恭的第一次对战中，一白一黑，对比鲜明，进而使人物形成反差。

为了让人物给听众留下深刻的印象，胡尔齐对人物的穿着打扮、手中的兵器、骑的骏马等方面，都会细致地向听众介绍清楚。如罗成奋勇擒拿五王前，布仁巴雅尔对其着装的描述可谓竭尽渲染之能：

[①] 冯文开、李昂格乐玛：《胡仁·乌力格尔〈隋唐演义〉对〈说唐演义全传〉的因革》，《内蒙古大学学报》（哲学社会科学版）2013年第2期。

罗成也起身准备出发，脱下丝袍，放在一旁，展开战甲，开始穿起层层盔甲，将丝质的白衣穿在最里面，从里到外扣紧玉扣，然后穿上贴身软甲，在它的外面穿上美亮的珍珠甲，再穿上钢丝甲，在钢丝甲上又穿上了五虎银甲，将长长的甲绳打上吉祥结，吉祥结下飘着飘带，把三十六个罗家丝扣扣在腋下，十八个钩分别挂在不同的位置，用丝绦腰带围绕身体绕了三圈之后紧紧地绑在腰间。把护甲绑在膝盖上，穿上虎头钢底的战靴，系紧鞋带，把绣着龙虎图案的袍子穿在腰间。这时，士兵给白龙驹套上马鞍牵过来，罗成挑起五钩神飞亮银枪，骑上马背。

可见，布仁巴雅尔对罗成的钟爱和垂青，对其一身装扮极尽辞藻，龙虎图案的描绘俨然如生，以装扮衬托其武艺。这让罗成在听众的心里留下了很好的印象，使人们一听到罗成，就想到他是一个美男子。

人物性格需要通过人物行动才能表现出来，胡尔齐经常使用行动描写塑造人物形象。布仁巴雅尔的《隋唐演义》对秦叔宝的每一次战斗都进行了详细描写，浓笔重墨，不吝赞美之词。例如秦琼出场时，布仁巴雅尔将汉文《说唐演义全传》里寺中做梦等情节都删掉了，直接从秦琼看到盗匪围攻官军心中义愤填膺入手，开始了大段的武斗场面描写："秦琼攻势犹如泰山压顶，再向杨广打一下，杨广没能抵挡住，右手被砍伤。"这表现了秦琼的英勇。对秦琼与新文礼的战斗，《说唐演义全传》只用寥寥几笔干脆利落地写明秦琼即使带病，依然英勇无比。而布仁巴雅尔《隋唐演义》则采用重点描写，赞扬他"像原野上撕咬交战的雄狮"，描述他"剑离手直接飞向那厮的头颅"，最终"将士们还没来得及明白怎么回事，新文礼就被杀了"。布仁巴雅尔通过对秦琼的动作描写展现秦琼的武功力量和勇猛性格。尉迟恭投入刘武周军中后，战功赫赫、威名远扬，布仁巴雅尔对他与金日虎的打斗描述道："跟金日虎擦肩而过时，敬德用手中的钢鞭向他打了过去，金日虎没来得及挡住，鞭子落在了他的腰上，把他一分为二了。尉迟敬德只用了一根鞭子就打败了金日虎。"尉迟恭一鞭打败金日虎，将其一分为二，凶狠异常，足见威猛之力。再如描写他与秦琼的一次打斗："两匹马的八只蹄子在空旷的地方快速地游动着，踏进坑里也不觉得深，跑过去的时候，马蹄下溅起泥土，像是用铁锹挖出来一样，一块一块的泥土往上溅起,像是龙虎在嬉闹,两个人互相较量着。黑脸敬德的举动像后海里戏水的蛟龙一样,黑色的尘土阵阵溅起,一阵阵的喊杀声像在打雷一样。"布仁巴雅尔运用大量比喻,以打斗时马蹄、尘土的变化来衬托秦琼和尉迟恭武功之高强。

胡尔齐也常通过语言描写来表现人物性格。秦琼和单雄信会面,布仁巴雅尔描写了二人之间的对话:

> 秦琼含着泪水说:"你的心意比滔滔黄河还要深,即使海枯石烂也不会割断你我之间的兄弟情谊。你只是为了帮助我,绝没有想让我遭受此等苦难,贤弟休再提这些了。"单雄信说:"我来顶替兄长的罪过,让我去燕山府充军。"秦琼说:"那么干脆让我死在你面前,你要让我做这种不忠不义的事情?你看重兄弟情谊,同样我也不是出卖兄弟情谊的人。"

这段对话真挚感人,极易打动人心,充分体现了秦、单之间的兄弟情义。

乔公山是尉迟恭的旧交,对其有恩,所以徐茂公安排他去营中谈判,营外又排布许多将士,意图里外夹击、文武并用。然而,此法对尉迟恭并不奏效。尉迟恭听了乔公山的劝降之言,立刻变了脸色,十分愤怒,吼道:

> 我一直把你当兄弟,你却出卖了我⋯⋯我出生的地方是在定阳王的地盘上,我理所应当地去为定阳王效力。要是定阳王归降了大唐,我绝不会说不行;要是定阳王不想归降大唐,我也不会逼着定阳王让他归降。我是为定阳王效力,在定阳王活着的时候,我绝不会向大唐归顺。

这席话表明了他拥护刘武周的决心,衬托出尉迟恭对刘武周的忠心。

胡尔齐还经常描写人物的内心世界。李密兵败后,瓦岗寨众英雄纷纷另投他主,单雄信投了王世充并娶了他的妹妹,秦琼、程咬金、罗成也加入王世充的军队。后来,徐茂公来劝秦琼、程咬金投唐,罗成因卧病在床,无法跟随。为了自保,罗成听到单雄信归来后,故意在屋内大骂秦、程二人背信弃义，发誓要忠心辅佐单雄信报仇。罗成的自白恰好被窗外的单雄信听到，使他打消了杀罗成的念头，并决定与罗成敞开心扉，不计前嫌重新交好。这里布仁巴雅尔对单雄信的心理活动作了描写："是我来得不对。罗成的这个想法是对的。还没有成为知心朋友时像是草原上的狍子，可要是一旦成了知心朋友就像是身体里的脉络。"这段心理描写强化了单雄信重情重义的性格特点。李建成、李元吉设计抓了尉迟恭，逼他交还他们先前写的罪状。即便遭受百般毒打，甚至被扯去皮肉，尉迟恭也没有将他们的罪状交回。布仁巴雅尔这样描述他的心理活动："如果告诉他们罪状的所在，秦王李世民一定会有生命危险，所以我宁愿死也不能害了秦王。""与其君臣共死，不如我敬德一个人死，万万不能害了秦王，所以这事怎么也不能说。"可见，尉迟恭宁愿自己受罪，也不忍祸及秦王，足见尉迟恭对秦王的忠心耿耿。

除了外貌描写、语言描写、动作描写和心理描写外，胡尔齐还运用环境描写、侧面描写、细节描写、性格描写等诸多表现手法来塑造人物形象，而且经常将它们交叉综合起来刻画人物，这使胡仁乌力格尔中的诸多人物形象具有独特而鲜明的性格特点。

胡仁乌力格尔的生成源自汉蒙文化的交流，其主要的曲目也多是源自汉族乃至中华民族历代流传的历史故事，在表演形式上不仅具有蒙古族口传文学的特点，也借鉴了汉族的评弹、鼓书、戏剧等舞台艺术的优长，在音乐上既沿用了蒙古族传统民歌的典型形式，也参照和吸取了汉族民间曲艺的体式特征，具有曲牌化甚至板腔化倾向，所以胡仁乌力格尔是汉蒙文化交融的产物，而且是活形态的体现。胡尔齐在接受汉民族文化、文学的同时，将它们与本民族的文化传统相结合，积极进行地域性的文化重构，发展出了蒙古族民众所喜闻乐见的胡仁乌力格尔的艺术形式。胡仁乌力格尔是一个巨大的文化宝库，具有重要的学术价值。胡仁乌力格尔独具特色的创作方式、欣赏方式、传承方式，本身就说明了胡仁乌力格尔的重要学术价值。胡仁乌力格尔是蒙古族民间文学的重要形式，它上承蒙古族英雄史诗、下启现当代的叙事民歌，具有承上启下的重要作用。①

---

① 冯文开、魏永贵：《明清小说在胡仁乌力格尔中的传播与接受》，《中国社会科学报》，2016-05-23。

第二节　胡仁乌力格尔说唱曲目

至今，胡尔齐说唱的历史演义故事和章回体小说，包含了以下几个系列："列国"系列（《吴越春秋》《钟国母》《列国志》等），"两汉"系列（《西汉演义》《东汉演义》等），"说唐"系列（《隋唐演义》《薛刚反唐》等），"两宋"系列（《南北宋志传》《五虎平南后传》等），以及"四大名著"系列和现代"革命故事"系列等300多部。

一　具体的说唱曲目

（一）"列国"系列

《夏国故事》《战国策》《南七国》《吴越春秋》《夏周两国志》《福龙周游列国》《七十二国故事》《十八国故事》《周国演义》《北七国》《春秋列国》《东晋故事》《西晋故事》《列国志》① 《封神演义》《钟国母》《前七国》《梁国演义》《魏国》《鲁国故事》《吴国故事》《八国故事》《周国的故事》《楚国内战》《越国故事》《龙虎两山》等。

（二）"两汉"系列

《西汉演义》《刘秀走国》《东汉演义》《司马迁》《北汉演义》《后汉》《姚山通征南》。

（三）"说唐"系列

《隋朝故事》《东辽故事》《北辽故事》《大西梁》《唐代五传》《隋唐演义》《兴唐传》② 《反唐演义传》③ 《唐朝故事》《征西说唐三传》④ 《说唐征西传》《粉妆楼全传》《残唐五代史演义传》《大唐平定西凉传》《南唐传》《平定东辽》《南唐演义》《金树传》"唐五传"⑤《罗春安征

---

① 新《列国志》即《东周列国志》。
② 《兴唐传》，又叫《说唐前传》。
③ 《反唐演义传》，又叫《薛家将反唐全传》，内有《薛刚反唐》。
④ 《征西说唐三传》，又叫《薛仁贵征西说唐三传》。
⑤ "唐五传"包括《苦喜传》《全家福》《殇妖传》《契僻传》《羌胡传》五个系列故事。

南》《罗金堂征西》《寒风传》《平北传》等。

（四）"两宋"系列

《南北宋志传》《五虎平南后传》《忠烈小五义传》《续小五义》《三侠五义》《小八义》《七侠五义》《南宋演义》《宋朝狄青平南续传》《兴宋传》《宋代故事》《仁宗传》《包文正》《杨门七将》《北辽演义》《杨家将》《呼家将》《呼延庆打擂》《狸猫换太子》《紫金镯》《秦香莲告状》。

（五）"四大名著"系列

《三国演义》《西游记》《水浒传》《红楼梦》《孙悟空故事》《水浒梁山》《鲁智深大闹桃花村》《飞虎大将马超》等。

（六）现代"革命故事"系列

《平原枪声》《乌兰夫的故事》《毛泽东的故事》《邓小平的故事》《刘胡兰》《董存瑞》《黄继光》《阿斯甘将军》《白毛女》《风雪大别山》《江姐》《赵一曼》《杨根思》《渡江侦察记》《野火春风斗古城》《金光大道》《铁道游击队》《洪湖赤卫队》《沙家浜》《桐柏英雄》《红岩》《苦菜花》《欧阳海》《红色娘子军》《红灯记》《钢铁是怎样炼成的》《狼牙山五壮士》《敌后武工队》《革命家庭》《闪闪的红星》《火鹰》《红云岗》《一分钱》《无名英雄》《长征》《女英雄郭俊卿》《英雄都古尔》《中朝友谊》《平原游击队》《李向宝》《革命家庭》《难忘的战斗》《金狮的传说》《海峡》《创业》《陕北游击队》《江畔迷雾》《乱世黄金案》《代价》《红缨枪》《我的一家》《大渡河上的十八好汉》《欧阳海》《红太阳》《草原烽火》《金色的兴安岭》《劳动竞赛》《剑》《一个冬天的神话》《乌兰哈达》《隔壁之子》《图门乌力吉达》《骑兵部队》《布尔古德山》《敖宝岭战斗》《血海深仇》《打虎上山》《徐光焰》《龙山游击队》《一双绣花鞋》《刘金堂参军》《奇袭》《苏赫巴特尔》《七家贫户》《金彤参军》《勇士徐海林》《三叉剑》《敖包山上的战斗》《丹娘》《伟大的战士——邱少云》《海岸风波》《陕北游击队》《雪山》《烈火金刚》等。

（七）其他故事

《青史演义》《蒙古人的故事》《木华黎》《成吉思汗》《窝阔台汗》

《白音那元帅》《渥巴锡汗》《满都海斯琴传》《忽必烈汗》《成吉思汗降世》《沙格德尔"疯子"》《嘎达梅林》《阿力玛斯之歌》《三娘子》《鲍三花挂帅》《陶克套胡》《白音套海战斗》《英雄阿尤希》《格必姑娘》《牧民的好姑娘》《巴林怒火》《连心锁》《哑女》《孤星》《穿绿袍子的姑娘》《草原儿女》《吴龙盗宝》《吴龙征西》《五虎征南》《宋玉侯征南》《罗香宝告状》《卢思新征南》《五虎下江南》《李金龙征南》《冯公案》《祭典佛》《五龙闹师堂》《孙卓归西》《五祭灶王》《张银楼》《李公案》《柴王义弟》《周红仁》《朱洪武》《凤凰传》《济公传》《忠烈侠义传》《济公全传》《升仙传演义》《施公案》《二度梅全传》《四望亭全传》《侠义传》《蝴蝶媒》《醒世言》《进士缘》《薄命图》《全缘楼》《还生录》《彩球配》《万层楼》《尚书记》《金瓶梅》《和番缘》《五美缘》《锋剑春秋》《平山冷燕》《合映楼》等。

二 代表作品的故事梗概

(一)《钟国母》

春秋时期十二国鼎立,山东地区的齐国位列强大的七国之一。一日,齐宣王做了一个奇怪的梦,他的大臣晏婴能够神机妙算、视通神明,解梦说是天上的仙女要降临到凡间来做齐宣王的王后。齐宣王按照指示打猎途中遇见了钟无艳,其相貌丑陋,身材魁梧,喜欢舞刀弄枪,爱研究军法,个性强势。齐宣王受其胁迫封之为国母。

钟无艳本来是美丽的牡丹星君,因为在瑶池盛宴上嘲笑在瑶池边补妆的王母娘娘,被谪往凡间,于红尘乱世中降生。

钟无艳入宫后,命途多舛,曾三次被打入冷宫:第一次是齐宣王的西宫娘娘——赵国公主赵艳萍想要用毒酒毒死钟无艳,结果被钟无艳识破,打死了赵艳萍,被打入冷宫;第二次是由于西宫娘娘之死,齐宣王怀恨在心,在东宫娘娘张兰英的挑拨下火烧冷宫,钟国母返生治罪东宫,再入冷宫;第三次为生育第二子时被夏迎春设计狸猫换太子,齐宣王以为生出妖精又将钟国母打入冷宫。

钟国母三次临产两次遭难,第一次由于征战弃太子田丹于青龙渠导致母子失散多年;第二次被齐王宠妃夏迎春狸猫换太子,母子失散十二年。

牡丹星君钟国母在人间做下十件奇事：她以山上孩子的身份待了十八年，从神通广大的师父那儿学到了很多本领。长大后，自己跑去找到了定亲的人，坐上了王后的宝座，回到天宫时，完善了自己的法术。在水文山与凶猛的燕丹结为姐妹，认出了燕丹肚子中不凡的星君。为了在湘江会战中镇压叛乱，让嫦娥把自己变漂亮，得到了宣王的宠爱。为了充盈国库，上山集资，拿了昏庸的鲁梁王的宝玉。知道了反贼杨国万的计谋，派田昆去保护宣王。知道了变丑的因果，进了午门前的大洞，变换了自己的容貌。钟国母三次回到自己的故乡，回报家人的恩情。知道妖法之后，义无反顾地破坏。亲自去阎王殿，给混乱的魂魄一一指明去路。

　　《钟国母》的整个故事都是围绕着征战展开的，而他国挑起战事时最常用的伎俩便是"打赌"。打赌是制造混乱、寻衅开战、压制他国的借口，次次都是钟国母出面赢下赌局，赢的方式不外乎灵活应变、神机妙算，以及仙子神通和外来援助。钟国母弹奏五弦琴，吓住了贼人魏进英。跟夏迎春赌写诗，吓住了齐宣王。在宜州的对弈中，大胜了猴子。穿过郑国的珍珠，把东海的宝物给了齐宣王。湘江会战中杀掉了五位君王。猜出了吴国送来的大葫芦里只有阴阳两颗籽。让鲁莲公主三次受辱，跟齐宣王打赌，给百姓赏赐金银。讲解了西晋的九连环秘密，大展才华。三次打赢猛将博济，让秦襄王亲自向齐宣王敬酒行礼。让韩国的向太师弹奏玉器，为了留下这一奇观，打碎了玉器。钟国母赢了这十次的赌，威名远扬。

　　书中因果轮回、宿命论色彩浓重，在钟国母遭难时以及遭遇齐宣王的不公对待时都会以"命里该有的劫难""命里还不到受死的时候"或者"命定的姻缘"来作解释。

　　最终，在钟无艳以及各路英杰的护卫下，齐国平定了各国叛乱，并在田昆、田丹、田云三人中选出齐国太子，文武官员各自领取封赏，各司其职，百姓安居乐业，全国呈现出一派祥和的景象。

　　钟无艳自嫁与齐宣王便连年征战，她联合燕赵，威慑秦楚，打败韩鲁宋吴诸国，平定了四面八方，安定了动荡时局，使齐国威震天下。嫁与齐宣王十八年后，钟无艳最终还清孽债，功德圆满，恢复仙女身份，重返天宫。

　　钟无艳因仙女的身份，得以有出众的本领，在遇到大灾大难时常有神仙、圣母的援救，且周围聚集了一帮能人志士、出众人物。如钟国母的义子田昆、田昆的妻子廉赛花、白金龙转世的太子田丹、田丹的三位女将妻子、狸猫换走的太子田云、田云的妻子，这些人都是人中龙凤、男女豪杰，个个武艺超群、正直果敢，且多是仙君转世。再如文官中能掐会算、忠君护主的晏婴也为平定纷争立下了汗马功劳。

(二)《龙虎两山》

《龙虎两山》讲的是一个忠奸斗争、平反叛乱的故事。

战国时期，楚国百姓闹饥荒，楚王派元帅陈锁林护送黄金去灾区，向当地富绅买粮赈灾，由丞相郭氾海和南平王陈思龙暂管兵权，但二人却暗中勾结，意欲借机谋反。陈锁林带兵至金龙山时，遭遇山匪围攻，他负伤突围，在一镇中获救。

元帅一走，南平王和丞相立马设计陷害元帅弟弟二连王陈锁海和二人之子陈宝龙、陈华龙。楚王听信谗言要将其处死，幸得保国公仗义执言救下二连王，并传急信叫两兄弟逃走，结果只有陈宝龙在保国公之子冯英泰地助力下逃生。保国公因此惹怒楚王，但他在朝堂之上智斗南平王，楚王同意让他把儿子和陈宝龙带回来审问清楚后再治罪。保国公走后，丞相和南平王又密谋让南平王之子大太保陈世刚去找湖南王，助其谋反。

另一边逃出的冯英泰和陈宝龙在途中智收八虎山土匪八大王，二人在宴会上自报家门，八大王借机投靠，欲弃暗投明。二人得知元帅受伤下落不明，决定暂住八虎山从长计议。

大太保到了湖南，让湖南王给楚王写信，谎称元帅已投奔湖南，意欲带兵谋反，湖南王答应，让大太保回去与他里应外合。楚王收信后大怒，南平王谏言让大太保带十万兵力出征湖南，楚王答应。而二连王父子因元帅谋反受牵连要被斩首示众，行刑之际，有人来劫法场，原来是周国公和靖国公看不惯丞相和南平王残害忠良，让儿子梁启虎和肖郎俊救人。等南平王在朝堂问罪周国公时，周国公舌战奸臣，揭穿其密谋湖南的奸计。丞相自保，南平王只好狡辩否认，保证大太保会平定湖南，捉拿叛贼，如若不然，自愿受死，楚王同意。

大太保行至金龙山遭山匪夜袭，只率五千余兵侥幸逃出，又遇到了从刑场逃出的二连王等四人，大太保只身逃走。他身边小将青石原被肖郎俊追击，正巧闯进八虎山，遇到了冯英泰和陈宝龙。青石原被抓，道出了南平王与丞相的阴谋，并决定与他们共同扳倒南平王。于是，青石原带着八虎山两大王景田华和于庆登回朝廷做卧底，途中顺势杀了和大太保一起出征湖南的三太保。逃回城的兵卒跟大太保和南平王说明情况，恰逢青石原一行人刚到，景田华和于庆登假装帮三太保马革裹尸还，赢得了南平王的信任。

没兑现诺言的南平王谎称大太保是遭元帅和二连王一行人的埋伏才打了败仗，且损失惨重，唯一逃出的大太保是得八虎山两小将搭救，却闭口不提金龙山土匪之事。楚王见景田华和于庆登本领非凡，就让大太保带着二人再次出兵湖南。

元帅终于养好伤出山，在双脚山遇到保国公，二人热泪盈眶，决定带领双脚山两万兵力攻打金龙山，行军途中偶遇二连王等人，亲兄弟终于团聚。正巧此时大太保也到达金龙山，半夜行军，结果误撞元帅为山匪所设火阵，双方激战。青石原三人趁乱告知元帅卧底身份，元帅得知儿子在八虎山，让景田华前去报信会合，于庆登、青石原分别返回继续当卧底。大太保逃亡，剩下十万兵力被元帅降伏。

景田华将消息带到八虎山，继续回去做卧底。八虎山众人与元帅会合，向金龙山土匪宣战，双方布阵打得不分伯仲。金龙山土匪头子见势不妙，派人与湖南王联合。逃亡的大太保回都城领旨再征湖南，欲将功补过。他携景田华三人和保国王梅良玉出发，途中遇到同湖南勾结的金龙山土匪，臭味相投。大太保欲杀忠臣梅良玉，景田华设计将其救出，得知一切的梅良玉赶忙与元帅会合，告知金龙山土匪与湖南叛贼勾结一事。与此同时，大太保一行人回到金龙山加入战争，景田华出战时将金龙山土匪逃往湖南的路线透露，让元帅设下埋伏，金龙山众人果真中计，元帅夺下金龙山。景田华故意受伤和大太保一行人逃往湖南。

湖南众奸臣易湖南为金国，大太保心生一计要将楚王请来湖南，让湖南大元帅费彦龙召集的四十万大军在其来路上设伏。景田华赶忙与大太保同回都城，想找机会将奸臣计谋透露给元帅。到了都城后，大太保以路途遇妖邪需楚王龙体亲临为由，请楚王前往湖南。楚王不顾大臣劝阻答应了，让丞相暂时掌权。大太保与楚王出征后，景田华暗访周国公告知大太保诡计，让他立马动身去给元帅送信。然后去定王府找定王之子梁宝龙设计烧死当朝六十奸臣，前往金龙山与元帅会合。途中，听闻去送消息的周国公被通化寺逆贼所杀，二人智斗通化寺为周国公报仇，梁宝龙因此病重。通化寺只逃出郭刚、山峰两逆贼，投奔了郭丞相。如此一来，消息没有送到元帅处，景田华二人也耽搁了路程。

　　大太保顺利将军队引入埋伏中，众人得知他要谋反，却为时已晚。楚王被抓，到了金国，楚王被逼写下归顺金国之书，要被斩首示众。行刑当天，景田华终于赶回湖南，与青石原、于庆登冒死在围满金兵的刑场救下楚王，青石原牺牲，剩下二人带着楚王浴血奋战，冲出重围，途中还将大太保斩于马下，最终在金龙山与其他人会合。楚王也终于看清局势，给诸位功臣封赏，准备攻打金国。

　　金国应战，楚国出征独龙关。双方开始了持久战，楚国军粮渐尽，元帅选拔队伍派回楚国运粮食。而自从郭刚、山峰二人与丞相狼狈为奸后，都城成了叛贼的天下，二人在丞相的庇护下烧杀抢掠、强抢民女，城中一片混乱。回来取军粮的一队大将见此情形趁夜将南平王和丞相二奸臣一网打尽，又抓住逃跑的郭刚、山峰处死。

　　金国元帅料到楚国取粮，于是路上设埋伏，护粮大将肖郎俊神机妙算，声东击西，从金龙山后方突围，为楚军运来粮食，罪犯也被押了进来，于是楚军势如破竹，夺下独龙关。元帅又率领四十万大军突破十四关、三卿关，以及最难突破耗时最久的金虎关、斗良关，众将领或强攻，或智取，历尽千辛万苦，终于拿下金国都城玉良。战后楚王按照功绩，给功臣封了官职，楚国再次统一。

（三）《吴越春秋》

　　入吴为奴的勾践三年后被赦回国。回国后他卧薪尝胆，一心要报仇。范蠡带着训练了两年的西施前去吴国进献，吴王被貌美的西施迷惑，将她封为西宫娘娘，国师几次劝阻，但吴王不听。国师一气之下上山，回了三清观。伍相国去请，听到缘由后让吴王在三天内杀掉西施，杀罢再去请国师。次日，西施使计让吴王传伍相国来舞剑，而后又使计诬陷相国偷看自己洗澡，并让吴王下令挖掉相国的眼睛和心。正宫娘娘刘元平得知伍相国被杀后，前去袁凤楼报仇。见到西施后，一阵狂扇乱打。吴王立即过来袒护，还把正宫娘娘从楼梯上推下去。正宫娘娘被推下后，与众丫鬟一起为伍相国摆了忌桌祭奠，而后悲愤自杀了。公主和太子要用三妃剑杀死西施为母亲报仇。跟着西施从越国来的皮顺等人掌权蒙骗吴王，皮顺成了丞相。皮顺使计让吴王命镇殿大将军王魁去抓捕公主和太子。公公何亮劝他们投奔在韩国当正宫娘娘的姨娘，借兵治罪吴国。皮顺和王魁围住宫苑，但并未抓到公主和太子。后来在大石桥上抓住了太子，公主和何亮跳湖。皮顺等人集聚起来决定用酷刑逼太子写服罪书。吴王批准了流放太子到雄州。程法的儿子与太子酷似，于是让儿子替太子去流放，而太子则去韩国借兵。太子封程法女儿为正宫娘娘，在圣龙岭封梅月英为东宫娘娘；路过单凤山，又封周越兰为西宫娘娘。哥哥周越虎留在山上练兵，周越兰随太子前去韩国。韩王得知后，派邓雄率军前去助力。到了单凤山，周越虎的军队也加入进来。攻克柴三关后，来到博阳关，无数将士被火龙兵烧伤。何亮骑马去蓝石关请楚军将才来帮忙破火龙阵。

原来，何亮想与公主去韩国，但没去成。半路听说太子在这儿，所以前来跪拜。当时国家的大公都不愿再为昏王效力，去了朱茶山三清观拜孙国师为师。包国公焦严不想做神仙，砍了几天柴，偶然救下了被贼人皮顺关在牢车里的公主和何亮，并告诉他们去韩国的路。二人渡过长江后，在江西村碰到了庞黄氏妈妈并认作干娘。公主跳湖自杀后，何亮就回来找干娘。没想到干娘为了帮助治罪吴国，竟让两个弟弟起义征兵。招兵需要粮食，所以就给何亮找了一个关乞丐的职位。那日救完公主的焦严砍完柴回到观里，仍旧是馊饭。一气之下，他纵马来到淮南荆州。楚王得知后，决定亲征。可大家都认为楚王亲征不妥，最后决定让忠孝王带兵前去。将士们历经万难成功攻出青龙关，渡过了沙漠江。赵王听闻此事，为表心意，派廉颇送来五万石粮食。而后又成功攻破蓝石关，总兵蓝誉的女儿蓝秀英听从师父之言，决定嫁给伍辛。二人谈妥分别后，伍辛离奇失踪。众人找了好长时间无果，最后孙安王决定独自去找。途中遇难被巴老太太救下，并把女儿巴金定许配给他。二人在路上碰到了同样在找伍辛的蓝秀英，后来在仙姑山找到了。吴韩楚三国大军通力合作，干娘庞黄氏的两个弟弟带着义军也与大军会合了。在众将努力下，成功攻破博阳关。东宫娘娘也在庞黄氏的护送下与太子重聚。在清水关交战时，周越虎中了剧毒，被替太子流放的程天宝用药成功救下。原来，程天宝逃跑后，去三清观习武，听说太子借兵，就赶来与太子会合。他给出攻城的妙计，众将按此实施，大获全胜。吴国都城这边，皮顺等人逼吴王退位，让西施抱着一个其实是百姓家的孩子登上了王位，并派齐年、梅能二人率兵镇守清水关。苏州城东南有一金皇城，城里的魏王姬勇是吴王姬夫差的堂弟，听说堂兄的遭遇后大怒，决定带兵前去报仇。西施得知后，命倪奎为帅前去迎战。魏军用一妙计，轻松就赢了。兵部尚书倪伦听说侄子没有打仗便输了，就禀报西施要带兵报仇。最后用计杀了魏王，把士兵全收了。西施等人看大事不妙，打算洗劫苏州后回越国，临走前还将吴王勒死，连夜带着搜刮的宝物逃跑了。太子老师给太子等人送来苏州城的消息，众人决定兵分几路速去报仇。忠孝王来到苏州发现贼人已逃跑多日，就先去寻父亲尸骨。后来大军也来了，太子把吴王安葬在皇陵，忠孝王也把父亲尸骨安葬在棺材里，众人祭拜。程法一家也都来拜见太子。太子刚到吴国，打算等服丧结束后，选一吉日登基，等士兵休息好再向越国出兵。太子登基后，册封了各宫娘娘，并给功臣们都封官加爵。故事到此就结束了。

（四）《薛刚反唐》

唐太宗平定西凉后班师回朝，下令招揽天下有才之士，并从各地挑选美女服侍自己安度晚年。狄仁杰听后便离开家乡去应召，路上遇到武氏并对她进行了教育，而此时皇帝看到盖文德带回的武氏画像沉迷不已，盖文德自告奋勇将武氏带回了皇宫。

武氏进宫后，唐太宗沉迷于她的美貌，日渐荒废政务，身体也大不如前，武氏一直在床前服侍。前来看望皇帝的太子李治与武则天互生情愫，李治将自己的玉裹布送给武则天，作为二人的信物。爱国军师李淳风向皇帝进谏，希望皇帝能够杀掉武氏，以免她祸乱朝纲，但皇帝不信，反而下令内侍卫都督薛金峰暗杀了时任东宫之职的武宋。李淳风夜晚做梦梦到武宋向他质问，第二天便去问皇帝，皇帝解释说武则天不可能祸乱朝廷，并向他承诺：只要李淳风能猜中状元名，便杀掉武则天，李淳风答应了。

到放榜那天，底下人将状元领来与皇帝见面，状元名叫狄仁杰，与李淳风所猜无二，皇帝无奈，只得遵守诺言，但又不忍心，只好将武则天发配到尼姑庵，武则天到尼姑庵后与众尼姑和后面白马寺住的僧人处好了关系。武氏到尼姑庵的第二天，李淳风就去世了，太宗皇帝伤心不已，又因自己年事已高，便将帝位传给了李治，李治嘱武氏开始留发。太宗去世后，李治到尼姑庵将武氏接回皇宫，大臣们极力反对。武氏回宫后，向高宗举荐了自己的兄弟、亲戚，还让还俗的白马寺和尚们在朝廷中谋得官职。王皇后因高宗宠爱武氏，便使计让皇帝留宿，武氏害怕自己儿子当不上太子，便陷害王皇后用木偶咒高宗死，幸得大臣邱水亮解围，王皇后才得以脱罪。几个月后，武氏又陷害怀孕的王皇后掐死自己的女儿，将其打入冷宫；武氏又下令让太监杜回杀死王皇后，怎料杜回听到王皇后的自白，便帮助王皇后将生下的太子李旦送到江夏王李开芳府上，王皇后自杀而死。李开芳命属下徐敬尤、马周到扬州去为太子壮大势力。武氏被封为正宫娘娘。

梁辽王薛丁山的儿子薛刚与张天佑在街上起了冲突，薛刚将张天佑扔进了茅坑，张天佑与张天佐准备告状，却被程咬金拦下。几个月后，武则天向高宗建议让薛丁山训练青年将士，生病期间由罗张代训。薛刚、程铜、罗张三人喝酒被张天佐看见，张天佐被薛刚打得半死不活，二人又去程咬金那儿告状，程咬金又将二人带到了薛丁山面前，不想薛丁山要杀儿子，妻子樊梨花急忙求情；二人又去向皇帝告状，不想皇帝反而封薛刚做了通城虎。

一天，薛刚在街上从恶霸张博弈那里救下薛义杨氏夫妇。武则天因痛恨薛刚，便建议皇帝派薛猛、薛刚分别驻守泗水关和渡门关，薛刚不想去，便让薛义替他去。到程咬金过百岁寿辰那天，薛丁山和樊梨花去赴宴，并嘱咐薛刚不准出院子。薛刚不听，喝酒后还在街上撞到了圣上，踢死了太子李佼，把皇帝吓得从楼梯上跌下身亡。薛刚清醒了过来，向南逃去。薛丁山领着全家到金銮殿前领罪。李承业奉命去找薛强，未果；武三思去找薛猛及其家人，只有他俩的儿子薛琥让下属薛都带着逃到了锁阳城姑奶奶薛金莲那里。此时薛刚逃到乌龙山，与山大王纪鸾英成婚。薛强一路逃到孟金国，连续三次接住了公主孟九环抛的绣球，二人成婚。

高宗死后，武则天扶持李玉坐上帝位，但李玉却没有听她的话杀掉薛丁山一家，所以她干脆自己主持朝政，并将自己的两个亲生儿子都发配到了偏远之地。薛丁山一家被杀前，平国公徐敬猷用自己的儿子徐孝德换了薛勇家的薛蛟。被杀之日，樊梨花的师傅骊山老母救走了樊梨花和徐孝德。逃走的徐敬猷遇到了薛刚，将薛蛟交给了他，自己去往扬州。薛刚则回京祭拜父母，与武三思、李承业的几个儿子纠缠打斗，眼看不敌，武国公马登将儿子马刚宝托付给程咬金，自己去救薛刚。薛刚虽侥幸逃脱，但手下余音和余波被抓，说出了乌龙山，武三思、李承业受武后命令，前去捉拿薛刚，双方胶着不下。李承业手下赵铁头献计，导致纪鸾英与薛刚走散，投奔舅舅，而薛刚投奔薛义不成反被抓。此时武后登基，改国号为周，自称则天金龙皇帝。程咬金要去杀死武后，被老友谢映登劝住。薛刚被山大王吴奇、马三所救，杀死了薛义。武则天下令将城中姓李的人全都杀死，四万八千多人无一幸免，大臣安金桑因辱骂武后被杀死。李承业奉命前往扬州讨伐李旦，李旦派马周迎战，李承业战败。李承业属下赵铁头献计入敌营，骗了马周，后被其妻李香君识破，但武三思、武承嗣已入侵扬州，城池陷落，太子失踪。徐敬业、徐敬猷被伪装的赵铁头暗杀，赵铁头本想回去领功，不料却被李承业砍死。后马周在四明山落地，寻找太子李旦。

某天，武三思在城外树林遇见一男子，名叫徐瑙骚，便将他献给武后，武后十分开心。此时徐敬业的儿子徐美祖在街上与王小二、冯敦勇以及魏征儿子魏似泉相遇，徐美祖与魏似泉识破二人奸计逃跑，李靖救了徐美祖，让他们二人去投奔薛刚。随后他们三个与吴奇、马三进城取了徐美祖父亲和叔叔的头颅，被李承业围攻，但被狄仁杰救下。

太子李旦被一位叫胡发的老人所救，在他家中烧水沏茶，因其射箭技术好，在二女儿婚礼上让准女婿失了面子，女婿生气不娶二女儿离开，胡发生气将李旦打得半死不活，扔在马棚，一位叫高复的老人救了他。此时大女婿清真把二女婿马友寻回，举行了婚礼。不久，李旦与邻居樊氏相识，并与她的女儿胡凤娇结婚。此时的王钦、曹彪终于找到了太子，李旦与胡凤娇母女二人告别后离开。两年未见的马友第一次路过岳父家，看上了胡凤娇，却反被胡凤娇戏耍，马友不死心，贿赂街上的王媒婆帮他，但胡凤娇并不相信李旦死了。马友威胁胡凤娇与他成亲，但胡家母女二人被从前父亲的下属关云所救，送到了胡凤娇姨娘家，姨娘家三儿子崔文德本想与胡凤娇成亲，但看胡凤娇不愿意，二人就结为兄妹。崔母寿辰上，因受不了崔母小叔子崔贵的言语，胡凤娇跳江而死，但被官兵窦严雄所救，成为缝衣服的下人。

庐陵王李显在湖北房州招兵买马，令鲁中去请山西太原庐州的屈浮鲁当擂主，屈浮鲁答应，薛刚等人也参与其中。薛刚、屈浮鲁二人打得难解难分。薛刚与庐陵王见面后回山训练，半路在九焰山结识山大王南建、北齐和乌仁、乌义、乌利、乌志、乌心，并在九焰山立足。

此外，四铭山的马周助太子招兵买马，还找到了汉阳城的殷国泰和他的两个儿子殷应龙、殷应虎，并给武则天下了战书，武则天令李承业和武三思领兵攻打。李承业攻打马周失败，马周夜袭李承业军队，李承业落荒而逃，半路遇到一老人，得到法宝"欲火头"和"火轮牌"。殷国泰说破解之法在常州窦严雄那儿，太子李旦答应娶窦严雄的女儿，拿到宝镜破解李承业之宝。婚后李旦却发现窦水莲很丑，每天都不理妻子，后使计得到宝镜，偶然的机会和胡凤娇重逢，又故意让曹彪和王钦闹翻，先让王钦带宝镜回去。窦水莲撞到李旦与胡凤娇幽会，打了二人，得父母相劝才停止。因胡凤娇在慌乱之中丢了的玉裹布被窦严雄识别，李旦将真相告知他，并许诺让窦水莲做西宫娘娘，窦水莲不服，密信告到了常州主人曹真那儿，李旦在窦府被围攻，曹彪跑去报信。另一边，李承业战败，马周前去营救太子。

李承业战败回京，下令让西海军门黄金亮、北海军门丁世宝、东海军门万飞龙前去攻打李旦的军队。第一天，丁世宝与万飞龙打了胜仗，黄金亮夜晚在水中下了毒，马周的军队和全城的百姓都闹肚子。玉顶真人看到后，令弟子徐孝德带着太乙剑、万宝图帮助马周的军队。半路上，他遇到了四个山大王，本想打劫他，不承想却被制服。徐孝德劝服红华山马昌、高阳、张毅、青嘉四人帮助太子李旦，并嘱咐他们堵好李承业逃跑的路线。徐孝德先进城解了水毒，又去见了马周元帅，之后碰巧遇见了黄金亮，趁机斩杀。后三王战败，李承业又逃走，但又被红华山四人抓住，李旦下令杀死他祭祀王皇后。

李旦送信给武则天，让她反省退下王位，武则天割让几座城池给李旦，双方暂时和平。李旦内心烦闷，出去打猎却被通州街上的马友逮着，幸得清真相救，又在崔文德府上接了胡凤娇的母亲，还被马周顺着自己的马找到，一行人欢喜离开。另一边，武三思与薛刚宣战。吴任被杀，薛刚迎战武承嗣，不分胜负。夜晚薛刚突袭武三思军队，大败，但逃掉。

另一方面，纪鸾英在娘家海龙县登洁庄养育大了自己的儿子薛葵和侄子薛蛟。一天，二人趁着夜色去了村中的祭祀庙，还分别收服了自己的坐骑，找到了战服和兵器。随后二人准备回去却迷了路，饥饿的他们去酒楼吃饭，因不付钱与人争吵，后痛打了多管闲事的两人，他俩正是薛刚手下的吴奇、马赞。之后，薛葵、薛蛟在街上遇到庐陵王的大公主在抛绣球招亲，结果二人一人抢了一半，庐陵王让他们比赛举青铜鼎，二人都力大如牛，于是庐陵王将自己的两位公主分别许配给了二人。后来，他们回去找到母亲，三人去往九焰山寻找薛刚。

另一边，薛刚与姑姑薛金莲找西凉王借兵，西凉王还将自己的女儿胡三英许配给了薛刚，薛刚先借了锁阳关的兵。武三思打败仗后，又说服武则天给了兵，包围了九焰山，吴奇、马赞忍受不了敌人的羞辱出去迎战，却被活捉。

薛刚搬完兵，回九焰山的路上遇到张宝，看到被包围的九焰山众人，他与武三思的部下交战，正好被纪鸾英、薛葵、薛蛟三人所救。武三思在逃亡路上遇到一貌美女子胡月姑，是一个山寨王，与她成亲后返回京都。胡月姑与薛蛟二人不分胜负，但胡月姑却诱惑了薛蛟，徐美祖知道后帮助薛蛟破了胡月姑的计谋，杀死了胡月姑。

武三思战败，又逃回京都，张天佐建议招揽庐陵王，派人和薛刚谈判。庐陵王信以为真，但大臣鲁中建议先去长安查探，武则天派兵把庐陵王接到潼关，到长安后，武三思没有听武则天的命令，而是把庐陵王困到狄公府，想要害死他。此时薛刚等七人进城祭拜父母，被武三思发现，二人大战。徐美祖让吴奇、马赞救了庐陵王，还派人接了庐陵王的家眷到九焰山。武则天命山东虞城的白文豹和山东济南的大将军修齐去攻打九焰山。白文豹、白文虎与薛蛟、薛葵僵持不下，不分胜负。徐美祖模仿白文豹的笔迹，将白母及其儿媳都接到了九焰山，让白母劝服两兄弟归顺了庐陵王。

至此，九焰山集结了百万大军，青龙关、葭萌关、昱岭关、碓丛关、潼关接连被破，修齐也被薛刚收服。武则天正害怕时，出现一"驴头太子"，帮助武则天出战，而薛刚这边也有樊梨花出现帮助打败了"驴头太子"，胜利的军队围住了皇宫，武则天投降。庐陵王称帝，但并没有定武则天的罪，反而让她当皇太后，因武则天求情，所以只把武三思贬为庶民，中宗皇帝允许樊梨花好好安葬薛家众人。安顿好后，樊梨花离开。中宗皇帝将所有人派去了各地。武三思又在武则天的帮助下入了职，还与贵妃勾搭在了一起。

此外，李旦在九郡九州当了皇帝，杀了马友、打了胡发，赏赐了高复、关云老人。后与薛强一家相见，众人出发去长安。皇宫中，武三思与贵妃害死了中宗皇帝，李旦刚好进城，武则天自杀，李旦登基，武三思逃跑后被薛刚抓住，薛刚被荣宗皇帝封为三齐王。马周被封为大元帅，夫人李湘君被封为定国夫人，封徐孝德为左丞相，封徐美祖为右丞相，等等。

至此，薛刚反唐又复兴唐朝的故事结束。

（五）《程咬金的故事》

隋炀帝昏庸无道，荼毒百官、百姓，众英雄揭竿而起，程咬金和其二十八位兄弟率领近十万人在二龙口的瓦岗寨聚义。五月十日，由于程咬金馋酒，便召集英雄们开会，希望众英雄下山，为山寨寻求物资补给。

程咬金趁大家不在，独自一人偷着下了山，来到王岭口劫了卖酒的货商，强要了一坛好酒，却没有倒酒的器具，因为着急，竟然将酒坛子扣在了头上，喝得酩酊大醉，而后躺卧山间安睡了过去。日落时分，海青城守城将领山虎王的下属黄龙、黄虎二人押运皇杠银经过，程咬金就顶着酒坛子，挥舞着板斧，乘醉大发神威，赶走了黄龙、黄虎两兄弟，俘获了士兵，劫了七十二车皇杠银，回了二龙口。然而程咬金却不知已经暴露了自己的身份。为了防止山虎王突然带兵攻击二龙口瓦岗寨，大家听取了徐茂公的建议，关上城门，加强防守，在门牌上写道："四月十日，在这个月里，人们漱口，洗手，不出山，不打猎，在有金名的金鼎福上拜佛练兵，关门关口已有数日子了。"

被程咬金打走的黄龙、黄虎逃回海青城，将事情的前因后果告知了山虎王。于是，山虎王一声令下，要将二龙口的人全部活捉。但不知情的王均可、铁思金二人，离开瓦岗寨后，误打误撞，无意闯入山虎王镇守的海青城，在城中最大的酒楼喝酒，不慎向酒楼老板说破自己的身份，最终被山虎王的元帅鲁银活捉。山虎王对他们严刑拷打，逼他们交代二龙口的事情。可王、铁二人有着钢铁般的意志，宁死不屈。鲁银提议暂时把他们两个关起来，以此引诱二龙口的人来救他们，到时再一网打尽。

后来，罗成也误入了海青城，还来到了同一家酒楼，告诉店老板自己是"二龙口瓦岗寨混世魔王程咬金最小的弟弟罗成"。晚上，元帅鲁银就带兵包围了酒楼，要活捉罗成，但不料罗成所向披靡，凭借高强武艺与聪明机智，打败了山虎王手下的所有将领。元帅鲁银根本不是他的对手，无奈使出缓兵之计。庄金定是罗成的妻子，曾经被罗成气走，在黄龙山带发修行，立誓与罗成永不相见。鲁银看罗成妻子的心意已决，因此坚信庄金定是不会回来的，于是他与罗成定下契约。若罗成能把他的妻子庄金定带来，山虎王就愿在混世魔王程咬金座下服役，并且把当地的金银财宝都送给二龙口；若带不回来，就让混世魔王程咬金在山虎王底下服役，二龙口得向山虎王送礼。罗成于是离开海青城，经过千辛万苦到达黄龙山。

庄金定在山里建了小院子，手下有十八个小女孩。罗成多次让女孩子们进去告诉庄金定，他有紧急的事情需要见她一面。可是庄金定都十分恼火，连打带轰地把孩子们赶了出去。罗成见庄金定坚决不肯见自己一面，于是咬紧牙关，用钢制的神枪刺穿了左腋。他扑倒在地上，扎进去的枪向另一边穿过去。看见罗成倒地不起，他的坐骑白马围着主人哀叫，庄金定手下的十八个小女孩都哭喊着责怪师傅姐姐庄金定不近人情。庄金定得知丈夫死后，也急忙跑了出来，抱起罗成的"尸体"，号啕大哭了起来。就在这时，罗成站了起来，抓住妻子庄金定的一只手，再往后退一步，一下子拔出了枪，接着脱下了盔甲上的腰带，说了实话：原来罗成为了能感动妻子，证明自己的悔意，遂想到以诈死的方式来检验妻子的真心。他在路上行走时，杀死了九个母鹿中的一个后想祭祀山灵，因此把母鹿肚子和肠胃里的血放在袋子里，缠绕在盔甲和衣服中间，以此来做诈死的准备。就这样，罗成用聪明的办法挽回了自己的伴侣，在黄龙山里过了三天后，夫妻二人向大女孩交代了所有的事情后就出发了。

瓦岗寨英雄得知王均可、铁思金二人被困海青城后，决定主动攻打海青城，兵分四路：首先是兵丁向南，冲进门内，安定百姓的心理，混世魔王程咬金装作一位卖柴的老人带人从南门进去；其次秦琼带头，带着兄弟们骑的所有马，与王伯当一起装作卖马人从东门进去；然后单雄信和齐大乃等人带头，把所有的兵器、盔甲以及马鞍之类的都放在箱子里，用纸包裹住，装成是做买卖的人，从城西门而进；接着金甲、同辉二人，装作普通市民进城，把困在牢里的王均可、铁思金二人救了出来。最后大家在太阳的光芒照在山头上时陆续在中间大街上城内最大的三层酒楼后边会合。与此同时，罗成也请来庄金定到了海青城，鲁银却不遵守诺言，出尔反尔。双方展开一场大战，瓦岗寨英雄夺下了海青城，除掉了奸人山虎王。

（六）《隋唐演义》

胡仁乌力格尔《隋唐演义》是著名蒙古族说唱艺人布仁巴雅尔于1979年在哲里木电台录制的经典代表作品。活跃在汉文小说中的隋唐历史风云在演唱者的艺术加工下，与蒙古族深厚的文化传统相融合，进而彰显出独特的艺术魅力。布仁巴雅尔在汉文小说《说唐全传》《隋唐演义》

文本的基础上，结合蒙古族的审美理想与接受方式，对汉族小说原本的人物形象与讲述方式进行了"蒙古化"改造，并对汉文小说文本内容、故事情节进行了有意识的删减与虚构，是"说唐"故事文本的再创新成果，呈现了汉族小说艺术文化在蒙古族的传播面貌，并进一步推进了汉蒙文化的交流与互动。

这部由布仁巴雅尔所演唱的《隋唐演义》以时间顺序为经线，以人物事迹为纬线，围绕正反力量的缠斗与对峙、政权的交替与更迭，展现了自隋末至唐初这段时间的隋唐历史风云起伏，讲述了隋末各路英雄起兵反抗隋炀帝奢靡残暴统治，最后李唐王朝建立，并经过李世民的南征北战统一天下的故事。布仁巴雅尔的《隋唐演义》出场人物众多，线索驳杂，人物个体故事与时代交织，可以分为四个故事单元，即：秦琼的际遇，伍云召、程咬金等人的故事，瓦岗寨兴衰，以及群雄兴唐。

在第一个故事单元中，布仁巴雅尔讲述了山东济南府历城县豪杰秦琼被推举到县衙担任快马官职，与樊虎在押解犯人途中救下被隋文帝第二子杨广逼迫不得不退守太原的唐国公李渊一行人。秦琼押解犯人到山西潞州地界交差后，因身无银两，处境困顿，得二贤庄单雄信相助，方上路返回，途中遇到好友王伯当，东岳庙结识魏徵。因携带的单雄信所赠予的大量钱财在皂角林客店被店主猜疑，双方发生肢体冲突，秦琼失手将其打死获罪，被判到燕山府充军。在燕山府因一身武艺被罗艺元帅赏识，巧合之下更与罗艺的夫人——秦琼昔年失去联系的姑姑认亲。秦琼服满刑期后被罗艺介绍到山东济南府唐王唐壁手下任职，唐壁任秦琼为旗牌官，派其向越国公杨素送寿礼，途中遇到王伯当、齐国远等人，一同前往长安城，结果在长安城失手将强抢民女的宇文化及打死，后逃出长安城，回到山东。

在第二个故事单元中，布仁巴雅尔首先铺垫了隋文帝病重，其第二子杨广趁机弑父篡位，并设计杀死原太子杨勇，谋占兄妻萧妃的背景。重臣伍建章由于违逆杨广，被判斩首，杨广即位后诛杀其全家，派韩擒虎围剿镇守南阳的伍建章之子伍云召。因韩擒虎惜才，伍云召幸得保全，逃亡中托孤于朱粲，投奔寿州王李子通，被任命为大元帅。隋炀帝即位后为洗脱"昏君"嫌疑，便大赦天下，程咬金便是被大赦的其中一员。程咬金平日行事无赖，出狱后依旧如此，在酒店耍威风赊账，偶遇尤俊达，并与其在小孤山长叶林劫持靠山王杨林送给隋炀帝的十六万皇杠银。程咬金母子因对秦琼母子有恩，在秦母寿宴上结识齐国远、王伯当、魏徵、徐茂公等人，参加寿宴的众人结拜为兄弟。之后劫皇杠事发，程咬金得众兄弟相救，与众人共同攻下瓦岗寨，抽签为王，成为"混世魔王"。

在第三个故事单元中，隋朝得知程咬金瓦岗寨称王后，派邱瑞、裴仁基等将领先后攻打，都被瓦岗收服。瓦岗势力逐渐发展壮大，响应宋义王孟海公倡议，与其他不满隋炀帝残暴统治的十八路反王、六十四路人马聚集在四明山，准备伏击隋炀帝船只，结果被力大无穷的李元霸打败，被迫撤兵。程咬金途中救下因呆看萧妃获罪的李密，瓦岗众人推举李密为西魏王。瓦岗众人又进行了攻打临阳关、杜陵关和守卫金墉城等战争。此时隋朝的统治已经危在旦夕，宇文化及父子在江都杀死隋炀帝，改国号为许，李渊入主长安城，建立李唐王朝。瓦岗众将领在金堤关打败了孟海公，魏徵、徐茂公借李密赦免令私自放走被困在瓦岗的李世民，从而遭受李密驱逐。李密随后频繁逼走多位功臣，渐失民心，最终城池被王世充所得，不得不到长安归顺唐朝。

在第四个故事单元中，李唐王朝建立，但是各地反王势力仍旧强大，秦王李世民先后得到了魏徵、徐茂公、秦琼、程咬金、罗成、尉迟恭等豪杰的归顺。在李世民的率领下，众将领先后打败了刘武周、王世充，收服洛阳城，抓捕其他四王，顺利平定王世充旧部刘黑闼来犯。最后，天下大定，李渊大加封赏功臣，建造麒麟阁，举办庆功宴。

（七）"说唐五传"

"说唐五传"是清代汉蒙文学关系史上著名的系列长篇故事，包括《苦喜传》《全家福》《殇妖传》《契僻传》《羌胡传》。根据最普遍的说法，"说唐五传"的作者是清代卓索图盟土默特左旗瑞应寺喇嘛恩可特古斯。五部故事本子在情节方面各自独立又前后承接，共同建构了一个庞大的故事系统。它叙述了约百年间的唐朝兴衰故事，其中包含着众多大小战争以及忠奸智斗的故事。这些故事，并无史实根据，都是作者从蒙古族审美理想出发，仿照汉文"说唐"故事，借鉴甚至择取其他小说细节而创作的。"说唐五传"成功地塑造了一批兼有汉蒙两个民族的文化因素和蒙古族史诗英雄特点的英雄人物形象。

《苦喜传》讲述的是一个平反战乱的故事。唐朝炎熊皇帝时期，国戚符氏父子勾结东辽势力，发动了企图灭亡唐朝的战争，最终被唐朝智勇双全的将帅们剿灭。故事发展分为三个阶段，第一阶段是发生在京城的忠奸势力斗争，第二阶段是东辽发起战争，第三阶段是唐朝众将合力剿灭叛乱。

《苦喜传》第一部分的忠奸势力斗争围绕"雏鹰换太子"的故事展开。符蒙的女儿符贤妃是皇帝炎熊最宠幸的妃子，其父兄借此大肆结党营私，势力很大。当东殿张贵妃怀孕即将临产的时候，精通卜术的丞相徐允与符蒙就东殿的张贵妃是否生皇子打赌。张贵妃如丞相所卜生了儿子，却被符贤妃勾结宫女，用雏鹰换了太子，皇子李天被沉在莲花池里。李天最终被杨皇后所救，养在深宫。徐允无奈输掉赌局。在忠臣和奸臣为打赌之事争辩时，贤臣尉迟松勋失手杀了忆成王，获满门抄斩之罪。好友马林贤为了尉迟家不致灭门，带着尉迟松勋之子尉迟显德出逃，被唐军一路追杀。二人逃到少华山，占山为王。尉迟显德十一岁便所向披靡，是少年英雄。符氏又派出尉迟松勋结拜兄弟张汉的儿子张秋良去讨伐少华山。张秋良为兄弟义气，死于疆场。

恰逢边疆的雄武叛乱，符太师等人又把秦仁杰的儿子、十一岁的秦龙派去参战。秦龙在结拜兄弟程四海、罗猛的帮助下平定雄武，回朝后不仅没有得到封赏，反倒被符蒙等人的毒棍打伤。秦龙、程四海、罗猛三人一怒之下在街上杀死符蒙和符隆父子而获罪流放。路上遇到尉迟显德等人，名门之后们在真定府会合。

《苦喜传》第二部分讲的是符厚在父兄死后，勾结东辽，发动叛乱，企图灭亡唐朝的故事。皇帝听信符贤妃，派盖王李天到关外征伐辽军。战败被围，发往朝廷的求援书都被符厚所劫。在此危急关头，已经隐退的丞相徐允算到时机已到，出山揭穿了符厚的诡计，揭露了他内外勾结的罪状，使皇帝认清了符厚的真面目，开启了平定叛乱的阶段。

《苦喜传》第三部分，符厚已经被打倒，朝廷中忠臣重新被重用。内患已安，外患渐平。此时薛嵩也得道出山，成了唐朝的大元帅。秦龙、尉迟显德等年轻将军回归朝廷，皇帝赦免了他们的罪过。薛嵩率领唐朝众将开始了讨伐东辽的战争。此时，被围困在京雁关的尉迟显德也突破重围和朝廷取得联系。平叛大军在凤凰山击败叛军，夺回凤凰山。敌人诈降，在三江地区伏击，凭着刀枪不入的将军文通、唐建重创唐军。唐军将领程四海将计就计，诈降东辽，成为东辽的元帅，获取了战胜东辽刀枪不入的铁人大将文通、唐建的方法，使唐军得以最终取胜。

武战中唐军获得了胜利。东辽派出法师辽王妹妹葛明花，秦龙等被法术所伤，幸得薛嵩夫人严鲜花救治。唐军也请来了得道法师张齐贤（张汉长子、张秋良兄长）征讨辽国。两国法师各摆大阵，唐军各个击破，薛嵩带领的大军最终击败辽军回朝。唐皇帝炎熊立李天为太子，并封赏各路功臣。

《全家福》是《苦喜传》的续集。

在《苦喜传》里，皇帝识破了符厚勾结东辽灭亡大唐的阴谋，将其发配到云南。但是符厚的谋反之心不死，在云南又发动了一次篡位的阴谋。

符厚网罗天下人才，送他们去参加朝廷组织的科举考试，很多人被选中。他们和符厚在朝廷的残余势力相勾结，一点点壮大，企图把持朝政。在参加科举考试的人里，有一对兄弟，叫岳胜、岳鸿，他们分别考中了文武状元。但是在他们进京赶考之后，其家人被恶势力欺压，四散分离。与此同时，符厚与南边的越王、北边的羌匈达成叛乱的协议，他们故意没有参加唐皇帝举行的聚会。唐皇帝听从奸臣的意见，向越王和羌匈问罪。越王和羌匈以此为借口，发起了讨伐唐王的叛乱战争。

《全家福》的故事就沿着南线战争、北线战争、朝廷内部斗争、岳氏兄弟寻亲这四条线索同时进行。

忠臣们大多被派遣去平定叛乱：太子李天被派往南疆平息叛乱，大将柴树龙带领张秋良的儿子张玉宝奔赴北疆平定羌匈。朝廷被奸臣把控，符厚借机给唐王献上美女，重新回到朝廷。唐王沉迷女色，无心治理朝政，大权旁落。符厚掌握大权，罢免了薛嵩的元帅之职，废黜了炎熊皇帝，立李平为帝，还借此机会大肆屠杀忠臣。

北线的战事比较顺利，在大将柴树龙、张玉宝和军师徐世黎的密切合作下，很快平定了羌匈的叛乱。羌匈公主赵明兰得知张玉宝是自己的真命郎君，于阵前提亲，两人喜结姻缘。

南线的战事则比较胶着，唐朝将领程四海与越王军师孟海在斗法中互有胜负。唐王被废黜的消息传到后，众大臣拥立李天为皇帝。李天为薛嵩昭雪，吹响了平定叛乱的总攻号角。

符厚派人出使西夏，教唆西夏出兵反唐。西夏的军队受到唐军重创。

此时，汉中王、东辽王都无法容忍符厚的逆反之举，各自起兵征讨逆贼，与薛嵩带领的北路军在长安城下会合。他们与符厚的军队大战，各有胜负，最终凭借着徐世黎的计谋夺取了长安城。大军挥师南下，去解救被围困中的皇帝李天。

两路大军里应外合，和越军开始了胶着持久的作战。在一次混战中，唐王走失，扮作书生，等待着自己的大将前来救援。在这个过程中，他遇到了岳鸿走失的妹妹彩云，二人情投意合，私订终身。薛嵩用计谋打败了越军，擒获了越王，并且找到了唐王，护拥着皇帝回到了京城。回京途中，老皇帝炎熊驾崩。岳鸿兄弟二人重返扬州，也找到了自己的父母亲，一家人在长安团聚。唐王举行过丧礼，又举行了盛大的庆功封赏仪式。故事在盛大的宴席中结束。

《殇妖传》的故事承接《全家福》。唐朝击败了符厚策划的南北叛乱，新天子李天登基，分派诸大臣去各自的领地镇守一方，国家大治。但是太平的日子马上被西域造反的铁崇海打破了。铁崇海是燕国国主，燕国是吐蕃、突厥、羯黎汉三个边疆政权的联合体，势力强大。

叛军的消息传到朝廷的时候，元帅薛嵩正在去神州庙替皇帝做祭祀的途中。大将岳鸿领军向敌军发起攻击，年轻气盛的岳鸿过分轻敌，还不听军师程四海的意见，大意丢了三座城池。程四海在战乱中逃走，在出逃的路上救下了前朝炎熊皇帝流落民间的妹妹李鹤香。皇帝召回薛嵩，由薛嵩统领三军平定叛乱。在薛嵩和军师程四海的智谋下，唐军重新夺回了三座城池。之后叛军请来了妖师青霄道人，唐军损失惨重。程四海搬来救兵，打败了青霄道人。之后双方不断请来法师道人，进入了互相斗法的阶段。唐朝大将的妻子多是法师，丞相徐世黎也是得道法师的徒弟。最终唐军一一破解了敌军法师布下的阵法，取得了阶段性的胜利。

在之后的战斗中，更多的势力参与进来，唐皇帝也历经险境。汉松王之子李坤守护西平关与敌军战斗。唐皇帝派西辽王支援李坤，由于西辽王跟李坤有世仇，不惜反叛唐朝，想加害于李坤。李坤在其手下朱乃的帮助下脱险建功，承袭了父亲的爵位，劝降了叛乱的西辽国。唐皇帝不顾众人的劝说亲自上阵，在与真盖王战斗时被困住，又不听徐世黎劝阻进军林南山。在林南山时，燕军截获了唐军的粮草，再次将皇帝围困城中。幸亏将军徐刚、王唐的亡魂给皇帝托梦，指明出路。同时徐世黎在外接应，请秦诚、孟周公的援军救出了唐军。

唐军重新会合，开始了平叛的总攻。赵洪山、李坤、柴宿龙三军援助皇帝。徐世黎用妙计拿下了扇孙山，薛嵩也用计拿下了林南山，活捉了敌将雷利泰、马洪宝。

契僻国在铁崇海的教唆下起兵反唐，被薛嵩的军队打败，返回自己的领地。燕国军队节节败退，再次请来妖师九天道人，摆出石天阵，薛嵩的妻子严夫人破了敌阵。唐军一鼓作气拿下了华镜关，用程四海的妙计一举抓获三王（吐蕃、突厥、羯黎汉）。

燕王铁崇海被逼无奈让位给杨保鸿。杨保鸿智勇双全，重创唐军。在唐军大败的情况下程四海假意投降，把大将张玉宝作为人质送入敌营。杨保鸿的女儿杨十娘喜欢上了张玉宝，二人结成亲事。唐军里应外合，大败杨保鸿。

秦云、韩通二王战败回国，秦云不甘失败，把养女和财宝献给唐皇帝诈降。唐皇帝沉溺于女色，听信谗言，封赐秦云为官，罢免了秦龙、薛嵩等人，自己却被秦云扣押在军营里。薛嵩再次以谋略打败敌军，从秦云的军营救出皇帝。唐军在铁凤城大战铁崇海并将其活捉，燕国叛乱最终被平定，唐军凯旋。

故事以皇帝认亲结束。王聪丞相在绵苏遇到了皇帝李天的生母张月英，她和父母正在乞讨。丞相便把他们带回长安，面见唐皇帝李天，揭开了符贤妃"雏鹰换太子"的阴谋，并将其治罪。皇帝母子相认，张月英被封为皇太后。唐皇帝封赏有功之臣，改年号为泰雍。

《契僻传》接续《殇妖传》。唐王李天听信谗言，张玉宝独揽大权，为所欲为，朝中老臣都托病不上朝。陆文、柴奇勇、韩平、王广、岳鸿成为张玉宝的心腹，内宫有赵斯通风报信，里外堵塞了唐王耳目。泰雍四年，建兴太守姜武易旗造反，自立为江南王。唐王派张玉宝领兵前往镇压，张玉宝调殷廷盖去劝降姜武，姜武投降后，张玉宝却将他们二人关押起来，幸得姜武手下救出，廷盖逃往白帝王程四海处，程四海帮其掩护。薛嵩见朝中局势如此便诈死了，白帝王假意投靠张玉宝。姜武之子姜顺等人一日查核时遇到了杨保，因杨保擅自将祖上的坟迁出而受到燕平王的征讨。杨保等人劫了贡银后，走投无路齐上晓龙山，邢树南被邀当寨主。从此，他们招兵买马，积草屯粮，竖起反旗。而皇上却沉迷酒色，不理朝政，诸事均由张怀府定夺，又因田妃挑拨将皇后打入冷宫，将太子贬到太原府。曾在雾迷山学艺的李平遵师命拯救黎庶，重整朝纲，他来到了晓龙山，向邢树南说明了自己是炎熊皇帝的次子李平，众好汉遂推举李平为寨主。从此，晓龙山义旗高竖，扩建营寨，义军人数达五万余众。李平给燕平王写信，表达其真实目的，燕平王看罢书信，命军营竖起了义旗。皇上派窦让领兵去剿晓龙山，让燕平王出兵援救，结果窦让出战全军覆没。契燕公主摆擂台，李平换便服去打擂，后娶契燕公主。契燕王去世后，李平继承王位。

　　李平作为契燕王登基后，派使者向唐王李天表示诚意，张玉宝等人侮辱使臣，而唐王却听信小人之言挑起了战端。使臣受辱令李平大怒，后派使说服吐蕃、突厥、羯黎汉三国共同伐唐。双方开战后唐军节节败退，张玉宝亲自领兵前往契燕国，结果身死镇妖岭。唐王无奈逃往海丽国，李平派出诸将搜捕奸党余孽，各诸侯于荆州兴兵。契燕王几次想要议和都因双方战死老将多人、各自都想要报仇而难以休战。唐王李天兄弟二人在部下的怂恿下，互为对敌，经十余年血战，最后由大宛国国王秦诚等举义兵调停，兄弟议和。唐王因年事已高，退居后宫为太上皇，太子李宁继位登基，改帝号为英宗。李宁下令将死难先烈功臣的尸骨运回长安，建庙立祠，封赏有功之臣，封李平为八王、程四海为静王、柴树龙为羌胡王、薛寒为镇南王、秦俊彪为汉盖王等。从此，唐朝君臣同心合力，治国安邦，国势日渐繁荣强大。

　　《羌胡传》是《契僻传》的续集。英宗皇帝登基以来施恩百姓，国泰民安，汉盖王秦俊彪辅政，万民乐业。但平谖十年夏末，山东省因连年灾荒，恶徒骤增而上报皇帝，秦俊彪向英宗请愿前往山东清此祸患。随后，他选定五百军卒，林庆、郭震、高明、单彰等随员四人，前往山东。汉盖王到达山东后，依法严惩坏人及地方恶霸，使老百姓的生活恢复安宁。汉盖王在山东期间还收养了六个孩子做他的义子，他们帮助汉盖王一起剿平众贼。汉盖王回京后，英宗因碣石之乱所派两路人马皆败不知如何是好而叹息，便向英宗说："臣愿领我儿等前往剿灭碣石之乱！"英宗听后羡慕汉盖王有这么多儿子而自己却没有孩子，汉盖王建议皇上选几名妃子。

　　皇上去祭祖，汉盖王帮助处理宫中事务。汉盖王发现秦王与贤妃通奸，将秦王误杀，英宗决定将汉盖王发配边关，同时让汉盖王处理碣石之乱，三年后若有功则可回京。汉盖王在临走之前，顶替他职位的薛寒将盖有印章的一沓空文纸交给了汉盖王，让他随时调用军队。

汉盖王与他的义子们到达云芦关后调用附近军队，先后夺取水崂、青山、怀登三关，占领碣石水路要塞。经过汉盖王及其义子等人多次征战，最终与碣石王边罗商定：碣石之权仍交由边罗掌管，以青山关为界，以北归唐朝所管，交清之前所中断的贡物，两国和亲言归于好。在汉盖王与碣石作战时，羌胡发生动乱。

英宗皇帝自从贤妃死后，无心理政，每日到秦泽先家中与其女秦金娘私通，李皇后知道后，将秦金娘举荐为善庆宫之妃，英宗将秦泽先加封为太师。秦金娘的外祖父得知这个消息后便暗中勾结秋宣虎之子秋彬方，谋划推翻羌胡王柴广玉。秋彬方谋害柴广玉掌握了羌胡大权后，联合朝中大臣做内应，举兵伐唐。朝中前后派出四路兵马，均遭失败。英宗听信谗言不肯让汉盖王平羌胡之乱，林庆因直言力荐汉盖王而被贬为平民，后直接去了云芦边关。英宗经大臣多次劝说才同意召汉盖王回京。汉盖王回京后便开始奉旨捉拿朝中内奸，将内奸斩于市，并将秦金娘贬为平民。后汉盖王挂帅亲征，羌军接连失败。突然传出消息说西燕国李班峰领兵进入羌胡，并扬言要使羌胡归顺。汉盖王的义子钟旭亮得报后建议英宗贴出皇榜，选一能人却敌伐燕，结果罗强揭了皇榜。罗强是英国公罗雄的儿子，常打抱不平、惩治坏人。南洋因连年干旱，向朝廷要求赈灾却迟迟得不到回应，金茂宏带领十万饥民请愿造反。英宗听取众人意见，派熟悉南洋情况的薛安与白帝王去平定南洋之乱。

罗强等人与西燕国征战多时，不分胜负，最终双方议和，罗强与西燕国公主成亲，西燕国归顺。唐军与羌胡之战日益胶着，钟旭亮施诱兵计，打败羌军得三城后，双方议和休兵一年。唐军与金胜领导的南洋军多次交战，死伤惨重，白帝王多次释放南洋将士，终感动南洋王，双方议和，南洋王纳贡，继续管理南洋。定江八县闹灾荒，林庆、罗强奉旨去赈灾，在发放赈银的过程中发现了官员贪赃枉法的行为，林庆都一一惩治了。罗强将定江、河江两府水贼尽数剿灭，从此百姓安居乐业。

唐军与羌军休战一年后又重新开战，双方交战已有十年，死伤惨重，唐军失利，汉盖王上奏求援，朝廷派罗强等人前去支援。罗强领兵来援，屡建奇功，但羌军搬来马鞍山众妖道，损唐军十员大将。汉盖王向朝廷请求援兵，白帝王、薛安等人奉旨前去支援。不料唐军依旧屡战屡败，汉盖王只能再次向朝廷求援兵，靖王李怀建议皇上派汉盖王的妻子唐文梅和正宫李皇后出征。李皇后怀有身孕，皇上不放心，便又派其他两位娘娘陪同。这一安排正中李怀的计谋，李怀想在三宫娘娘不在之际，将他选中的女子钱晓英安排在皇上身边，英宗将她纳为偏妃。从此，英宗沉迷酒色不理朝政，朝廷的实权掌握在李怀等人手中。

在李皇后等人的努力下，羌军势力渐弱，李皇后顺利产下一皇子。羌军中自称为皇上的秋彬方在逃往辽西的路上被擒，自此唐军击败了羌军，唐朝军队回京。英宗处斩了秋彬方等人，赏赐了此次有战功的人，汉盖王提出告老还乡。

罗强在庶郡王百岁贺寿宴上表演舞剑，被靖王李怀羞辱后与其发生冲突，踢死靖王，为朝廷除去祸根。罗强在寿宴上直指英宗过错："昔日重用李茂、秦泽先内外勾结挑起羌胡之乱，致使多少将领士兵死于非命，今沉迷酒色，近奸疏忠。"说完后便拔刀自刎。英宗下令抄拿罗强满门，西燕公主率众离开了京城到达洛阳，准备为国除奸，立太子为帝。皇上听信钱妃谗言，重用钱平等人。钱平等人逐渐掌握朝中大权，威胁皇上惩治忠臣，并派兵加速对西燕公主等人的打击。钟旭亮只得诈死，静观其变，并偷偷联系朝中旧臣。皇上终于发觉钱妃、钱平等人的奸谋，求救于朝中旧臣，最终惩治了钱平、胡静等人。钟旭亮官升丞相，并做了太子的老师。英宗临终之前将太子托付给众位信臣，后明宗继位，一切朝政大事均由钟旭亮定夺，从此国泰民安。

第三节　胡仁乌力格尔研究概况

胡仁乌力格尔是蒙古族活态文化的载体，是汉蒙文化关系史上罕见的、富有深远历史意义的文化现象，是汉蒙文化艺术交流的结晶。蒙古国学者策·达木丁苏荣、达·策仁苏德那木、额·图门吉日嘎拉，德国学者海西希，匈牙利学者G.卡拉，日本学者莲见治雄等都对胡仁乌力格尔进行过一些整理与研究工作。国内学者自20世纪50年代以来，梳理了琶杰、毛衣罕、朝玉邦等著名胡尔齐的生平，对他们说唱的胡仁乌力格尔作品的思想、内容、语言等做了一定的研究。自 20 世纪 80 年代后，胡仁乌力格尔的搜集、记录、整理、翻译和研究得到了较为全面的展开，进而推进了胡仁乌力格尔研究的深入发展。

一 国外研究概况

蒙古国学者宾·仁钦院士是国外研究胡仁乌力格尔的源头学者。1929 年，他记录了蒙古国胡尔齐罗布桑的《宝迪莫日根汗》。1959 年，他在乌兰巴托召开的首届国际蒙古学大会上宣读了《蒙古族民间文学中的本子故事》①，提及罗布桑和他所用的 170 多个曲调，并指出胡仁乌力格尔是汉族历史演义小说在蒙古族民众中间重要的传播形式，而且比书面传播形式更具有特色。

蒙古国学者策·达木丁苏荣的《人民的乌力格尔齐（讲故事者）、胡尔齐、致颂词者》《罗布桑胡尔齐》，苏联学者李福清的《本子·乌力格尔演唱者生平研究》等对胡尔齐进行了一定的介绍与研究。而达·策仁苏德那木教授记录了《第十二代唐朝故事》《夏朝、周朝故事》，并对它们做了简要的介绍。1963 年，他刊发了胡仁乌力格尔作品《大钟国母》的两个不同版本，并作序，序中分析、考证了《大钟国母》传唱的地区、时间及最初传唱者，对胡仁乌力格尔总的特点、曲调等进行了综合性的论述。德国学者海西希搜集和整理了《蒙古本子新故事》《第十五代唐朝故事》《大险关》《苦喜传》等有关胡仁乌力格尔曲目的片段，写了《达瓦仁钦胡尔齐说唱故事研究》《蒙古本子新故事》等论文，对胡仁乌力格尔的说唱艺术进行了较系统的研究。

匈牙利学者 G. 卡拉的《内蒙古一位著名胡尔齐之好来宝诗歌》，从语言、文学、诗歌理论、地区方言等方面详细分析、论述了琶杰说唱的胡仁乌力格尔。额·图门吉日嘎拉的《蒙译汉〈西游记〉的有关问题》《〈水浒传〉之探析》和李福清的《东蒙古民间说唱——以唐朝故事为例》考察了汉族历史演义小说在蒙古地区的传播情况。

---

① 宾·斯钦：《蒙古族民间文学中的本子故事》，田艳秋译，《民族文学研究》2016 年第 4 期。

二 国内研究概况

国内自 1955 年开始胡仁乌力格尔研究，至今已发展了 60 余年，总体概括，可分为以下三个阶段。

1. 胡仁乌力格尔研究的起步阶段

胡仁乌力格尔研究的第一阶段为 20 世纪 50 年代中期至 20 世纪 80 年代初，始于 1955 年 10 月 25 日皓洁、钱民在《内蒙古日报》上发表的《内蒙古民间艺术家——琶杰》和嘉其于 1955 年在《内蒙古文艺》第 11 期上发表的《民间艺术家——毛衣罕》，两文分别较为详细地介绍了著名胡尔齐琶杰和毛衣罕[1]。此后，朝克图那仁、额尔敦陶克涛、白音那、臧克家、那·阿萨日拉图、布日古德、陶阳、仁钦葛瓦、李家兴、额·巴达拉胡、奎曾、托门等人都有类似文章发表。此阶段的论文基本上是对胡尔齐本人生平和演唱技巧的研究和对胡仁乌力格尔的艺术感悟，以那·阿萨日拉图和托门较为突出，如那·阿萨日拉图的《著名胡尔齐琶杰介绍》《对〈内蒙古民间说唱家——毛衣罕〉一文的商榷》，托门的《要正确评价蒙古族胡尔齐》《琶杰的诗歌艺术》等。20 世纪 60 年代内蒙古地区开始关注胡仁乌力格尔说唱，虽收集了大量录音文本，但对胡仁乌力格尔的学术研究不足。

与国内其他的文化事业一样，"文化大革命"期间胡仁乌力格尔的研究也受到了巨大的冲击，呈现一片荒芜之状。直到 1978 年，才有额尔敦巴雅尔等人发表了相关的论文。这些文章具有一定的资料性质，其内容主要是介绍胡仁乌力格尔和胡尔齐。

2. 胡仁乌力格尔研究的恢复发展阶段

20 世纪 80 年代初到 20 世纪 90 年代初为胡仁乌力格尔研究的恢复发展阶段。从 20 世纪 80 年代初，胡仁乌力格尔曲目开始在各地的电台恢复播放，乌·苏古拉、仁钦道尔吉、格日勒图、扎拉嘎、布林贝赫等一批学者也接踵回归到研究领域中，内蒙古大学还开展了胡仁乌力格尔的资料搜

---

[1] 由于音译的原因，并存"毛衣罕"和"毛依罕"两种译名。本书行文依从现今通用译名"毛衣罕"，对于原著译名采取照录方式。其他人名皆采用此录用标准。

集工作。除了介绍性的内容外，这一时期关于胡仁乌力格尔起源发展、流派、曲调、艺术特色等方面的论文与著作也相继出现，像格日勒图的《科尔沁地区乌力格尔说唱艺术初探》、吴·新巴雅尔的《关于胡仁乌力格尔的起源》、包玉林的《胡仁乌力格尔的曲调》、叁布拉诺日布的《蒙古胡尔齐流派之分类》等文章都是这一时期的代表性文章。内蒙古大学全福等人在对胡仁乌力格尔传播情况调研的基础之上，将胡仁乌力格尔的内容写进了自编教材中，将其纳入蒙古族现当代文学教学的内容之中。这些都为后来研究的资料学建设奠定了坚实的基础，同时也引起了一些理论方面的讨论。

3. 胡仁乌力格尔研究的深入发展阶段

这一时段为20世纪90年代至今，胡仁乌力格尔研究队伍逐渐壮大，仁钦道尔吉、斯琴孟和、叁布拉诺日布等一批学者的研究日益深入。仁钦道尔吉的《采访现代的巴林天才胡尔齐探讨本子故事和它的流传以及胡尔齐、史诗艺人的关系》介绍了胡仁乌力格尔并阐述了胡尔齐与史诗演唱者间的关系。斯琴孟和的《胡尔、胡尔齐、胡仁乌力格尔》则是对胡仁乌力格尔在国内外研究的整理情况进行了综述。自20世纪90年代中后期开始，形成了包括包金刚、陈岗龙、乌·纳钦、博特乐图（杨玉成）、白翠英、白玉荣、额尔很白乙拉、朝克图、李树新、金荣、刘志中、冯文开、斯琴托雅、赵延花等近百人组成的大规模研究队伍。

这些年来，越来越多的年轻人加入到胡仁乌力格尔的研究领域当中，研究队伍日益壮大，研究生的人数越来越多，逐渐形成了一支涵盖老中青三代的具有活力的研究梯队，尤其是包金刚、博特乐图（杨玉成）带领学生创作了一批关于胡仁乌力格尔的硕士学位论文。这个时期相关著作日渐增多，数量相当可观，根据不完全统计，有超过两百篇汉蒙文文章发表在各类期刊、报纸上，是过去的十倍之多，还有十几部专著出版。研究水平也日渐提高，呈现出逐步深化的趋势，从对人及其作品的介绍逐步拓宽到起源发展、人物形象、演唱风格、故事情节、流派划分，再到新世纪以来田野调查与理论并重。同时，包金刚、博特乐图等一批研究人员带领学生走向农村牧区，开展田野调查工作，深入到民间艺人当中，搜集第一手资料，这些都扩展了研究内容，充实了研究方法，研究手段也日臻完善，完成了从一般性探索到学科与学理层次上研究的飞跃，出现了许多博士、硕士学位论文与理论专著。

　　需要提及的是，2013年，内蒙古大学全福教授作为首席专家申报了国家社科基金重大项目"胡仁乌力格尔（300部）整理与研究"，并获批。由此，国家社科基金重大项目"胡仁乌力格尔（300部）整理与研究"课题组对胡仁乌力格尔展开了较为全面的研究，取得了不少成绩。全福《"胡仁乌力格尔"研究述评》从宏观上对胡仁乌力格尔的研究进行了细致的回顾与总结。该文章对20世纪20年代以来胡仁乌力格尔的国外研究现状和20世纪50年代以来的国内研究现状进行了概述，认为从整体来看胡仁乌力格尔研究的发展经过了"发端和发展期""国内'17年文学'时期的研究"和"国内'新时期'的研究"三个阶段后已成为一种学科意义上的系统研究，并从资料建设、研究趋势、学术成果、成绩与不足等方面对胡仁乌力格尔的研究进行了整体述评。他的专著《胡仁乌力格尔的发生、发展、结构及其文化艺术研究》对胡仁乌力格尔的发生、发展、结构、艺术等方面进行了综合研究，具有重要的学术价值。

　　斯琴托雅的《从胡仁乌力格尔发展过程探析蒙古"故事本子"的含义》对胡仁乌力格尔从命名到内容、传播方式、变化等多个方面进行了研究，厘清了"故事本子"在胡仁乌力格尔的发生、发展过程中产生的历史作用。文中具体探讨了"故事本子"和"本子故事"的关系，指出"故事本子"是"本子故事"说唱的内容或故事来源，它以书面化形式存在。而"本子故事"是"故事本子"的传播形式，以口头形式传承。此外还探讨了"本子故事"与胡仁乌力格尔的关系，指出"本子故事"是胡仁乌力格尔发展初期的产物，而胡仁乌力格尔则是从其初期说唱蟒古斯故事为主，发展成为现代的以汉族历史故事、演义故事、自编故事为内容的较为完整的一种民间说唱艺术。最后还研究了蒙古"故事本子"的意义，得出它对蒙古族翻译学、蒙古族民间教育和汉蒙历史文化交流有重大的现实意义。

　　赵延花的《论胡仁乌力格尔对明清小说的改编》《论历史演义类胡仁乌力格尔叙述模式的基本特征》《胡仁·乌力格尔〈程咬金的故事〉对汉族古代小说的因袭与再创作》等一系列文章聚焦胡仁乌力格尔在汉蒙文化交融中起到的关键作用，通过对明清小说、汉族古代小说、历史演绎等与胡仁乌力格尔的关系研究，突出胡仁乌力格尔这种弥足珍贵的口头文化现象在游牧文明与农耕文明的交流、碰撞中产生的中华文化多元一体的特征。

冯文开《明清小说的蒙古演绎——论胡仁乌力格尔的创编》阐述了胡仁乌力格尔对明清小说的创编方式及其彰显的"蒙古化"特征。他在《琶杰〈景阳冈武松打虎〉对汉文〈水浒传〉的蒙古演绎》一文中认为琶杰说唱的胡仁乌力格尔《景阳冈武松打虎》对汉文小说《水浒传》在结构体制、人物场景、文本细节等方面进行了改编、扩充和删减，使得整个说唱内容和形式更加符合蒙古族大众的审美心理，进一步扩大了汉文小说在蒙古地区的流传与发展，为其被蒙古族民众所接受和传播注入了新的活力。

金荣在《胡仁·乌力格尔的"创造性叛逆"探析——以琶杰说唱的〈武松景阳冈打虎〉的故事为例》文中指出胡尔齐不是完全按照汉文底本（或蒙译本）的故事进行说唱，而是对其进行或多或少的改写，即有意识或无意识地进行"创造性叛逆"。李树新和刘志中的论文《胡仁·乌力格尔〈薛刚反唐〉文本分析》从开篇的写法、文本结构、英雄人物刻画等方面分析了汉文本《薛刚反唐》经由蒙古族说书艺人改编之后的变化。

历经三个历史时期的发展，胡仁乌力格尔研究尤其在学科建设方面，取得了令人瞩目的成绩。

1. 资料建设初见成效

到目前为止，学界搜集、录音、整理和出版了近30多部著作，如《宝迪莫日根汗》《第十二代唐王朝演义》《夏周演义（录音）》《大钟国母》《琶杰传》《胡仁乌力格尔曲目》《蒙古族文学资料集（第七卷）》《琶杰作品集》《乌斯夫宝音作品集》《琶杰、毛衣罕好来宝选集》《蒙古族胡仁乌力格尔中的套语》《蒙古族说书艺人小传》《乌力格尔曲调300首》《胡尔沁说书》《凤凰传》《程咬金的故事》等。除此之外，诸多电台存有相当数量的说唱录音资料、影音文献资料。众多研究机构在搜集资料方面也做出了贡献，如内蒙古大学、内蒙古社会科学院等。

2. 研究领域逐步拓宽

初期的胡仁乌力格尔研究主要集中于介绍作家、作品上，之后逐步拓宽了研究领域，研究人员的关注点转向了艺术特色、改革创新等方面。

其一是将研究的关注点放在了胡仁乌力格尔的起源上，如宾·仁钦的"本子故事说"具有原创意义等。另外，还有包金刚、朝克图等人的诸多文章，都极大地丰富了胡仁乌力格尔的起源研究理论。

其二是有关胡仁乌力格尔的传承与保护研究方面，国内学界也发表了较多研究性文章，其中朝克图和赵玉华的《探析蒙古族曲艺艺术胡仁乌力格尔面临的危机》是最具代表性的作品。此外，也有更多学术及学位论文探讨其传承与传播，如吴桐的《科尔沁右翼中旗胡仁乌力格尔的保护与传承研究》、布特乐图的《胡仁乌力格尔音乐的传承与传播》、海泉的《胡仁·乌力格尔对汉文古典白话小说的编译传播》、通拉嘎的《口头传承的延续——甘珠尔及其胡仁乌力格尔》、额尔很白乙拉的博士学位论文《胡仁乌力格尔的传播学研究》等。由于胡仁乌力格尔有口头文学的"活态"特点，所以研究者十分重视其传承与保护的问题探讨。

其三是在对胡仁乌力格尔与汉族历史演义小说的比较研究方面，国内学者也投入了较多关注。其中，2015年出版的《胡仁·乌力格尔封神演义文本》主要运用了比较文学、口头程式理论及文化学理论与方法梳理了《封神演义》在蒙古地区的传播途径和影响。博士学位论文有白玉荣的《"说唐五传"比较文学研究》、李彩花的《胡仁乌力格尔〈封神演义〉文本与汉文小说〈封神演义〉比较研究》、聚宝的《〈三国演义〉蒙译文本研究》，硕士学位论文有陈琰的《褚人获〈隋唐演义〉与布仁巴雅尔演出本比较研究》、玉莲的《胡仁乌力格尔〈钟国母〉与鼓词〈英烈春秋〉比较研究》、包雪芳的《布仁巴雅尔讲唱本〈刘秀走国〉与明代谢诏〈东汉演义〉比较研究》、马静的《胡仁乌力格尔〈薛刚反唐〉对汉文原著的蹈袭与创新》等。

其四是对胡仁乌力格尔的综合性研究。国内诸多学者对胡仁乌力格尔所涉及的诸多问题均作了综合性探讨，这也意味着胡仁乌力格尔研究在国内已进入了交叉整合研究阶段。其中主要以大量的博士论文为主，如何红艳的《科尔沁蒙古族说唱文学研究》、彭春梅的《胡仁·乌力格尔：从书写到口传》、齐占柱的《胡仁乌力格尔与乌力格尔图哆的亲缘关系研究》、额尔很白乙拉的《胡仁乌力格尔传播学研究》等。

其五是有关对胡仁乌力格尔的民俗和文化意义的研究。许多学者从文化学角度对胡仁乌力格尔作了研究，如哈斯呼的硕士论文《胡仁乌力格尔民俗探析》、阿娜尔的硕士论文《胡仁乌力格尔民俗研究》、谢丽萍与郭艳玲的《胡仁乌力格尔与宗教信仰、民俗习尚的关联》等。

3. 高水平论著大量出现

扎拉嘎的《本子故事与故事本子述略》对胡仁乌力格尔的属性问题做出了界定，认为"本子故事"（胡仁乌力格尔）和"故事本子"属于不同的艺术门类，前者是口头文学，后者则是书面文学。文章还分析了琶杰说唱本"武松打虎故事"，讨论了"本子故事"与"故事本子"间的联系与区别，提出"本子故事"对"故事本子"补充和改写的内容对艺人说唱活动的意义，是这两者间最有意义的区别之一。这个问题在他的《比较文学：文学平行本质的比较研究——清代蒙汉文学关系论稿》中又得到了进一步的深化研究，而且该论稿对胡仁乌力格尔与汉文小说的关系进行了较好的阐述。

包金刚的《说书艺人与胡仁乌力格尔、好来宝、叙事民歌》（2006年）一书重点论述了胡仁乌力格尔与好来宝及叙事民歌之间的内在文化联系。绪论部分着重陈述了该书的研究目的和意义；第一章较为详尽地梳理了之前的研究状况；第二章着重论述胡仁乌力格尔传承发展的地域、文化及社会根源，以及说书艺人与胡仁乌力格尔之间的关系；第三章阐释了好来宝产生的地域、文化根源以及说书艺人与好来宝之间的关系；第四章主要说明叙事民歌兴起的地域因素和文化、社会根源以及说书艺人与叙事民歌之间的联系。在"胡尔齐与叙事民歌"一章中，作者揭示了胡尔齐与叙事民歌的内在联系和相互作用，阐述了它们之间的共性与差异性，这是本书一大亮点。

朝克图、陈岗龙著的《琶杰研究》详细介绍了琶杰的艺术人生，研究了琶杰演唱的英雄史诗，记述了《琶杰格斯尔》的演唱经过及其整理出版状况，探讨了琶杰创作演唱的好来宝诗歌艺术，通过对《程咬金的故事》的分析，论述了琶杰说唱的本子故事的艺术特征和口头表演传统。

朝克图、陈岗龙、胡格吉夫、包达尔汗、纳·格日乐图等人合著的《毛衣罕研究》，将毛衣罕的生平及其作品（好来宝、胡仁乌力格尔、英雄史诗）等进行了深入且全面的研究，同时也对其说唱音乐进行了探索研究。

陈岗龙的《东蒙古胡仁乌力格尔表演中的汉族说书赋赞和戏曲影

响——以护背旗、虎头靴、绣龙蟒袍为例》论文中，将胡仁乌力格尔中涉及的程式化唱词与汉族"说书"中的赋赞和戏曲等相关内容进行比较，之后又将其与蒙古族传统英雄史诗的相关段落进行比较，认为蒙古族的胡仁乌力格尔的表演传统是以蒙古族英雄史诗口头演唱为基础，并接受了汉族"说书"和"戏曲表演艺术"而逐步形成和完善的。他的论证充足，资料详细，所持观点令人信服。在《胡仁乌力格尔的史诗化》中，他又将胡仁乌力格尔《唐朝的故事》与蒙古族英雄史诗《锡林嘎拉珠巴图尔》两者进行比较，提出了胡仁乌力格尔在原有的英雄史诗传统的基础上借鉴了汉族"历史演义小说"的表演艺术，进而提出了"史诗化过程"的观点。

博特乐图（杨玉成）的《表演、文本、语境、传承——蒙古族音乐的口传性研究》是一部研究蒙古族口传音乐的学术论著。其中第三章以胡仁乌力格尔为例，探讨了口头表演的传统规则、基本模式和规程等一系列问题。此书从多角度对包括胡仁乌力格尔在内的蒙古族口传音乐进行了专门性研究，具有很高的学术水平，堪称该领域的标志性成果。博特乐图的另一著作《蒙古族英雄史诗音乐研究》是研究蒙古族英雄史诗音乐的专著，他将胡仁乌力格尔的音乐与英雄史诗音乐进行了比较分析，指出了胡仁乌力格尔音乐的不同之处。

朝克图的《胡仁乌力格尔研究》将胡仁乌力格尔的研究进一步推进。他系统地将"本子故事"与"胡仁乌力格尔""蟒古斯故事""好来宝""蒙古族民俗"等进行了比较和研究，对胡仁乌力格尔的艺术特征、胡尔齐风格流派以及社会作用等方面作了系统分析，具有较高的学术价值。

在几代学人的共同努力下，胡仁乌力格尔的研究成绩突出，但胡仁乌力格尔的研究是一项庞大的系统化工程，需要综合运用口头诗学、人类学、社会学、语言学等多种学科的理论与方法才能将其间的许多问题廓清，才能更好地推进胡仁乌力格尔的研究，进而创建胡仁乌力格尔研究的新范式。

第二章　胡尔齐研究

如前所述，胡仁乌力格尔是在内蒙古东部蒙古族聚居地区的特殊文化氛围中形成的，是汉蒙文化交流的结晶，是蒙古族历史悠久、深受民众喜爱的传统说唱艺术之一，也是蒙古族人民文化生活中不可或缺的重要组成部分，它在很大程度上影响着蒙古族尤其是内蒙古东部蒙古族民众的文学欣赏与审美心理。胡仁乌力格尔在其200多年的发展进程中，在哲里木盟（今通辽市）、昭乌达盟（今赤峰市）、兴安盟、呼伦贝尔盟（今呼伦贝尔市）等地区的发展与影响是最显著的，锡林郭勒盟、吉林的前郭尔罗斯、辽宁阜新等地的胡仁乌力格尔也在内蒙古东部地区胡仁乌力格尔的影响下得到了很好的发展。

胡仁乌力格尔与其他民间文学一样，也是用口头传诵的方式流传在民间。毋庸置疑，胡尔齐在胡仁乌力格尔的传播过程中的作用是无可替代的、不容忽视的，从某种程度上可以说，如果没有胡尔齐就无从谈起胡仁乌力格尔的形成、传承与发展。"胡尔齐"一词的原意是指弹奏乐器的艺人，后来随着胡仁乌力格尔的产生，将用四胡伴奏说唱的艺人称为"胡尔齐"。他们是胡仁乌力格尔的编创者、表演者，同时也是胡仁乌力格尔的保护者和传承者。在蒙古族传统艺术胡仁乌力格尔发展的各个阶段，内蒙古东部蒙古族聚居地区涌现出了丹森尼玛、希尼尼格、琶杰、毛衣罕、希日巴、布仁巴雅尔、劳斯尔、甘珠尔等一批杰出的胡尔齐，他们以精彩的演唱吸引了无数的蒙古族听众，从而也丰富了蒙古族尤其是内蒙古东部地区蒙古族群众的业余文化生活。

胡尔齐不仅深受普通蒙古民众的喜爱和推崇，而且也得到了学术界的普遍重视。20世纪80年代末，由哲里木盟（今通辽市）文学艺术研究所内部发行的叁布拉诺日布编写、章虹翻译的《蒙古胡尔齐三百人》，可谓是研究胡尔齐传的开篇之作，书中共收录了丹森尼玛、朝玉邦等309位胡尔齐，详细介绍了胡尔齐的生卒年月、籍贯、演唱的胡仁乌力格尔与好来宝曲目、师徒关系及说唱特点与风格等。1990年，叁布拉诺日布、王欣的《蒙古族说书艺人小传》问世，这部小传从《蒙古胡尔齐三百人》中挑选出249位胡尔齐并做些修改后由辽沈书社正式出版。这两部著作简要介绍了胡尔齐的生平事迹，为研究者提供了宝贵的资料。自此之后，李青松的《胡尔沁说书》一书于2000年才得以出版，该书收录了119位蒙古贞①胡尔齐；2005年董新国在其《科尔沁右翼中旗·享誉全国的乌力格尔之乡》一书中介绍了乌日图那斯图等38位胡尔齐；2007年，宝音朝古拉、阿尔斯楞的《郭尔罗斯乌力格尔与曲调》一书中介绍了长明等10位郭尔罗斯②胡尔齐。这些著作虽然未能详细介绍所有胡尔齐的生平事迹，但作为起步时期的研究为之后的胡尔齐研究提供了宝贵的资料。除此之外，学者们还撰写了诸多有关胡尔齐传的研究论著，如《芭杰研究》《毛衣罕研究》《胡尔齐：科尔沁地方传统中的说唱艺人及其音乐》《扎鲁特胡尔齐研究》等。由此我们可以看出，学术界一直以来都十分重视对胡尔齐的研究。本章主要分析探讨胡仁乌力格尔的主要编创者和传承者——胡尔齐的现状、分布、谱系及其社会地位与贡献等诸多问题。

第一节 胡尔齐现状调查

胡仁乌力格尔在其200多年的发展进程中，一直深受蒙古族广大农牧民的喜爱，是其业余文化生活的主要内容。然而给无数农牧民带来无限乐趣和艺术享受的胡仁乌力格尔这门民间艺术，今天受到现代文化新型视听娱乐方式的强烈冲击，遭遇到了前所未有的严重挑战，正逐渐走向衰微。首先，受众群体大量减少。很多年轻人对传统的口传艺术胡仁乌力格尔没有兴趣，而追求现代流行的娱乐方式。其次，"胡尔齐"这个职业也面临着严重的危机，最令人担忧的是胡尔齐队伍规模正在逐渐缩小。再次，胡仁乌力格尔曲目严重流失。目前，尽管各地区各部门通过各种政策和渠道

---

① 阜新市辖县，俗称"蒙古贞"，全称阜新蒙古族自治县，简称"阜蒙县"，位于辽宁省西部。

② 郭尔罗斯是蒙古古老部落之一，这里指前郭尔罗斯蒙古族自治县，简称"前郭县"，隶属吉林省松原市，是吉林省唯一的蒙古族自治县。

尽力保护和抢救胡仁乌力格尔，但由于受众群体和胡尔齐数量的不断减少，胡仁乌力格尔很多曲目不可避免地正在流失。由于生活方式的改变，即便是在农村牧区也很少有人一连十多天甚至几十天聚集在一个场所聆听胡尔齐的说唱。另外，参加比赛或表演，要求说唱时间在半个小时左右或更短，这种现状导致如今的胡尔齐一般没有必要背很长的能够说唱几十个小时、上百个小时的胡仁乌力格尔内容，而只须把某个曲目中的一些精彩的片段背会了，就能从容地参加比赛或各种表演。在这种背景下，能完整说唱几十个小时胡仁乌力格尔的胡尔齐逐渐减少，由此一些曲目也被多数胡尔齐所淡忘，逐渐退出历史的舞台。

综上所述，我们深切地意识到如何保护"胡仁乌力格尔"这一蒙古族民间艺术和"胡尔齐"这一民间艺术的创作者和传承人已成为当今迫在眉睫的问题。

一 改革开放至 20 世纪末

这一时期胡尔齐的数量逐渐减少。胡仁乌力格尔在内蒙古东部蒙古族中有着悠久的历史。自胡仁乌力格尔产生至 20 世纪 70 年代末改革开放以前，可以说，听胡仁乌力格尔是内蒙古东部蒙古族农牧民最普遍、最受欢迎的业余娱乐活动。在农村牧区几乎每个村都有胡尔齐，每家每户都有四胡，胡尔齐往往背着四胡走街串巷演唱人们喜欢的胡仁乌力格尔、好来宝曲目。当时，胡尔齐走到每一处蒙古族聚居地区都会受到农牧民的普遍欢迎，但凡有胡尔齐到访，蒙古族的农牧民总会热情招待，而且还为胡尔齐提供说唱场所，并通知邻里乡亲前来听书。在"文化大革命"期间，胡仁乌力格尔的演出受到限制，许多胡尔齐另谋生计，所以几乎看不到胡尔齐游走各地说唱胡仁乌力格尔的现象。改革开放以后，胡尔齐的说唱虽然不再受限制，但听胡仁乌力格尔的听众却越来越少，进而使得从事胡尔齐职业的人数也逐渐减少。造成这一现象的原因有以下因素。

第一，随着社会的发展与进步，我国人民物质生活水平日渐提高，高清电视、多媒体、影院、KTV 和各种视频直播网站等现代视听传媒手段越来越受到大众的喜爱，尤其是受到年轻人的青睐。现代传媒为广大人民群众提供了更加舒适和丰富多彩的消遣方式，而且大众媒体提供的节目内容更是包罗万象、应接不暇，所以人们能够接收到的信息种类也很多。不只是胡仁乌力格尔，而是整个口头文学在现代传播媒介发达的时代都遭遇到了前所未有的挑战甚至濒临灭绝的危机。胡尔齐职业惨淡的前景应该是传统的文化交流形式在与现代视听传播工具的抗衡中逐渐失去了市场占有优势份额的结果。

第二，胡尔齐的衰落还与蒙古族主动吸收、融入现代文化潮流的因素有着密切的关系。现代中国的文化元素多种多样，蒙古族置身其中，不可避免地会受到影响，尤其是年轻人，紧跟时代的步伐，因而更易于接受新颖的文化元素。传统的文化元素若不与时俱进，就会丧失掉吸引力。老一辈或许还会留恋传统的文化形式，但年轻人就不太愿意花时间去听胡仁乌力格尔，所以胡仁乌力格尔渐渐失去了在蒙古族社会中的文化主流地位。久而久之，胡尔齐也失去了大量的观众和听众，拉四胡说唱传统长篇曲目的胡尔齐逐渐减少，胡仁乌力格尔这门艺术自然而然也越发衰落了。

第三，与胡尔齐从业者人数骤减有关。随着社会的发展，受到现代文化的冲击，"胡尔齐"这个职业已经不再被人关注和重视，以说唱胡仁乌力格尔为主的人数越来越少。改革开放以后，胡尔齐不再像以前那样受欢迎，由于失去大量的观众和听众，胡尔齐的收入也大为减少。胡尔齐微薄的经济收入、寒酸的生活状况，使得很多人不愿意从事这一行当，久而久之，导致上述诸多问题的出现。

这一时期虽然受到诸多因素的影响，胡尔齐的人数逐渐减少，但还是有一定数量的老、中、青三代胡尔齐通过不懈的努力保护并传承他们所热爱的胡仁乌力格尔艺术。

老一辈的代表人物如额尔敦吉如和、姚白、希日巴、白顺、布仁巴雅尔、宝音乌力吉、弘金泉等胡尔齐仍在坚持说唱，为胡仁乌力格尔的发展延续做出了重要的贡献。

额尔敦吉如和（1919—1984）是兴安盟科尔沁右翼中旗昆都冷苏木人。他从小聪明，喜欢民歌、好来宝和胡仁乌力格尔，曾师从扎那学习胡仁乌力格尔技艺。1955年，他参加旗里举办的培训班，顺利获得"胡尔齐"资格证书。"文化大革命"之后，他被邀请到旗说书馆说唱胡仁乌力格尔作品。1978年，他参加全旗胡尔齐会议并说唱《草原怒火》，得到其他胡尔齐的一致好评。在生命的最后几年里，他仍为自己喜欢的胡仁乌力格尔事业努力拼搏。他先后说唱了《封神演义》《隋唐演义》《薛刚反唐》《平原枪声》《风雪大别山》《红灯记》《林海雪原》《红缨枪》等诸多曲目。哲里木广播电台、呼伦贝尔广播电台、内蒙古广播电台曾录制播放额尔敦吉如和说唱的多部胡仁乌力格尔作品，受到听众的欢迎。其说唱讲究情节跌宕起伏、语句清楚通畅、曲调摇曳多变、故事具有哲理性，他在说唱过程中还灵活运用了蒙古族谚语、训语、成语等，在众多胡尔齐中因其独特的说唱风格而闻名遐迩。

弘金泉（1931—2004）是兴安盟科尔沁右翼中旗二龙屯人。他8岁开始学拉四胡，17岁开始说唱胡仁乌力格尔、好来宝，先后说唱了《龙虎两山》《梁唐金》《隋唐演义》《林海雪原》《平原枪声》等20多个曲目。

黑小、耶喜忠乃、王海龙、宝音尼木和、巴拉吉尼玛、甘珠尔、劳斯尔、扎拉森、李双喜、班布拉等中青年胡尔齐也在老一辈胡尔齐的影响下，克服种种困难，努力扩大胡仁乌力格尔的传播范围。

黑小是通辽市奈曼旗人。他从小双目失明，为了生存而拜师学艺，由于他刻苦努力，17岁便可单独演唱。如前所述，改革开放以后，胡仁乌力格尔面临着前所未有的严重挑战，这一时期，黑小为了抢救、传承他所热爱的胡仁乌力格尔事业而殚精竭虑。他除了说唱《封神演义》《刘秀周游列国》《春秋故事》《罗通扫北》《金代故事》《隋唐故事》《小八义》《梁国故事》等胡仁乌力格尔传统曲目之外，还能演唱一百多首民歌。

李双喜，1955年出生在通辽市科尔沁左翼中旗。1979年，他到呼伦贝尔人民广播电台工作，其间演唱了《万丽》《陶格套胡》《娜布其》《乌云其其格》等多首民歌，受到听众的一致好评。他还创作了《诺恩十个旗》《海梅》等新歌。与此同时，他搜集整理出25万字的《青史演义》，受到蒙古族群众的赞扬。

班布拉是哲里木盟（今通辽市）科尔沁左翼中旗海力锦苏木人。他自幼喜欢胡仁乌力格尔，14岁开始拜师学艺。他说唱过《楚国》《山沟的儿子》《杨八姐救妹》《越国故事》《哑女》等胡仁乌力格尔曲目，受到听众的好评，成为当时最有前途的青年胡尔齐。

这一时期，胡仁乌力格尔虽然受到时代变迁的影响而失去了大量的听众，但在老、中、青三代胡尔齐的共同努力之下，还保持着顽强的生命力。

二 21世纪初至今

进入21世纪，胡仁乌力格尔又重新被越来越多的人所重视，无论是倾听欣赏的听众还是潜心研究的学者，都把它视为珍宝。而胡尔齐也理所应当地重新赢得人们的关注，随之而来的是他们的社会影响力开始有所提升。2006年，国务院将胡仁乌力格尔列入第一批国家级非物质文化遗产名录之后，胡仁乌力格尔获得了学术界的高度重视，特别是2013年国家社会科学基金重大项目"胡仁乌力格尔（300部）整理与研究"获批后，课题组全体成员全面系统地展开了对胡仁乌力格尔的抢救、搜集、整理、研究等工作，并取得了令人瞩目的成果。

毋庸置疑，胡仁乌力格尔的产生、发展与传播是离不开胡尔齐的，在一定程度上可以说，如果没有胡尔齐，我们将无从谈及胡仁乌力格尔的发展和传承。胡仁乌力格尔是蒙古族传统文化艺术的宝贵财富，胡尔齐则是这些宝贵财富的创造者和传播者。

（一）胡尔齐的数量增多，演出和比赛活动增多

进入21世纪，在国家保护文化遗产的政策下，人们再度开始关注和重视胡仁乌力格尔的抢救、保护，促进其进一步健康发展。尤其是2006年，国务院把胡仁乌力格尔列入第一批国家级非物质文化遗产名录之后，各地纷纷加大力度投入到胡仁乌力格尔的抢救、搜集、整理工作中。内蒙古东部旗县还纷纷通过举办各种培训、比赛等方式激活胡尔齐的参与热情和演出激情，从而让更多的人重新关注这一宝贵的文化财富。因此，这一时期胡尔齐的数量与20世纪最后二三十年相比较，呈现出明显的增长趋势。

2002年，通辽市扎鲁特旗为纪念著名胡尔齐芭杰100周年诞辰举办了"芭杰杯"全国乌力格尔、好来宝大赛。2006年，为纪念曲艺大师毛衣罕100周年诞辰，通辽市扎鲁特旗又举办了内蒙古第二届胡仁乌力格尔艺术节。在此次艺术节期间，通辽市扎鲁特旗还举办了"毛衣罕杯"胡仁乌力格尔、好来宝大赛。参加大赛的胡尔齐分别来自内蒙古的兴安盟、通辽市、呼伦贝尔市、赤峰市，以及辽宁省阜新蒙古族自治县、吉林省前郭

尔罗斯蒙古族自治县、青海省海西蒙古族藏族自治州等地区。近几年，各地曾多次举办胡仁乌力格尔、好来宝大赛，参赛的胡尔齐也越来越多，从而在一定程度上促进了胡仁乌力格尔艺术的进一步发展。

2020年8月，内蒙古自治区首届"科尔沁杯"胡仁乌力格尔大赛在扎鲁特草原隆重举行。此次大赛内蒙古共有300多名胡仁乌力格尔和好来宝爱好者报名参加，经过预赛、复赛的层层筛选，最终来自扎鲁特旗、科尔沁左翼后旗、奈曼旗、库伦旗、吉林省前郭尔罗斯蒙古族自治县、阿鲁科尔沁旗、翁牛特旗、巴林右旗、科尔沁右翼中旗、科尔沁左翼中旗等地的65名优秀选手进入决赛。从报名参加这次活动的选手们的热情和各地文化部门的重视程度，我们可以看出，胡仁乌力格尔已经越来越被人们所关注。

（二）胡尔齐的文化水平有所提高

中华人民共和国成立以前，许多胡尔齐几乎都没有接受过正规的学校教育，为数不多受过些许教育的胡尔齐也仅是在寺庙当喇嘛时学习过一些文字。而当代多数胡尔齐都受到过不同程度的学校教育，尤其是进入21世纪以后，胡尔齐队伍里添加了不少新鲜血液，那就是就读于各类学校（包括小学、中学、大学）的年轻人。曾在内蒙古师范大学攻读硕士学位的呼和牧仁就是一位在民间艺人中小有名气的胡尔齐，他既能演唱《江格尔》《格斯尔》等英雄史诗，也能熟练自如地说唱《隋唐演义》《龙虎两山》等胡仁乌力格尔传统曲目。青格乐、同拉嘎、格根图雅、乌力吉等年轻有为的胡尔齐有的已获得硕士学位，有的也持有学士学位。文化水平的提高，使得胡尔齐队伍更加富有活力。

（三）低龄胡尔齐与女性胡尔齐的数量增多

进入21世纪，人们保护弘扬民间文化艺术的意识越来越高，在这种时代氛围下，胡尔齐队伍中增加了许多新鲜因素，那就是低龄胡尔齐和女性胡尔齐的数量日益增多。巴雅斯古楞、乌力吉、格根株格、格根图雅等均在十多岁的时候已经成为小有名气的胡尔齐。年仅13岁的格根株格于2007年9月参加了在银川举办的第三届全国少数民族曲艺展演，并获得第三名的好成绩。2011年，她在内蒙古大学艺术学院学习期间，加入该校艺术团，曾赴美国参加新年晚会，在世界舞台崭露头角。

胡尔齐的数量虽然与20世纪七八十年代相比有较明显的增多，文化水平也有一定程度的提高，但是将现今胡尔齐的从业数量和演唱水平与胡仁乌力格尔发展鼎盛时期相比较则呈现出明显的下降趋势。如今，能够完整演唱古代、现代汉族历史演义小说、长篇叙事民歌的胡尔齐已经寥寥无几。就胡尔勒镇四胡协会9位胡尔齐来看，其弹奏演唱的水平参差不齐，有几位演唱胡仁乌力格尔的也只是能演唱其中的几段，没有一位胡尔齐能够演唱一部完整的胡仁乌力格尔曲目。这些胡尔齐现在主要是以演唱叙事民歌为主，传承下来的胡仁乌力格尔曲目数量明显锐减。过去，邀请胡尔齐演唱故事的农牧民很多，尤其是逢年过节时，胡尔齐的演出档期都排得满满的。现在，在蒙古族聚居地区，已经很少有邀请胡尔齐演唱胡仁乌力格尔的农牧民，更没有让胡尔齐吃住在家中连续演唱几天故事的农牧民。

每个胡尔齐对胡仁乌力格尔都有着坚定的信念和执着的精神追求，都力求能够做到传承本民族的文化艺术，将其发扬光大。虽然政府高度重视民间传统艺术的保护和发展，也很关注胡尔齐的现状，但现今胡尔齐的生活状态和社会地位还是不容乐观。因此，关心胡尔齐的生活现状与保护其生活的艺术环境是摆在我们面前的一个迫在眉睫的问题。

第二节　胡尔齐的分布与谱系

从17世纪末开始，土默特、喀喇沁、科尔沁等蒙古族地区的汉蒙两个民族民间商业交易和文化交流日益频繁。18世纪末至19世纪初开始涌现出一批精通汉蒙文的文人群体，他们将汉族历史演义章回体小说《西游记》《水浒传》《三国演义》《封神演义》《红楼梦》等诸多作品翻译成蒙古文并主要在内蒙古东部蒙古族聚居地区广泛传播，形成大量的"故事本子"，为胡仁乌力格尔提供了丰富的题材内容，为其发展、扩大影响奠定了最重要的基础。当时，蒙古族有文化的人较少，所以当地多数民众主要依赖他人欣赏"故事本子"的精彩内容。他们或者请识字的人阅读"故事本子"，或者请雅巴干乌力格尔奇[①]讲故事，或者请胡尔齐说唱。其中，胡尔齐说唱"故事本子"是最精彩的。胡尔齐在四胡的伴奏下，将"故事本子"中描写的中原地区的民风民俗与蒙古族的传统生活习俗等有

[①] 雅巴干乌力格尔奇也是指民间艺人，他们有别于胡尔齐的是讲故事时不用乐器。

机地结合在一起，编唱出具有地域特色的胡仁乌力格尔，从而使当地蒙古族民众不仅能欣赏"故事本子"的精彩内容，同时也能通过"故事本子"中的描写了解到中原地区的民风民俗。

当时内蒙古东部地区的蒙古族民众普遍喜欢听胡尔齐说唱的"故事本子"，在逢年过节、红白喜事、老人过寿、乔迁之喜等重要场合都会邀请当地有名的胡尔齐说唱胡仁乌力格尔、好来宝等来助兴。凡是有胡尔齐说唱的场所往往会聚集很多人，有时可能还会听到天亮。当时蒙古族民众的这种文化娱乐需求为胡仁乌力格尔在内蒙古东部地区得到很好地发展奠定了基础。

一 胡尔齐的分布

胡仁乌力格尔是蒙古族民间文学中的一个独特的体裁，是一门综合性的艺术形式。胡仁乌力格尔的这一特点，使得胡尔齐不得不掌握表演、弹奏、演唱等多种技艺，成为非物质文化遗产的重要传承人。"每一位胡尔齐根据其自身所处的环境和背负着的传统来进行自我定位；反过来讲，所处的环境及其背负着的传统也在标识每个成员的风格归属。"[①]

胡仁乌力格尔主要是在内蒙古的东部地区——卓索图盟（今辽宁、河北、内蒙古接壤地区）、昭乌达盟（今赤峰市）、哲里木盟（今通辽市）地区得到了最好的传播和发展。自胡仁乌力格尔产生之日起，在这些地方涌现出了众多受到广大农牧民喜爱的优秀的胡尔齐。其中，蒙古贞地区（包括清代喀喇沁、东土默特地区）、扎鲁特-昭乌达地区和科尔沁地区的胡尔齐最为典型，这些地方胡尔齐的人数最多，说唱的曲目也最多，地方特色较为鲜明。其中，蒙古贞地区是胡仁乌力格尔形成发展的最早地区，由于该地区接受汉族文化较早且受其影响较深，因此该地区的胡尔齐在说唱胡仁乌力格尔的过程中吸收汉族文化成分较多。相比蒙古贞地区，扎鲁特-昭乌达地区和科尔沁地区的胡仁乌力格尔的发展可以说经久不衰，现在仍有一定数量的胡尔齐活跃在民间，尤其是在党的保护非物质

---

① 杨玉成：《胡尔齐：科尔沁地方传统中的说唱艺人及其音乐》（博士论文），中国艺术研究院，2005年，第184页。

文化遗产的政策下，这些地区成为胡仁乌力格尔的发展中心。扎鲁特-昭乌达地区的特点是把胡仁乌力格尔艺术与英雄史诗、好来宝等说唱形式结合起来，而科尔沁地区的特点是把胡仁乌力格尔艺术与科尔沁民歌结合起来，从而形成了二者鲜明的地域风格。这些地区的胡尔齐在长期说唱胡仁乌力格尔的过程中也形成了多种风格流派。

胡尔齐的风格流派问题一直是研究者们关注的重点，朝克图、李青松、阿古拉、叁布拉诺日布、杨玉成（博特乐图）等学者从不同角度进行了研究并写出不少精辟的论著。朝克图在他的《胡仁乌力格尔研究》一书中，将胡尔齐的风格流派划分为幽默派、哲理派、抒情派和形容派四类；叁布拉诺日布在多年研究胡尔齐传与胡仁乌力格尔说唱艺术的基础上将科尔沁-扎鲁特地区的胡尔齐分为扎那说唱风格、金宝山说唱风格、琶杰说唱风格、阿力塔说唱风格、吴钱宝说唱风格、龚嘎说唱风格等六个风格流派；李青松在其《胡尔齐说书》一书中将蒙古贞地区的胡尔齐分为五种风格。

由此可见，学者们都很看重梳理胡尔齐风格流派问题，而厘清众多胡尔齐的风格流派也是一项极其有难度的研究项目。正如杨玉成教授所言："胡尔齐的流派风格的梳理是一个难度很大的学术工作。主要有两个方面的原因：一是胡尔齐的分布、活动区域相当广阔，加之师承关系错综复杂，从目前的田野工作和研究状况来看，还未到面面俱到的可能；二是半个多世纪以来，包括东蒙说唱音乐在内的蒙古族民间文化发生了重大变迁，有些流派消亡，有些正在面临断流，有些则在复兴甚至有些新的风格流派正在生成。"[①]

（一）蒙古贞地区的胡尔齐

喀喇沁地区是胡仁乌力格尔艺术发展较早的地方，该地区由于受汉族文化影响比较深久，因此在具体说唱过程中夹杂了大量的汉语词汇，后来这一风格逐渐走向衰亡。由于这里大部分地区的蒙古族说唱艺术已经失传，所以现在主要是指原蒙古贞即现辽宁省阜新蒙古族自治县范围，其主体部分是清代卓索图盟土默特左旗。明清以来，这里是整个蒙古族农耕化

[①] 杨玉成：《胡尔奇：科尔沁地方传统中的说唱艺人及其音乐》（博士论文），中国艺术研究院，2005年，第187页。

时间最早、程度最高的一个地区。中华人民共和国成立后，这一地区被划入辽宁省，因而在一定程度上促使其艺术风格呈独立发展的趋势。该地区胡尔齐的著名代表性人物有胡仁乌力格尔的鼻祖丹森尼玛，以及齐宪宝、玛哈巴特尔、那木吉乐、杨铁龙等人。

丹森尼玛（1836—1889），蒙古贞（今辽宁省阜新蒙古族自治县）人。他是该地区甚至整个胡尔齐职业界中泰斗级别的人物。8岁的时候，他被父母送到当地知名的瑞应寺当喇嘛，也有幸在那里学到了汉、蒙、藏三种文字。他从小酷爱说唱艺术，结交了许多说唱民间故事和民歌的艺人，向他们学习演唱技巧，并成为远近闻名的胡尔齐。由于他经常被附近的村民请去说唱胡仁乌力格尔与好来宝，惹恼了庙里的高层喇嘛，于是被赶出寺院，丹森尼玛的流浪艺人生涯由此开始。"他二十三四岁的时候，开始将汉族故事"唐五传"加以改编，初步尝试用低音四胡伴奏，搭配蒙古族传统的说唱曲调来演唱，继而开创了蒙古族说书事业的'先河'，直接地将汉族文化传播到蒙古草原。"① 他除了改编"唐五传"之外，还改编说唱了《封神演义》《水浒传》《西游记》等汉文章回小说，丰富了草原人民的业余生活。他以变化多样的曲调、扣人心弦的故事情节、诙谐幽默的说唱技巧赢得了草原人民对他的喜爱。除了自己改编说唱之外，他还为了蒙古族说唱艺术的长足发展，培养出了朝玉邦、白音宝力格等说书艺人。

杨铁龙，1965年出生于辽宁省蒙古族自治县佛寺镇喇嘛沟村。他的父亲玛哈巴特尔是当地远近闻名的胡尔齐，曾师从瑞应寺喇嘛布赫，能说唱《花木兰的故事》《薛仁贵征东》《罗通扫北》等曲目。母亲也爱好民歌。杨铁龙从小受到父母的影响，尤其深受其父玛哈巴特尔的影响，从9岁开始学习拉四胡，并虚心地向其他胡尔齐学习拉胡说书的技艺，同时他也经常收听广播播放的胡仁乌力格尔，从而学习各地胡尔齐不同的演唱风格和技巧。18岁开始应别人邀请说唱胡仁乌力格尔。他曾说唱过《苦喜传》《全家福》《殇妖传》《契僻传》《羌胡传》《罗庆明征西传》《罗通扫北》《薛仁贵征东》等曲目。随着现代化的进程，胡仁乌力格尔逐渐淡出人们的生活，失去了大量的听众，尤其是年轻人几乎不再去聆听这一传

---

① 叁布拉诺日布、王欣：《蒙古族说书艺人小传》，辽宁书社出版1990年版，第1—2页。

统艺术。杨铁龙虽然深知在胡仁乌力格尔淡出人们生活的今天，靠说书很难维持生计，但他为了保护和传承自己民族的传统艺术，仍坚守在自己的岗位上。进入21世纪，国家对非物质遗产保护工作的重视，使坚持说书20多年的杨铁龙看到了希望。如今，他收了十多名徒弟，向他们传授说书技艺，为弘扬民族文化而尽绵薄之力。

那木吉乐是与杨铁龙一道为了保护和传承胡仁乌力格尔而努力奋斗的另一位蒙古贞胡尔齐。他从小酷爱胡仁乌力格尔，13岁开始学习说书，16岁开始独立说唱，先后说唱了《罗通扫北》《梁唐晋故事》《苦喜传》《全家福》《殇妖传》《东辽》等曲目。

（二）扎鲁特-昭乌达地区的胡尔齐

众所周知，扎鲁特是胡仁乌力格尔形成与发展的重要地区之一，是被公认的"民族曲艺之乡""胡仁乌力格尔之乡"。在胡仁乌力格尔的发展历史上，该地区出现了许多大师级人物，为胡仁乌力格尔的发展和繁荣做出了卓越的贡献。该地区早期的胡尔齐有朝玉邦、白音宝力格、都嘎尔等，他们均受到蒙古史诗和好来宝的影响，从最初主要说唱蟒古斯故事与好来宝曲目逐渐转向在四胡的伴奏下说唱汉族历史演义故事，早期主要说唱《唐朝五传》《隋唐演义》等少数曲目。

进入20世纪后，扎鲁特地区胡仁乌力格尔的发展经历了几个不同的阶段。

在内蒙古自治区成立之前，扎鲁特地区的胡仁乌力格尔可以说是处在新兴发展阶段。这一时期，涌现出了琶杰、毛衣罕、萨仁满都拉等闻名遐迩的30多位胡尔齐，他们的演唱活动极大地拓展了胡仁乌力格尔的传播范围。这一时期有诸多汉文章回体小说被翻译成蒙古文并经由胡尔齐的再创造，在民间被广泛说唱，如《三国演义》《西游记》《水浒传》《三侠五义》等均已成为蒙古族民众所熟悉的胡仁乌力格尔的传统曲目。

内蒙古自治区成立至"文化大革命"前，是该地区胡仁乌力格尔发展的高峰阶段。这一时期一个显著的特点是胡尔齐的数量和演唱曲目倍增。除了琶杰、毛衣罕等仍在坚持创作并活跃在说唱界之外，还有乔吉卡瓦、白锁、白顺、劳斯尔等一批优秀的胡尔齐也颇受蒙古族农牧民喜爱。他们这一时期除了说唱汉族历史演义小说外，还新创作了许多革命题材的故事，如《黄继光》《董存瑞》《邱少云》等。

但是，在"文化大革命"时期，胡仁乌力格尔也遭到了时代冲击，许多胡尔齐被扣上了"民族分裂主义者"等帽子，他们的书本被烧毁、四胡被损毁，胡仁乌力格尔不可避免地坠入发展的衰落时期。

1976年以后，扎鲁特地区的胡仁乌力格尔在党的"百家争鸣、百花齐放"的文艺政策照拂下，在老一辈胡尔齐的积极努力之下，又获得了新生。取材于蒙古族历史和生活的作品《满都海彻辰的故事》《木华黎》《洪古尔珠拉》等也相继问世，进一步丰富了胡仁乌力格尔的题材领域。

20世纪末期，胡仁乌力格尔的生存和发展面临危机，胡尔齐也不被人们所重视。随着电视、网络的普及，学习胡仁乌力格尔、说唱胡仁乌力格尔的人越来越少了。进入21世纪，在国家保护非物质文化遗产的政策指引下，该地区有关部门和胡尔齐正在一起有条不紊地开展抢救保护胡仁乌力格尔的工作，胡尔齐队伍的建设也被提上日程。

琶杰（1902—1962）是通辽市扎鲁特旗乌日根塔拉嘎查人。他是当代蒙古族胡仁乌力格尔艺术的主要代表人物之一，曾担任中国民族研究会内蒙古分会副主席、扎鲁特旗艺人协会会长、中国曲艺家协会理事、内蒙古文联委员。琶杰的祖父爱好胡仁乌力格尔、好来宝，当时著名的胡尔齐朝玉邦是他的好朋友。在琶杰小的时候，朝玉邦经常到他们家拉着四胡说唱好来宝、蟒古斯故事和胡仁乌力格尔。每当这时，年幼的琶杰就座在祖父身旁，认真地听他们说唱，并一字不落地背下来，第二天再说给大人们听。朝玉邦曾夸赞他说："这孩子真是太聪明了，将来定能成为一名优秀的胡尔齐。"[1]

琶杰是跨越中国近、现、当代的著名胡尔齐、民间艺术家。他不仅传承了《三国演义》《水浒传》《唐宋演义（故事）》《隋唐演义》《两汉演义》等诸多传统汉族历史演义故事，而且还创作了诸如《程咬金抢夺王杠银子》《和平的喜讯》《旧社会》《歌唱共产党》等胡仁乌力格尔、好来宝和诗歌作品。琶杰的演唱和肢体动作大方得体，语言准确流畅，说唱中擅长运用夸张、比喻和对比等修辞手法，故事人物活灵活现，故事情节跌宕起伏、扣人心弦。他的演唱风格与艺术技巧不仅影响着后世胡尔齐

---

[1] 纳·阿萨日乐图：《著名胡尔齐琶杰简介》，《蒙古历史语文》，1958年第11期，转引自朝克图、陈岗龙著《琶杰研究》，内蒙古文化出版社2002年版，第42页。

的艺术风格和创作方法的形成和发展，而且深刻影响到了胡仁乌力格尔的艺术发展方向。琶杰所编唱的《道尔吉署长之歌》，对伪警察署长进行了辛辣的讽刺。好来宝《格力布尔召赞》《苏力赞》《婚礼赞》《骏马赞》《故乡赞》等深受蒙古族人民的欢迎。中华人民共和国成立后，琶杰参加了内蒙古民间艺人训练班。此后，他创作和演唱了《婚姻自由》《杨根思》《黄继光》《两只羊羔的对话》等，其创作主题鲜明，构思巧妙，人物具有鲜明的个性，作品具有浓郁的民族特色。

扎鲁特胡尔齐毛衣罕对后世的影响也是深远的。毛衣罕于1906年2月1日出生于昭乌达盟（今赤峰市）阿鲁科尔沁旗，卒于1979年2月12日。在8岁那年，毛衣罕和养父母（即他的大伯父、伯母）来到扎鲁特旗乌力吉木仁苏木定居。他的伯母擅长拉四胡、吹笛子、唱歌、说故事，在毛衣罕很小的时候她便开始教他拉琴、唱歌、说故事。16岁时，毛衣罕已成为当地小有名气的小胡尔齐。1933年，他开始奔赴各地说唱好来宝和胡仁乌力格尔曲目。1953年，毛衣罕随中国人民解放军慰问团奔赴朝鲜，为朝鲜人民和抗美援朝的中国人民志愿军慰问演出，受到热烈欢迎。他的说唱语言多为口语化，简洁明了，深得普通民众的好评。毛衣罕先后出版了《毛衣罕好来宝选集》《党啊母亲》等作品，得到国内外读者的好评。除此之外，他说唱的《唐朝故事》《西辽演义》《东辽演义》《刘胡兰》《黄继光》《白毛女》《长征》《伟大的战士——邱少云》等受到广大听众的一致好评。

扎那，不仅形成了自己特有的胡仁乌力格尔艺术风格，甚至建立了一个流派。扎那出生于1901年，卒于1986年，是享誉科尔沁乃至整个内蒙古的胡仁乌力格尔大师之一。扎那曾为图什业图王爷说唱了11年的胡仁乌力格尔。由于他在胡仁乌力格尔领域中的声望颇高，有很多爱好胡仁乌力格尔的人慕名前来拜他为师，其中的额尔敦珠日和、白顺、希日巴、白锁、耶喜忠乃等徒弟可谓学有所成，广受胡仁乌力格尔听众的喜爱。

1978年1月，扎那应邀参加了在内蒙古通辽市举办的五省区胡仁乌力格尔的经验交流会，用三晚时间说唱了《商朝故事》。会后，哲里木盟（今通辽市）人民广播电台为扎那说唱的胡仁乌力格尔曲目《武成王闯五关》和《红马赞》《警惕坏人》《犁》三首好来宝进行了录制。同年，扎那参加了在呼和浩特市举办的五省区胡仁乌力格尔和说唱艺术创作录制大会，并在会上录制了《封神演义》，共36盘，这些录制的光盘作为珍贵的资料已被保存下来。

乌斯夫宝音（1914—1978），昭乌达盟（今赤峰市）翁牛特旗人。在17岁时，他离开了自己的家乡，到巴林右翼旗宝日勿苏艾勒定居。他的父亲纳森巴图也是位民间艺人，乌斯夫宝音经过父亲的传授，十几岁时就会拉胡琴，演唱好来宝。后来他求教于喀喇沁右翼旗王府蒙古语说书艺人宝音伊博格勒，也曾拜师于许多其他民间艺人，搜集了大量的蒙古语书稿和民间故事。

1945年，巴林草原解放，乌斯夫宝音开始系统地学习蒙古文，同时以演唱好来宝的形式宣传党的政策。1955年，参加内蒙古自治区蒙古语说书训练班，其间他以民间传说为题材，编唱了《萨日乌日嘎拉参萨查洪格尔巴特尔》（汉译为《套月亮的聪明英雄》），又以揭发旧社会封建婚姻制度为题材编唱了《嘎拉雄胡尔》（汉译为《火海青》），两个曲目都受到好评。《嘎拉雄胡尔》于1957年由敖力格尔记录整理、内蒙古人民出版社出版，1982年荣获内蒙古自治区文学创作二等奖。1958年，乌斯夫宝音与诗人纳·赛音朝克图、说书艺人道日吉合编的《巴彦查干淖尔》（汉译为《富饶的查干淖尔》）好来宝，被选入中华人民共和国成立十周年内蒙古优秀诗歌集，又于1982年被内蒙古自治区评选为中华人民共和国成立以来民间文学优秀作品二等奖。

1956年冬，乌斯夫宝音应内蒙古人民广播电台编辑部之邀，担任文艺编辑。其间，他演唱了革命斗争故事《巴彦涛海的斗争》《渡哈屯河》等。1957年，为活跃边疆地区文艺生活，他主动要求调到锡林郭勒盟工作，在锡林浩特创办锡林郭勒盟第一个蒙古语说书厅。

劳斯尔，不仅致力于继承发扬胡尔齐前辈们的优秀说唱传统，也特别注重培养下一辈胡尔齐，而且非常重视胡仁乌力格尔题材的创新与胡仁乌力格尔艺术的研究等诸多方面。他先后培养了张德力格尔、苏日嘎拉图、苏和、照日格图、包哈斯其木格、达胡巴雅尔、敖特根白乙拉、特日格乐等在胡仁乌力格尔、好来宝领域颇有成就的诸多弟子，为胡仁乌力格尔、好来宝的发展做出了重要的贡献。

由于时代原因，劳斯尔是在先熟练说唱《红灯记》《智取威虎山》《铁道游击队》《平原枪声》《草原怒火》等革命题材曲目的基础上，才学习说唱《三国演义》《水浒传》《封神演义》《东辽演义》《大西凉》等汉族历史演义题材的传统曲目。他曾背着他的四胡多次到北京、吉林省前郭尔罗斯、呼和浩特、锡林郭勒、赤峰、通辽、呼伦贝尔等地区说唱胡仁乌力格尔、好来宝，受到广大听众的一致好评。

劳斯尔也创作了《学习雷锋同志》《成吉思汗》《解放军之歌》《女孩儿的迷惘》等好来宝作品，以及《牧民的幸福》《家乡的珍珠》《勇敢的汉子刘赛音》等新型的胡仁乌力格尔作品，丰富了蒙古族的曲艺内容。

劳斯尔和其他胡尔齐不同的是，除了创作、说唱和培养下一代胡尔齐之外，他还写了不少研究胡尔齐和胡仁乌力格尔的论著，如《如何说唱胡仁乌力格尔的几点建议》（《金钥匙》1982年7期）、《拉四胡与说唱好来宝的技巧》[①]（《鸿嘎鲁》1991年第8期—1992年第6期）、《胡仁乌力格尔教材》（1991年）、《扎那研究及其作品选》（2003年）、《扎鲁特胡尔齐研究》（2009年）等，这些论著为后人研究胡仁乌力格尔提供了宝贵的资料，受到学术界的一致好评。

(三) 科尔沁地区的胡尔齐

该地区位于科尔沁草原的中部和东南部，大致包括科尔沁左翼中旗、科尔沁左翼后旗、科尔沁右翼中旗南部、库伦旗、奈曼旗等，吉林省前郭尔罗斯蒙古族自治县胡尔齐大致上也属于这一风格区。科尔沁地区的胡尔齐数量与流传的胡仁乌力格尔曲目数量都比较多，而且群众基础也最广泛，是胡仁乌力格尔最为盛行的地区。据不完全统计，该地区流传说唱的胡仁乌力格尔有数百种，长短不一，短的可说几天，长则可说数十天甚至好几个月。

希日巴（1923—2005）是科尔沁地区的代表人物之一。他年幼时就酷爱胡仁乌力格尔，30岁之前拜著名的胡尔齐扎那为师，其胡仁乌力格尔演唱技巧由此得到提高。新中国成立后，他挨家挨户演唱胡仁乌力格尔、好来宝，为文化工作贡献力量。他所演唱的《封神演义》《梁唐晋故事》《薛仁贵征东》《金陵十二钗》《三国演义》等胡仁乌力格尔得到普通民众的喜爱。他的演唱风格贴近他的师傅扎那的演唱风格，曲调柔和，语句恰当，以抒情为主、叙述为辅，故事情节清晰，塑造的英雄人物生动

[①] 这是劳斯尔撰写的教材，后连载于《鸿嘎鲁》。

形象，并且在说唱中运用大量的谚语、格言警句等富有哲理性的语句。

布仁巴雅尔（1928—1985）是兴安盟科右中旗杜尔基镇东白音花人。他从小酷爱好来宝、民歌等，自学了很多胡仁乌力格尔曲目、民歌和好来宝。他说唱的《龙虎两山》《隋唐演义》《吴越春秋》《薛刚反唐》《刘秀周游列国》等曲目受到大众的喜爱。他还培养了新一代的胡尔齐，如甘珠尔、锁银、李照日格图等，为胡仁乌力格尔艺术事业的发展奉献了自己的力量。他的说书风格，曲调柔和且变化多，语句清晰，言语丰富，引用大量的箴言、谚语等，故事人物生动活泼，战争描写激烈，使听众如临其境、如见其人。因其徒弟都传承了他的艺术风格，因此形成了一个胡仁乌力格尔艺术流派。

甘珠尔（1950—）从小热爱学习，喜欢读书，尤其是尹湛纳希的作品，自己也写诗歌。22岁那年，他对著名的胡尔齐孟天宝说唱的胡仁乌力格尔产生了兴趣，因此拜孟天宝为师，学习了《林海雪原》等革命故事。26岁那年，由孟天宝引荐，甘珠尔拜著名的胡尔齐布仁巴雅尔为师，开启了胡仁乌力格尔的艺术之路。他演唱的《隋唐演义》《东汉故事》《薛刚反唐》《薛仁贵东征》《罗通扫北》等曲目受到广大听众的喜爱。甘珠尔的胡仁乌力格尔艺术风格主要表现为曲调响亮、柔和、变化多，引用民歌的曲调，语言清晰流畅，在说唱胡仁乌力格尔过程中还引用谚语、格言、警句等，故事逻辑性强，塑造的人物形象有血有肉，能够吸引听众。他培养了额尔顿朝古拉、包双城、王金泉、胡格吉乐图等39名徒弟，壮大了布仁巴雅尔、甘珠尔流派。他曾到很多高校传授说唱胡仁乌力格尔的艺术技巧，为胡仁乌力格尔艺术的传承与发展做出了显著的贡献。

扎拉森，1950年出生于内蒙古通辽市奈曼旗六家子嘎查的一个普通农民家庭。小学就读于六家子嘎查，因家庭贫困上了4年小学就辍学务农了。扎拉森的曾祖父阿民布合是奈曼旗有名的胡尔齐。他经常一说唱起来就是三天三夜甚至更久，这样长期唱下来既不被亲戚理解还耽误干活，甚至衣食住行要看别人的脸色。还有一点，胡尔齐进行表演的时候会提到一些佛祖的名字，在曾祖父看来这样做是一种亵渎神灵的行为，说多了会折寿，带来霉运，所以他的曾祖父不愿意让他的后辈当胡尔齐。扎拉森的父亲因为一只手残了，所以没办法拉琴，但是他是十里八村出了名的好歌手，尤其擅长英雄题材的民歌，唱得生动传神，恰好这一点对于扎拉森日后的胡尔齐职业起到了深远的影响。

扎拉森的母亲擅长拉琴和唱歌,扎拉森从小看着母亲进行表演,所以耳濡目染,学会了很多胡仁乌力格尔曲目。年仅八九岁的他已经学会了大量的民歌,十一二岁的时候跟母亲又学会了拉琴,十四五岁的时候他就已经会自拉自唱好来宝了。整个家族的影响,居住环境的影响,自身的兴趣爱好,都对扎拉森走向胡尔齐的道路产生了推动作用。

扎拉森从20多岁开始就走街串巷进行表演,受到人们的欢迎。20世纪80年代初,他在内蒙古各地区进行表演。1983年,他多次从通辽前往包头进行《包拯》《宋朝历史》等好来宝演唱。1984年,他在科尔沁左翼中旗乌兰牧骑说唱好来宝和民歌《达纳巴拉》《韩秀英》等。1985年,他在呼伦贝尔盟新巴尔虎左旗的王府井进行长达半年的《封神榜》《汉朝故事》的表演,然后在新巴尔虎左旗的广播站录制了《水浒传》等。20世纪80年代,他曾多次参加旗县举办的胡尔齐培训,同时也多次进行表演,得到了广大观众的好评。1990年的冬天,他在通辽市广播站录制胡仁乌力格尔的时候结交了一些知名的胡尔齐,如海宝、希日巴等人,并且向希日巴讨教了说唱胡仁乌力格尔的技巧。2004年在锡林郭勒盟演唱了胡仁乌力格尔《景德》。2006—2008年,他到内蒙古广播站录制了《康熙皇帝微服私访》等十余种胡仁乌力格尔作品。凡是他到达的地方都留下了他的胡仁乌力格尔曲目表演,极大地丰富了当地农牧民的精神生活。

扎拉森说唱的故事结构缜密,注重情节铺陈,且夹叙夹议,以家乡话为主,其中掺杂一些书面语,在听众当中很受欢迎。

在胡仁乌力格尔漫长发展的岁月中,内蒙古东部蒙古族聚居地区孕育出诸多优秀的胡尔齐,通过一代又一代胡尔齐的共同努力,胡仁乌力格尔这一宝贵的精神财富才得以流传至今。

二 胡尔齐传承谱系

作为蒙古族民间文学作品,胡仁乌力格尔是靠世代相传并经过多年演变与发展而流传至今的。"民间文学最主要的传播途径是口头传播。史诗、歌谣、神话等常见的民间文学样式都通过这种世代口耳相传的方式得以发展和传承。"① 胡仁乌力格尔亦是如此。

(一) 胡尔齐择业的缘由

在现实生活中，人们选择某种职业时往往会受到一定的主客观因素的影响。

因为身体健康问题（如视力极度不好或全盲、腿脚残疾而行动不便），为了解决生存问题而拜师学艺当胡尔齐的人为数不少。他们只是失去了体力劳动的能力，而非智障，所以完全不影响拉四胡说故事，甚至有的人有超强的记忆力、过目不忘的真本事，他们只要自己读一遍或听他人的朗读，就能把故事从头到尾背会了，然后在具体说唱的过程中再加以改编润色。绝大多数人当胡尔齐则是因为对胡仁乌力格尔有着浓厚的兴趣。胡仁乌力格尔丰富多彩的故事情节、个性鲜明的人物形象吸引了很多草原上的蒙古族听众，再加上胡尔齐高超的说唱技艺和表演方式，使很多听众对胡仁乌力格尔沉醉入迷，成为远近闻名的胡尔齐是当时很多人的梦想。因为有浓厚的兴趣，即便在胡仁乌力格尔发展的低谷时期，也仍然有人愿意从事胡尔齐这个职业。正是通过一代又一代热衷于胡仁乌力格尔事业的胡尔齐的坚持与努力，胡仁乌力格尔这门传统民间艺术才得以保存并传承至今。

(二) 传承方式

胡仁乌力格尔作为民间口头文学，主要依赖历代胡尔齐的传唱得以保存和发展，胡仁乌力格尔的说唱技艺经过历代胡尔齐的努力才流传至今。传承泛指某些教义、技艺、学问等主要在师徒之间的传授和继承的过程，通过传承那些学问、知识、技艺等可以得到保存并不断发展。胡尔齐说唱胡仁乌力格尔、好来宝和演唱叙事民歌的技艺都是通过世代传承而获得的。通过一代又一代的胡尔齐的传承，胡仁乌力格尔这一蒙古族非物质文化遗产才得以延续到 21 世纪的今天，也就是说胡仁乌力格尔的传承离不开胡尔齐个人的作用。人类学家乔健曾这样说过："没有任何一种文化或者传统离开了个人而能够存在，或者能够继续起着作用。"②

---

① 王婉婷：《浅析民间文学传承走向衰落的原因》，《文化·文化产业论坛》2015 年 7 月，第 65 页。

② 乔健：《印第安人的颂歌》，广西师范大学出版社 2004 年版，第 137 页。

每个胡尔齐，作为一个个体，他们都有各自特有的职业技能的形成、传承、积累和成熟的过程；但作为社会中的一员，他们又不是一个孤立的存在，而是一个集体当中的一分子。胡尔齐的说唱技艺是通过传承而获得的，也是通过传承而得以延续的。胡尔齐的传承主要有家族传承、师徒传承和自学成才三种方式。

1. 家族传承

家族传承是指在家族内部成员之间，对该家族的艺术技艺及其风格等的传承。家族传承方式有着深厚的基因优势，有着更直接的传承价值，是胡仁乌力格尔传承方式中最为传统和普遍的方式。在内蒙古东部地区，有很多胡尔齐本身就是出生于胡仁乌力格尔世家，世世代代、祖祖辈辈都以说唱胡仁乌力格尔为业。胡尔齐是智慧与才艺集于一身的具有很高素养的人群，他们在胡仁乌力格尔还没有产生之前，就在潮尔的伴奏下演唱《呼日乐巴特尔汗》《达格德尔蟒古斯》《博迪嘎拉巴汗》《江格尔》《格斯尔传》《霍日格斯尔传》等英雄史诗、蟒古斯故事。后来，胡仁乌力格尔在内蒙古东部地区产生和发展后，他们逐渐在民间广泛说唱汉族历史演义小说、新编革命故事，不仅丰富了胡仁乌力格尔的题材内容，也拓展了它的发展领域。在内蒙古东部地区，胡仁乌力格尔世家不在少数，在这样的家庭环境中，他们从小耳濡目染，受到家庭生活的熏陶，不仅对胡仁乌力格尔产生了浓厚的兴趣，而且也具备了学习胡仁乌力格尔的便利条件。例如图什业图胡尔齐孟天宝的长兄孟敖其尔就是一位著名的胡尔齐，孟天宝从小跟着兄长学习说书，后来通过自身的刻苦努力成为远近闻名的胡尔齐。之后，他的侄子叁布拉在他的指导下也成为一名优秀的胡尔齐。扎鲁特胡尔齐希尼尼根也是出生于胡仁乌力格尔世家，他的父亲是远近闻名的胡尔齐，他从小跟随父亲学习说书技艺。后来，他的侄子萨仁满都拉也跟着他学习说唱技艺，并成为著名的胡尔齐。年轻的图什业图胡尔齐孟金虎的祖父泰丰嘎、父亲色仁道尔吉、叔叔仁钦道尔吉、哥哥德木楚克均为当地有名的胡尔齐。孟金虎从小受到家人的影响，10岁学拉四胡，能够流利说唱《薛仁贵东征》《北辽故事》《打虎上山》等故事的部分内容。

家族传承指的是家族许多成员主要从事说唱胡仁乌力格尔，世代相传，从而延续了家族说唱传统。他们除了向自己的长辈学习说唱技艺之外，还可以拜他人为师，例如当今年轻的胡尔齐额尔敦楚古拉是胡尔齐大师布仁巴雅尔的孙子，他在继承祖父的说唱技艺之外，还拜其祖父的徒弟甘珠尔为师，进一步巩固了自己的说唱技艺。

有很多胡尔齐，他们的祖父祖母、父亲母亲虽然并不是职业胡尔齐，但他们平时喜欢听胡仁乌力格尔、唱民歌、拉四胡，这样的家庭氛围使得很多胡尔齐从小耳濡目染，为他们日后成为胡尔齐奠定了一定的基础。如胡尔齐大师劳斯尔就是在热爱艺术的家庭环境中成长的。劳斯尔的父亲特木尔吉如和是当地远近闻名的民歌手，他经常被附近的牧民邀请到各种宴会上演唱民歌，受到人们的一致好评，这使得幼小的劳斯尔对民间艺术充满了兴趣。另外，劳斯尔的外祖父森格是个能拉四胡能唱民歌的高手，母亲也对民歌有着浓厚的兴趣。这样的家庭氛围影响着劳斯尔，为他以后成为著名的胡尔齐奠定了良好的基础。

2. 师徒传承

有学者认为：

> 口头传统的知识和技艺，主要是通过传授者和授受者两种角色之间的互动而得以言传。这两种角色即是指我们平常所说的师傅和徒弟，大多数人都是通过这样一种拜师学艺的途径来获得知识和技艺。①

师徒传承是胡尔齐的主要传承方式，与家族传承方式不同，它是属于非血缘关系的民间传承方式。师傅与徒弟以口传心授的方式进行传承，从而将某一种风格的胡仁乌力格尔说唱方式延续下去。大多数胡尔齐都是拜著名的胡尔齐为师学习拉胡和说书技艺的。至于拜谁为师这方面主要考虑两点：一是考虑所拜胡尔齐是否有名气，是不是民众公认的大家，因为在某种程度上拜什么样的胡尔齐为师将会决定自己的前途；二是要考虑所拜胡尔齐的说唱风格是不是自己喜欢的，只有跟着自己喜欢的胡尔齐学艺才能发挥出自己最大的潜能。如果有哪位胡尔齐具备了上述两点，那么，拜师者就会带着一颗真诚的心登门拜访。至于大师收不收来者为徒主要看对

---

① 通拉嘎：《口头传统的延续——甘珠尔及其胡仁乌力格尔艺术》，硕士学位论文，内蒙古师范大学，2007年。

方是否具备当一名胡尔齐的最基本的条件,比如口齿伶俐、思维敏捷、记忆力强等,除此之外还要看对方是否能吃苦、有没有一颗学艺的决心和恒心。如果来者得到胡尔齐的认可,胡尔齐就把他收为徒弟,将自己的所有技艺毫无保留地教给他。收徒以后,每个胡尔齐都严格地要求自己的徒弟,从拉胡、咬文嚼字、说唱时的动作等诸方面耐心地教导。徒弟也不怕吃苦,跟随师傅背故事、学拉胡,学习说唱方法与技巧,甚至会认真模仿师傅的声音与肢体动作,再经过反复的实践来领会和巩固所学技艺,从而逐渐成长为一名名副其实的、自己梦寐以求的胡尔齐。

甘珠尔是科尔沁著名的胡尔齐之一,他从小热爱胡仁乌力格尔,先后拜孟天宝和布仁巴雅尔为师,学习说唱胡仁乌力格尔的技艺。尤其是他师从布仁巴雅尔七年,在七年的漫长岁月中,他一直跟随着师傅,刻苦学习师傅的说唱技艺,最后成为备受科尔沁人民喜爱的胡尔齐。

多数胡尔齐通过师傅的精心培育和自己的刻苦努力学有所成,也自己再收徒,将师傅的说唱技艺发扬光大。如丹森尼玛收白音宝力格和朝玉邦为徒,而白音宝力格又收拉西色冷、那达密德、达日赖、巴拉坦、萨仁满都拉为徒,而萨仁满都拉又收耿延宝、道尔吉、陶力套为徒。丹森尼玛的另一个徒弟朝玉邦门下也收了许多徒弟,培养了琶杰、额日合木、翁古代、毛衣罕、阿日达等众多大师级别的徒弟,而他的弟子们又培养出了叁布拉诺日布、道尔吉、却吉嘎瓦、洛布桑、东日布桑布、翁哈尔、哈斯呼雅嘎等诸多优秀的胡尔齐。在内蒙古东部蒙古族中,通过师徒传承的方式培育出了一代又一代的优秀的胡尔齐,胡仁乌力格尔正是有赖于这些一代又一代的胡尔齐才得以留存传播至今。

一个优秀的胡尔齐在认真学习师傅技艺的过程中,不断提炼从师傅那里学到的故事内容和说唱技艺,在自己具体说唱过程中往往会进行改革与创新,在说唱胡仁乌力格尔的方法与技巧方面也会注入,很多新的元素,从而进一步完善了师傅所传承的风格特点。甘珠尔通过刻苦、认真学习,将师傅布仁巴雅尔的说唱技艺掌握得十分到位,但他并没有因此而感到满足,他不断从书本中学习各种知识,从而不断提高自己的说唱技巧和丰富自己的表现手法。他经常欣赏其他胡尔齐的说唱,从而很好地将他们说唱技艺中的优点运用到自己的说唱当中,使得自己的说唱技艺和技巧不断得到提高和完善。甘珠尔不仅在胡仁乌力格尔的说唱技艺和技巧方面进行创新,而且在故事内容方面也增添了许多篇目。他从师傅那里学到的传统曲目有《龙虎两山》《楚郭之争》《梁唐晋》《龙凤桥》《魏志龙太子走国》等五部作品,除此之外的《金树传》《全家福》《苦喜传》《殇妖传》《契僻传》《羌胡传》《罗通扫北》《粉妆楼》等传统曲目,《星火燎原》《林海雪原》《烈火金刚》《红灯记》《剑》等现代革命题材的曲目,以及《青史演义》等蒙古族题材的曲目,均是通过书本或他人讲述学到的新内容。在众多胡尔齐当中,像甘珠尔这样为发扬光大胡仁乌力格尔传统而努力的胡尔齐不计其数。

3. 自学成才

在众多胡尔齐中,有些人并没有出生在胡仁乌力格尔世家,也没有拜名师学艺,通过自己的勤学苦练而成为远近闻名的胡尔齐的也大有人在。他们天资聪慧,大多有过目不忘的超人记忆力,而且也从小喜欢听胡仁乌力格尔、好来宝和叙事民歌,通过长期的听、模仿、练习实践,最终如愿以偿。

图什业图胡尔齐翁胡尔(1937—1982)就是通过自学当上胡尔齐的。他年轻的时候参加过中国人民解放军,30岁退伍后才开始自学拉胡和说唱技艺。①

朝鲁是通辽市科尔沁左翼后旗人,他从小收听广播播放的胡仁乌力格尔与好来宝等,对此产生浓厚兴趣,从而敦促自己不断苦练,最终成为一名著名的胡尔齐。②

宝音乌力吉(1929—2007)是兴安盟科尔沁右翼中旗吐列毛杜人。他从小喜欢胡仁乌力格尔,10岁开始自学拉胡,他没有拜师学艺,因为没有上过学,所以只能背诵别人讲的故事或朗读的故事内容,并在说唱过程中巧妙地运用民间谚语、成语等,使得故事内容更加丰富且生动。他经常说唱《薛仁贵征东》《北辽演义》《薛刚反唐》《杨家将》"唐五传"等曲目。

上述三种传承方式中,师徒传承是延续胡仁乌力格尔说唱技艺的最有效的方式,原因不仅仅在于传授过程中的系统化,而且也在于通过师

---

① 参见甘珠尔、白音特木尔主编《图什业图胡尔齐名录》(蒙古文),内蒙古科学技术出版社2014年版。

② 参见叁布拉诺日布、王欣《蒙古族说书艺人小传》,辽沈书社1990年版。

徒传承很容易形成一种风格和流派，这样有利于促进胡仁乌力格尔的发展。一种风格流派的形成和稳定，能够在一定程度上表明该艺术的发展已经进入成熟时期。正如布特乐图所言："一个民族或一个地区的民间音乐，其趋于成熟的标志之一，便是涌现出一批杰出的代表性艺人，形成独特而相对稳定的艺术风格，并以他们为核心，进而创立出不同的流派。"①

如果想成为一名真正优秀的胡尔齐，除了拜有名的胡尔齐为师之外，自己必须要有吃苦耐劳的精神。当胡尔齐不是练一天两天、一年两年就能成功的，而是需要多年持续不断的刻苦训练才能有所成就。

第三节　胡尔齐的地位与贡献

一直以来，胡尔齐在蒙古族民众中都有着举足轻重的地位。正如蒙古国学者策·达木丁苏荣所说："说书者、胡尔齐们在蒙古族充当着戏剧、乐曲、书本三者的角色。说书者们，将汉族长篇小说予以适当地艺术加工从而使之成为适合蒙古族听众的新文章。"② 在漫长的历史进程中，胡仁乌力格尔主要依靠一代又一代的胡尔齐的说唱、记录而得以保存和传播，他们创造了胡仁乌力格尔这一种艺术形式，并在长期的实践过程中不断加以丰富和完善。因此，从搜集整理和研究民间文学的角度而言，胡尔齐的贡献与社会文化中的地位都是不言而喻的。通过胡尔齐不懈的努力，胡仁乌力格尔至今仍保持着旺盛的生命力。虽然在胡仁乌力格尔的保存和传播等过程中，胡尔齐享有他们不可替代的重要地位，但在不同的历史时期，他们的命运与地位却是迥然不同的。在以往的蒙古族说唱艺术研究领域中，大多数学者关注的主要是地域音乐风格等层面，而以胡尔齐作为文化切入点，对于蒙古族文化、音乐研究领域可能会提供新的视域，发现新的价值，取得新的成果。这里主要探讨胡尔齐这一艺人群体的社会地位和他们对民族传统文化的传承所做出的贡献。

---

① 布特乐图：《胡仁·乌力格尔音乐风格流派述略》，《中国音乐学》2003 年第 2 期。
② 策·达木丁苏荣编著：《蒙古古代文学一百篇》第四册，内蒙古人民出版社 2008 年版，第 1616 页。

一 胡尔齐的社会地位更迭

科尔沁民间艺术在蒙古族文化艺术中有着重要的地位。其中胡尔齐的主要活动在内蒙古东南部以科尔沁草原为中心的半农半牧地区，是科尔沁民间艺术——蟒古斯故事、叙事民歌、胡仁乌力格尔、胡琴音乐、好来宝等形式的创造者、承载者、实践者和传播者。自胡仁乌力格尔形成起，胡尔齐不仅受到了蒙古王公贵族的喜欢，经常被邀请到王府说唱胡仁乌力格尔并受到赏赐，而且受到蒙古普通民众的欢迎。当时的胡尔齐经常只身一人背着四胡走村串户为普通百姓说唱胡仁乌力格尔，极大地丰富了普通农牧民的业余文化生活。新中国成立以后，胡尔齐的社会地位逐渐提高，生活状况也日益改善。他们在各地区举办不同规模的民间艺人培训班，培养了一批又一批的专业胡尔齐。他们还在很多蒙古族聚居地区建立了说书馆，方便了胡尔齐和诸多听众，为胡仁乌力格尔的进一步发展提供了良好的条件。1949年，国家通过签发胡尔齐证，借此对科尔沁民间艺人进行统一组织管理。近年来，内蒙古各盟市均建立四胡协会，签发四胡协会证书，统一管理胡尔齐队伍。研究胡尔齐是研究蒙古族文化的重要一环，也是发展中华优秀传统文化中不可缺少的一部分。

（一）自治区成立以前传统社会生活中的胡尔齐

在新中国成立以前，蒙古族传统社会结构是由王公贵族、寺院高层喇嘛为代表的封建主上层阶级和由乡村富户、普通民众、一般喇嘛为代表的下层阶级所构成，围绕两个阶级的生活方式形成了两种不同的文化系统。在当时，胡仁乌力格尔和蟒古斯故事，却是不同社会阶层所共享的文化内容，胡尔齐正是在这种社会阶层的互动中，展示出其特定的社会角色功能。

1. 王府官邸专属胡尔齐

在新中国成立以前，大部分蒙古族地区依然存在王权，而王府一般也有专门的艺人用来为官邸内各种仪式活动表演节目。从社会阶级的性质上看，这些胡尔齐其实是隶属于王公贵族的家仆。不过，能成为王府官邸的专属胡尔齐，意味着他们在民众当中的身份和地位也很高，因为他们从来不会像其他普通胡尔齐那样为谋一口饭食而走村串户去说唱。

2. 活跃在百姓中的胡尔齐

新中国成立前，大部分胡尔齐的社会地位都很低。当时，他们并没有固定收入，也没有固定的说书场地，即便得到普通百姓的认可与称赞，但在经济上还是一贫如洗，生活很艰苦。在当时，一旦选择当胡尔齐以说书为生，就意味着将会经常背井离乡，到各地去说唱，甚至有时还会遭到统治阶级的迫害。如扎鲁特旗白音宝力格苏木敖宝嘎查的希尼尼格，由于他的创作具有鲜明的进步意义，因此受到王府的迫害，遭到官府通缉。哲里木盟郭尔罗斯前旗（今吉林省前郭尔罗斯蒙古族自治县）的著名胡尔齐常明从小喜爱说唱艺术，长大成名后，曾先后到哲里木盟（今通辽市）、昭乌达盟（今赤峰市）所属各旗说唱胡仁乌力格尔，足迹遍及漠南蒙古族地区。昭乌达盟阿鲁科尔沁旗著名说书艺人宫嘎曾到呼伦贝尔盟的新巴尔虎左、右旗，昭乌达盟巴林左、右旗和翁牛特旗，哲里木盟扎鲁特旗、达尔汉旗（今科尔沁左翼中旗），锡林郭勒盟东、西乌珠穆沁旗等地说唱胡仁乌力格尔，所到之处均得到农牧民的高度赞扬。

尽管生活过得很艰辛，但胡尔齐并没有放弃梦想，仍坚持背着四胡行走于草原深处，给草原牧民演唱胡仁乌力格尔，为他们的生活增添喜乐。

(二) 自治区成立以后现代社会政治经济转型中的胡尔齐

新中国成立后，胡尔齐这一原来处于社会底层的成员，与其他社会成员一同从传统社会进入现代社会。一方面，他们在社会身份上发生了根本性的变化，不再是被压迫的对象，而是蜕变为社会认可的艺术工作者；另一方面，他们作为一种特定文化形式的负载者和传承者，依据整个社会对他们所承载着的文化形式的态度和认识的变化而不断地调整和重塑自己的社会角色和社会身份。胡尔齐过上了安定的生活，他们中很多人虽然还在说唱，却不再以此作为谋生的手段，而是将它作为一种爱好和传承传统文化的责任。内蒙古自治区的成立，使得居于社会顶端的王公贵族阶层和居于民间支配地位的乡绅富户阶层纷纷退出了历史舞台，人民群众成为文化与社会的主导性力量，以胡尔齐为代表的民间文化持有者，以崭新的社会面貌登上了历史舞台。文化负载者与文化传播者这一身份和角色的转变，意味着传统说唱艺术的发展步入了一个崭新的历史时期。

新中国成立后，乌力格尔艺人的社会地位得到提高，生活境遇得到改善，各地经常举办民间艺人培训班，在蒙古族较集中的苏木乡镇建立了说书馆，一些旗还成立了民族曲艺团。乌力格尔艺术得到了不断发展，成为草原上的一种文化时尚。①

内蒙古东部地区，如通辽市的科尔沁左翼后旗、库伦旗、扎鲁特旗和兴安盟的科尔沁右翼中旗等地都建立了说书馆，专门为胡尔齐提供演唱的场地，这不仅给胡尔齐提供了方便，而且也给听众带来了诸多便利。国家还特意把一些优秀的民间艺人直接转化成舞台演员，支持并鼓励他们把自己的才华展示给观众，而且也通过这样的方式将民族传统文化传播出去，让更多的人了解胡仁乌力格尔这门艺术，领略它的魅力。另外，一些地方广播电台经常播放胡仁乌力格尔曲目，极大地丰富了蒙古族农牧民的文化生活，也推动了胡仁乌力格尔的进一步发展，促使胡尔齐的社会地位与日俱增。

各地通过举办培训班的方式对胡尔齐进行系统的培训。在通辽市扎鲁特旗、兴安盟科尔沁右翼中旗等地多次举办了胡尔齐培训班，培养出了诸多受到民众喜爱的胡尔齐。

总而言之，新中国成立初期国家通过各种有效途径激发胡尔齐队伍的发展，从而也有效地保护和传承了胡仁乌力格尔这一民间传统艺术。

十年"文化大革命"给民间艺术造成的直接后果是不言而喻的。"文化大革命"期间，民间传统文化被全盘否定，而这种否定对胡尔齐的打击很大。这一时期，内蒙古东部科尔沁地区的民间说唱艺术从兴盛转向衰落，传统文化艺术被卷入到政治运动的旋涡中，许多胡尔齐不得不放弃演唱职业，另谋生路。

20世纪80年代以后，胡仁乌力格尔的发展进入一个新的历史时期。胡尔齐除了被允许在民间继续演出之外，还得到政府的鼓励和扶持，通过电台、电视台等传媒平台得到了更大范围的传播。但很多德高望重的胡尔齐接连去世，新的继承人后继不足，再加上现代娱乐方式日渐多样化，人们的生活方式也发生了翻天覆地的变化，胡仁乌力格尔的生存和发展面临

---

① 额·巴特尔：《如何保护蒙古说书"乌力格尔"》，《中国艺术报》2007年2月9日第002版。

着严重危机，学习胡仁乌力格尔、说唱胡仁乌力格尔的人越来越少了。总体上看，这一时期科尔沁地区说唱艺术发展的总体方向是呈继续衰落的趋势。

进入 21 世纪，随着地方经济的发展和民族文化意识的增强，对于胡仁乌力格尔和胡尔齐的重视度在一定程度上呈现出复苏的态势。一部分人已经意识到胡仁乌力格尔与胡尔齐所面临的危机，从而采取一些可行的方法对其进行抢救与保护。各地广播电台、文化馆等部门，积极鼓励胡尔齐演唱传统曲目，同时也鼓励他们编唱新的书目。这一时期，胡仁乌力格尔的曲目构成发生了明显变化。通辽市扎鲁特旗组建了曲艺协会，与中国社科院少数民族文学系签约建立了"胡仁乌力格尔传承基地"，曾多次开展胡仁乌力格尔、好来宝大赛，为弘扬民族文化做出了积极贡献。

目前，胡仁乌力格尔所面临的最大问题不是缺少继承人——胡尔齐，而是听众日渐减少了，也就是说，胡仁乌力格尔正在逐渐地失去赖以生存和发展的基础——听众。因此，对胡仁乌力格尔的保护和发扬不仅要注意电台、电视台、舞台等平台的传播，更应该注意在日常生活中进行常态传播，恢复和保持胡仁乌力格尔赖以生存的根基。胡仁乌力格尔最大的舞台在民间，民众是保护和传承胡仁乌力格尔的基础，想要保护和继续发展胡仁乌力格尔就不能离开它生长的基础——民众。近几年，在国家新农村建设政策的号召下，农村地区高度重视文化建设。散布于农村地区的胡尔齐生在农村，长在农村，在民间文化传承中，起着骨干和桥梁的作用。

另外，在保护和传承胡仁乌力格尔的过程中，我们应该重视学校教育。因为"学校教育是传承文化和传播知识的重要渠道"[①]，胡仁乌力格尔作为非物质文化遗产，需要借助学校教育这个平台来改变自己的现状。通辽市扎鲁特旗实验小学 2007 年成立胡仁乌力格尔特色班，加大投入力度，专门邀请著名胡尔齐为特色班的学生进行艺术指导，激发学生学习的积极性。该特色班自成立到现在，先后培养了百余名爱好胡仁乌力格尔的小胡尔齐，为胡仁乌力格尔艺术的传承和发展做出了积极的贡献。

---

① 陈吉风：《长白山森林号子的遗产价值与保护对策》，《戏剧文学》2012 年 9 月，第 89 页。

二 胡尔齐的文化传承贡献

作为传统民间文化的承载者，胡尔齐在保护、传播和传承蒙古族传统民间文化瑰宝——胡仁乌力格尔方面做出了自己卓越的贡献。

（一）进一步加强汉蒙文化交流

清政府实施"移民实边"政策以后，大量汉族民众涌入蒙古地区开垦种地。随着汉族开垦种地范围的不断扩大，内蒙古东部地区也受到了影响，不仅在经济结构方面发生了很大的变化，而且在生活方式、生活习俗、文化氛围等方面也发生了诸多变化。文化上的鲜明变化之一就是蒙古族文人将大量汉文章回体小说翻译成蒙古文并在蒙古地区广泛传播，使得普通蒙古族民众有机会接触汉文小说并通过阅读了解汉族的生产生活方式、民风民俗。由于当时内蒙古东部地区的蒙古族中，不识字的文盲较多，他们不可能通过直接阅读的方式获取文本中的知识。解决这一问题，从而加强汉蒙文化交流的便是那些活跃在民间的艺人——胡尔齐。胡尔齐将那些已经翻译成蒙古文的汉文章回体小说改编成符合说唱的乌力格尔，拉着四胡在民间到处说唱，使得更多的普通蒙古族民众有机会了解汉族人民的生活习俗。胡仁乌力格尔这门民间艺术，正如额·巴特尔所说："它不仅仅是一种民间口头说唱艺术，更是中国游牧文化和农耕文化、内地汉文小说传统与蒙古英雄史诗传统的绝妙结合产生的弥足珍贵的口头文化现象。"[①]

毋庸置疑，胡仁乌力格尔是汉蒙文化交流的产物，胡尔齐将其传播到蒙古族聚居地区，进一步加强了汉蒙文化的交流。

（二）丰富蒙古族传统文化

胡尔齐在说唱胡仁乌力格尔的过程中不断地创作、改编出新的作品，从而不断丰富胡仁乌力格尔这一民间文学体裁。起初，胡尔齐在汉族历史演义小说的基础上将其进行改编从而使之成为符合在四胡伴奏下说唱的形式，这一类的作品数量较多，例如《水浒传》《三国演义》《封神演义》

---

① 额·巴特尔：《如何保护蒙古说书"乌力格尔"》，《中国艺术报》2007年2月9日第2版。

《隋唐演义》《两汉演义》等。中国古典文学名著通过胡尔齐的演唱进入蒙古民众的生活话题中，丰富了蒙古族民间文学的内容。胡尔齐通过演唱这些胡仁乌力格尔，向广大蒙古族农牧民听众传播内地汉族文化，为蒙古族民众了解内地文化提供了平台。通过这些胡仁乌力格尔作品，蒙古族农牧民不仅欣赏其故事情节、人物形象，而且也从中了解了汉族的历史、文化、民俗等方面的知识。除了改编之外，他们还模仿汉族历史演义小说而创作出讲述汉族某个历史阶段虚构的故事，如《龙虎两山》《苦喜传》《全家福》《殇妖传》《契僻传》《羌胡传》等，这些作品不仅丰富了蒙古族文学作品的内容，而且也在一定程度上促进了蒙古族文学的发展。

除了上述这些作品之外，还有大量的如《野火春风斗古城》《铁道游击队》《林海雪原》《平原枪声》等革命题材的作品，以及诸如《青史演义》《嘎达梅林》《达那巴拉》《陶克陶胡》等以蒙古族生活为题材的作品相继问世，丰富了胡仁乌力格尔的内容，也丰富了蒙古族文学内容。

胡仁乌力格尔依赖一代又一代的胡尔齐的传承说唱才得以保存和发展，胡尔齐在推动胡仁乌力格尔这一独特的口头说唱艺术的形成和发展中发挥了重要的作用。

(三) 进一步丰富胡仁乌力格尔的内容并将其"蒙古化"

胡尔齐说唱胡仁乌力格尔时虽以故事本子为基础，但在具体说唱过程中又不会被故事本子所局囿。他们往往会对故事本子进行改编，注入诸多贴近蒙古族普通民众生活的情节，使胡仁乌力格尔更加通俗易懂，从而吸引更多的听众。例如，胡尔齐大师芭杰在演述《水浒传》时，将"武松景阳冈打虎"片段中的武松与老虎搏斗的场景描写得如同两个蒙古族摔跤手在赛场上搏斗一般[①]，注入了更多蒙古族游牧文化的精神，使得胡仁乌力格尔的内容更加贴近蒙古族生活。这就是胡仁乌力格尔"蒙古化"的具体表现。

(四) 丰富广大蒙古族民众的文学鉴赏内容

在大量汉文小说翻译成蒙古文之前，蒙古族民众的文学鉴赏主要停驻

---

① 参见金荣、张颖《胡仁·乌力格尔的"创造性叛逆"探析——以芭杰说唱的〈武松景阳冈打虎〉的故事为例》，《内蒙古大学学报》2013年第3期。

在蒙古族民间文学范围之内。在 18 世纪尤其是 19 世纪蒙古族文人将大量的汉文经典与历史演义小说翻译成蒙古文，丰富了当时蒙古族民众的文学鉴赏内容，但由于当时教育还没有普及，所以能直接去阅读文本的人为数甚少。胡尔齐解决了文本传播的难度，他们将这些文本改编成当时蒙古族民众所喜闻乐见的艺术形式而在蒙古族民众中间广泛传播，如《封神演义》《三国演义》《隋唐演义》《东汉故事》等，丰富了当地蒙古族农牧民的文学鉴赏内容。

胡尔齐是保护非物质文化遗产——胡仁乌力格尔的骨干力量，现阶段他们不仅要积极投身于舞台演出、倾尽心力搜集整理胡仁乌力格尔作品，而且还应大量培训胡尔齐学员，扩大胡尔齐的队伍，从而拓宽胡仁乌力格尔的流传范围、扩大胡仁乌力格尔的影响力。

第三章　胡仁乌力格尔情节研究

《简明外国文学词典》在谈及叙事学的本质时说："叙事学的主要兴趣，在于叙述的谈话是如何将一个故事（简单地按时间顺序排列的事件）制作成有组织的情节形式的。"①

以此为标准，有故事、人物、情节的胡仁乌力格尔自然属于叙事文体。叙事文体可以分成故事型、人物型和心理型。胡仁乌力格尔属于故事型，因为胡仁乌力格尔的主要任务就是讲故事。建立在史书故事和文人创作的故事——小说的基础上，胡仁乌力格尔叙述的故事的确妙趣横生，而这"妙趣"突出体现在情节的设置上。

第一节　胡仁乌力格尔情节的传奇性

胡仁乌力格尔作品要想吸引观众，靠讲唱日常生活内容自然无法实现，因而胡尔齐们为了迎合大众的猎奇心理，在演唱胡仁乌力格尔时多描述普通人日常生活中不同寻常的场面，所以胡仁乌力格尔情节的首要特征就是传奇性。

"说书家是唯恐其故事之不离奇、不激昂的，若一落于平庸，便不会耸动顾客的听闻。所以他们最喜取用离奇不测的故事、惊骇可喜的传说，且更以危辞峻语，来增高描述的趣味。"② 汉语说书和蒙语说书最主要的目的都是为了吸引观众，所以胡仁乌力格尔作品情节的传奇性，是胡尔齐的第一艺术追求。

---

① ［美］M.H.阿伯拉姆：《简明外国文学词典》，湖南人民出版社1985年版，第119页。
② 郑振铎：《论元刊全相评话五种》，见《郑振铎古典文学论文集》（上），上海古籍出版社1984年版，第410页。

一　胡仁乌力格尔情节传奇的原因

故事要有传奇性，首先必须从选材入手。绝大多数胡仁乌力格尔作品取材于中原皇朝的历史演义，也有一部分是关于蒙古族历史、人物故事以及近现代革命历史故事。其中，中原皇朝的历史演义故事篇目最多，故事类型也最为复杂。其一为列国史传类，主要讲述中原各朝的历史故事，如《夏国》《商朝》《东周列国》等。其二是定国安邦类，这类作品中，因为外忧内患、朝政混乱甚至被颠覆，皇帝或太子在一群忠臣义士的辅佐下，消灭入侵者和叛乱者，重整朝纲，如《苦喜传》《全家福》《薛刚反唐》等。其三是征讨类，讲唱边疆有敌人入侵，将军带兵出征，平定叛乱，如《东辽》《西辽》《北辽》等。其四是走国类，这类作品一般讲唱的是主人公（太子或皇后）被奸人所害，流落民间，历经无数坎坷，遇到忠臣义士，重组政权，打回京城，消灭奸佞，重建天下，如《刘秀走国》《赵元英走国》《李隆基走国》等。其五是武侠类，这类作品多源自汉族的武侠小说，如《大八义》《小八义》《三侠五义》《七侠五义》等。其六是人物传奇类，多讲唱汉族的传奇人物或家族，如《燕山罗成》《罗通扫北》《水浒传》等。其七是公案类，多来源于汉族公案小说，如《包公的故事》《狄公案》《冯公案》等。其八是神怪类，主要演唱各种与神怪有关的传奇故事，如《钟国母》《西游记》《济公传》《大闹天宫》等。

由于汉族历史故事本身情节复杂，篇幅较长，同样一个故事既可以归入此一类型也可以归入彼一类型。比如《刘秀走国》主要讲唱东汉开国皇帝光武帝刘秀遍游天下，结识英雄豪杰，建立政权，消灭新莽政权，重建汉朝刘姓天下的故事。这个曲目既属于"走国类"，同时也被称为"东汉故事"，又可以归入"列国史传类"，其中还具有忠臣义士安邦定国的内容。再如《钟国母》，取材于汉族的鼓词《英烈春秋》，讲唱齐国王后钟无艳辅助齐宣王成就霸业的故事。这个曲目可以归入"人物传奇类"；钟无艳是女仙下凡，又可归属于"神怪类"；钟无艳安定齐国、辅助宣王成就霸业，还可以看作"定国安邦类"。因此，我们这里的划分仅是大致的归属类别。

根据调查发现，胡尔齐说唱本民族的故事并不多，经过博特乐图

（杨玉成）教授统计，前仅有《宝音诺莫呼亲王》《康熙娶亲》《巴图亲王》《金驹传》四部。① 1949 年后，这类作品有所增加，说唱的大多数是蒙古族历史上的传奇人物故事，如《神圣的成吉思汗》《忽必烈的故事》《乌力吉当兵火鹰》《巴音套海的战斗》《聪明的乌力格汗》《英雄陶格套胡》《满都海斯琴的故事》《巴林王的黄骠马》《僧格仁钦》《草原烽火》《乌巴希汗的故事》《巴音那元帅》《巴林怒火》《嘎达梅林》《阿拉坦宝布格图汗》《苏赫巴特尔》《阿斯甘将军的故事》《巴林王的铁青马》《堪布喇嘛的故事》《那木斯莱的故事》等。

1949 年后，胡尔齐的说唱作品《林海雪原》《白毛女》《新儿女英雄传》《平原游击队》《平原枪声》等说唱近现代轰轰烈烈的革命历史故事也逐渐多了起来。

上述三大类胡仁乌力格尔作品，经过 300 多年的发展，曲目有 500 多部（篇），其中的经典剧目也不下 300 部（篇）。但纵观这些作品，我们发现胡尔齐在选材上有一个突出的特点，那就是这些故事大多与民族战争、正邪斗争、忠奸斗争有关系，大多数作品中都有一个或一群传奇性的人物。比如列国史传类的作品，基本没有讲唱全史以求完备的，多数故事的核心都是选取末世乱世作为背景。如《周朝》是以纣王无道、武王伐纣为核心；《前七国》主要讲唱孙膑、庞涓斗智；《西汉》则主要讲唱刘邦、项羽争雄，吕后斩杀功臣；《东汉》主要讲唱王莽篡汉，光武帝刘秀周游列国，中兴汉室；《三国演义》讲唱魏蜀吴三国的建立和战争。为什么会出现这种情况呢？因为故事是由人谱写的，乱世中才会出现英雄，英雄才会有传奇的经历。由此可见，胡尔齐选择的故事题材本身就具有传奇性。

选择具有传奇性的历史故事或人物作为题材，这是胡仁乌力格尔能够吸引听众的第一步。历史上的大事件、分分合合的王朝演变史，历史书籍叙述这些内容，有一定知识的听众也熟悉这些内容。在汉族讲史话本、平话中，艺人这样概括：

---

① 博特乐图：《胡尔齐：科尔沁地方传统中的说唱艺人及其音乐》，上海音乐学院出版社 2007 年版，第 84 页。

三皇五帝夏商周，秦汉三分吴魏刘。晋宋齐梁南北史，隋唐五代宋金收。①

传自洪荒判古初，羲农皇帝立规模。无为少昊更颛顼，相授高辛唐及虞。位禅夏商周列国，权归秦汉楚相诛。两京乱中生王莽，三国争雄魏蜀吴。②

大多数胡尔齐在讲唱胡仁乌力格尔作品时，有一个模式化的表演段落——数纲鉴，即概括历史发展演变的进程。如甘珠尔演唱的一段：

开天辟地——人类起源——三皇五帝——夏朝六百年、三十六代——成汤灭桀建商——商朝定都朝歌，延续六百年、二十六代——纣王昏庸被武王所灭——建立周朝定都咸阳——东周列国纷争天下——秦始皇收复六国、定都咸阳——秦始皇建造长城、阿房宫——陈胜吴广起兵讨伐——楚霸王、汉刘邦争夺天下——汉高祖斩白蟒建汉朝，定都长安——平帝失朝于王莽——光武帝刘秀建立东汉，定都洛阳——献帝昏庸亡国——吴、魏、蜀三国鼎立——司马氏建晋朝——隋炀帝昏庸无道——李渊入长安建唐朝——贞观天子李世民收服十八省、平定天下。③

再如巴拉吉尼玛演唱的《钟国母》开头：

说起事情的源头，当中原稳定后，夏朝成立，夏朝衰败后商朝成立，之后周朝盛起，周朝丢失政权后，大地四分五裂，那个战乱四起的时代叫春秋时期。在那春秋时期十二国鼎立，这十二国有山东地区的齐国，淮河南边有过楚国，燕山地区出了燕国，丰州地区韩国成立

---

① 《武王伐纣平话》卷上，见钟兆华《元刊全相平话五种校注》，巴蜀书社1990年版，第1页。
② 《醉翁谈录》"舌耕叙引"之小说引子。
③ 博特乐图：《胡尔齐：科尔沁地方传统中的说唱艺人及其音乐》，上海音乐学院出版社2007年版，第101页。

了,邯郸地区有过赵国,西州地带出了秦国,渭河地区出了魏国,强大的七国就是指的它们。除了这些,还有宋、梁、吴、武、晋五个国家,合起来有十二国。在这十二国时期留下来的传说故事里有一出叫《钟国母》的被传下来了,这个钟国母是齐国的王后,故事就是从这个国家产生的。①

这些历史大事在史书上都有确切的记载,讲故事的人如果按照史书上的内容原封不动地讲是无法吸引听众的,说唱艺人必须要做一些离奇的虚构,才可以耸动人心,才能使讲唱的内容比史籍上的记载更有趣味。因此,胡尔齐常沿用汉族历史演义中的方法,虚构历史大事背后离奇的原因。比如希日巴说唱的《封神演义》,在讲述纣王由一位英明的君主变为千古暴君的原因时就沿用了《武王伐纣平话》及明代许仲琳编著的小说《封神演义》的说法,那就是纣王本来才能过人,是一个励精图治的好帝王,但由于在选美女入宫为妃时,选到了妲己,所以才致昏庸误国。妲己本来是人间美女,却被狐狸精吸去魂魄,把妖气注入其体内。这个妖妇获得纣王宠爱,不断怂恿纣王作恶,使之成为亡国暴君。这种描写绝非历史,却是离奇惊心的。

巴拉吉尼玛说唱的《钟国母》,以汉语长篇鼓词《英烈春秋》为底本,主要演述战国时期齐国王后钟无艳协助齐宣王平定各国、成就霸业的故事。钟无艳为什么生得那么丑陋?作为一个女子又为什么能有这样的文才武功呢?艺人虚构出钟无艳本来是美丽的牡丹星君,因为在瑶池盛宴上嘲笑在瑶池边补妆的王母娘娘,被谪往凡间,不但令其面容丑陋,而且令其在红尘乱世中降生。正是因为钟无艳仙女的身份,所以她有出众的本领,而且遇到大灾大难时常有神仙、圣母的援救,最终才得以做出一番非凡事业。

例如在钟无艳重整宫殿并除鬼驱邪的时候便有众仙家相助,原文唱道:

钟无艳不知道一会儿要来的到底是什么鬼怪,只有过了今晚才能

---

① 巴拉吉尼玛说唱:《钟国母》(录音),内蒙古大学文学与新闻传播学院整理,第1小时。本书截取的《钟国母》文本情节皆源于此录音整理材料。

知道。所以按照骊山老母的吩咐在危急时刻念动咒语请天上的星君们前来帮忙渡过难关："四位守护世间的神兵天将，因午夜时分与鬼怪有大战可否下凡相助？"——叫到名字念动咒语时，一阵大风平地而起，神兵天将们的身影出现，化为一道白光从天际划过，一阵狂风过后在钟无艳面前出现了四个天神，分别是魔礼青、魔礼红、魔礼海、魔礼寿等镇守天宫四门的四位神将。行礼道："牡丹星叫小神们前来所为何事？"钟无艳道："无事当然不会劳烦四位神将，今夜恐会与鬼怪在此一战，尔等四人站在四方助我，务必不让鬼怪有逃跑的机会。"四位神将领命飞身而起，守着自己方位的大门而站。又一次念动咒语后，白光闪过，又一位大神站到了身前。这位神君面如白玉，身穿金甲，左手执金鞭右手持宝镜，听到召唤便站到了钟王后跟前。钟无艳俯身道："请天王而来是为了今晚借宝镜照出占领这里的鬼怪的真面目，如果我不幸斗法失败还请天王助我一助。"天王笑着答应后，腾云驾到右侧天空站住。钟无艳接着念咒语叫来一位星君，那星君散发着红光，落在屋顶上。一看这位天神面如白玉，眼神清澈，三头六臂，右肩挂着太阳，左肩挂着月亮，左手指天，右手画地，其他的手拿着阴阳图和捆妖锁等物品。钟国母起身向太岁行礼，道："可否助我今夜拿下鬼怪？"那太岁星领命后，落在地面上，向天空扔出大网，看着地脉站在一旁。接着雷公电母也相继而来助阵。

这样的描写就使胡尔齐讲唱的故事变得有别于历史记载，让听众倍感新鲜。这便既符合史实，与历史相联系，又充分发挥了胡尔齐艺人的想象力，让说唱的故事引人入胜。妖魅附体，神仙下凡，尽管有些荒诞不经，却又是合理的艺术想象，虽然听众也未必信其有，但却喜好这样离奇的故事情节。

在中国古代汉文小说中，为了虚构传奇性的情节，经常要虚构带有传奇色彩的人物。为了凸显人物的与众不同，会虚构此人与众不同的形貌，但这种虚构是有节制的，与真实的人物相去不远。如刘备七尺五寸，垂手过膝，耳大有轮，回目见耳；李渊体有三乳，骨法非常；刘知远面呈紫色，色目，眼睛多白。在元代的评话中，人物的虚构比后来的小说更玄虚些。如《五代史平话》中描写的黄巢：

……有个富人黄宗旦……黄宗旦妻怀儿，一十四个月不产。一日，生下一物，与肉球相似，中间却是一个紫罗覆裹的孩儿，忽见屋中霞光灿烂。宗旦向妻道："此是不祥的物事！"将这肉球使人携去僻静无人田地抛弃了。归来不到天明，这个孩儿又在门外啼叫。宗旦向妻子道："此物不祥，害之恐惹灾祸。"遣伴当每送放旷野，名作青草村，将这孩儿要顿放鸟莺巢内，便是跌下来，他怎生更活！过了七个日头，黄宗旦因行从青草村过，但听得鸟莺巢里孩儿叫道："爷爷！你存活咱每，他日厚报恩德！"宗旦使人上到巢里，取将孩儿下来，抱归家里看养，因此命名黄巢。黄宗旦又向妻子说了孩儿啼叫的事一遍。其妻道："这个孩儿真个作怪！若不兴吾宗，定是灭吾族。莫若傍今杀了，斩草除根，萌芽不发；斩草若不除根，春至萌芽再发。"黄宗旦道："天要坏我家门，杀了这孩儿是逆天道。且养活教长成，看他又作么生。"①

世界上肯定不会有这样顽强生存能力的孩子。评话艺人从黄巢的名字而编造出这样的出生传奇出来，令其从一开始就与众不同。黄巢在成长过程中，样貌越发独特：

不觉年至十四五岁，身长七尺，眼有三角，鬓毛尽赤，颔牙无缝；左臂上天生肉腾蛇一条，右臂上天生肉随球一个。背上分明排着八卦文，胸前依稀生着七星黡。②

这样的长相绝对是不美，还有些恐怖。蒙古族的胡尔齐，也擅长描写这些历史人物奇特的外貌。如著名胡尔齐琶杰演唱的《程咬金的故事》中对程咬金的外貌描写：

他长着四方形的眼睛，位于脸的中间，两个耳朵垂到肩膀，鼻子

---

① 《五代史平话》之《梁史平话》卷上，见丁锡根《宋元平话集》，上海古籍出版社1990年版，第27页。
② 《五代史平话》之《梁史平话》卷上，见丁锡根《宋元平话集》，上海古籍出版社1990年版，第27页。

大得盖过了脸，鼻孔大得苍蝇来去都不会有感觉，以致苍蝇在里面安家产卵，生有双重的獠牙，长出唇外，睡觉时上下唇都无法合起来，下唇有两根手指头那么厚，垂下去有四根手指头那么长，上唇有四根手指头那么厚，嘴咧开有八根手指头那么宽，红色的胡须坚硬无比。小孩见到后就发烧，老人见了就颤抖，公牛见了会吼叫，母牛见了会哀叫，驴见了会哭泣，羊羔见了会咩咩叫，就是大男人、英雄见到程咬金后都会害怕。①

男人长相奇丑，女人也有极丑的。如《钟国母》中的钟无艳准备去临淄见齐宣王时，对其梳妆时的描写：

> 钟无艳想在镜子里好好看看自己时，别说其他人会恶心，即使自己看了也觉得好笑。身高有一丈，宽有两尺，肩宽胸大，脚特别大，脸色黑灰，加上红呈现了三种颜色，头发有红色和绿色两种颜色，额头很宽，还有三条动脉在动。嘴巴大，四个虎牙，把嘴巴扯得更大，两只眼睛凹着，在黑黑的眉毛下，像是斜放的铃铛，鼻子大，耳朵厚。②

有丑就有美，胡尔齐在描写人物的外貌时总爱走极端，不但有的人物被描写得极丑，也有的人物被描写得极美。如琶杰演唱的《程咬金的故事》中对罗成举世无双的外表美的侧面描写：

> 罗成来到海青城，这里的人们对他长得如此好看，因无法相信而喧哗。年长的老头们，六十多岁的老奶奶们，年轻力壮的青年人，以至幼小的儿童，挤满大街小巷，堵住路口，东边的向西边挤，西边的向东边拥。③

---

① 拉西敖斯尔整理：《程咬金的故事》（蒙古文），内蒙古少年儿童出版社 2002 年版，第 5 页。本书截取的《程咬金的故事》的情节内容皆源于此。
② 巴拉吉尼玛说唱：《钟国母》（录音），内蒙古大学文学与新闻传播学院整理，第 2 小时。
③ 拉西敖斯尔整理：《程咬金的故事》（蒙古文），第 142 页。

这真可谓万人空巷看罗郎。看到本人后的反应就更为夸张：

> 有看完后嘴巴咧开的，有从后背摔倒的，有张着嘴巴飘飘忽忽的，有坐在地上夸赞的，有流下口水往里吸的，有像灵魂出窍般呆愣愣的……

这与《陌上桑》表现罗敷美貌的描写手法相同，但比起"行者见罗敷，下担捋髭须。少年见罗敷，脱帽著帩头。耕者忘其犁，锄者忘其锄。来归相怨怒，但坐观罗敷"来真是有过之而无不及。

传奇性不仅表现在人物的奇特状貌和故事的奇特起因，也表现在对故事中的人物才能的极度夸张上。这当然也是古代汉文小说的写法，比如《五代史平话》中对黄巢本领的夸张："自小学习文章，博览经史。性好舞剑，会把剑向空掷去，一剑须杀一人；又会走马放箭，每发一箭，不差毫厘。"①

胡尔齐在表现人物的超常本领时也会用这种极度夸张的写法。比如在《程咬金的故事》中，当俏将军罗成被海青城元帅鲁银的大军团团围住时，胡尔齐是这样渲染他单枪匹马冲撞于千军万马中的情景：

> 一对纯银的神枪，
> 前后挥舞；
> 战马在人群中奔跑，
> 在锋利的剑戟中冲杀着。
> 手中的兵器一闪，
> 形势就发生巨大变化，
> 过来时站立着，
> 立刻横着竖着倒地。
> 罗成如旋风般经过，
> 灰尘四起，
> 大象般的马儿飞过来，

---

① 《五代史平话》之《梁史平话》卷上，见丁锡根《宋元平话集》，第27页。

带着风飘过来，
锐利的两把银枪，
无缝隙地护住自己和战马，
一转身就打倒九十个，
跟着这面二三十，
绕过来就五六个，
卡倒的也有七八个。
敌人被打下了坐骑，
滚在地上的不计其数。
脖子与头分开的
不知多少啊；
手脚折断，
变残疾的更不知有多少啊？
躺在土地上的有多少啊？
流着鲜血，
受伤的有多少啊？
一下子被打死，
再无法站起来的有多少啊？
被打伤了骨头，
萎缩瘫倒的有多少啊？
……

为了保证贴合原意，这些唱词在翻译成汉语的过程中没有进行过多的修饰润饰，有些地方还显得粗糙生硬，但我们仍能从文字中感受到罗成的神威形象。而这个故事中描写程咬金的本领更是与众不同：程咬金的头被砍掉后，还能够自己回来粘到肩膀上，人也不会受到任何伤害。

布仁巴雅尔演唱的《隋唐演义》中对李元霸的高强武艺也进行了夸张化的展现。例如李元霸与宇文成都之间的较量：

李元霸"哼"的一声用铁榔头打过去，宇文成都就像从山顶滚下来似的，拿兵器的手被崩开了。这时，李元霸飞快地转了头，右手高举着榔头打下来的时候,就像钢山倒了下来似的。宇文成都急忙接住的时候,眼前漆黑一片,腰部的骨头只听一声巨响,都裂开了,早饭从上面吐了出来,晚饭从下面拉了出来,瞬间失去了知觉。李元霸跑过去,把兵器压在下面,一把抓住了宇文成都。如果现在把宇文成都摔在地上的话,宇文成都只有很小的活命可能。

与杨纳的交战:

  李元霸右手举起大锤子,猛地向下捶下去,杨纳没能抓住大刀,月亮大刀摇晃着向上抛去了。大刀闪闪发光地掉到地上不说,杨纳一下子慌张起来,像掉进火坑里的小蛇似的,像掉落在水缸里的老鼠似的,找不到出路。杨纳干着急时,李元霸直落下一锤,杨纳就连马带人地变成了肉酱。用雪做成的人是看见阳光就会融化的,用纸做成的老虎碰到火就不成形了,强壮的大将军李元霸以一记锤子定潼关就是如此了。大将军杨纳都没能幸免,其他士兵纷纷出来跪下来,叩头迎接李元霸。

再如描写李元霸与伍天锡之间的斗争:

  此时李元霸大骂:"今天你杀我将军,我不会放过你。"之后,首先向伍天锡动起手来了,"看招",大吼一声,大锤一落,伍天锡咬紧牙关用双手拿着武器接过李元霸的大锤,然后双手感觉到无力。在此时,刚打过一招的李元霸再次大喊一声,双手抓起伍天锡的双脚,两边一拉,"咔嚓"一声,分成两半扔在战场上。就这样,伍天锡死去了。

在胡仁乌力格尔作品中,几乎每部作品中都不乏这样的神奇人物,他们拥有奇特的样貌、万人难敌的勇猛、超群的智慧,正是有这些传奇人物才会衍生出传奇的故事,作品也才能具有撼动人心的魅力。

二 惊险的情节设计

胡仁乌力格尔作品的情节没有平铺直叙的，胡尔齐尤其喜欢设计一些惊险的情节来，并且常常是一奇连着一奇。

琶杰演唱的《程咬金的故事》中，第一个核心情节是"程咬金醉酒劫皇杠"，这在《隋唐演义》《说唐全传》中都是经典情节。劫皇杠一事是小说中的众人提前做了充分的准备，并且是齐心协力下才做到的。但是到了《程咬金的故事》中却这样来演绎：程咬金是瓦岗山上的皇帝——混世魔王，他喜好饮酒、热闹，所以规定瓦岗山上凡是有三十的月份就要过年。恰巧赶上一个没有三十的月份，程咬金酒瘾发作了。秦琼本来是让他守卫山寨的，他趁大家不在，独自一人偷着下了山，来到王岭口劫了卖酒的货商，强要了一坛好酒，喝得酩酊大醉。因为着急，将酒坛子扣在了头上，又因为酒喝得多了，竟然扣着酒坛子躺卧山间熟睡了。日落时分，恰逢押运皇杠银的官军经过。只见他头顶酒坛子，挥舞着板斧，乘醉大发神威：

> 用雷声般的嗓音喊/站住原地/扔掉兵器/等待死刑/交出官银/收起民兵/老子就是魔王。/跳下马背/压腿跪下/低下脖子/留下带着的银子/看看破坏/气愤的程咬金跑来了。/月外八步月亮斧/准确地落在了头上/用锋利的长枪/轻轻地荡开。/骑着马儿们/前后交叉而过/长长的兵器/碰撞而发出巨响/杀死对方的心/侵占了胸膛/愤慨怒气仇恨/展现在了兵器上。/从四面不断地攻击/未超过八次/程咬金的斧头/不是一般的斧头/是带有神力的巨斧/能劈开十八路的/远近闻名的斧头/超过了十八斧/是最低能的斧头。/劈下八次/能打得粉碎时/那将军无法抵挡/低着头逃跑了。/站在后边的另一将军/骑马迎向前去/嘲笑兄弟的同时/遇到了山贼。/没有问名字/就开始战斗起来/未询问姓名/就都刺向了对方。/来回碰面/前后交叉/长枪扣下/短斧挡开。/到了十次/将军败倒/掉头就跑/拼命逃脱/胜者的心/向上喷发/败逃的两位将军/不回头地跑了。/吒，赶走了败逃的两位将军/俘获了军队/程咬金收下了七十二车皇杠银走向了二龙口。

同样是在《程咬金的故事》中，第三个核心情节是罗成去请自己的妻子庄金定。罗成在王均可、铁思金被山虎王活捉之后，也来到了海青城中最大的酒楼，告诉店老板，自己是二龙口瓦岗寨混世魔王程咬金最小的弟弟罗成。晚上，元帅鲁银带兵包围酒楼，罗成所向披靡。鲁银也不是罗成对手，于是他与罗成定一契约，让罗成去黄龙山请庄金定。庄金定是罗成的妻子，被罗成气走，在黄龙山带发修行，立誓永不见罗成。鲁银与罗成相约，若罗成十五日内请来庄金定，就让山虎王向程咬金臣服；如果罗成做不到，就让混世魔王程咬金向山虎王臣服。罗成经过千辛万苦到达黄龙山，为能感动庄金定，证明自己的悔意，把到来的想法告诉了庄金定手下的十八个女孩子：

> 对于伴侣的心/我是很想念啊/对娶过来的妻子/庄金定很是想念/向兄弟们请了假/我的身体到来了/真的没有想到/她的性格会变得这样，/连累孩子们被打了/让皮肉受了伤/与其在这里待长时间/不如早点离去/我用什么脸面回到/深山里的二龙口/怎么跟兄弟们/活着见面啊？/使遇到的妻子孤独/让众多女孩子挨打/没跟你们姐姐见面/未见到尊贵的身体/来到门前/满足和表达了真心。/翡翠般的脸/"我的身子是没有见到/我的心灵已经达到了"/就这样说完全部的话/把掌中的短枪/罗成抓在了手里/咬着嘴唇刺向了/身体一边的左腋上。/手上有力气的罗成的/钢制的神枪/穿过了左腋/扑倒在了地上/扎进去的枪/向另一边穿过去。

看见罗成倒地不起，他的坐骑白马围着主人哀叫，庄金定手下的十八个小女孩都哭喊着，责怪师傅姐姐庄金定不近人情。庄金定得知丈夫死后，急忙跑了出来。

> 可爱的小庄金定/从脖子抱住了/从斑斓的眼睛里/流着泪水而哭泣着/洁白圣洁的心灵/在胸膛里后悔着/把脸蛋贴在了/躺着的罗成的脸颊，/咳，我的将军啊/有小孩子的心灵啊/伴侣间热烈的爱/对我没有其他的想法/未想报复当初的事/直白的我打赌/因生气了的我/闭门不让进去/为此怎么能死啊/（说着这些话）号啕大哭了起来。/在金

色的地球世界上/我的自身该怎么办啊/上山而住是因为/与你孤独的心打赌罢了。/在世上作为男人/怎么能这么死去啊？/说着这些悲痛地哭泣着/不由自主地柔弱了/对开玩笑而说的话/为什么失去生命啊/使我成了没有叶子的花朵/怎么让继续枯萎呢？/对于捉弄而说出的言语/怎么能真正的死啊/使我成了被拿走了/羽翼的鸟儿/说着这些全部的/捶着胸口哭泣。

这样惊险悲怆的情节足以震撼听众，让喜爱罗成的听众无不为之担心、惋惜。之后，胡尔齐笔锋一转，罗成竟然站了起来，他抓住妻子的手，往后退一步，一下子拔出了枪，说出了实话：

  罗成在路上行走时杀死了九个母鹿中的一个后想祭祀山灵，因此把母鹿肚子和肠胃里的血放在袋子里，在盔甲和衣服中间绕上了身体，以此来做准备。如果真的不让我进去，而且很坚决地不让我进去，我用死来吓唬。

原来这只是罗成为挽回庄金定的计谋。前后情节跌宕起伏，一悲一喜，给人的情感上造成了巨大的冲击，也使情节引人入胜。

在古代描写战争的小说中常常使用火攻，如《三国演义》中有火烧博望坡、火烧新野、火烧赤壁、火烧藤甲兵等情节。胡仁乌力格尔作品中，恶人在残害主人公时也常常用火。如《钟国母》中，齐宣王的西宫娘娘、赵国公主赵艳萍想要用毒酒毒死钟无艳，结果被钟无艳识破，打死了赵艳萍。齐宣王怀恨在心，与东宫娘娘张兰英密谋火烧冷宫。作品中极力渲染那场大火：

  张妃点完火，那团火顷刻间蔓延到了整个屋顶，纵火的两人手牵着手，怕被守夜的士兵发现，沿着高墙大步向前，迅速窜到了东宫。……常年烈日暴晒的屋檐接触火苗的瞬间燃了起来，加上夜间的风，火势变得更加凶猛。眨眼间收藏古籍的忠义顺堂的东南角烧了起来，火引风，风助火，风火的相互作用下收藏珍宝古籍的大堂陷入了熊熊大火中，不久忠义顺堂的大半已被烈火烧毁。虽说古代房屋建筑建得非常坚固，但是房屋之间都是用木头连接起来的，所以没过一会儿冷宫的房顶也烧了起来。

……从睡梦中惊醒的钟王后观察四周时，冷宫已然变成了火海，衣服在大火中发烫，脸颊微微刺痛，那三十二个婢女更是惶恐，纷纷惊叫……很多巡逻的太监也没有人发现着火的事情，大火已经快淹没那座宫殿的时候才有人发现并大声呼叫，各宫里的人们才纷纷跑出来看，那忠义顺堂已经被漫天大火所吞没。……来灭火的人也死伤无数。……等到五更天快要结束的时候才将大火控制住。熊熊大火已经将那两座宫殿烧成了灰，大家急忙采取防火措施，以防大火波及别的宫殿。

这场大火烧死了冷宫中所有的宫女、太监，作品也没有交代钟无艳的去向，让听众都以为她已葬身火海。

胡仁乌力格尔中的大英雄常有万夫难当之勇，为了突出展现这种勇力，作者喜欢为他们设计最为艰难的战斗，比如闯入敌营只身救人、突出重围搬请救兵、不顾戒备森严勇劫法场等。布仁巴雅尔说唱的《龙虎两山》中，就多有此种情节描写。在故事的第五小时，讲述奸臣郭汜海诬陷元帅陈锁林的儿子陈宝龙和二连王陈锁海的儿子陈华龙造反，派大太保陈世刚去抄家并要杀害陈氏兄弟，陈华龙和陈宝龙兄弟力敌千军，闯出重围，逃离京城。其中有这样几个精彩段落：

陈华龙见势不妙，无心恋战，对陈宝龙说："弟弟，快点上马！你我杀出一条血路来！"闻听此言，陈宝龙从地上捡起自己的长矛，跃身上马，拉着缰绳，策马紧贴在哥哥身后。两人来到大门口，三太保陈世虎正单手握着斧头等着他们。看见陈华龙出来之后，他把斧头一砍，陈华龙迅速地用他的大刀挡住，然后发出"当"的一声，就把劈过来的斧头弹了回去。之后陈世虎快速地闪到另一边，心里想："我还拿不下你这个黄毛小儿吗？"接着陈华龙看准时机，用他的大刀朝三太保的脖子挥去，三太保迅速地接住大刀，就这样打了几个回合，陈华龙是越战越勇，三太保是越战越没底，开始慌了神。他没想到陈华龙的力气这么大。正在想着，躲闪陈华龙的时候，从包围圈外杀进来的陈宝龙挥舞着长矛又扎了过来。只见小将陈宝龙,脸色微红,沉着脸,皱着眉,炯炯有神的眼睛里冒着怒气,手中的长矛蒸腾着一股杀气,暗暗发光。三太保见势不妙,拔马就往回败。他这一撤,正好给兄弟二人留出一条生路,两个人赶紧厮杀一阵,从包围中突围出来。

两个人杀出重围,陈华龙在马上喊道:"我的弟弟,大伯是从西城门出的兵,如今我们也从那个门杀出去。为兄在前面开路,你一定要跟紧我!"

陈宝龙大叫一声"有劳哥哥",就和哥哥一同战斗了。此时,南平王听说逃走了陈家二兄弟,急忙调动全城兵马,下令必须追到兄弟俩。士兵听到命令后,倾城出动,军旗飘满了天空,士兵布满了所有的街道。有些士兵还趁机在街上飞扬跋扈,百姓不知所以,苦不堪言。

陈华龙见去路被重重围堵,边战边喊:"士兵们,你们给我听清。如果想死的话就给我拦路,要是想活命的话就赶紧给我让开。拦我兄弟者,必死无疑。就算死在我刀下的人,你也要知道,我不是故意要杀你,而是你阻挡我们兄弟了!"就这样,一边说着话,一边边打边走。但那些士兵们则持续射箭,就好像是寒风前的大雨一样。两个小将就这样边战边走靠近了西门。

来到西门时,忽听空中一声炮响,旌旗飘荡,陈华龙看到迎面催马过来一位将军。只听他喊道:"呔,陈华龙听清,赶紧放下你的武器,到老子面前乖乖受死!"

……

这样一些具有传奇色彩的情节,惊险刺激,跌宕起伏,悬念众多,最能吸引人。

三 以假乱真的艺术手段

以假乱真就是以假当真,以真为假,或者是以此为彼,以彼为此。这种手法在金元戏剧中就已经出现,比如《拜月亭》中就是通过蒋瑞龙兄妹和王瑞兰母女的错认衍生出诸多戏剧冲突和情节,使作品充满传奇性。

这种手法在元明清戏剧、小说中得到广泛运用。胡仁乌力格尔中也大量使用这种手法，使情节出奇。

首先是作品中反面人物为了陷害正面人物，假扮正面人物作恶，或者是正面人物经过乔装去反面人物的阵营充当卧底。

《龙虎两山》中，南平王陈思龙为了残害陈锁林一家，让自己的儿子乔装成陈华龙、陈宝龙兄弟的模样到相国寺行刺楚王，致使楚王误会，下旨查抄陈家并要株连其九族。八虎山的英雄们抓住了陈思龙府中的将军青石原，青石原弃暗投明，于是八虎山的大王沈藩文和肖郎俊就想派人去南平王手下做卧底。飞天虎于庆登、齐天虎景田华就假称是小山贼与青石原来到南平王府，被南平王认作义子，与大太保陈世刚一起出兵攻打陈锁林，很好地发挥了内应作用。后来还与陈世刚一起投奔湖南王，受到重用。在楚王被奸臣掳掠到湖南后，劫法场将其救下，使楚王终于认清忠奸，重新重用陈锁林及各位忠臣，重整朝纲。

在革命题材的胡仁乌力格尔作品中，共产党员经常以虚假身份到敌占区工作。《野火春风斗古城》的故事发生在1943年冬天，地点是敌伪占领下的省城（即河北保定市）。当时抗日战争处于极其艰难复杂的时刻，在上级党组织的委派下，地区团政委兼县委书记杨晓冬，以失业市民的身份打入敌占区，做地下工作。同时，上级指派城郊武工队梁队长为杨晓冬的外线配合者，共产党员金环为外线交通员。内线力量是高氏叔侄和金环的妹妹银环。通过一系列的斗智斗勇和艰苦努力，他们最后完成任务，取得胜利。

其次是正面人物扮成货商等普通百姓混进反面人物镇守的城池，救人或者攻下城池，体现了英雄们的智慧与英勇，而不是单纯地表现勇力。

《程咬金的故事》中第四个核心情节是瓦岗寨众英雄得知王均可、铁思金被困海青城，在徐茂公和秦琼的带领下攻打海青城。为了减少强攻造成的伤亡，徐茂公让程咬金扮成卖柴的，让秦琼和王伯当扮成卖马的，单雄信和齐大乃等人装成是卖兵器的，金甲、佟辉两个人装作普通市民。这四路人马混进城后劫了监狱，救出了王均可、铁思金，并攻下了海青城。这样的描写在革命题材作品中也大量存在，革命志士为了取得胜利，也常常扮成普通百姓混进日本侵略者或国民党反动派占据的城市，获得信息或者攻取城池。

再次，就是女英雄有时为了行走方便女扮男装或者是在特殊情况下男英雄男扮女装。

《龙虎两山》中，梅良玉的女儿梅英荪与冯英泰有婚约，南平王陈思龙却强迫她嫁给宰相郭汜海的儿子郭刚。梅英荪先逃到玉梁王韩荪家借住，结果被奸臣发现，杀害了韩荪。梅英荪只好女扮男装逃离京城到金龙山寻找自己的父亲和大元帅陈锁林等人，在路上却碰到了杨员外的女儿杨玉清抛彩球招婿，彩球偏偏打中了女扮男装的梅英荪。梅英荪不得已，与杨玉清假结婚。婚后，无法继续蒙骗时，只好与杨玉清约定找到未婚夫冯英泰后，二人一起做他的妻子。韩荪的女儿韩玉清、儿子韩宝龙在父亲被害后，也离开了京城，韩玉清女扮男装，与弟弟占据了八虎山。

因为梅英荪逃出了京城，南平王陈思龙又跑到定王五千岁梁海峰府上，让靓丽夫人将女儿梁金乔嫁给郭刚。梁金乔无奈女扮男装带着母亲离开京城，路过八虎山，韩玉清的部下不知道底细抢劫了母女俩。母女俩一路乞讨逃难，来到了肖家庄，梁金乔自称是梁金晓，被肖员外认为义子。其后，她带着肖英雄来到两军阵前，在金虎关外碰到了陈宝龙，为其出谋划策，助他打下了金虎关。

这种以假乱真的设计，作为情节，总是偶然性的因素，在胡仁乌力格尔作品中却得到广泛运用，其实是值得肯定的。

第一，偶然性因素可以加速或者延缓故事情节的发展。在现实中需要费很大的波折才能完成的事情，在胡尔齐的说唱中偶然巧遇一下就可以实现了，这有利于情节的顺利推进。比如《薛刚反唐》中，薛刚逃出京城，遭到朝廷的追捕，无处安身，恰巧路过纪鸾英占据的乌龙山，于是娶了纪鸾英为妻子，暂时有了一个安身之所。反过来，偶然性的因素有时也可以延缓情节的发展，造成情节的复杂化、曲折化。如《程咬金的故事》中，王均可、铁思金误入海青城，进入了山虎王的亲信开的酒楼，在酒醉后被抓，而罗成竟也同样进入了海青城，并在同一个酒楼喝醉酒，但正是这种偶然才带出了后面的情节。

第二，偶然性因素的采用，有利于造成情节悬念和阅读期待，引发听众浓厚的阅读兴趣。比如薛刚巧遇纪鸾英、进入乌龙山，之后会发生什么故事呢？这个女子会对薛刚的未来产生什么影响呢？对薛家又会带来什么呢？这些悬念的存在就会吸引听众一直听下去。

第二节　胡仁乌力格尔情节的程式化

雅文学、文人的创作，要富有个性、独创性，但民间文学、口传文学，却以集体性、承传性为主要特点，因而程式化就成为民间文学的一个显著特征。《中国戏曲曲艺词典》对"程式"和"程式化"的解释是："在戏曲艺术中，特指表演艺术的某些技术形式。它是根据戏曲舞台艺术的特点和规律，把生活中的语言和动作提炼加工为唱念和身段，并和音乐节奏相和谐，形成规范化的表演法式。""在戏曲排演时，按照现成的一套程式设计安排人物的活动，称为程式化。"[1] 戏剧艺术通过对生活的自然形态的加工提炼，变成舞台上的规范化形式，这是戏剧的程式。戏剧的程式既存在于唱念中也存在于身段、科范、服装、道具等多方面。其他民间文学样式也是如此，存在诸多程式化的内容。胡仁乌力格尔作为蒙古族民间文学的重要艺术形式，程式化也是其主要特色。

一　正邪忠奸斗争的主题程式设计

"忠奸斗争"是汉文历史演义小说中的常见母题，广泛地存在于各类作品中。"忠奸斗争的实质是两种人格力量的生死搏斗，它体现了忠奸明判的民族心态，读者在为充满理性的英雄的顺境而喜悦欣慰的同时，也为奸臣的逆境而拍手称快；在为物欲膨胀的奸佞的顺境而扼腕切齿的同时，也为英雄的逆境而愤愤不平。"[2] 所以才有苏轼文中记载的宋代孩童听艺人讲三国故事时的反应："闻刘玄德败，颦蹙有出涕者；闻曹操败，即喜唱快。"[3] 可以说，对忠奸的明确判断已经成为我们中华民族的集体无意识，童叟、妇孺皆知。中国古代的小说家就是抓住了这种民族心理，在历史演义小说中"深入开掘和显示经过长期历史沉淀形成的传统文化心理

---

[1]　上海艺术研究所、中国戏曲家协会上海分会编：《中国戏曲曲艺词典》，上海辞书出版社1981年版，第169页。

[2]　刘书成：《中国古代小说叙事模式的文化内涵及功能》，《西北师大学报》（社会科学版）1997年第5期。

[3]　转引自孔另境《中国小说史料》，上海古籍出版社1982年版，第56页。

所表现出的封建伦理道德和民族传统美德这两个既排斥又渗透的层面，表达民众对清明政治的渴盼，对历史英雄的崇敬，对国家民族的情感"①。

忠奸斗争实际上是正邪斗争的衍化和延伸。在蒙古族民间文学中早已生动描绘了正邪斗争的相关内容，其中最典型的要数英雄史诗中英雄与蟒古斯的斗争。"蒙古族从远古时代开始就把那些对他们的生存构成巨大威胁的自然与社会力量，以超越自然的多种幻想和无意识的艺术方式创造成一个身材巨大、脑袋数量庞大、奸险狡诈、行为凶暴、拥有随意变换的魔力，可以带来各种灾难的危险形象，并统称为'蟒古斯'。"②蟒古斯形象从诞生以来，一直都是作为邪恶力量的代称而存在，而英雄自然代表的是正义，他们之间的斗争最终都以英雄胜利结束，表现了蒙古族群众对正义战胜邪恶的期望愿景。正是因为这种思想传统的一致性，胡仁乌力格尔作品中也同样沿袭了"忠奸斗争""正邪斗争"的情节模式。

以古典四大名著之一的《三国演义》为底本的胡仁乌力格尔，胡尔齐接受了"尊刘贬曹"的思想倾向，将曹操塑造成"挟天子以令诸侯"的狡诈奸雄形象。而与之相对的刘备，则重情重义，既是忠于汉王朝的臣子，又是礼贤下士的仁君。刘曹二人形成鲜明的忠奸两派。③

四大名著之一的《水浒传》讲述的是忠于君国、有才有识的热血义士与欺君罔民、妒贤嫉能、贻害国家的奸佞宵小的斗争。以之为底本的胡仁乌力格尔作品，同样谱写了一首"忠奸斗争"的悲歌。其中，"忠义"的最高代表宋江和荼毒百姓的反面人物高俅等人形成最鲜明的对比。

以神魔小说的代表作品《封神演义》为底本的胡仁乌力格尔也传达了赞扬忠臣仁君、批判权奸邪佞的思想。其中最具代表性的就是妲己因比干与自己作对，故魅惑商纣王，设计陷害比干，最终使比干受炮烙之刑，并食其心。

而在隋唐演义系列的胡仁乌力格尔中，"忠奸斗争"故事模式更具代表性。在《隋唐演义》中，隋文帝生前，以杨广为首的群体就是权奸邪

---

① 刘书成：《中国古代小说叙事模式的文化内涵及功能》，《西北师大学报》（社会科学版）1997年第5期。
② 贺·宝颜巴图：《蟒古斯研究》，《内蒙古师范大学学报》1987年第3期。
③ 戚碧云、伊日沽、赵延花：《论胡仁乌力格尔〈龙虎两山〉"忠奸斗争"主题》，《名作欣赏》，2014-12-01。

佞的代表，而以李渊为代表的群体则是忠臣义士。不仅太子杨勇遭到杨广、杨素、张衡、宇文化及等人迫害，这些奸佞还以谶语为由乱杀朝廷重臣李洪、李渊等，还滥杀无辜，比如王婉儿就被他们乱棍打死。李渊等人作为这些人的对立形象，忠于大隋江山社稷，在伐陈国时，为保江山无虞，免除后患，将杨广看上的陈后主的宠妃斩首，因而得罪杨广，只能离开京城，退守太原。在权奸邪佞的辅佐下，杨广登上了帝位，于是重用奸佞，荒淫无耻，暴虐欺民。杨素、宇文化及、张衡等掌握国家大权，飞扬跋扈，将自己的亲信安插在各个枢要部门。隋炀帝昏庸无道，杨素等权奸邪佞混乱朝纲，胡作非为，导致忠良之士备受打压甚至残害，比如伍云召一家的遭遇就是典型例证。老百姓更是民不聊生，最终导致天下大乱，于是秦琼、程咬金等英雄揭竿而起，反抗隋炀帝的暴政。

《薛仁贵征东》中，张士贵是奸臣的代表，他多次在薛仁贵取胜后，冒顶军功，薛仁贵因此沉沦下僚。最终，程咬金和尉迟恭揭破张世贵丑行，薛仁贵得见天日，成为唐军主帅。

《薛仁贵征西》中，张士贵之女张贵妃惑乱视听，蒙蔽皇帝，致使薛仁贵蒙冤入狱三年。因外敌入侵，国家处于危难之中，在徐茂公的帮助下，薛仁贵才得以洗冤出狱，重掌兵权。

《薛刚反唐后传》中，因薛刚酒后得罪张天佐、张天佑，在他们的鼓动下，武则天抄斩了薛家满门。薛刚在程咬金等人的帮助下逃出长安，保住了性命。后薛刚辅佐废太子李显，借兵西凉，终于能够兴兵伐武。经过艰苦卓绝的斗争，李显登上皇位，奸佞被铲除，薛刚报了家仇、国恨并得封"忠孝王"。

以宋代历史故事为题材的胡仁乌力格尔中，《杨家将》和《岳飞传》具有代表性。《杨家将》中，杨业、杨六郎父子是忠臣的代表，潘仁美、王钦等人是奸臣的典型，当时的皇帝宋太宗和宋真宗皆昏庸无能。因为宋皇宠信奸臣，听信他们的谗言，导致杨家父子命丧两狼山，杨六郎蒙冤被流放，甚至在无奈之下要依靠假死保住性命。北辽政权见宋朝无人领兵，大举进攻，宋王朝摇摇欲坠。杨家男女老少不计前嫌，重返军营，整顿兵马大破天门阵，得胜后终于令奸邪授首，忠良得以扬眉吐气。

而在《岳飞传》中，"忠奸斗争"也非常激烈。康王在南渡后成为南宋君主，却忠奸不分。以岳飞、岳云父子为代表的忠臣群体受到以张邦昌、秦桧为代表的奸臣集团的打压、迫害。面对金人的侵略，岳家军奋勇杀敌、保家卫国。在宋金决战之前，金朝人串通奸臣秦桧，秦桧假传十二道金牌逼令岳飞停战回京。懦弱无能的宋主不辨忠奸，听信秦桧等人的谗言，褫夺了岳飞的兵权，令其蒙冤入狱，并最终使岳飞父子命丧风波亭。在金兵压境的危急情况下，岳飞之子岳雷、岳霆重整岳家军披挂出征。朝中忠臣义士也与奸邪小人展开了斗争。最终，岳家军凯旋回朝，大奸臣秦桧咬舌而死。宋主下诏修建岳王庙，对其子孙及众将领行册封之礼。

此外，还有讲述忠臣狄青与杨宗宝、包公等人共同抗击西夏，并同朝中奸党做斗争、保卫宋室的故事《狄青初上万花楼》。在公案类《包公案》及《三侠五义》《七侠五义》等胡仁乌力格尔作品中，同样穿插着包公与权贵庞太师的斗争。

在长期的说唱活动中，胡尔齐积累了大量的故事素材和演述模式，他们以这些素材和模式为根据，进行二度创作，从而形成了一些脱离了汉文底本的胡仁乌力格尔作品。

布仁巴雅尔生于1928年，极富创作力，属于较早的蒙古族说书艺人，辈分较高。他说唱过的书目中，多以忠奸斗争作为主题模式，如以历史演义故事为素材的《吴越春秋》《西汉故事》《刘秀周游列国》《梁唐晋故事》《三国演义》《隋唐演义》《大西梁故事》《薛刚反唐》等。布仁巴雅尔还编创了时长达62小时的长篇胡仁乌力格尔作品《龙虎两山》。甘珠尔是布仁巴雅尔的弟子，他介绍了这部作品的编创背景："《龙虎两山》及其下部《楚郭之争》，还有《龙凤桥》是师傅布仁巴雅尔编创的，大概成形于1958年到1959年。"① 纵观整部《龙虎两山》，我们发现这是一部深受汉蒙文化影响的作品，尤其是其主题完全沿袭了"忠奸斗争"的模式。故事发生的背景是楚国。楚国第二任君主昱夏王，名姬元，懦弱无能，不分是非。朝中大臣分成两派：一派是忠臣义士，他们刚正不阿、忠君报国，包括护国元帅陈锁林、二连王陈锁海、保国公冯隆荪、周国公梁锦、靖国公肖虎等；另一派就是奸佞小人，他们蒙蔽楚王、祸国殃民，包括楚国宰相郭氾海、南平王陈思龙及其家人。为了权力、地位，郭氾海与

---

① 博特乐图：《胡尔齐：科尔沁地方传统中的说唱艺人及其音乐》，上海音乐学院出版社2007年版，第106页。

陈思龙及其党羽陷害忠良、私通外国。楚王的昏聩，更是致使奸臣气焰嚣张。忠臣义士在国家安定后，被派出京城，甚至惨遭迫害。在作品第1至第5小时中，布仁巴雅尔演唱了元帅陈锁林被派出京城赈灾，而其弟二连王陈锁海在朝堂上与陈思龙发生争执，楚王不辨是非，令陈锁海蒙冤入狱。陈家失去了两位王爷的保护，奸臣趁机迫害其家人，导致两位王妃自杀，二人的儿子逃离京城。

作品中还刻画了一群武艺高强的绿林好汉，也分成正邪两派。金龙山的六位山寨王在陈锁林到青州赈灾时，劫掠了陈锁林押送的三十六箱黄金，后因不敌陈锁林，投奔了与楚国敌对的湖南王，属于邪恶势力。八虎山的八位义士爱护百姓，同情忠臣义士的遭遇。当陈锁林之子陈华龙和冯隆荪之子冯英泰逃出京城后，他们将二人留在了山上。后选择追随陈锁林元帅，坚守忠义，攻打湖南王，成为保卫楚国政权的忠臣义士。这部作品之所以名为"龙虎两山"，就是表现了胡尔齐对这些绿林人物的重视。

围绕着忠臣、奸臣以及金龙山和八虎山两座山，作品情节设计得生动曲折。开篇，楚王听信奸臣郭汜海、陈思龙之言，不但将护国元帅陈锁林责令出京赈灾，而且因其久无音信，认定为谋反的陈锁海下狱。陈锁林一家被害后，郭汜海又迫害朝中其他忠臣。接着，落难的忠臣陆续离京，经过很多波折后聚义于八虎山，并以此为根据地，与奸臣展开智勇比拼。陈思龙之子陈世刚率军征讨八虎山，大将于庆登、景田华便到其军中做了卧底。陈世刚大败而回，郭汜海及其他奸臣为自保勾结邻国君主湖南王。忠臣义士一起攻打金龙山，金龙山六位寨主失败后，也投靠了湖南王。最后，楚王被陈思龙父子绑架，囚禁在湖南王的大牢中。景田华等人救出楚王，突破重围，逃出湖南王的城池。楚王终于辨清黑白。陈锁林率领楚国军队攻打湖南王，取胜还朝，奸臣被铲除，忠臣义士洗刷冤屈，楚王论功行赏。作品通过这样的人物塑造和情节设计，很好地阐释了作者的思想——邪不压正，忠臣必然取胜。

在以蒙古族历史人物为创作题材的胡仁乌力格尔作品中同样存在各种各样的政治、军事斗争，也都运用了这种"忠奸"对立模式，比如《神圣的成吉思汗》《窝阔台汗》《忽必烈的故事》《青史演义》等。而革命历史题材故事中主要表现的是两种斗争模式：一种是中国军民与日本帝国主义的正邪之争，如《新儿女英雄传》《平原游击队》《平原枪声》《铁道游击队》等；另一种是共产党领导下的革命群众与国民党反动派之间的斗争，如《林海雪原》《白毛女》《刘胡兰》《乌兰夫的故事》等。

二　神话英雄母题的沿袭

西方学者尤其是人类学学者特别喜欢研究世界各地神话传说中的英雄，就英雄故事的基本形式和情节模式提出了诸多独特的见解，虽然这些见解各有特色，但都指出英雄故事具有一些共同的母题，比如英雄的神奇诞生、英雄的磨难和征战、英雄的婚姻、英雄的成功与死亡等情节。

胡仁乌力格尔作品，无论是以中原皇朝为背景的故事、以蒙古族历史人物为题材的故事，还是革命历史题材故事，大多是以英雄为主人公，说唱他们的传奇故事，而这些故事普遍沿用了英雄母题程式。

（一）英雄的神奇诞生

首先，一些英雄是天宫的星宿转世。胡仁乌力格尔《钟国母》中的主人公钟无艳本来是天宫的牡丹星君，非常美貌。瑶池会上，钟无艳对王母补妆的行为很是蔑视，因此被贬谪人间，而且生得奇丑无比。而钟无艳之子——太子田丹则是天宫的白金龙转世而来。在中国古代历史上，刘邦作为平民，建立汉朝成为帝王后，为了说明君权神授，史书中便神化他是刘媪感龙而生。魏晋之后，皇帝被称为真龙天子，龙也就成为皇权的象征。田丹是白金龙转世，预示着他是齐国未来的君主。

关于太子田丹的转世因由，文中借骊山老母之口揭示：

> 骊山老母从一个玉盒中拿出三粒仙丹说道："请月宫仙子拿着这三粒仙丹去谭城侯府衙门的后屋里让钟王后服下，三天之内让她变漂亮，在湘江的大战中钟王后亲自出战五国的三百万兵马时，命中注定的王儿田丹一定要前来帮助，因此天宫的白金龙转世为人的时机成熟了。"

《岳家将》的主人公岳飞被描写成是大雷音寺的护法神祇大鹏金翅明王转世。在雷音寺时，他啄死女士蝠星官，啄伤蛟精的眼睛，佛祖将他谪贬红尘，偿还冤债。女士蝠星官转世为秦桧之妻，蛟精转世为秦桧。《薛仁贵征东》中的薛仁贵则是白虎星转世。

巴拉吉尼玛演唱的胡仁乌力格尔《英雄道喜巴拉图》①，取材于蒙古族英雄史诗，讲述的是蟒古斯肆虐，百姓处于水深火热之中，天帝命佛祖的二儿子道喜巴拉图与自己的二儿子特古斯朝克图转世下凡，二人力大无穷，带领百姓修筑城墙，抵御蟒古斯。经过艰难的斗争，终于除掉了蟒古斯，让人间恢复和平安宁的景象。

其次，英雄出生时伴有异象。胡仁乌力格尔《钟国母》中描写太子田丹降生时，钟无艳正在行军打仗。为了不惊动众人，动摇军心，钟无艳独自离开军队，躲进一片竹林分娩。当一道白光划破天际时，转世投胎的白金龙降生。钟王后在昏睡中醒来，闻到一股异香，而且发现太子周围散发着神光。《宋代故事》及《赵匡胤征东》中描写宋太祖赵匡胤出生时，产房周围环绕着赤红的光芒，奇异的香气经宿不散；赵匡胤的弟弟宋太宗赵光义出生时，红光透过产房，直冲九霄，街坊四邻都闻到了奇异的香气。《大明国》中描绘明太祖朱元璋出生时，产房中焕发着红色的光芒，到了夜晚，红光透过屋顶，布满夜空。《清朝故事》中，清世祖福临降生时，满室红光，香气终日不散。《大元盛世青史演义》演唱的是元太祖铁木真的传奇故事，他出生时，双手紧握凝血如赤石。《英俊的巴塔尔》② 中描绘的英雄五胡鲁黑出生时双眼迸发着火光，长相异常英俊，他父亲在他出生后打开毡房门的一瞬间，外面风起云涌。《玛尔朗的故事》③ 中的英雄玛尔朗刚一出生就能下地走路，面如红火，眼睛炯炯有神，满口白牙，手脚巨大，非常奇特。

胡仁乌力格尔中这些具有神秘色彩的描写，象征着这些主人公将建立新的政权或是建立不朽的功勋。

（二）英雄的磨难和考验

1. 英雄出生或年幼时即遭遇磨难

在胡仁乌力格尔《钟国母》中，太子田丹出生于军中，其母钟无艳

---

① 巴拉吉尼玛说唱，道荣尕、苏亚拉图等人整理：《英雄道喜巴拉图》（蒙古文），民族出版社1982年版。

② 帕杰、尼·巴图孟和整理，达·布道海选编：《英俊的巴塔尔》（蒙古文），民族出版社1985年版。

③ 道尔吉编唱：《玛尔朗的故事》（蒙古文），民族出版社1984年版。

怀有太子之事，连齐宣王都不知晓。彼时，为了不影响战事，钟无艳只好忍痛将刚出生的婴儿弃置青龙渠。明员外路过，听到婴儿哭声，于是带回家抚养。5年后，被毛秋真人用大风刮走，从此杳无音讯。10年后，钟无艳被五国的大军围困在湘江，田丹奉师父之命前来救母，为证明自己的身份，三次冲破重围，最终母子得以团圆。

  为证自己身份，田丹也算吃尽了苦头，惹得身边众人落泪。廉赛花把太子迎进军营的时候，哎呀，一国的太子浑身沾满鲜血，汗流浃背，下马的时候头昏眼花，两腿发软。廉赛花把小太子迎进了军营，叫来军医，给他吃了药。等太子苏醒过来之后，让他吃了点儿东西。

  廉赛花上前问道："小太子为何又去而复返？"

  太子流泪道："说是母后怀我的时候，没有几个人知道，就连宣王也不知道。"

  "那这件事情谁能证明呢？"

  "智慧星君老丞相晏婴能证明。"

  "晏婴证明什么呢？"

  "在谭城，钟王后变漂亮的时候晏丞相并没有进过后宫，但是代替君王处理了三天政务。"

  "那君王为什么三天都不理朝政呢？"

  "除了晏丞相没有人知道。过了三天，宣王被钟王后变回来的样貌吓住，跑回来把事情的原委跟晏丞相说了一遍。除了他，没有人更详细地知道这件事情了。老丞相不是空口说说，也不是算出来的。"

  听到这些话，晏丞相脸色惨白，说道："哎呀，如今五国的三百万大军团团围住，别说是一个文人，就连弱小的将军都很难冲过去。"

  田丹太子流泪道："丞相要是怕这个，那就只能怪我没有福分，当初命薄才会投胎到王后的肚子里。要是有那个福分，母亲早就认下我了。现在连母亲都不认我，君王又怎么会认呢。得到生命的我，却是连畜生都不如啊！即使被千刀万剐，我也要认我的母亲，丞相要是愿意，就让我来保护你，只要我不被杀，肯定能让丞相安全到达王后那儿。"听到这些话，廉赛花和晏丞相都落泪了。

《岳家将》中，岳飞出生后遭遇厄难，在江上漂流时，靠苍鹰翅膀搭起的凉棚遮蔽，才免遭其他禽鸟的啄食，后遇到王贵被搭救下来。《三侠五义》中叙述包公出生时，他的父亲只因为一个怪梦，就将他认定为不祥之物，命二儿子包海抱到锦屏山埋掉。包海来到山中，将他放入一深坑中，正欲将其掩埋，忽然跳出一只猛虎，把包海吓跑了。包公长兄包山得知此事后，跑入山中，发现包公尚且活着，就把他偷偷带回自己家中，而把自己的孩子送与别人抚养，从而养大了包公。

《英俊的巴塔尔》中，五胡鲁黑出生后，其父把孩子洗净，放进了毡帽中。打开毡房门的一刹那，大风刮过，孩子就突然不见了。五胡鲁黑被刮进深山，一位老人捡到了他，觉得这个孩子命硬，就给他起名为"五胡鲁黑孤儿"（音译，意为"不死的孤儿"）。五胡鲁黑长大后力大无穷，武艺高强，与祸害百姓的额尔敦忙来汗对抗，所有被派来征讨他的大将军都被其打败。为了让他降服，额尔敦忙来汗把女儿许与他为妻。五胡鲁黑从妻子那儿探听到自己的岳父被蟒古斯（音译，意为"魔鬼"）蛊惑，于是杀死了蟒古斯。额尔敦忙来汗幡然醒悟，改正错误，立誓不再为非作歹，最终翁婿和好、父子团聚。

还有的英雄不是在出生时而是在年幼时遭遇种种艰险的磨难。《薛刚反唐》中，薛刚因为踢死太子、吓死皇帝，所以全家被株连。当时只有两岁多的薛蛟（薛刚之侄），也被拘到天牢，如果不是徐敬猷用自己的儿子换出，他就会与父母一同被处死。故事对这一描写极为动情：

"我给你们带来一些蛋糕是让你们吃的。"就这样说完后，徐敬猷把蛋糕往里送去，薛丁山把蛋糕分给每个人，他们吃着平国公拿来的蛋糕。这时徐敬猷向薛丁山说："我心里有点想薛勇的孩子薛蛟，偶尔去你们府里做客的那些日子，我也喜欢小孩子薛蛟而抱着他的啊，把那个小孩子给我拿出来一下，我抱着他亲吻一下啊。"因此，薛丁山走到儿媳的跟前说，孩子的平国公爷爷想抱孩子，因为他们知道徐国公喜欢薛蛟的事情，于是两人双手奉上孩子给了自己的公公。在那时，薛丁山把孩子从窗口往外送过去了。徐国公的身体抱住薛蛟看时,哎,多少天在牢房里没有什么好吃的东西,于是母亲的身体里没有什么奶啊,孩子变得很瘦,刚抱住时那个小孩子想哭,给他的鼻子抽上了药,闻着药味后薛蛟一下子睡着了,打开了篮子底下伪做的空地方,拿出了自己的孩子放进薛蛟,把自己的孩子从窗口往里递进去,"咜,梁辽王啊,我抱住了薛蛟想念了一会儿,把孩子交给他的母亲啊"。

《玛尔朗的故事》中,年过五十的萨嘎尔汗有三位妃子,最小的妃子还非常受宠,却膝下无子。在皇城附近有一对老夫妻,非常贫穷,但年过五十的夫妻俩却老来得子。孩子刚出生就能下地走路,面如红火,眼睛炯炯有神,满口白牙,手脚巨大,非常奇特。萨嘎尔汗得知此事后,认为这个孩子如此与众不同,一定是妖孽,为避免其将来祸害国家,便派人把孩子抢走,扔到了山谷中。萨嘎尔汗的牛倌湛比勒捡到了孩子,为其起名"玛尔朗"。因为无子,萨嘎尔汗整天苦恼,他的小妃非常恶毒,让他杀死另外两位妃子,强抢湛比勒的孤儿为子。玛尔朗长大后,英勇无敌。蟒古斯再次作乱,玛尔朗凭机智勇敢将其打败,还用火烧毁了他的城堡,将其彻底消灭。最后玛尔朗娶了美丽善良的萨仁,回到了皇宫,揭露了小妃毒辣的真面目,玛尔朗赢得了百姓们的普遍称赞。

2. 英雄们在磨难中成长

在胡仁乌力格尔作品中,有的英雄因为自己的莽撞导致家破人亡,自己也开始经历磨难,并在磨难中慢慢成长为国家的栋梁之材。比如《薛刚反唐》中的薛刚,因为贪酒,醉后痛打了张天佐,差一点被父亲薛丁山斩首。被母亲樊梨花救下后,禁足于家中。正月十五,他偷偷溜出家门,在长安街上喝醉酒,踢死了皇太子李佼,吓死了皇帝李治。由此,薛刚开始了逃亡之路。

十几个士兵跑了过去,说:"三公子,皇上叫你呢!"不听!薛刚说:"什么?你们说什么呢?"他都听不懂人家说的话了,正要打那十几个士兵时,士兵们折了回去。这时,皇上让自己的儿子,太子(李佼)去,说:"你去,把薛刚叫来,就说父皇叫你呢!"李佼太子受父皇的命令,走下月台,跑向了薛刚,他管薛刚叫哥哥,说:"薛刚哥哥，我父皇叫你呢！"薛刚连这个也不听了，还在踢打着人们。李佼太子看到后，说："薛刚啊，你不听我说的话，你喝酒变成牛了吗？"这醉了的人好话听不见，可坏话却一句都不落下。薛刚一听到这个就说："啊，你居然把我说成牛，你是谁家的孩子，这么没教养！"这薛刚现在是个醉鬼，他能知道是皇上的儿子吗！跑过来就踢了李佼，李佼"哎呀"叫了一声，想躲开，却没来得及，因为太子正好是跑过来时，薛刚踢了上去，正好踢到了肚子上，把肚子踢半儿了，那太子被踢出去得特别高，又"噗"的一声摔在了地上，这一脚踢出去，李佼太子足足被踢到有五丈高，从那么高又直接掉了下来。士兵们喊道："这回完了，杀了太子啦！"这时圣上还在月台上稳稳地看着呢。"完了，杀了太子，这薛刚疯了！"士兵们跑去告诉皇上，这薛刚为了杀他们就追起了士兵们，跑过去时，薛刚没看到从四面押着月台口的大粗绳，跑过去时绊住了脚，拽起来的时候，将大粗钉子一下子拔了出来，月台楼就歪倒了下去，圣上蒙了头。"完了，这薛刚杀完了太子，要来杀我们了！"正要下月台时，西角的绳子出来了，月台向东北方向摇晃着，一慌忙，圣上下去时就失了足，顺着楼梯滚了下去，用头着地时，头已经半儿了，出了脑浆。像发了疯似的薛刚，这回大家喊道："抓起来，薛刚杀了皇上和太子！"听到这个，薛刚才清醒了一点儿，"完了，听说我杀了皇上和太子，这回得赶紧逃了！"于是就向南跑了出去！

武则天趁机执掌了朝政，薛家一百八十多口人被杀害，只逃出了薛刚、薛强和薛蛟。薛刚逃出京城无处安身，甚至要乞讨活命。后来他逃到乌龙山，女寨主纪鸾英招其为婿，薛刚才暂时有了容身之地。当他得知家人因自己被害，就到京城祭扫铁丘坟，结果被困，他力战四门，最后马登帮他打开东门，与他一起逃往乌龙山。武三思、李承业带兵攻打乌龙山，薛刚阵前无法力敌千军而逃，纪鸾英被迫放弃山寨，亡命江湖。薛刚逃难路过独门关，独门关节度使薛义曾经与妻子沿街乞讨，被薛刚所救。但他却忘恩负义，将薛刚骗进府中灌醉，关入囚车。薛刚在被薛义押解去往京城的路上，又被青草山占山为王的义士吴奇、马赞所救。后来，魏徵的儿子魏思泉、徐敬业的儿子徐美祖也来到了青草山。清明节那一天，徐美祖、魏思泉、吴奇、马赞和薛刚到京城二祭铁丘坟，又被围困于京城中。危急时刻，梁国公狄仁杰帮助他们逃离京城。庐陵王李显在马登的劝说下，设擂台招贤纳士，薛刚带吴奇、马赞去打擂，赢得李显的青睐，李显让他回青草山招兵买马，回山的路上遇到九耀山的南建、北齐和九焰山的乌氏五兄弟。于是三山归一，英雄齐聚九焰山。武则天派武三思、李承业征讨九焰山，被薛刚打败。薛刚前往西凉借兵，他的厄运和磨难才基本结束。正是磨难后，薛刚才从一个贪酒、莽撞的青年成长为兵马大元帅，在消灭武周政权重建李唐王朝的过程中发挥了重要的作用。

3. 英雄为偿还宿债要历经磨难

在汉文历史故事中，神仙下凡经历磨难的故事非常多见。这类故事在最早的时候，主要是受道教思想的影响，认为神仙与凡人之间有难以逾越的鸿沟。佛教思想在中国日益深入人心后，这类故事便将佛教中的轮回思想纳入进来，神仙触犯了天条，可以通过转世投胎，以凡人的身份历经人间的各种磨难之后再重返天庭。到了明清时期，小说家已经将道教的降凡和佛教的轮回作为文学叙事的重要手段和模式固定下来，成为下凡历劫母题：神仙或是因为触犯天条戒规，或是禁受不住情爱诱惑而思凡恋尘，被谪下尘世经历了一番劫难之后度脱升天，重返天界。胡仁乌力格尔作品承袭了汉文历史故事的这一母题，在作品中演唱仙佛、星宿触犯戒律，被贬至凡间历劫，同时惩恶济世，最后重列仙班。

《西游记》中的猪八戒、沙僧、白龙马都是佛教的神祇，皆触犯天规，先后下凡历劫，加入取经队伍。猪八戒本是天庭掌管天河八万水军的天蓬元帅，因为在瑶池会上调戏了嫦娥仙子，触犯戒律，被贬下凡。错投母猪胎，名猪刚鬣，被人们视作妖精。经过观音菩萨点化，让他等待取经人。唐僧和孙悟空路经高老庄，将他收服，改名"八戒"，携其前往西天取经。虽然一路上凡心未褪，但也与其他人一样历经了九九八十一难，获封净坛使者，修得正果。沙僧是玉帝的卷帘大将，白龙马是西海龙王三太子，二人也因触犯了戒律，被贬凡间。但他们二人与八戒不同，并未投胎转世，而是直接下凡，分别到了流沙河和鹰愁涧。最后也分别受到观音菩萨的点化，一路护送唐僧西天取经。

《岳家将》属于佛尊下凡历劫的叙事模式。主人公岳飞本是大雷音寺护法神祇大鹏金翅明王，因为啄死女士蝠星官，啄伤蛟精的眼睛，被佛祖罚降凡间。蛟精转世为秦桧，女土蝠星官转世为秦桧之妻。岳飞在人间忠心辅佐宋室，救百姓于水火之中，却遭受到秦桧夫妻陷害，历经这些磨难，都是为了让金翅明王偿还前世的冤债。

《钟国母》在英雄磨难的描述上更为典型。钟无艳本是天宫美丽的牡丹星君，因在蟠桃会上嘲笑补妆的王母娘娘，就被谪下凡间。其故事的主体是尘世历劫。钟无艳生逢春秋战国的乱世，周天子没有威信，名存实亡，诸侯割据一方，互相争斗，抢夺土地和百姓，中原烽烟四起。凡人钟无艳因为容貌丑陋，处于适婚年龄却无人问津，后凭借自己的文韬武略勉强嫁给了齐宣王，却被夫君厌恶、嫌弃，从而遭遇了三入冷宫的劫难。

第一次被贬入冷宫是因为齐宣王的西宫娘娘。她觊觎王后之位，妒忌钟无艳的才华，所以假意邀请钟无艳饮酒，却在酒中下毒，被钟无艳识破后，恼羞成怒，反而诬陷钟无艳，钟无艳盛怒之下将其砍死。齐宣王见爱妃被杀，大怒，欲杀了钟无艳，因为众臣子劝解，就将她囚禁于冷宫中。

第二次被囚冷宫是因为赵国公主赵艳萍。赵国是齐国的属国，因无力给齐国交赋税，便派公主来和亲，其真正的目的是离间齐宣王，谋害钟无艳，使齐国发生内乱。貌美的赵艳萍到了齐国，被好色的齐宣王看中，册封为新的西宫娘娘。赵艳萍也是请钟无艳饮酒，中途将毒药混进酒中。钟无艳假意失手，酒杯摔碎在地，结果地上着了火，还发着绿光，宫殿中弥漫着刺鼻的味道。宫女和嬷嬷仅是闻到了气味，就失去了意识，纷纷倒在地上。钟王后趁机除掉了赵艳萍，齐宣王再次将她打入冷宫。齐宣王因为失去两位宠妃，更加讨厌钟无艳，于是伙同东宫娘娘火烧冷宫。钟无艳因有法术护身，才幸免于难。

第三次是被夏迎春以狸猫换太子之计陷害而被打入冷宫。齐鲁大战时，鲁国大军直接攻到了齐国国都。钟无艳率军御敌时已经身怀有孕，战斗中又身负重伤，身心疲惫，诞下齐国二王子后就昏迷了。齐宣王宠妃夏迎春为了陷害钟无艳，用剥了皮的狸猫换走二王子，诬陷钟无艳生下妖孽。齐宣王胆小多疑，听信谗言，再次将钟无艳打入冷宫。彼时，钟无艳极度虚弱，又在冷宫受了寒气，命悬一线，幸有仙师骊山老母搭救，用仙丹救回一命。

作为女人的钟无艳，不被夫君所喜，三入冷宫，已经非常可怜。作为母亲的钟无艳，还遭受了两次母子分离的痛苦。一次是齐楚之战后，燕丹公主求助于齐国。钟王后率兵前往燕国援助，行军途中，生下大王子，为了不惹人非议，忍痛将幼子扔进青龙渠，十五年之后母子才得以重逢。第二次是在鲁国大军包围了齐国都城的时候，钟无艳重伤，在昏迷中诞下二王子。西宫娘娘夏迎春使奸计换走王子，将其丢进荷花池里。东宫娘娘的贴身侍女发现后救出王子，为了避难也为了保护王子，侍女嫁给了楚国元帅黄盖，黄盖认二王子为义子。十二年后，二王子才得以回到齐国，与母亲团聚。

钟无艳是齐宣王的王后，是两位王子的母亲，同时还是齐国的兵马统帅。她进宫之后，一直带领齐国兵马抵御外敌入侵，或者辅佐齐宣王征战四方列强，在征战中也多次命悬一线。如燕国派使臣拿着无弦琴来到齐国挑衅。双方打赌称只要齐国有人能够弹奏此琴，燕国便奉齐国为上国，自己为属国。钟无艳成功弹奏了无弦琴，燕国却不想兑现诺言。钟无艳讽刺燕国失信。燕国使者回国后，向燕王夸大钟无艳的无礼。燕王大怒，命驸马孙操和燕丹公主为帅，统兵四十万攻打齐国。齐宣王无计可施，钟无艳率兵出征。在战场上，燕丹公主手下女将高金莲用法器风雷棍偷袭了钟无艳。钟无艳身负重伤，齐国众军医束手无策。骊山老母得知徒弟命悬一线，率其余四位弟子来到阵前，用仙丹救回钟无艳，并传授钟无艳法术以破解燕丹公主摆下的大阵，终于使齐国化险为夷。

（三）英雄的婚姻

英雄的婚姻往往与英雄的磨难交缠在一起，构成作品的另一主题。英雄的婚姻又可以划分为四种类型，即抢绣球型、父母包办型、强迫型、两情相悦型。

"抛彩球"择婿的婚俗历史悠久。在著名的河姆渡遗址中，考古学家发现了陶球、弹丸等壮族先民狩猎用的工具，这些工具已具有了彩球的前身——"飞砣"的影子。绘制于两千多年前的花山崖壁画中，出现了最早"耍飞砣"的图像。"耍飞砣"，就是壮族"抛彩球"的最早雏形。瑶族中也有"抛花包"的风俗，男女各为一方，每人手握两个花包，男女对抛。这既是瑶族青年的一种娱乐活动，也是瑶族青年男女追求爱情的一种交际活动。

在汉民族中，也有类似的民俗流传。最早的诗歌总集《诗经·卫风·木瓜》中就有"投我以木瓜，报之以琼琚"的诗句，意思是女子求偶时，将木瓜投给自己喜欢的男子，表示要以身相许，如果男子愿意，就用琼琚来定情。这可以看作"抛彩球"择婿在文学作品中最早的记载。到唐代时,"抛绣球"活动已很普遍,并出现了"抛球乐"的乐曲,不过那时"抛彩球"是一种与恋爱无关的劝酒游戏。到了宋代,"抛彩球"由劝酒游戏逐渐发展成一种日常的娱乐活动,并出现了专门表演抛彩球的"抛球乐队":"女弟子队凡一百五十三人……三曰抛球乐队,衣四色绣罗宽衫,系银带,奉绣球。"①《辞海》在解释"抛彩球"时说:宋代宫廷队伍中因之出现抛彩球乐队舞,"舞者著绣罗宽衫,系银带,表演抛绣球动作"。而在民间,"抛彩球"已基本演化为男女为求偶而特别举行的活动,也就是我们今天在文学作品中所常见到的情节。关于这一点,当时一些文人在自己的文集中也有所反映,如宋代朱辅《溪蛮丛笑》载:"土俗岁节数日,野外男女分两朋,各以五色彩囊豆粟,往来抛接,名'飞砣'。"②说明人们常选择在某一节日来举行"抛彩球"的活动。宋代周去非《岭外代答》也记载:"上巳日,男女聚会,各为行列,以五色结为球,歌而抛之,谓之'飞砣'。男女自成,则女受砣而男婚已定。"③至此,"抛彩球"的形式意义和结果意义已基本定型和成熟。

元明清时期,"抛绣球"选女婿的情节模式开始大量进入文学作品中。在少数民族婚俗中,"抛彩球"是有目标之抛,可称为"抛球择偶",但到了汉族戏剧、小说作品中,描写的"抛绣球"行为往往是无目标的"抛球卜婿",两者之间有着本质的区别。这种变化实际上与汉民族所认同的婚姻天定的观念有关,汉民族认为夫妻结合要靠缘分。什么是缘分呢?就是"天意"。

胡仁乌力格尔作品因为受到汉族叙事文学的影响,"抛彩球"择婿的内涵也被胡尔齐所沿承下来。布仁巴雅尔说唱的《薛刚反唐》第 32 小时中就描述了这样的内容:薛刚的妻子纪鸾英怀着薛葵、带着两岁的薛蛟离开乌龙山后,藏在自己的亲戚家。十三年后,十五岁的薛蛟、十三岁的薛葵已经长成少年英雄。为了不给亲戚带来灾祸,纪鸾英将二人关在后院,很少让他们出门。叛逆的两人偷着跑出家门来到房州,正赶上庐陵王的大公主抛彩球择婿,两人骑着马路过,彩球正好打在薛蛟的肩上,而薛葵也

---

① 脱脱等:《宋史》第十册,中华书局 1999 年版,第 3350 页。
② 朱辅:《溪蛮丛笑》,上海古籍出版社 1987 年版,第 594 页。
③ 周去非:《岭外代答》,上海古籍出版社 1987 年版,第 589 页。

过来抢，于是一人抓着一边来回抢，彩球从中间裂开，一人获得了其中的一半。这段描写十分精彩：

> 圆圆的彩球从众人之上飞过去，人群左右来来回回晃悠着，人人都踮起脚尖要抢那彩球，众人挤在那儿抢彩球时，薛葵和薛蛟正好骑着坐骑往这边来。只见那彩球直接滚到了薛蛟的肩上，这时薛葵的手迅速地抓住了薛蛟前面的彩球，"哎，这是我的球！怎么能给你呢？"薛蛟从一边抓住了彩球。就这样他们俩一人抓着一边，来回抢，不小心球从中间裂开，一人得了一半的彩球。这时薛蛟说："薛葵啊，这东西是落在我肩上的吧？"薛葵："就算是落到了你的胸前，但我也手快碰了啊。"这哥俩就这样开玩笑相互笑着的时候，从一边来了几个骑着马的人，说道："来请驸马！"一看他们俩都不知道谁是驸马了，因为每人拿着半个彩球。"将军啊，这彩球落在谁的身上了？"这时薛蛟说道："落在我肩上了。"薛葵答道："落在了我的手上，所以才抓了一半。"两个人为这事吵了起来。那几个人也不知道怎么处理这事了，所以带着他们来见庐陵王了。

两人都被带到庐陵王面前，庐陵王也不知如何处理。大臣鲁忠建议让二人举青铜鼎一决胜负，结果二人都能按照要求完成任务。庐陵王看后非常喜欢两人，经过询问得知他们分别是薛刚的侄子和儿子，于是就将大公主许给了薛蛟、把二公主许给了薛葵。

《龙虎两山》中，梅良玉的女儿梅英荪与冯英泰有婚约，南平王陈思龙却强迫她嫁给宰相郭汜海的儿子郭刚，梅英荪只好女扮男装逃离京城到金龙山寻找自己的父亲和大元帅陈锁林等人。在路上却赶上了杨员外的女儿杨玉清抛彩球招婿，彩球偏偏打中了着男装的梅英荪。梅英荪只好与杨玉清假结婚，在婚后无法蒙骗后，便与杨玉清约定，在找到未婚夫冯英泰后，二人一起做他的妻子。

父母包办婚姻是封建社会男女结亲的主要形式，以历史皇朝故事为题材的胡仁乌力格尔多有父母包办型的婚姻故事。《薛刚反唐》中薛刚去西凉借兵，西凉王与其父薛丁山是好友，询问起薛刚的婚姻状况，听说薛刚虽娶了纪鸾英为妻，但在武三思火烧乌龙山后，二人一直未见，不知其生死。于是西凉王决定将自己的女儿——披霞公主许给他为妻。《薛刚反唐》中对于这件事是这样描写的：

  薛刚把自己的事一一告诉了他。"有媳妇了吗？结发了吗？"这样问时，薛刚回答道："在乌龙山与纪鸾英结发为妻，没想到武三思在那山上放了火，从此再没与她见面。抱着侄子薛蛟，也不知还在不在这个世界上了，世界这么大到现在为止我还没听到他们的消息呢。"西凉王："哦，跟媳妇分开这么多年了，到现在还是单身，我看在昔日与你父亲关系好的份上，怎能让你们薛家断了根呢？唐国的武则天要灭了你的根，我胡玉绝不会让你们断了香火，所以我把自己的公主胡三英赏给薛刚你，来人，叫公主！"这么大的王要把公主许配给薛刚，就算他不愿意也没办法拒绝，当然当时哪有不愿意的事情啊，而那时候的公主也是只能听从父王的安排。当时的规矩就是与马连在一起就得跑，与树木连在一起就得站住，有这样的规矩，公主胡三英打扮完后来到了父王面前。这时坐在虎皮凳子上的薛刚用眼角看了一下公主，这公主长得可真是漂亮啊，走路的时候婀娜多姿，在白色的脸上透着红色的光，黑色的瞳孔带着笑意在眼眶里转动着，柳叶的眉毛在眼睛之上在额头中间像是画上去的一样，樱桃小嘴，银白糖的牙齿像是用丁香花洗过的一样，金银珍珠的装饰品随着脸蛋晃动着，绣有凤凰的衣服披在了身上，脸上发着红光，像风一样慢慢飘来，跪到父王面前："父王，您叫我，女儿胡三英倾听父亲的教诲。""今天没什么要教诲的，就算是公主也要嫁人，你现在已到成婚的年龄，像是秋天的植物一样到了年龄了，我们与唐国向来联盟，唐国将军薛刚看起来较黑，但我看着人不错，是国家的栋梁英雄，为了唐国而奋斗的英雄。我要把他招为驸马，把公主胡三英许配给他！"这时薛刚站起来与胡三英并肩给西凉王敬礼。因为薛金莲是薛刚的姑姑，这下与西凉王成了亲家。二人举行了隆重的婚礼。

  当时，薛刚的姑姑薛金莲也在西凉，就替他做主应下了婚事。薛蛟、薛葵在房州抢了庐陵王大公主的彩球而受到庐陵王爱重，将两位公主下嫁给二人，这两位公主的婚姻也属于父母包办型。

《三国演义》中刘备在赤壁之战后，与吴国联姻娶了孙权的妹妹孙尚香。当时，刘备 48 岁，而孙尚香只有 18 岁，如果不是吴国太的包办恐怕也不会有这桩姻缘。《龙虎两山》中梅良玉的女儿梅英荪与保国公之子冯英泰也是父母为他们定下的婚事，景田华与梁金乔的婚事也是父母包办的。而陈宝龙与胡赛华的婚事是在陈锁林带兵攻打金锁关时，金锁关守将胡梦雄派女儿胡赛华出战，胡赛华不仅貌美如花而且武艺高强，活捉了陈锁林帐下两员大将——于庆登和景田华，陈宝龙出战将其擒住。为了顺利拿下金锁关，也为了救回两员大将，肖郎俊给元帅建议让陈宝龙娶了胡赛华，陈宝龙虽然不情愿，但为了大局应下了婚事。

强迫型婚姻是胡仁乌力格尔作品中最有特色的一种英雄婚姻形式，而且由此可以改变英雄的命运或故事的进程。这种强迫型婚姻形式与古典戏剧或小说中恶霸强抢民女有诸多不同，而且被强迫成婚的不限于女性，男性英雄被强迫成婚的也大有人在。《薛丁山征西》中薛丁山进攻寒江关，遇到武艺高强、才华出众的女英雄樊梨花，无法通过关口。樊梨花爱上了薛丁山，要挟他娶自己为妻，薛丁山虽然无奈之下应下婚事，但却耿耿于怀，于是就衍生出"三赶""三请"樊梨花的曲折情节。《薛刚反唐》中薛刚逃离京城，无处安身，路经乌龙山，女寨主纪鸾英仰慕他的家世和人品，以给他容身之地而要挟，让他与自己成婚。《钟国母》中钟无艳与齐宣王的婚姻也有强迫的成分，尚未有后的齐宣王晚上做了一个梦，梦见自己站在西殿门口时，临淄周围突然起了大火，眼看大火要烧到他了，在手足无措之时，突然在北方闪了一缕红光，在那红光里隐约出现了几个仙女，她们拿了一簇花来到齐宣王面前，把花放到齐宣王跟前后就消失了。齐宣王见那簇花特别喜欢，所以就把它带到朝阳的地方插上了，可就在那一刹那这簇花盛开了，而且特别艳丽，特别吸引人。齐宣王让丞相晏婴为他解梦，晏婴说那是天上的仙女降临到凡间来要做他的王后，第二天往北去打猎肯定能见到她。齐宣王听了特别开心。第二天，他召集了三千人马向西北方向打猎去了。在追赶一只白狐狸的过程中，他来到了果园，遇到了在树上采果子的钟无艳，两人打了起来。齐宣王自然不是钟无艳的对手，于是他就以王的身份讨饶。钟无艳的师傅骊山老母曾经托梦给她，让她嫁给齐宣王，钟无艳听说面前之人便是自己要嫁的人，就要求齐宣王封自己为王后。齐宣王嫌弃她容貌丑陋不肯答应，钟无艳便威胁他，如果不娶自己为妻就不让他活着离开，齐宣王无奈之下才应下了这桩婚事。原文这样描述：

> 钟无艳直接走到了塔前，喊道："齐宣王是否在里面？如果在的话就请快点出来，不出来的话，就吃我一棒。"齐宣王无可奈何之下站起身来，走出塔前，弯下身子说："没有迎接远来的贵人真是罪过啊！"听到这话钟无艳冷笑一下说："说话不算话的君王啊，今天你还想在众多官员面前食言吗？刚才在中元宫立我为后，却掉头就跑，现在你必须得给我一件信物，不然我不会放你走的。你看你的那些兵，拿着武器有人敢动吗？"宣王看着晏丞相仿佛在询问晏丞相该怎么办，晏丞相说："既然刚刚宣王已经开了金口应允了人家，就不能收回话啊，还是请快点给一个信物才能使这位有王后缘的女子返回去啊。"宣王拿起了发簪让晏丞相给了钟无艳。钟无艳看了那个发簪，心里很不舒服，心想：区区一个发簪，怎能证明宣王立她为后了呢？脸色变得很难看，说："用这么一个普通的东西不行，必须说确保的话，给实物，不然我就不走。"这时，晏丞相说："哎呀，请宣王快点啊！这是天上的木端行星啊，虽然长得不好看，却能去除世间的骚乱啊！能使齐国辉煌的人啊！所以就请您赶快拿出有保障的信物啊。"宣王没办法，只好把身上戴的玉带拿出来给她了。钟无艳看着这个刻着双龙而且用金子镶边还刻着宣王名字的玉带，就安心了。"但是什么时候才会把我娶到中原宫呢？"钟无艳问时，宣王忙说："五月十三日，肯定会把王后给请过来的。"钟无艳非常高兴，给宣王磕头了。因为这涉及了宣王的脸面，所以晏丞相和其他官员们都走向前，向钟无艳拜礼了。钟无艳虽然长得不好看，但总也是个女孩，虽然不好意思从军队里穿过去，但也只能从军队里穿过去，所以，走出去的时候，晏丞相跟其他官员都跟从着。钟无艳突然想到，既然宣王给了自己信物，怎能不给宣王回赠信物呢？所以，她拔出自己用来梳头发的云梳子，给了晏丞相。

正是因为他们的婚事有强迫的成分，再加上钟无艳的确长相丑陋，才有了后面齐宣王三次将钟无艳打入冷宫甚至要亲手烧死她的情节。

《西游记》中的强迫姻缘虽然都未成功，但却非常多，比如猪八戒强迫高老庄的高翠兰嫁给自己，女儿国国王、蝎子精强迫唐僧娶自己为妻，等等。

两情相悦型的婚姻在传统社会中是不多见的，但胡仁乌力格尔演述的英雄故事中，男女英雄在征战中相识、相知最后相爱却不乏其例。《龙虎两山》中，肖英雄与韩淑云的结合就属于这种情况。两龙山山寨王韩淑浪要强娶秦百万员外的女儿，于是肖英雄假扮新娘想为民除害。到了山寨，正巧韩淑浪生了病，就让妹妹韩淑云假扮新郎替自己拜堂，两个假扮的新郎新娘却在这个过程中生出了情愫，最后结合在一起。

革命题材胡仁乌力格尔作品中，英雄们的婚姻多是在战争磨砺中培养出来的志同道合的革命伴侣。《野火春风斗古城》中，地区团队政委兼县委书记杨晓冬以失业市民的身份进入省城，与地下工作者金环、银环姐妹一起与敌人斗智斗勇。银环在长期与杨晓冬的工作中培养出了情感，又从杨晓东的母亲那里了解到有关杨晓冬的许多事情，对他有了更深刻的认识，不禁对他产生了由衷的爱慕之情。但高自萍被捕投敌，供出了与杨晓冬会面的地点和时间，最终导致杨晓冬也被捕。高大成与范大昌假意把杨晓冬接到宴乐园给他"压惊"，实则妄图制造杨晓冬投降的舆论。但出乎二人意料之外的是，杨晓冬竟在宴会上无情嘲弄和揭露了敌人的罪恶，大闹宴乐园。敌人见软招无用，便把他带到早被逮捕的杨晓冬妈妈的牢房，妄想以母子之情动摇杨晓冬的革命意志。杨母识破敌人的诡计，义无反顾地跳楼自杀，未让敌人的奸计得逞。杨晓冬悲愤之余，决心以母亲为榜样，同敌人抗争到底。这时，梁队长同打进敌人内部的韩燕来通过"关系"转告杨晓冬，让他做好劫牢营救的准备。杨晓冬聪敏过人，使计逐渐使高大成和范大昌对其放松了警惕，终于在一个夜晚伺机同潜入监狱的韩燕来一同逃走，隐藏到银环和她的好友小叶安排的教会医院里，在太平间里躲过了高大成指挥的全城大搜捕。在此过程中，杨晓冬对银环心怀感激之情，也十分佩服她的果敢和勇气，两人确定了恋爱关系，最终杨晓冬把母亲留下的红心戒指戴到了银环的手指上。

（四）英雄的征战

1. 为了复仇而征战

复仇是人类在遭遇到极端不公正待遇后，为了维护正义与真理、捍卫人格和尊严、发泄强烈仇恨情绪,而不屈不挠地与恶势力相抗争的行为方式。这种行为方式常常是以牺牲个人生命和违背法律为前提和代价的。正如《复仇母题与中外叙事文学》一文中对其所作的阐释:"复仇是人类各民族都盛行过的历史文化现象,同时复仇又是以超常态的、极端性方式为特征的人类自然法则的体现"[1]。因为复仇模式有激烈的矛盾冲突,还能满足人们在现实生活中难以实现的复仇情节,所以常被写入叙事文学作品中。王立在《中国古代复仇故事大观》一书中将复仇划分为血亲复仇、侠义复仇、鬼灵复仇、丧悼复仇、反暴复仇、女性复仇、动物复仇、精怪复仇、忠奸复仇九大类,其中又以血亲复仇、侠义复仇、鬼灵复仇的模式最为常见。[2] 而这些复仇故事多与儒家思想有着千丝万缕的联系。血亲复仇是叙事文学中最常见的一种模式,是说为有血缘关系的亲属复仇。一方面,它受宗法制的直接影响,宗法制是以血缘关系为纽带的,它在决定关系亲疏的同时,也相应地决定着个人的行为和意志。另一方面,儒家的"仁"和"礼"的道德约束也是造成血亲复仇的重要原因。孔子为实践自己的人生理想,强调内而怀"仁",故有子曰:"孝弟也者,其为仁之本与?本立而道生";外而行"礼",故"生,事之以礼,死,葬之以礼"。可见,"孝"是受"仁"和"礼"约束的,所以在"仁"和"礼"制约下的"孝",就多了复仇的这份重任。侠义复仇,从名字上足以见得复仇的动力是"侠义",因而,这类复仇是出于道义上的考虑而必须做的事,"侠"更加体现出这类复仇的尚气节、重道义和舍己救人的英雄气概。此外,鬼灵复仇将佛家的生死轮回或魂鬼融入复仇故事之中,是借助外力的方式进行复仇。

复仇与报恩常常交织在一起是胡仁乌力格尔作品中另一个重要的思想倾向,有恩报恩,有仇复仇,所有的矛盾最终一定会消弭掉。胡仁乌力格尔作品的最主要情节就是种仇、种怨、种恩,而最后又报仇、报怨、报恩的过程。无论是中原皇朝故事,或是蒙古族的英雄故事,还是革命历史题材故事,开始都是奸恶势力陷害英雄或者入侵英雄的国家这样种仇怨的故事。英雄要与之斗争,就需要联合与自己具有同样命运或者受过自己家族

---

[1] 杨经建、彭在钦:《复仇母题与中外叙事文学》,《外国文学评论》2003年第4期,第138页。

[2] 王立、刘卫英:《中国古代复仇故事大观》,学林出版社1997年版。

恩惠的其他英雄，也就是英雄的"聚义"。接下来就是英雄的征战。英雄的征战分成两个主要方面，一个方面是击退外敌，另一个方面是打败本朝或本国的奸恶势力。如《杨家将》《岳家将》等中原皇朝故事，一方面有少数民族政权的入侵，另一方面朝中又有欲置忠臣于死地的奸臣。《新儿女英雄传》《野火春风斗古城》等革命题材作品中，共产党员一面要与入侵的日本侵略者做斗争，另一面还要与汉奸、叛徒、国民党反动派做斗争，而这两个方面的敌人往往勾结在一起，如前述"忠奸斗争"主题时的分析。一部胡仁乌力格尔作品通过英雄的征战完成一个还报循环。《封神演义》的情节就是纣王与妲己不断种仇，最后吞下苦果、失败覆亡的过程。英雄们则为了报仇分担起伐纣重任，通过征战痛快地报仇雪恨。《薛刚反唐》中，因为武则天等人杀了薛家一百八十多口人，薛刚才辅佐庐陵王李显，去西凉借兵，通过征战结束武周的统治，杀了武则天及武三思、张天佐等仇人，报了大仇。

2. 为了正义和人民而征战

很多胡仁乌力格尔的作品，是截取汉族历史故事或小说中的段落。比如《水浒传》就是众多胡仁乌力格尔作品截取改编的一大素材来源，《宋江》《玉麒麟卢俊义》《野猪林》《清风寨》《鲁智深》《武松打虎》等皆取材于此。而这些段落往往都是以英雄的征战为主要内容，英雄们多会为了人民或者正义而不惜一切。

蒙古族杰出的胡尔齐琶杰就很擅长对古代汉文小说进行截取改编。他说唱的作品有《三国演义》《水浒传》《隋唐演义》《西汉故事》等50余部。他改编自《水浒传》的胡仁乌力格尔《武松打虎》被收入《蒙古族古代文学一百篇》①中，改编自《隋唐演义》的《程咬金的故事》则作为单行文本发行。

《武松打虎》以《水浒传》为底本，截取了《水浒传》第23回"横海郡柴进留宾，景阳冈武松打虎"的后半回。在汉文底本中，仅有6000多字。相同的内容，以内蒙古大学所藏清代抄本为底本铅印的蒙译《水浒传》（1977年，由内蒙古自治区语言文学历史研究所即现今内蒙古社会

---

① 策·达木丁苏荣：《蒙古古代文学一百篇》（蒙古文），内蒙古人民出版社1980年版，第1596—1694页。

科学院的前身铅印）中，也只有大 32 开 6 页有余。而在胡仁乌力格尔文本中，故事内容与汉文小说没有区别，主要是演唱武松回家途中，在酒店喝酒，店主人告诉他景阳冈上有老虎，劝他不要夜过景阳冈，武松不听，醉酒后上景阳冈打虎，为民除害，被百姓敬重。琶杰在这个故事主体内容的基础上增加了很多细节。比如开头，小说中武松是在柴进家出现的，当时还有宋江、宋清兄弟，武松讲述自己误杀了人而流落江湖的经历。琶杰删除了这些内容，直接叙述说武松是个大英雄，但脾气极差，杀了人，现在正在寻找哥哥。听说景阳冈上有一老虎为害一方，他却无所畏惧，借酒意夜上景阳冈，遇到老虎后，丝毫没有退却之意，拼尽全力打死了老虎，为当地老百姓除去了一害。再如结尾，小说中讲述了武松打虎后做了都头，找到了哥哥武大，并且有后来潘金莲勾引武松不成，与西门庆通奸杀夫，武松杀死奸夫淫妇的内容；而琶杰却只说唱到武松打死老虎，名震四方，受到百姓的赞扬就结束了。胡仁乌力格尔《武松打虎》共有韵文 1500 余行 90 余页，散文 160 余行 10 余页，全文在大 32 开铅印本中有 100 余页。

《程咬金的故事》也是其中比较著名的（也称《程咬金逸事》），全长 7 个小时，共 5500 多字，包含四个核心故事。第一个核心情节是程咬金劫皇杠。第二个核心情节讲的是王均可、铁思金两人，私自进入山虎王镇守的海青城，在城中最大的酒楼喝酒，并同酒楼老板炫耀他们是二龙口混世魔王程咬金的兄弟。但这时程咬金已经劫了山虎王要送给皇帝的贡银。被程咬金打走的黄龙、黄虎逃回海青城送信，于是山虎王一声令下，要将二龙口的人全部活捉。并不知情的王均可、铁思金二人，喝得酩酊大醉，最终被山虎王的元帅鲁银活捉，关入大牢。第三个核心情节是罗成误入海青城。罗成在王均可、铁思金被山虎王活捉之后，也来到了海青城中最大的酒楼，告诉店老板自己是"二龙口瓦岗寨混世魔王程咬金最小的弟弟罗成"。晚上，元帅鲁银带兵包围酒楼，要活捉罗成，但不料罗成所向披靡，鲁银根本不是罗成的对手，于是他与罗成定下契约，让罗成去黄龙山请庄金定。庄金定是罗成的妻子，曾经被罗成气走，在黄龙山带发修行，立誓与罗成永不相见。鲁银与罗成相约，若罗成能在十五天内请庄金定，就让山虎王向程咬金臣服；如果做不到，则让混世魔王程咬金向山虎王臣服。第四个核心情节是瓦岗寨兴兵劫狱。瓦岗寨英雄得知王均可、铁思金二人被困海青城后，决定兵分四路，主动攻打海青城。与此同时，罗成请庄金定也来到了海青城，鲁银却不遵守诺言，出尔反尔。双方展开一场大战，瓦岗寨英雄夺下了海青城，除掉了奸人山虎王。这四个核心情节全部是英雄们的征战故事。

在胡仁乌力格尔的改编中，还有一类是二度创作的作品，也就是将汉文历史演义小说中多个情节或多个历史人物杂糅到一起。如钢特木日说唱的《四姐百花》，故事将现实与神话相杂糅，荒诞不经。但这部长达17小时的演唱作品中绝大部分内容都是四仙女百花为了正义与各方势力斗争的故事情节。

故事发生的年代是宋朝，当时宋朝第四位皇帝仁宗在位。自仁宗皇帝继位以来，以仁治国，让百姓休养生息，国家安定太平。朝廷第一文臣为大丞相包文正，第一武臣为大元帅杨宗保。

宋朝云南贵州管辖内有一个东昌府，东昌府管辖内有一个易县，易县管辖内有个隋洁村，隋洁村的隋元百是个富户，乐善好施。有一天，他救助了一个贫穷的外乡人，并赠送了一包银子。却不料，此人在后山里遭人劫财而亡。隋元百对山神庙中的山神爷见死不救很生气，便到山神庙砸了神像，赶走了庙里的和尚。山神借助七仙女中的第四位仙女百花遗落的宝镜火烧了整个隋洁村，隋元百夫妇被烧死，其独子隋维一沦为乞丐。百花知道这件事后，为了收回宝镜，也为了再度创建隋洁村，决定亲下凡间。百花从天宫的宝库中拿走了王母娘娘的宝物万宝渡、武器金连锁和四方旗，又把王母娘娘的金簪子戴在了自己头上，临走前拔出一根头发念口诀吹成了自己的模样，让其睡在了其余姐妹中间，以假乱真，以防被人发现。百花找到隋维一后，将其带回了隋洁村。之后从隋洁村残迹上收回了她的宝镜，又叫来了鲁班、二十八天刚等神仙念口诀重建了隋洁村和隋家十三座金库，包括自己要住的神宫廷。最后，百花与隋维一结为夫妻，过上了安乐的生活。

四仙女百花一夜之间创建了隋洁村的奇迹在民间传得沸沸扬扬，人尽皆知，都谣说隋洁村的隋维一娶了一女妖为妻，此妖花容月貌、美艳绝伦且法术高强。此事传到了朝廷，朝廷上下议论纷纷。皇上下旨让武臣大元帅杨宗保率领各路将军与十万兵马前去收服妖女。大元帅杨宗保、大丞相包文正，率领着杨四郎杨五郎两兄弟、王龙王虎两兄弟、杨门女将八姐九妹两姐妹以及穆桂英等人来到了隋洁村。各路将军与百花一一过招，却纷纷败在她手里。百花用万宝渡将元帅、丞相和各将军的武器、宝物都收了进去，事后又将万宝渡中的物件还了回去，再用那四方旗把元帅、将军和兵马扇回了京城。

包文正和杨宗保向皇上请罪，朝廷上下听闻来龙去脉后皆不知所措。包文正向皇上告了七日假去天宫找妖精的真身，原来包文正是天宫文曲星转世。包文正的真身熟睡之后，灵魂文曲星上升到了天宫，他找遍了月宫、瑶池和王母娘娘的金宫、蟠桃园、兜率宫、李天王宫等地，还是一无所获，不见百花的真身。包文正随即又告了七日假去了阎罗王的地府和水晶宫，阎罗王的地藏菩萨虽知道百花的来历，但由于不能泄露天机而无法告知。最后，走投无路的包文正只好来到天宫禀报了玉皇大帝。玉皇大帝下旨让李天王率领其三子金吒、木吒、哪吒，以及二郎神杨戬、齐天大圣孙悟空等神仙和十万天兵天将去收服妖怪。与上次丞相包文正和元帅杨宗保打仗的结果一样，百花把众将的武器和宝物悉数收进了万宝渡，甚至把孙悟空也收进了万宝渡，随后又用四方旗把他们都扇回了天宫。

天宫众将吃了败仗，回来向玉皇大帝请罪。玉皇大帝无奈，只好派太白金星拿着令牌去请通天教主、元始天尊、老四天君及其座下十二弟子，如九仙山桃源洞广成子、太华山云霄洞赤精子、二仙山麻姑洞黄龙真人、乾元山金光洞太乙真人、夹龙山飞云洞惧留孙、崆峒山元阳洞灵宝大法师、五龙山云霄洞文殊广法天尊、九宫山白鹤洞普贤真人、普陀山落伽洞慈航道人、玉泉山金霞洞玉鼎真人、金庭山玉屋洞道行天尊、青峰山紫阳洞清虚道德真君，以及通天教主门人多宝道人、金灵圣母、无当圣母、龟灵圣母等众多神仙一起收服此妖。百花无法战胜这些神仙，只好回到了天宫。

（五）英雄的成功

胡仁乌力格尔作品与中国传统的叙事性作品一样，都喜欢采用大团圆的结局形式。善有善报、恶有恶报，英雄们的征战最后都能获得胜利，正义都能战胜邪恶。虽然也会有个别英雄的死亡，但这并不能改变英雄团体胜利的结果。

三 情节单元的程式化

胡仁乌力格尔是口头艺术、民间艺术，更多的是通过敷衍悲欢离合的故事来教育听众，并不像案头阅读的小说，多要塑造典型人物形象。胡仁乌力格尔作品不仅在主要情节安排上有模式化倾向，就是在特定的情节单元的设计上也多是模式化的。其实这也是口头艺术的共同特点。比如元杂剧，清人梁廷枬在《曲话》中云："……《生金阁》等剧，皆演包待制开封府公案故事，宾白大半相同。而《丑奴儿》《生金阁》两种，第四折魂子上场，依样葫芦，略有差别。相传谓扮演者临时添造，信然。"他只是从雅文学的角度批判元杂剧在创作上的雷同倾向，并没有从俗文学的角度解释这种现象产生的原因。《曲话》还说："元人杂剧多演吕洞宾度脱凡人的故事，叠见重出，头面强半雷同。"[①]

从雅文学、精英文学的角度来看问题，文人的创作，以富有个性、独创性为上；但如果从民间文学、口传文学的角度来看问题，元杂剧的雷同就未可厚非，因为集体性、传承性就是这类问题的特征。

再如流行于清代的弹词，也多如此。著名的弹词《再生缘》[②]中所有的青年男女，在外貌上基本没有太多区别。下面我们将几个主要人物的外貌描写进行比较。

十五岁时的长华小姐：

> 梨花粉面微含笑，柳叶蛾眉半带欢。款吐莺声娇滴滴，轻开樱口绎鲜鲜。

十五岁时的苏映雪：

> 青丝巧挽盘龙髻，翠鬓双分薄似云。斜插宫花添俏丽，早笼罗袖

[①] （清）梁廷枬：《曲话》，见中国戏曲研究院编：《中国古典戏曲论著集成》第八册，中国戏剧出版社 2020 年版，第 262、258 页。

[②] 陈端生：《再生缘》，中州书画社 1982 年版，以下所选引文分别在该书的第 102、15、13、14、34、103、135、142、116 页。

弄娉婷。香囊中挂银红袄，宝带低拖元色裙。面带微红曾傅粉，腮含深晕似生情。翠眉淡淡如山远，星眼盈盈若水清。小小珠环垂玉耳，纤纤春笋正罗襟。娇身半隔垂杨树，掩映娇容百媚生。

十六岁的刘奎璧：

但见她，凛凛威风十六春，全身披挂貌超群。鱼鳞细甲迎红日，蟒油长袍织锦云。面白唇红真俊杰，眉清目秀有丰神。端严品格非凡相，一面高谈一面行。

十五岁的皇甫少华：

只见他，紫凤金冠翠翅摇，明珠映额吐光豪。黄金交抹龙初现，白玉双拖佩渐摇。腰系丝鸾长宝带，身穿锦片绿罗袍。匣中暗隐青锋剑，鞘下明悬雁尾刀。面映梨花含夜雨，眉分柳叶带烟绡。秋水冷冷生眼媚，春风淡淡上容娇。朱唇一点胭脂染，玉耳双垂白粉描。虎背龙腰奇相貌，珠庭广额美丰标。行如瑶树临风媚，住若山峰捧日高。举止安详真俊杰，笑谈慷慨果英豪。

十五岁的刘燕玉：

但见她怎生的模样？乌云宝髻贯金钿，翠凤含珠压鬓边。粉面如花娇又嫩，香腮似玉润还鲜。一双凤眼澄秋水，两道蛾眉映远山。小小樱桃无细语，纤纤杨柳称轻衫。罗袖轻盈初见笋，仙裙摇曳未窥莲。娇娆体态非凡女，窈窕风姿是玉仙。乍入湘帘犹退步，初迎宝炬倍羞惭。亭亭斜傍门窗立，一种风情出自然。

十七岁的卫勇娥：

但见她，黄金铠甲身中挂，扎额平分龙两条。金线细盘红箭袖，征衣轻罩锦云袍。粉底乌靴斜踹足，琼田宝带半垂腰。左边暗佩青锋剑，右首明悬金背刀。结束鲜明奇打扮，生成英伟美丰标。桃花娇面生红晕，柳叶长眉露翠微。眼映秋波横俊俏，鼻悬玉胆倚琼瑶。朱唇一点樱桃小，粉颊双含颜色娇。

孟丽君十六岁改扮男装时为自己画了真容：

乌云宝髻一层盘，金凤斜挑翠鬓边。面映芙蓉含玉露，眉分柳叶带春烟。梅妆粉额添娇艳，樱颗朱唇未语言。凤眼微凝秋水动，雪腮轻抹嫩红鲜。水红裙子凌波步，皂色云肩月白衫。翠袖轻垂笼玉笋，湘裙半舞见金莲。飘然出世神仙态，绝代无双独占先。

男装的十六岁丽君：

霎时打扮多完毕，手执菱花细端详。全不知，云环玉貌何方去；但见那，一位风流俊俏郎。软翅唐巾衔美玉，素罗袍服佩诗囊。双垂玉带仪容丽，并踏宫靴步履装。面似桃花红又白，眉分柳叶翠还长。鼻悬玉柱樱桃口，腮泛红霞脂粉香。器宇不凡真绝世，风姿出众貌非常。翩翩儒雅青春客，冉冉风流白面郎。

二十一岁的熊浩：

软翅唐巾头上戴，皮裘拥体蔽西风。面如美玉年方少，唇若胭脂色更红。秀目微含清涧水，长眉远映晚晴峰。身长八尺真英杰，气壮千寻果俊雄。

经过对比我们不难发现，这些十几岁到二十岁出头的年轻人，无论男女，除了穿戴，都是桃花面、柳叶眉、樱桃口，俊美非常，如果没有交代，只拿出一个人的外貌描写来，你是无法准确地说出其姓名的。

在胡仁乌力格尔曲目中，一些情节单元往往出现在不同的曲目当中。例如《东辽》（《薛仁贵征东》）中，有一段唐天子李世民梦见将星救驾、茂功解梦的故事情节。相同的故事情节出现在了吴·道尔吉说唱的《建宏太子走国》（"建宏"为音译）中。稍有不同的是，前者中追杀皇帝的是红盔铁甲、青面獠牙的人，而在后者中则变成了一只虎头狮身的猛兽。①

在胡仁乌力格尔艺术中，一个细节的描述需要语言或说是程式句法和音乐曲调相配而成。比如胡尔齐要赞颂一个人物的外貌，不仅包括了"人物赞"的套语，还包括相配合的伴奏。其中，人物赞和音乐曲调都是程式化的，但是二者并不一定是一对一的关系：一方面，不同曲调的音乐可以表现同一段套语、表现同一个主题；另一方面，不同的套语可以选择同一首曲调来伴奏，也就是说有一定的意义指向的音乐，在与套语搭配时，不一定只用来表现某一固定主题或场景。我们这里不讨论曲调，只讨论其中的语言。众多情节单元构成一部说唱艺术的结构框架，每一个情节单元都表现一个主题。一个主题又牵出另一个主题，故事在主题的环环相扣中层层推进。"歌手在脑海里必有确定一支歌的基本的主题群，以及这些主题出现的顺序。"② 胡尔齐一方面合理地排列情节单元的顺序，把一个个主题串接起来；另一方面则要即时调整情节单元的表达方式。正如希日巴所说："说唱的关键在于兴致和才能。要先安排好顺序，如去了一座什么城，经过了什么河，去了什么地方，这些需要牢牢记住；都有谁，见到了谁，和谁打斗，怎么赢的或怎么输的，那个人是什么样，这个人是什么样？也要牢牢记住。除此之外的东西，可以自己来发挥了。"甘珠尔也有类似的说法："记住的是故事的主要内容、顺序。如这个人到了哪座城，在那里见到了谁，谈了些什么事，路上碰到了什么强盗，与他怎样打斗，最后如何打败他，等等。要牢记故事中的主要人物和事件、人名、地名、所使用的武器、盔甲及坐骑等。在这个基础上再进行艺术加工，即时解决。"③ 从这两名胡尔齐的谈话中，我们发现，胡尔齐要去记忆的并不是全部的故事文本，而只是故事中最重要的要素——情节单元。换句话说，胡尔齐只需要记住故事中一些重要的情节因素，其余的细节都可以利用自己平日积累的程式和主题来创构。例如，表现"对阵"主题时可以

---

① 吴·道尔吉：《建宏太子走国》（录音），内蒙古大学文学与新闻传播学院收藏整理。
② ［美］阿尔伯特·贝茨·洛德：《故事的歌手》，尹虎彬译，中华书局2004年版，第137页。
③ 转引自博特乐图《胡尔齐：科尔沁地方传统中的说唱艺人及其音乐》，上海音乐学院出版社2007年版，第148—149页。

用对阵套语——如果是两军对阵，就用各种阵法排列的套语。比如《龙虎两山》中，湖南元帅领军安排布阵的描写：

> 火阵那边是兵阵，从火中窜过去的人用兵阵战，凉州王穆连峰、王三静、肖华英三人各自领兵在左侧截龙岭右侧设四十里长的坑阵，跟右侧的阵一样，也是盖住坑口，里面埋上竹刺，挖横沟隐藏人手，在这坑的左侧截龙岭内设兵阵，过了坑阵的人用兵阵对付，然后从前面的绝龙谷口可能会有一拨军队试探阵势，那军队出去的话，在谷口前有茂密的森林，叫黑狐林，三元帅周天龙率一万人在黑狐林中摆阵——弓箭阵。我们不给试探阵势的兵设阵，给少数人动了阵那就对付不了多数人了，所以等那小部分试探的军队出了谷口，三元帅周天龙必须要杀了他们。现在看地形，往右后方看去有一个从远处看像一线天的细涧，过了火阵、坑阵、兵阵的人可能会从那细涧过去，这里设三重绊马索阵。在这阵的那边，由包打胜仗万战不输神力王肖钢龙摆阵，设兵阵，名为绝户阵。闯过了前面所有阵的将军即使破了三重绊马索阵，但那头还有肖钢龙在等着给他一枪，他还能挺过吗？阵法怎么准备，绊马索阵就由镇定王单手打虎齐挡风准备，神箭王道衍神箭马化龙帮忙。二元帅刚松海在此期间巡查所有阵势的准备情况和进度。

如果只是两员将军对阵，则用赞颂英雄的套语夸赞其威武勇猛；如果对阵的是女将，则用赞颂女英雄的套语；如果对阵的是具有特殊能力的英雄，比如飞毛腿，就改用相应的套语。如《龙虎两山》中对大部队行军的描写：

> 十色的军旗迎风飘扬，叛军的四十万军队在旗下穿梭，队队的马匹费力气赶着路，金银的盔甲在阳光下闪光，十八个下摆随着盔甲翻飞，护心镜的光芒在身后散发，牙齿在嘴巴里发颤，十三支箭随着箭筒摇晃，手里兵器在掌中反光。钢做的脚踏连着马鞍摇晃，阵阵马蹄扬起的灰尘纷飞在空气中，装着粮草的马车在后面跟着，白色的马匹连成一排走着，暗红底色的军服齐着下摆连成一片。军队每走十五里

便休息，三十里用饭，六十里过夜。

行军赶路也有诸多的套语，大部队行军、骑兵赶路、将军逃难、飞毛腿赶路等都有不同的程式化表现方式。行军途中，如果路遇一座城市，胡尔齐可以运用好来宝的形式描述繁华壮观的城市；如果在此处遇到了仇人或久别的恩人，可以依据情节选用愤怒、喜悦的套语等；路上如果遇到高山，就运用套语赞美高山的巍峨、峭拔；山里如果有绿林好汉，就会出现对阵、英雄出场、交战、斩将夺山等内容，这些也有相应的套语。其实这种套语的表现方式在汉语说书中也同样存在。胡士莹在《话本小说概论》中谈及宋元明清时期的说话艺术中也常常使用这类套语，多是韵语。例如，有描写"山""行路""雨""雪""城门""大街"等风景的套语，有描写"十八般武艺""二人斗""三人斗""马出场""二将比武"等战斗场面的套语，有赞颂"武将""美人""乡官""秀才"等典型人物的套语，等等。艺人根据当时的故事内容从这些现有的套语积累中选择出适用的东西插入故事之中使用。这种积累的多少也成了衡量一个艺人水准的尺度。[①] 在胡仁乌力格尔艺术中，胡尔齐对这些模式化内容的总结、记忆的多少，也成为衡量其艺术水准的标尺。

一个情节单元和另一个相邻的情节单元一定是要有所区别的，要符合一定的规则和审美范畴，否则它会给人以冗沓的感觉，不能引发听众的共鸣。一般来说，一部能够说唱10—20小时的胡仁乌力格尔作品，只表现一次皇帝上朝、赞颂一次山川就可以了。将军的着装要有两次，正反面将军各一次，但中间一定要有距离。

琶杰演唱的《程咬金的故事》共5个小时，演述中设计了一次上朝、一次点将，充分夸赞了罗成的容貌。在罗成前往黄龙山请庄金定时赞颂了一次大好山川：

走过大山，路过湿地时
一座大山映入眼帘

[①] 胡士莹：《话本小说概论》（上册），中华书局1980年版，第98—99页。

>与山和山不同的特大的山
>是钻入云里的耸立的深山
>长出来的树茂密而巍峨的山
>小鸟鸣叫着的美丽的大山
>尖而直立的岩峰冲刺般的长着
>奇怪的动物不断穿插奔跑玩耍着
>花草枝叶争夺着色彩绽放
>闪着光流走的小河像断掉的珍珠链

先是用四个整齐的定中结构突出了黄龙山的高、深、密、美,紧接着运用拟人的修辞手法,表现出黄龙山生机勃勃的景象:岩峰疯狂生长、动物奔跑嬉戏、植物竞相绽放,然后又将阳光照耀下的河流比喻成断掉的珍珠项链,景色描写富有诗情画意。

琶杰还用800多字的篇幅详细地描绘了庄金定的穿着打扮:

>美丽的庄金定/刚要穿衣服/从红色檀香木箱子里/拿出所有包裹并打开/清洁了手和脸/并洗漱和擦干/把精致的丝绸衣服/穿在外衣内头/精致的绫罗长袍/在其上穿下/把绽放花朵的盔甲/穿在最外边,/带有莲花的鞋/踢(穿)在了脚上/带上八卦图案的绦子/穿上后超过了膝盖,/随着领子是张喜梨花/每个缝隙间都有牡丹花/背后是盛开的花/有金叶的扎进去的花/随着肩膀是银花/连着枝叶的龙堂花/随着腋下是鲜嫩的花/峭立而长的菊花/胸怀上是神奇的花/是散开着长着的花树/衣边上是海棠花/绕袖子而来的是剪子花/每个纽扣上是云朵花/每个吊带上是圆滚花/成丛而长的盆里花/前胸上的吉祥花/永远微笑着的莲花/宽宽的枝叶花/向顶部勾去。/穿插着山水/裁缝得很美丽/调整着线条/像栩栩如生地绣出来了/腋下的珍珠镜/发着连续的光芒/从多出来的飘带/系上了纽扣,胸怀的正中间是神镜/发着九彩的光芒/飞绕着的五只蝙蝠/围绕着这个而飞,/在这边的绳子上/折上了蝴蝶/再往这边翻过来/系在了前边,后边是金色的镜子/发着纯洁的光芒/交叉着飞过来的蝙蝠/对着脸向上飞去,/浓红色的缨子/披散在肩膀上/金银的手镯戒指/在两手十指上发着光/宽而美丽的腰带/交错

着绕身而系／在长有羽毛的凤凰扣里／合适地扣上去了／带有尖头的獠牙／往上拉上去了／没有出现皱角／准确地勾上去了／八个神奇的飘带／被放在了头上／飞过来的凤凰／展现在了正中间／像日月般的分岔处／带着光芒升起来了／像树叶般的绿斗篷／随风而飘动着。用珍珠串成的链带／带着彩虹抖动着／冲刺的两只雄鹰／交叉着向上飞升，／珍珠玛瑙的装饰链／因散落而掩盖了耳朵／森布如，嘎必然两棵树／交替着长出来且摇曳着，／脑门上的麦浪花／千年的灵芝花／额头上的金钱花／百年的人参花／绕铠甲而绣的龙堂花（图案）／飞在中间的凤凰花／枝枝杈杈上的花朵／扎进去的翡翠花／每条垂带上的红花／像菊花海棠一样的花／每条彩带上的莲花／五彩的彩虹花／白珍珠般的毛巾／在帽檐下围绕着／多出来的部分／当作帽檐而展开／得到力量的女子之身／穿好了衣服和盔甲／打开了那边的箱子／拿出了里头的纸盒／大小不同的荷包袋／被挂在了左右两边／把包裹之类的东西／准备得完整、齐全，／刻有芙蓉的长枪／挂在了鞍边的绳子上／能射死老虎的弓箭／放进了袋子里／从头顶到眉毛上边／都是孔雀凤凰的飞旋图／在丝绸的衣服上／摇摆着万朵花／系上装弓箭的袋子／拿上了竹制的鞭子。

从头上的头巾样式到脚上的莲花鞋，从内外衣裤的颜色、款式、图案，再到盔甲和弓箭佩饰，无一遗漏，可谓是极尽铺陈之能事。这段描写中，出现了各式各样的花儿，如"莲花""牡丹花""海棠花""菊花""龙堂花""灵芝花""凤凰花"等。之所以大肆铺陈，一是体现了衣物的精致华美，二是凸显了庄金定如花儿般美丽娇艳的容貌。

胡仁乌力格尔作品多是英雄的故事，战斗的场面会非常多。那么，如何来处理这些战斗的场面，甘珠尔这样说过：

> 让最大的将军以最激烈的方式对打，让中等将军以中等规模对打，让末等将军以简单的形式对打，如果低一等的将军碰上高一等的将军，就要两三回就让他打败。这些都要视具体情况来把握。一碰到将军见面，就让大打出手，就显得很死板。安排得一定要合理适当，这主要是用语言来解决。如果最大的将军出来前，把词全用在了一般将军的打斗上，那最大将军出来时就没词可用了。所以用词一定要有

所保留。下等将军、中等将军、最大将军打仗要一步步推进。例如，《东辽》中，薛仁贵和盖苏文对打时，要把所有的好词都用上。因为他们是最大的将军，如果最大将军的对打不如小将士的话，故事就显得松了。①

芭杰演唱的《程咬金的故事》中将军间的打斗就是这样安排的。程咬金与押送皇杠的将官黄龙、黄虎的打斗只有两三个回合。酒醉后的王均可、铁思金二人也是被山虎王的元帅鲁银轻易捉拿，描写他们的打斗场面仅用了约400字。具体如下：

> 警惕的元帅鲁银/怒气升起来了/鞭子落在马上/一对兵器双锤/举在了手里/与两位将军打斗起来了。/在与他们打斗的过程当中/看王均可和铁思金两人/还是已经碰触了/热血沸腾带动力量/向前向后打斗/短身的一位将军/奔腾着马儿/截住了横路。/王均可拿出力气/扣（打）着往里进了/说着贼子强盗/恼怒着往里进去时/有力量的鲁银元帅/拿住手中锤子的头部/活捉这些贼子/知道二龙口的事/掌握更多的秘密/以锤子之握把/斜着打向王均可/王均可力量疏散滑腿而倒/刚摔倒在地/军队已到来/（把他）困住了。/铁思金那时/既糊涂又冲动/看到他忍不住/二龙口的兄弟们/说话时是有坎坷/但思想是真实的/嘴上冲动/但兄弟是一起的/挺拔的身体向前去/以雷声喊出/矮元帅鲁银都督/挥起了掌中的兵器。/也是用榔头之握把打向铁思金/他也腿软摔倒在地。可怜的这两个——/想骑没有马/自身没有兵器/没有穿着的盔甲/摔倒在地了，可怜/无手握之兵器/无跨坐之坐骑/无挂在后背之盔甲/都倒在地上了！

而故事演述到罗成与山虎王的兵将打斗时则极为详细，尤其是与鲁银的打斗，回合就很多。

当然，对于同样的情节单元，并不止一种表达方式，有经验的胡尔齐

---

① 转引自博特乐图《胡尔齐：科尔沁地方传统中的说唱艺人及其音乐》，上海音乐学院出版社2007年版，第147页。

都会储备多套表现同一主题的套语。比如赞颂人物的套语，有赞颂美女与丑女的不同夸语，有赞颂武将与闺阁女子的不同夸语，有赞颂年幼的女孩与成年女子或老年女子的不同夸语，表现市井出身、绿林出身、闺秀出身的女子等，不同身份、年龄、容貌的女性都会有不同的套语。在说唱中，不能反复使用同一段套语，要有变化，也不能把所有的相关套语都堆砌到一个人物身上，要有所保留，遇到相似的情境要进行重组，此部作品没有运用的套语可以在其他的作品中使用。

综上所述，在胡仁乌力格尔作品中，小到情节单元，大到故事模式，都是按照一定的模式串联起来的。这样，艺人说起来驾轻就熟，听众听起来也感到耳熟能详。

第三节 胡仁乌力格尔情节的再创造

胡仁乌力格尔作品在民间也被称为"本子故事"，因为这种艺术源自汉族历史故事或历史演义小说，或者说是扎根于汉文化的土壤之上。大多数"本子故事"都有一个"故事本子"，那是不是说胡尔齐就是直接将汉族历史故事或小说翻译成蒙古语呢？其实并非如此。很多胡尔齐都会根据自己的理解对底本进行加工和再创作，在情节结构方面也体现出明显的主观化叙事倾向。

一 故事线索的简单化

将故事线索简单化对于说唱艺术来说至关重要。因为历史事件错综复杂，头绪繁多，史学家为了能够将一件事实交代得清晰明了，都会采用一些叙事的方法和技巧。比如司马迁的《史记》在叙事时往往将复杂的事件分列在若干人的传记中，这样一来，事件的头绪在某一历史人物因简单化而显得相对集中。胡仁乌力格尔面对的是普通的听众，故事头绪太多，听众分辨起来比较费力，比较影响听众想要轻松欣赏故事的心情，所以胡尔齐在说唱时会考虑现场的效果和听众的反应，他们会尽量简化故事的线索，突出故事的主要情节，去掉次要的、听众不感兴趣的情节。在胡仁乌力格尔作品中有一大类是以明清小说作为底本的，我们可以将之进行比较，就可以发现胡仁乌力格尔的故事线索相对简单，而书面作品的线索则显得很复杂。我们这里以布仁巴雅尔说唱的《隋唐演义》和希日巴说唱的《封神演义》为例加以说明。

布仁巴雅尔说唱的《隋唐演义》，完全源于清人褚人获的《隋唐演义》。褚人获的《隋唐演义》① 有 66 回，布仁巴雅尔说唱的《隋唐演义》共 70 个小时。褚人获的《隋唐演义》以反隋兴唐为主线，穿插了隋炀帝荒淫无度的生活以及隋廷、唐廷内部的忠奸斗争、外部诸王矛盾等副线。因为此书对隋唐时期的政治鼎革、瓦岗寨众英雄的忠义故事进行了精彩的演绎，在民间影响很大，是清代"说唐"系列故事中的佼佼者。小说故事线索、人物较多，形成了一个庞大的故事体系，按照故事进程可以分为秦琼的故事（第 1 回至第 15 回）—齐国远、程咬金、伍云召等人的故事（第 16 回至第 20 回半）—瓦岗寨的兴衰故事（第 20 回半至第 45 回）—群雄兴唐的故事（第 46 回至第 66 回）等四大故事单元。布仁巴雅尔说唱的《隋唐演义》与小说内容大体一致，故事情节也都按照这一故事脉络发展：第 1 小时到第 10.5 小时主要说唱秦琼的故事，第 10.5 小时至第 17.5 小时演唱的是伍云召的故事，第 17.5 小时至第 53 小时说唱了瓦岗寨的兴衰，最后的 17 个小时演述的是群雄兴唐的故事。

我们虽然称这一类胡仁乌力格尔为因袭型作品，但这并不能说明胡尔齐只是将汉文母本直接翻译、演唱给听众。二者在情节方面的区别就体现在胡仁乌力格尔加快了故事的节奏，对小说中的一些副线情节进行了删减。如在秦琼故事单元中，布仁巴雅尔就删掉了"谋东宫晋王纳贿""犯中原塞北鏖兵"这两个情节，并且将"秦彝托孤宁夫人""反燕山罗艺兴兵"两个情节作为过渡性内容加在"解幽州姑侄相逢"的情节中。其他故事中还删掉了"乞灵丹单雄信生女""权臣说鬼话阴报身亡""狄去邪入深穴""皇甫君击大鼠"等情节，尤其是对于隋炀帝沉迷美色、荒淫后宫的情节全部被删除，如褚人获小说的第二十回、第二十七回到第三十一回、第三十四回到第三十六回、第三十九回到第四十回，在布仁巴雅尔的演唱中都不存在。

---

① （清）褚人获：《隋唐演义》，中华书局 2009 年版。

希日巴说唱的《封神演义》则是对明代许仲琳编的《封神演义》①的蹈袭。许仲琳编的《封神演义》共100回，而希日巴的演出本长达165小时，在目前留存的胡仁乌力格尔录音文本中，这是最长的一部。希日巴精通汉蒙两种语言，其汉文水平足以让他在阅读汉文小说的同时将之翻译成蒙古文。所以希日巴的演出本在情节方面与汉文原著大体相同，都是表现商周易代之际的历史风云。故事一方面讲述了商朝末年，纣王昏庸，宠幸被狐狸精附体的苏妲己，荒淫无度、不理朝政，残害忠良、滥杀无辜，终致众叛亲离、丧身亡国。故事另一方面则讲述了西伯侯文王姬昌励精图治，将领地西岐治理得太平安乐，他还礼贤下士、网罗人才，身边会聚了许多能人贤士；文王之子——武王姬发不满纣王暴政，在姜子牙的辅佐下，同各方诸侯及各路神仙一起讨伐纣王，取得胜利后，建立周朝。故事结尾是姜子牙封神，周武王分封诸侯。

在希日巴的说唱中，与布仁巴雅尔演唱的《隋唐演义》一样，也适当削减了副线，使情节线索简单化。比如胡仁乌力格尔演唱本《封神演义》第165小时与汉文底本第一百回主体内容相差无几。许仲琳编的《封神演义》讲述了姜子牙命南宫适传令，文武百官在岐山齐聚，列数了飞廉、恶来二人所犯罪恶，并将他们斩首示众，二人之魂被姜子牙封神。众文武百官回到西岐后的第二天，武王听取了姜子牙对封神情况的汇报。李靖等七人辞别武王和姜子牙，武王为七圣送行。武王命周公代替自己分封诸侯。在胡仁乌力格尔演唱本中，这几个情节都被省略了：

> 分封时，大摆宴席，打开府库，赐给诸侯金银珠宝。诸侯辞别武王各回封地，周公、召公留在京城，辅佐武王。武王听从众臣意见，迁都镐京。太公受齐国封地，治理弊政，齐国大治；太公薨逝，子灶承袭王位，至小白时以管仲为相，称雄天下，至康公时被田氏所灭。武王迁都后，四海清平，百姓安居乐业；武王驾崩后，成王即位，在周公辅佐下，治理国家，扫除内乱，令天下复归太平。

这些情节都是历史事实，艺人无法自由发挥，敷陈赘述又会使作品的

---

① （明）许仲琳：《封神演义》，中华书局2009年版。

头绪变得复杂，所以全部被艺人删削了。

二 采用全知视角设计情节

在叙事学中，叙事结构有三种模式化手法：全聚焦模式、内聚焦模式与外聚焦模式。目前使用最为普遍并得到成熟发展的便是全聚焦模式。在这种模式中，叙述者拥有很大的活动范围和掌控全局的能力，不拘于固定的视角，而且还要把自己的观念、思想，通过故事传达给听众或读者。

胡尔齐在演唱故事时，其叙述视角就属于全聚焦模式。凭借全知视角，胡尔齐控制着作品。这种叙事模式，也便于胡尔齐随时评判人物的品行、情操或事件，表达自己的思想和情感。胡尔齐在说唱过程中，充分调遣各种知识储备，丰富故事内容，自由地驾驭作品的叙述时空，使之服务于故事的叙述。

书面文学一旦出版，读者就可以反复进行阅读，从而深入地理解作品的内容和作者的思想。口头文学是动态的活文学，是不断发生着变化的作品。口头文学通过口耳相传，不会给听众留下充足的思考时间。因此，为了能够让听众清晰地理解作品内容，胡尔齐在演唱胡仁乌力格尔作品时，经常对作品中的事件以及人物的行为、思想进行评论，并在此基础上抒发胡尔齐自身的爱恨情感，同时对听众的情感指向给予引导。如《程咬金的故事》开篇，琶杰介绍了这个故事的起因。对于隋炀帝的昏庸无道，琶杰将之归纳为"三辱五耻"。所谓三辱："一是炀帝在太子时急着当皇帝，掐死了病中的父亲；二是看上了自己亲妹妹的长相，想让她成为皇后而使其跳楼自杀；三是喜欢上了自己的嫂子成了别人的笑柄。"[1] 所谓五耻："功臣温振家说了皇帝的实话而让他死去；动用广大民众修建了长达千里的大运河；把祸患种在国家里，殃及全国；不知恩情、包容、饶恕；违背了君臣、父子、夫妻之纲。"通过这样带有批判性的评论，表达了胡尔齐对隋炀帝的厌恶之情，也激起了听众对隋炀帝的反感情绪。而对于"瓦岗寨"众多英雄，胡尔齐却持赞美表扬态度，认为他们的情谊、团结

---

[1] 琶杰演唱，拉西敖斯尔整理：《程咬金的故事》（蒙古文），内蒙古少年儿童出版社2002年版，第1页。以下引用皆源自此本，不再赘列。

都十分可贵:"竖起义旗的/兄弟二十八人啊/把心与肝连在一起的/有雄心、力量的英雄们/为了反抗昏君炀帝/他们起来造反/肝胆相照/驻居此山/成为团结一致栋梁之才的/二十八位兄弟啊!"

再如众英雄从海青城的监狱救出王均可和铁思金、平定了山虎王之乱后,胡尔齐评论说:"这场胜仗依靠的是兄弟们集体的力量:军师的谋略,元帅的计划,还有其他将军的勇猛。"

在主题表述方面,如前文所述,胡仁乌力格尔作品大多采用忠奸斗争的主题模式。在此忠奸斗争主题思想的引导下,胡仁乌力格尔的人物、情节也具有一定的模式化指向。在人物塑造方面,作品中的主要人物一般被分成忠臣志士和奸邪佞臣(或侵犯者)两个阵营。如《程咬金的故事》中来自瓦岗山的英雄志士与隋炀帝的帮凶山虎王和鲁银元帅;《龙虎两山》中以陈锁林、冯隆荪为典型的忠臣与以郭汜海、陈思龙为首的奸臣;《薛刚反唐》中以薛刚、薛家将为主的忠诚人臣与以武三思、武承嗣等为首的奸佞臣子。忠臣志士均是以刚正爱国、忠贞不贰作为品质表述,奸邪佞臣(或侵犯者)都是以凶狠淫逸、奢侈暴力为主要表现。在两方力量之间,存在皇帝这一方,他对忠奸两方的力量消长形成制约作用。在情节方面,作品以反派奸邪大权在握或者侵犯者势力强逼,而忠臣志士却被迫面临悲惨境遇。作品主题是正义力量历经磨难,坎坷多灾,结局最终是反派力量被彻底打败,社会归于安定,天下太平。

从胡仁乌力格尔作品中的忠、奸两方在主题表述、人物情节构建中如此泾渭分明、价值评判如此爱憎分明的普遍现象来看,胡尔齐们是用自身的道德伦理观念在引导听众的人心所归,使听众心灵受到感动或引发情感震撼。听众作为内容的接收者,不需要在听的过程中过度深入思考,只需肯定胡尔齐对事件和人物行为、思想的价值评价,并在胡尔齐精湛的表演中不自觉地接受他们的思想和立场。

全知视角的运用使得胡仁乌力格尔的叙述时空具有主观性、虚拟性的特点。胡仁乌力格尔作为一种说唱艺术,演唱的内容或长或短,但都发生在一定的时空中。胡尔齐在《程咬金的故事》这部作品的开头部分,就将故事背景置于隋炀帝时期,交代了当时隋朝社会混乱、群众揭竿而起的局面,为下文程咬金一伙人反抗隋炀帝做好了铺垫。同时,胡尔齐还告诉听众程咬金及其伙伴是以中原府的二龙口为活动地点。故事即是起源于此的：

> 那是隋朝混乱的时代／每座山上的水都向上喷发／灾难波及百姓群众当中／造反的男儿愈来愈多／混乱充斥着国内的省市／若有云则昼之太阳阴又暗／若君主浑噩则百姓痛苦。／咜，因而在隋朝的政治中／世面混乱，街道挤满了盗贼／英雄男儿招铠甲士兵／百姓、农民相互结为兄弟／引起从四面八方起来造反的罪魁祸首是隋炀帝／十八王、六十四官分别起来反抗／百姓、民众的心正发生着变化的那个时代——／山里有强盗／水上有盗贼／百姓造反／充满混乱的那个时代里。／如此之多的叛乱／人们不会讨论全部的／开始说成故事的／区别于其他的（叛乱）。／要说云朵与雾霭／是与苍穹连着的。／要说故事的主题／是起于二龙口。

胡仁乌力格尔的历史演义类作品，主要以汉文历史故事为底本，以中原作为故事发生空间。胡尔齐对底本进行二度创作的时候，一般也会如此设计情节。比如《龙虎两山》中的故事就发生在楚国地区。故事发生的时间除了设置在某一朝代，还要具体到某一位帝王在位的时期。如《程咬金的故事》发生在隋朝隋炀帝时期。因此，有些胡仁乌力格尔第一个演述部分，就是"数纲鉴"，也就是叙述故事发生的大的时空背景。部分胡尔齐在演述这些内容时，会从天地产生之初唱起，按照中国古代历史发展的顺序，一直演唱到该故事所发生的朝代，然后排列这一朝代自建立以来帝王更迭的顺序，直到演唱到故事发生时在位的帝王为止，随后才进行主体故事的表述。

著名的胡尔齐希日巴援引自己老师的话说："没有本子的乌力格尔不能说，没有史据的事情不能讲。""什么事都在'通鉴纲目'上有明确记载，皇帝称号、年号、哪个朝代的哪位皇帝、国都以及为什么这样等，一定要清楚。"① 由此可见，胡尔齐在演唱故事时非常注重时空背景的真实。但纵观历史演义类的胡仁乌力格尔作品发现，这仅限于大的时空（时代、

---

① 博特乐图：《胡尔齐：科尔沁地方传统中的说唱艺人及其音乐》，上海音乐学院出版社2007年版，第105页。

社会背景)。而在叙事活动中,大的时空总要通过小时空(具体的活动时间、空间环境)发生作用,胡仁乌力格尔作品中设置的小时空却往往是非常自由的,具有主观性和虚拟性的特点。①

故事都是人的故事,所以胡仁乌力格尔叙事以人物作为主要关注点。当故事中所有人物聚合在一起时,其焦点一致,胡尔齐借助他们的聚焦,设置情节,由此形成的叙事线索是单线。当人物分开后,焦点变成多个,胡尔齐就需要"花开几朵,各表一枝",也就是胡尔齐要从不同人物的视角交替叙事,这样故事发生的具体时空就不再局限在某一个空间范围内,而是分散在不同的场域中,这样作品中的情节和场景也更丰富了。

《程咬金的故事》的开篇是单线发展。因为昏庸无道的隋炀帝荼毒百官,暴虐百姓,众英雄纷纷揭竿而起,一批豪杰志士在二龙口的瓦岗寨聚义谋反,由此介绍了隋朝末年社会动荡的背景和英雄起义的历史必然性。那年的五月十日,由于程咬金馋酒,便召集英雄们开会,希望众英雄下山为山寨寻求物资补给。这样众英雄便分开行动,同时叙事线索也分成了主要的三条。第一条线索是程咬金。程咬金作为瓦岗寨的寨主,秦琼、徐茂公二人让他在山上守寨。但他在二人离开后,私自离开瓦岗寨去找酒喝。来到王岭口后,遇到贩酒商人,于是向人强行讨要了一坛酒,结果喝得酩酊大醉,睡在山坡上。太阳落山之时,海青城守城将领、山虎王的下属黄龙、黄虎二人押运皇杠银经过,程咬金用酒篓作为面具,趁着酒醉劫取了七十二车皇杠银,却放走了黄龙、黄虎,还暴露了自己的身份。第二条线索是以王均可、铁思金二人作为聚焦点。他们离开瓦岗寨后,误打误撞,在第二天中午进入了山虎王镇守的海青城。他们对程咬金前一天劫了山虎王皇杠银的事并不知情,不慎说破自己的身份被擒。第三条线索围绕着罗成而展开。罗成在王均可、铁思金被擒之后也来到海青城,他不知道程咬金劫皇杠银之事以及王均可、铁思金被擒之事,也说破了自己的身份。但罗成凭借高强武艺与聪明机智,打败了山虎王手下的所有将领。元帅鲁银无奈使出缓兵之计,与罗成立下赌约,让他去黄龙山请妻子庄金定,而这个庄金定是被罗成赶出家门的。双方约定,如果十五日内罗成能够请来庄

---

① 赵延花、玉莲:《论历史演义类胡仁乌力格尔的叙事模式的基本特征》,《内蒙古师范大学学报》2015年第3期。

金定,山虎王就投降瓦岗寨。如果没请来,瓦岗寨就要归顺山虎王。于是罗成离开海青城前往黄龙山。通过从二龙口到海青城再到黄龙山这样的叙事,空间就有了变化和延展。

胡尔齐在演唱过程中一直控制着叙事线索和情节发展的节奏,除了可以令叙事的时空得以拓展和延伸,最重要的是不断引出新的人物出现、新的故事发生,从而使故事情节更为丰富、更为生动、更为吸引听众,胡仁乌力格尔作品的叙事效果也因此更为细腻充实。与此同时,对于故事发生的地理方位、地域环境以及风土人情,胡尔齐却不是很在意,也不着力渲染。《程咬金的故事》中主要的叙述地点是瓦岗寨、王岭口、海青城、黄龙山,除了瓦岗寨是底本中原有的地点外,其余三地都是胡尔齐虚构出来的,对这些地点的描写自然带有主观化色彩,完全根据个人生活经验来创造地域特色,具有虚拟性。以海青城为例,这是山虎王占领的城池,也是故事中最关键的地点之一。胡尔齐通过王均可和铁思金的眼睛是这样描写海青城的:

这时,天开始亮,太阳红红地升起,站在山顶上放眼望去,是一片一望无际的草原,仔细一看又见到了炊烟袅袅的一个地方。看着好像很近,其实是很遥远的。马上加鞭,穿过广阔平地,前面出现了一个城市。

筑起的金色大门/屋檐闪着光/到跟前一看/是座美丽的城市,/庄严的屋顶/向前延伸着/烟气雾霭/都围绕着它。

虽然在故事里这是一座中原城市,但描写中却融入了作者的生长环境——草原的元素,我们可以明显感受到这更像是身处草原环抱中的一处村落。

胡尔齐在说唱故事时,与时空叙述相联系,还非常自由地转换时空。两个不同的时空之间有多远,主人公从此一时空转到彼一时空用了多少时间,都不拘泥,因为这对作品的矛盾冲突并不起很大作用。《程咬金的故事》中,琶杰演唱程咬金从二龙口出发,快马加鞭,"爬上高山,跨过草原,蹚过河水,穿过森林",就来到王岭口这座大山。如果真像这唱词中所说,那从二龙口到王岭口的距离是非常遥远的。程咬金要走过这么多不同地理景观的地域，并非短时间内能实现的易事。但实际上这就是胡尔齐描述主人公赶路时的套话，是一种程式化的表达形式。这与汉文古典小说中常以"饥餐渴饮，晓行夜宿，一路无话，这天就到了某某地"作为时空跨越的过渡是异曲同工的表现手段。

要想实现胡仁乌力格尔作品中人物的时空跨越，就离不开听众与胡尔齐的互动。胡尔齐在表演作品时，不像电影、电视剧那样，在真实的时空中进行表演，也不像话剧那样，用现实化、物质化的手段真实地再现故事发生的时空。而是如同小说一般，依赖于文字语言信息，也就是胡尔齐的道白和唱词，因为胡尔齐可以用的道具只有一把四胡和一把椅子。胡尔齐的这些语言信息必须能让听众接受，在听众的想象与再创造之下，产生出作品中的时空跨越，这样胡仁乌力格尔涉及的时空信息才真正有了价值。如果离开了听众的能动响应，那么这些时空就失去了意义，所以胡尔齐在作品时空跨越的设计上，能使时空叙述突破客观条件的限制，得到无限的延展，进一步可以创造出诡奇妙绝的神话想象空间，比如洞天圣地、海外仙山、阴曹地府、天宫瑶池，等等；但同时胡尔齐也会思考接受既成效果，在自由虚构、万变多端的基础上，融入自己和听众取材于现实的生活经验。

正如前文所表述，《程咬金的故事》中描写的海青城有草原村落的特点，而对黄龙山的描述中，演述说山中鸟兽众多，还有美丽和羞涩的梅花鹿。蒙古族认为鹿是一种非常神圣的动物，在民间传说中蒙古人是苍狼与白鹿的后代，所以民间神话和传说中都有很多关于鹿的内容。而且鹿的分布地域很广，内蒙古东部地区就是这种动物的活动地域之一，所以听众对于这种动物是非常熟悉的。每年5月是鹿繁殖的时期，鹿常成群出没。胡尔齐将罗成在黄龙山猎鹿的场景凝结成65诗行进行演唱：

> 纯白色的马/嗖的一鞭子/白银的神枪/向前伸去/在那边的鹿群/比赛着跑来了。/野鹿的性格是必须与人作对。/鹿群散开着跑来了/遥望着时反着跑来了/小罗成有点生气了/给马儿加鞭横着来了/咳的一声喊着来了。/对坐骑白马压着牵绳过来时/旁边的多数鹿随着边缘逃跑/成为坐骑的白马押着脖子来/山里的鹿们想横着出去而努力。/一看鹿们都跳着跑着过来了/为了从前面出去而抢着路来跑/在边沿和

山丘上熟练了的动物/永久性地习惯于奔跑的动物/在对山丘上的坎坷很是熟悉了/从幼小就开始生长的地方啊/在山的侧面上翻滚着过来/在生长的森林里闪动着来/胡乱生长的鹿角挺拔着来/母鹿的耳朵翘起来像刺针/跑得快速就像扎下来的鸟/角长得杂乱的鹿跟在后面/十鹿的跑就像遥远的雾霭。/在那时因为罗成的白马赶不上,所以/怒气喷发/拿起了/在后背上的弓/拿起了/不会失误的箭/握着的兵器/夹在膝盖间/把这儿的箭/安在强弓上/斑斓的双眼/绕一圈看看/指向跑在前面的/鹿的脖子和胸膛/向后拉的右手/碰在了弓弦上/向前推的手/移到了铁根/"嗖"地响了一声/射向了跑在/最前的鹿。/带了很多母鹿/跑得很特殊的母鹿/强壮而又有力量的母鹿/与其他不一样的母鹿!/跑在第一的那只鹿/射出去的那支箭/从嘴和脖子/穿了出去。/动物母鹿/摔倒的时候/在其后面的鹿群/看到前面的倒下/反过来往后/退过来跑了。/被射中的鹿嘴和脖子被弄断后翻倒在地。

为了不被捕获,野鹿拼尽全力奔跑,"翻滚着""闪动着""跑得快速就像扎下来的鸟""就像遥远的雾霭",这些词句都生动形象地表现了野鹿奔跑的速度之快,强健而又有力量,突出了野鹿的桀骜不驯以及与命运抗争的顽强精神。这段猎鹿的场面描写极富感染力,使人身临其境,增加了听众对时空的感性认识。

胡尔齐的全知视角、强烈的主观意识也形成了胡仁乌力格尔浓郁的抒情性。作者的感情在作品的叙事中得以抒发。胡尔齐在创作胡仁乌力格尔作品时,也将之作为载体,来抒写自己和广大人民群众的社会理想。为了表达自己的社会理想,胡尔齐在作品中时常会表现一些超现实的内容,使故事在现实世界与虚幻世界之间进行转换。如《隋唐演义》中程咬金在梦中学会了六十四路斧法。再如《程咬金的故事》中,程咬金的头被砍掉后,还能自己飞回来,人也不会受伤。这些都表现了作者对英雄的理想化设计。《钟国母》中,齐国及其他十二国是故事展开的主要地点,但钟无艳也经常在梦中、昏迷中到达天宫或骊山老母的仙山,其中还穿插了钟无艳的神异能力、骊山老母及其弟子们的神仙术法。如在《薛刚反唐》薛家被满门抄斩的情节中,樊梨花的师傅是运用法术救走了自己的徒弟。再加上各种意外巧合、贤君出现、清官断冤、因果循环、欢喜大团圆结局等情节模式，甚至有些时候，即便神仙的出现显得非常的突兀、清官的临场看似非常的不符合情理，但却让正义的力量因此而取得了最终的胜利，满足了听众善有善报、恶有恶报的传统道德认知，这些都是受胡尔齐全知视角的制约而产生的艺术效果。

三 将蒙古族文化和习俗融入情节

钟敬文在《民间文学概论》一书中，对各民族民间文学互相联系和影响的特点总结说："他们不是机械抄袭或模仿别人的东西，而是根据自己民族人民的理想愿望、特有的生活习惯、传统的艺术形式去加工改造，故事中的语言、人物形象、自然景物、社会风俗的描绘带有鲜明的民族特色。"① 所以胡尔齐还有一种杂糅的文本形式，即在汉文底本的基础上，融入胡尔齐的主观思想和蒙古族文化的内容。

如前所述，《武松打虎》《程咬金的故事》都在汉文原著的基础上扩充了很大的篇幅，胡尔齐往往将与蒙古族民俗文化相关的内容作为增饰。如《程咬金的故事》和《武松打虎》中，都有英雄喜好喝酒的情节。蒙古族也酷爱饮酒，在《多桑蒙古史》中记载，成吉思汗曾经下令反对饮酒不节制："醉人聋瞽昏聩，不能直立，如首之被击者。所有学识艺能，毫无所用，所受者仅耻辱而已。君嗜酒则不能为大事，将嗜酒则不能统士卒。凡有此种嗜好者，莫不受其害。设人不能禁酒，务求每月仅醉三次，能醉一次更佳，不醉尤佳。然在何处觅得此不醉之人欤？"② 在蒙古族史诗《江格尔》中描写英雄取得战争胜利或娶亲成功，英雄们都要进行隆重的庆贺活动，举行酒宴开怀畅饮，"大宴进行了八十天，那达慕举行了七十天，幸福的酒宴继续了六十天"③。

《程咬金的故事》整篇作品都是由酒牵引出来的跌宕起伏的故事情节。首先，程咬金的性格表现中最突出的一个方面就是爱好饮酒，"程咬金是个奇怪的人，数数会卡在中间，但数盛满酒的碗，他不会出错。"他在瓦岗寨做混世魔王时，所制定的最独特的政策就是每逢月底的三十都要

---

① 钟敬文：《民间文学概论》，上海文艺出版社1980年版，第115页。
② ［瑞典］多桑：《多桑蒙古史》（上册），冯承钧译，上海书店2006年版，第162页。
③ 仁钦道尔吉：《江格尔论》，内蒙古大学出版社1999年版，第305页。

过年，原因是在这一天可以喝酒。"他把酒视为比生命还重要，即使父亲的酒，他也会偷着喝。遇到兄弟，也会求着喝。只要有金银在，他会不惜一切地喝。发起脾气，杀完了人也要喝。他对其他事物无嗜好，唯有酒是爱好之最。"正是由于程咬金有这样嗜酒的爱好，所以恰逢一个没有三十的月份，不能喝酒，他才偷偷离开瓦岗寨。作品中在多处交代瓦岗寨英雄们对酒的爱好："二龙口的不仅程咬金在喝酒上出了名，而且他的兄弟都爱喝酒，少说喝五斤，聊着喝就六斤，与自己人喝喝就七斤，玩着喝就八斤，加劲儿喝就九斤，假期里喝就十斤。"如此可见，瓦岗寨的人都是嗜好饮酒的。其次，作品中四个故事都与饮酒有关：程咬金劫取皇杠银是在醉酒之后；王均可、铁思金也是因为贪图喝酒，不慎暴露了身份，被酒店老板告发，并藏起了他们的兵器、盔甲、马匹，最终赤手空拳的两人不敌被捉；罗成误入海青城，即使是聪明如罗成，也因喝酒误事，酒后向店主说出了自己的真实来历，被困酒楼，因为他武功高强，再加上运气好，踏坏屋顶落入藏着他的马匹、兵器的房子，才得以侥幸逃脱；最后众英雄们攻打海青城，成功救出王均可和铁思金，在瓦岗寨上连续摆了三天酒宴。这些情节内容与《隋唐演义》《说唐全传》都是不同的。

再如《龙虎两山》中写到二将军在酒桌上喝酒结拜的场景：

> 横世良和刚峰山被安排在了同一桌，请他俩喝酒吃肉。他们二人是三天两夜战得不眠不休，所以他们现在慢慢喝着酒享受着。碰到之前是草原上的三只鹿，碰到了之后是上颌的三条血管。碰到认识之前是山上的三只老虎，认识之后是心脏上的三条血管。在战场上交战想要消灭彼此，坐在一个桌上是兄弟情谊。在广阔的草原上驰骋的时候想要消灭对方，在喝酒吃肉的饭桌上是亲切的兄弟。

在《武松打虎》中，武松在前往景阳冈的途中，遇到了酒店，无论是汉文底本还是琶杰的演唱本，都使用了一定的篇幅极力渲染武松饮酒的情节。汉文底本中用了1000多个字：先描述武松在酒店中要了二斤熟牛肉，喝过三碗酒后，酒家不再筛酒，武松询问原因，酒家告知自己家门前的招旗中已经写明"三碗不过冈"；接着写武松询问"三碗不过冈"的原因，酒家告知武松由于酒劲大，喝过三碗便会醉，因此无法通过前面的景阳冈，武松并不觉得醉，又强迫酒家不停地给自己筛酒，一共吃了15碗。在琶杰的演唱本中涉及此情节时，使用散文20多行，韵文420多行，共计3000多字，而且他在每次武松让酒家筛酒的唱词均不一样，尽管情节类似，但依旧略有变化，因此也具有了趣味性和可听性。

诚实和守信都是为人的品质表现，是人类最难得的精神财富，也是人类最珍贵的文化资本。蒙古族非常推崇以诚立命、以诚配天、以忠誓盟、以信立行的价值观念，视内诚于心、外信于人为最大光荣，视轻视诺言、背信弃义为最大耻辱。他们之所以对欺诈行为和非法牟利行为极其蔑视，这是由游牧的分散性和战争的频繁性决定的，最终也必然熔铸到他们的人生观、世界观、民族性格与文化心理之中。可以说，诚信精神是蒙古族文化的一个重要组成元素。在蒙古族历史早期，说谎的人是要被杀头的。明人萧大亨在《北房风俗》"习尚条"中记录了蒙古人的信义观："最敬者笃实不欺，最喜者胆力出众，其最重者然诺，其最惮者盟誓。伪则不誓，一誓，死不渝也。"①《程咬金的故事》中的第三个故事情节，是罗成与鲁银立下赌约来决定战争的胜负，而且参与的双方并不将此视作游戏。罗成武功强于鲁银，鲁银有山虎王和大部队作为坚实后盾，根本不用惧怕罗成，所以他绝对是把这个赌约作为一个难题来看待的，而聪明的罗成也没有用其他的借口搪塞，历尽艰辛跑到黄龙山去获得妻子的谅解，并没有在脱离围困后，背弃约定回到瓦岗寨。这种在我们看来有些不太真实的情节，汉文古代小说中从未出现过。正是因为有这样的民族习尚，听众才有可能接受这样的情节。巴拉吉尼玛说唱的《钟国母》中，描写的打赌情节更多，包括钟无艳与燕国的无弦琴之赌、与楚国的猴丞相对弈之赌、与郑国的九曲珍珠之赌等十次赌约。

钟无艳与燕国的无弦琴之赌，文中如此描述：

> 魏金英的心不禁震颤，心里异常佩服齐国王后钟无艳，认为当真是天上的神仙一样拥有神奇的法力，他不抬头地用心聆听着琴声。钟王后弹奏了一会儿后，传令下去告诉群臣及诸国使臣，王后将弹奏此

---

① （明）萧大亨：《北房风俗》，影印万历二十二年（一）自刻本，载《北京图书馆古籍珍本丛刊》第11册，第22页。

琴三天以敬各位，并必定守信用时，高台下的群臣都上前跪拜道，谁人胆敢不服王后的神力，然后发放当日弹奏的琴谱。

在天上弹琴的紫霄洞的五姐妹按照王后的命令决定从瑶池带来通晓结尾琴连着弹奏三天。钟王后那天用仙法从台上下来洁身净心后，连续三天弹奏了此琴。三天后，齐宣王在金銮殿召集了群臣，钟无艳跟宣王的龙桌齐坐，下达命令让燕国的使臣魏金英觐见。魏金英进殿行礼后，钟无艳将那无弦琴归还给他并问道："燕国使臣魏金英没有听过此琴弹奏的曲子吗？"魏金英上前。"你来到齐国后打赌的事情怎么样了？"钟王后问道。魏金英回答道："国母已经用仙法弹奏了此琴，臣魏金英本是代表燕国燕怀王而来，如今愿赌服输，从今以后将齐国当成大国来进贡，并将此事禀告燕怀王。"

钟王后将使臣魏金英从头到脚仔细审视了一番，心中早有把握。此人并非善类，身材一般，走路像狗，鹰钩鼻，贼眉鼠眼，奸猾的面庞，无论在什么时候都是扰民误国的奸佞小人。钟王后道："既然如此，你便代替燕怀王立下给我国上供的字据。"这时，魏金英低头禀报："虽然我按照打赌的原则承认齐国为大国，燕国为小国，但是至于立下字据的事情还是等禀告燕怀王才能决定。"听到这话，钟王后立即怒火冲天，"我看魏金英你心怀叵测，是想用那琴威胁大国，本是没有你跟齐国打赌这件事情，而是你自己想要挑拨离间，像你这种奸诈小人，不能轻易放过，应该给你点儿颜色瞧瞧。"说罢，立即下令在大殿之上将魏金英大打四十大板。魏金英受了重伤，鲜血流在地板上，身体已经麻木，但是在他的心中充满了愤恨："终有一天我将向你钟无艳讨回我今天的耻辱！"

打完四十大板后，钟王后下令："魏金英，你回去以后告诉燕怀王，从今往后燕国别再挑衅他国徒生事端，应该忠实守候自己的国家，让百姓安居乐业，让忠臣信服于他，多用忠诚之士，多做善事。他手底下的驸马孙操是能人孙武子的儿子，孙武子是回鹘王、秦老虎的结拜兄弟，他展现了他的法术后隐居山林，守护正义。他的儿子孙操跟着父亲走过的轨迹多做好事，忠诚于燕怀王并帮助他。至于燕丹公主，在波莲圣母那儿学了艺，不应目中无人，掀起一股恶风。"说完，钟无艳又命人将"被蒙蔽的燕怀王应弃暗投明，从今以后别在他国再生事端"这句话刻在了魏金英的脸上并把他赶出了官殿。

　　本来抱着用打赌的方式打败齐国,将齐国踩在脚底的想法而来的魏金英,却被钟王后重罚出尽了洋相,爬出午门,被随从接到后去了齐国招待使臣的驿馆。大声呻吟三天后,伤口开始愈合,但是仍不能骑马的魏金英,让随从准备轿子,坐轿返回燕国。

　　国家之间并不存在真正的情谊,也不可能凭一次打赌的结果便决定国家大事,但这样进行情节虚构,可以在丰富故事情节的同时增添娱乐性,也符合蒙古族传统的诚信文化观念。

　　在很多学者的观点中,胡仁乌力格尔始自蒙古族的英雄史诗传统,脱胎于潮尔奇说唱的英雄史诗和蟒古斯故事,"神话、传说、祝词、赞词、史话、史诗、歌谣、格言和叙事民歌、民间故事、'伙瑞乌力格尔''朝仁乌力格尔'等等。这些民间艺术,无论从内容和形式方面,还是在表现手法上,均为'胡仁乌力格尔'的萌生和兴起,创造了条件,开辟了道路。"① 胡仁乌力格尔受蒙古族史诗传统的影响非常明显。

　　由布仁巴雅尔说唱的《隋唐演义》便有许多典型场景来自史诗叙事传统。如英雄武装就是蒙古族英雄史诗传统中常见的典型场景,布仁巴雅尔对罗艺武装的描述便是一个范例:

　　　　从座位上探起头,把斗篷甩到右面,整理衣服,穿好战甲,将美亮珍珠戴在外面,把印有五虎双龙图案的钢环链甲套在外面,把三十六个铁环分成十八个,扣在腋下,半月形的玉兔在他的腋下闪烁,把环上的绳子打成代表吉祥的结,然后把绳子末尾捆成散射状;把松开的绳子系成箭器般,把九支插在绳子中间,再在铠甲前后用绳子紧紧捆绑着,把绳子系在身前,在膝盖的关节前,绑住四边形的牌子;把十八根吊坠吊在脚上,穿上虎头钢底的战靴;把虎皮以上往下放下,再用绫丝结把头包住,然后头戴雕有双龙的头盔,再系上头盔的绳

---

① 叁布拉诺日布、章虹:《蒙古胡尔齐三百人》,哲里木盟文学艺术研究所,1989年,第5页。

子，跨上坐骑向西驶去。①

《龙虎两山》中就有双方将军战前打赌，赌输的一方须投奔另一方的情节：

> 横世良笑着说："刚峰山，现在我们的赌怎么样？"
> 刚峰山说："我输了！"
> 横世良说："对，你输了，现在你得听我的！"
> 刚峰山说："当然，说话算数！"
> 横世良说："好，我不杀你，我想跟你结拜兄弟，你是个真汉子！现在你得跟着我，我要把你带到我的军营，把你介绍给我的国王和将军们，我国定会重用你。你不是胆小怯懦、被抓投降的人，你是个好汉，是个说话算话的人！"
> 刚峰山说："我定会说话算话，我跟你走！"
> 金周王刚峰山拿起钢鞭子骑上马跟横世良一起启程了。
> 银周王吴延丈说："嘿！刚峰山，你要做什么？"
> 刚峰山说："做什么？这不是要跟着走吗？"
> 银周王吴延丈说："你为什么要投奔楚国？"
> 刚峰山说："你不知道原因吗？你刚才是遮住了两只眼睛还是堵住了两只耳朵？我打赌输了，我认输，所以要投奔楚国！你去告诉哥哥，他投不投奔是他的事，反正我打赌输了要投奔楚国！"

《程咬金的故事》中描述的程咬金的战马颇具人情意味。蒙古族是成长于马背上的民族，在英雄史诗中，英雄的事迹都是在马背上完成的。"勇士离开了骏马，无法完成艰巨任务，也就很难成为勇士。骏马在勇士的事迹中是时刻不能分离的唯一可靠的助手。因此，蒙古民族的陶兀里奇和江格尔奇们，一向把骏马当作史诗的一种特殊艺术形象去描绘，赋予了其他人物尚未具备的性格和功能。"② 程咬金的战马就具有人格化的特征，

---

① 布仁巴雅尔：《隋唐演义》（蒙文录音本），内蒙古大学文学与新闻传播学院资料室藏，文中引文都是蒙古族学生李昂格乐玛根据这个录音本译出的。
② 仁钦道尔吉：《江格尔论》，内蒙古大学出版社1999年版，第338页。

拥有人的意识与思想。程咬金在王岭口喝醉了酒，睡倒在山坡上。黄龙、黄虎押运皇杠银经过，在程咬金身边吃草的战马首先察觉到，它想要唤醒程咬金，就绕着他奔跑，试图发出声音呼叫程咬金，但程咬金没有醒；这匹有"人性"的战马又用前脚不停地刨地，边挖着土边呼叫，还是没有叫醒程咬金；战马情急，靠近程咬金的脖子用左脚踢了一脚主人，把扣在程咬金头上的酒篓都刨了一个洞，程咬金终于被惊醒了。具体的描写如下：

> 士兵的情况／传到了马的耳朵和眼睛／灰马知道了情况／急速跑来／要叫醒躺在地上的／主人程咬金，／若是生成人的话／用语言去呼唤／作为坐骑而相遇的马／怎么说出语言呢／可怜它着急的样子／发出细小的声音／想叫醒睡熟了的主人／用委婉的声音呼叫／经过几次／睡死了的程咬金／什么都没发觉到。／站在旁边的马儿／很着急啊／用前脚不停地刨地／挖着土叫着，／坐骑马儿／动作很幼稚／为了叫醒主人／着急之下，靠近主人的脖子用左脚刨了一下主人。
>
> 马儿既有力量又敏捷的马蹄与刀没有区别，脚剁向咬金时装酒坛的用纸包住的篮子倒地时扣在了咬金的脸上停住了。当马收回脚时脆弱的篮子留下了圆圆的一个洞。

作品将战马视为与主人公程咬金拥有深刻情谊的好朋友。可以说除了不会说话，没有人的手脚，战马的形象与人无异。

总之，作为一种口头艺术，胡仁乌力格尔在情节的设计上还不够成熟、完善，某些情节的创设还显得简单、粗糙，甚至不合情理。但这种艺术历经两百多年而不衰，足见其在叙述艺术上取得的成就。

第四章　胡仁乌力格尔人物形象研究

胡仁乌力格尔成功地塑造了许多不同类型的男性英雄形象，如仁义忠孝型、莽撞型、智谋型等，而且塑造了钟无艳、巴金定等许多女性英雄形象。胡仁乌力格尔中的人物关系错综复杂，除了这些正面的英雄人物外，还有不少反面人物，他们是英雄们的死对头，给英雄带来危害或损失，最后在与英雄的交锋中被打败。不论是男性英雄，还是女性英雄，甚或反面人物，胡仁乌力格尔都将他们塑造得栩栩如生，焕发出具有蒙古族审美情趣的艺术魅力。

第一节　仁义忠孝型英雄形象

胡仁乌力格尔塑造了为数众多的仁义忠孝型英雄形象，薛刚、伍辛、吴汉是以仁义、忠君爱国、孝敬父母为本的仁义忠孝型英雄形象的典范，他们为胡仁乌力格尔作品增添了独具特色的艺术魅力。

一　薛刚

薛刚，此人物的历史原型是薛仁贵之孙薛嵩，他由历史演义而来，与其相关的故事出自薛家将系列的民间评书和戏曲。其角色为薛仁贵之孙、薛丁山与樊梨花的儿子，人称"通城虎"，常执丈八蛇矛，力大无比。薛家起先因薛刚误杀太子、惊崩圣驾而被武则天满门抄斩，并立"铁丘坟"。而后薛刚聚义九焰山反周，保中宗李显继位，受封"双孝王"，得报冤仇，为家族昭雪。在清代如莲居士的《薛刚反唐》和布仁巴雅尔说唱的胡仁乌力格尔《薛刚反唐》中，薛刚是整个反唐故事中的重要人物，是作品全力塑造的主角，作为核心线索将全书各个故事贯穿为一体。如莲居士的《薛刚反唐》和布仁巴雅尔的《薛刚反唐》在这一方面具有共性,他们一致把薛刚作为整个故事精心刻画的人物,但两位作者对这同一人物赋予了不同的文学色彩。

如莲居士的《薛刚反唐》中的薛刚性格坚韧、刚毅不屈,为家族报仇、伸张正义,是民间广为传颂的传奇英雄形象,具有很高的美学价值。布仁巴雅尔的《薛刚反唐》继承了如莲居士的《薛刚反唐》对薛刚形象的塑造,也将薛刚塑造成一位桀骜不驯的"通城虎",刻画了薛刚的骁勇善战、忠孝仁义的形象。

如莲居士的《薛刚反唐》介绍薛刚的首次出场:"薛刚性躁,时年十八,生得面如黑漆,体如烟熏,力大无穷,专好抱不平,替人出力,长安城中人人怕他,故此给他起了个诨名,叫作'通城虎'。"[①] 布仁巴雅尔的《薛刚反唐》对薛刚的首次出场介绍道:"三儿子叫薛刚,黑脸儿,第一爱酒,第二爱打架。"[②] 如莲居士的《薛刚反唐》刻画了一个性情急躁、面容黝黑、力大无比、不受管教的混世魔王形象,因袭了汉族传统的历史演义小说中英雄人物的出场模式。布仁巴雅尔的《薛刚反唐》则直截了当地介绍薛刚是黑脸儿,爱喝酒,爱打架,这表现了蒙古族审美中的"刚性"之美——对力量的崇拜与赞扬。

在对薛刚这个英雄人物的塑造方面,如莲居士的《薛刚反唐》和布仁巴雅尔的《薛刚反唐》在情节设置上有一脉相承的共性特点。

首先,为国尽忠是薛刚反唐的核心内驱力。在如莲居士的《薛刚反唐》中,听闻薛家一族被埋铁丘坟,薛刚说:"我闯此祸,应该万死,若是新君把我家抄杀了,也罢了。这淫贼武氏,无非是兴隆庵内养汉的尼姑,不念我祖父有天大的功劳,竟将我全家杀戮,这冤仇怎解!我定要杀上长安,拿住武氏并诸贼臣,万剐千刀,开铁丘坟,以报三百八十余口之仇,才出我这口恶气!"敬猷回道:"但愿你能报仇,诚万千之幸,也出出众功臣心口闷气!"[③] 以此可观,薛刚与武则天的矛盾,一方面起源于个人的家族世仇,另一方面是为国家恢复正统。他的数次谋略和数次奋

---

① (清)如莲居士:《薛刚反唐》,吉林大学出版社2011年版,第10页。
② 布仁巴雅尔:《薛刚反唐》,内蒙古大学文学与新闻传播学院整理本,2013年,第41页。
③ (清)如莲居士:《薛刚反唐》,吉林大学出版社2011年版,第25页。

战,皆为了粉碎武则天集团奸佞乱国的诡计,化解唐朝危难,完成中兴大唐的大业。

布仁巴雅尔的《薛刚反唐》中的薛刚是一位"侠之大者,为国为民"的人物,他身上有着为国为民的侠义之气。当率领庐陵王的大军进驻长安之后,薛葵与薛刚有这样一番对话:

> 薛葵说:"父亲,如果我们想安静地给祖宗祭奠,那最好先把武则天的首级砍下来。皇帝死了,哪还有将军敢和我们斗?如果有人出来斗,我们就把他的头打烂。把长安城变为安宁,父亲您坐上皇位如何?""别说了,你这牛犊子在说什么?你想让我背负千万年都洗不清篡位的罪名吗?你父亲我对唐朝有罪,有罪不知道罪,还想抢皇位吗?我把皇上吓死,把太子踢死,唐朝杀我是对的,我死也对。但我是要和武则天作对而出来的,现在即使打死武则天也应该让其他李姓后代做皇帝,我从外面听说李旦太子从扬州出来到了汉阳,如果李旦太子在的话,就让他来做皇帝,不管怎样只有李姓后代可以做皇帝,只有唐朝皇帝的子孙才可以,我们薛家怎么可以当皇帝呢?"①

这些话体现了薛刚的忠勇刚直。虽然在战场上无人能与之匹敌,个人力量突出,但他心中始终坚守忠义,把扶持李姓称帝作为反唐和为家族复仇的节点,体现了他对唐朝的赤子之心和热爱之情。

李显坐上皇位是薛刚反唐征程成功的标志。武则天被赶下皇位,不再拥有实权,其门下奸佞也雨散云飞、流亡各处,天下回到李姓家族手里,薛家全族得到妥善安置,获得了全面胜利。后来当武三思复弄权柄杀了庐陵王李显后,薛刚再次助王娘娘之子李旦(玉)继承皇位,坚持维护李姓皇族正统。布仁巴雅尔的《薛刚反唐》通过这样的情节把薛刚塑造成一个忠义英雄。

其次,为亲致孝也是薛刚反唐的重要推动力。三次祭扫铁丘坟就是薛刚"孝"的表现。在布仁巴雅尔的《薛刚反唐》中,"住在深山里的薛刚

---

① 布仁巴雅尔:《薛刚反唐》,内蒙古大学文学与新闻传播学院整理本,2013年,第272页。

听说了家里人遭受的灾难，又是悲痛，又是愤恨，就想，祸事都是我惹出来的，家里的亲人被杀，不能解救，怎么也得回去到坟头上祭祀一回呀！"当他的妻子纪鸾英担忧他个人安危而一力阻拦他时，他说："去！父母都被杀死了，做个儿子的要是不去烧个纸，那我还算什么孩子啊。自己惹了大祸而使自己的父母死去，如果不在死去的亲人坟墓上烧纸的话，别说在人世间我能战胜什么，即使是到了阴曹地府，我会对不起我父母的灵魂。"他不顾个人安危，毅然前往长安祭扫铁丘坟。布仁巴雅尔的《薛刚反唐》体现了薛刚的孝，他三次祭扫都携带了大量祭祀贡品，跪在铁丘坟前放声痛哭，在明知焚烧祭品的火光和自己的哭声会引来武则天集团军队围剿追杀的情况下，依然坚持完成祭扫，表达痛失家人的愧责之情。

从铁丘坟的建造，薛刚三次祭祀，到最终打开铁丘坟，呈现了薛刚由一个桀骜不驯、鲁莽冲动的"通城虎"向中兴大唐的"双孝王"身份的转变，也是他不断成长、力量不断强大的过程。这是一条个人成长之路，也是一次个人救赎、完成了家族复仇的反唐之举。这与蒙古族英雄崇拜和惩恶扬善的道德标准有关，也与蒙古族人民的艺术审美有关，更体现了汉蒙文化中价值评判的一致性。

最后，事友以信的重义精神是薛刚聚义成功的有力保障。古语有"得道多助，失道寡助"，如莲居士的《薛刚反唐》和布仁巴雅尔的《薛刚反唐》中所塑造的薛刚，在整个反唐过程中得到众多英雄好汉的帮助，共同完成惩奸除恶的大业。在布仁巴雅尔的《薛刚反唐》中，薛刚第一次进长安祭扫铁丘坟，城里的许多士兵和百姓都认出在往薛府路上走的是朝廷正在通缉捉拿的薛刚。因知道薛刚是个善良仗义、孝顺的好人，并且平日乐于帮助弱者，同情穷苦大众，性格豪爽正直。薛刚虽然脾气暴躁，但对老百姓是很好的，送东西给没有的人，同情可怜贫穷的人。所以百姓们都假装没看见，暗中细语："别说话，别说那些没有关系的事。"甚至士兵都不向上级汇报，马登还帮助薛刚逃出长安城。这从侧面说明薛刚是受到人民拥护和爱戴的。

薛刚反唐的道路并不孤独。薛刚每次聚义结交之人都是对他有钦佩敬仰之心的忠义之士，所到之处都是呼声一片，广得民心。他们不仅有相同的政治诉求，还有共同的精神信仰。布仁巴雅尔的《薛刚反唐》描写薛刚闯祸逃出长安后，一路得到马周、吴奇、马赞、南建、北齐、徐美祖、魏思全、狄仁杰、郑宝、白文豹、白文虎、邱齐和乌家五兄弟等人的誓死追随，不仅是因为他们不满武则天作恶多端，不断被奸佞之臣所排斥，更是因为薛刚惩凶除恶的义勇之举感染了他们。他们对百姓和兄弟重情重义，是不折不扣的疾恶如仇、刚勇坚韧的草莽英雄群体。在反唐过程中，群雄常常替主人公薛刚参加战斗，为其取得胜利。薛刚凝聚力量、壮大队伍，志在立起与武则天集团反抗的大旗，把武则天赶下皇位，以恢复李姓家族对天下的统治。最终，他们共同完成了惩奸除恶的大业，实现了人性的觉醒与张扬。

由此可见，布仁巴雅尔的《薛刚反唐》沿袭了如莲居士的《薛刚反唐》中薛刚忠孝、义勇等性格特点的人物设定，同时揭示了家族的世仇，凸显了薛刚强烈的反抗精神。也正是这种反抗性贯穿薛刚的一生，铸成他疾恶如仇、刚正不阿的性格。种种不寻常的人生磨难、曲折的斗争历程，让他逐渐认清局势，抱定"大丈夫报仇，十年不晚"的信念，讲究斗争策略，深谋远虑，沉着镇定。团结在薛刚周围的英雄，是保卫君国正义与反抗武则天集团的中坚力量，他们不贪恋美色，不贪恋财富，不追求享乐，一心守卫唐朝安宁。可以说，在人性的挖掘上，汉蒙文化具有某种一致性。

在对薛刚的人物塑造上，如莲居士的《薛刚反唐》和布仁巴雅尔的《薛刚反唐》又有对这一英雄人物不同的塑造方式。布仁巴雅尔的《薛刚反唐》在接受汉文原著的同时，又结合蒙古族的民族传统和受众的审美心理而对薛刚的形象进行了"蒙古化"，使其呈现出全新的面貌。

首先表现在去除了神化仙化的成分。如莲居士的《薛刚反唐》中充斥着很多星官宿命之说，充满浓重的天人感应、转世轮回、因果报应等观念色彩，把许多事件说成是天定的宿命，为整个反唐故事营造了一种神秘色彩。而布仁巴雅尔的《薛刚反唐》有意删去了这些情节，将薛刚等诸多人物塑造成真实可感的英雄形象。在如莲居士的《薛刚反唐》中，全书人物都有一种星宿下凡的设定，例如薛刚是"九丑星杨凡转世，特来报前世之仇，要杀尽薛氏满门"；再如樊梨花知天命，能掐会算，早早预见"有债有仇方成父子，无缘无怨不是夫妻"。但天命终不可违，便有了杨凡投胎为薛刚"报仇"的宿命。且薛刚能够得救于黄草山，是因为吴奇和马赞早早受到仙人李靖的指点；而薛刚二扫铁丘坟时能得狄仁杰相救，则是因为狄仁杰观天象算定薛刚有难；薛刚助庐陵王李显破周兵过程中处于劣势时，又有已成仙人的樊梨花特来相救。如莲居士的《薛刚反唐》中，薛刚作为"善"的代表人物，暗中实则有百神保护，如有危难定有神明相救。如莲居士的《薛刚反唐》通过大量安排这样的情节，把小说的情节和人物命运轨迹以及宿命紧紧地联系在了一起。

而布仁巴雅尔的《薛刚反唐》很少对此进行叙述，极少有类似情节，甚至有很多都是无处可寻的，只有零星的物象和隐晦的表达。如布仁巴雅尔的《薛刚反唐》中有一处提及了神化情节，樊梨花以神仙的身份出现来帮助薛刚，薛刚大喊着娘，哭求母亲对自己所犯下的罪过给予惩罚。樊梨花说："薛刚、薛刚，你不要这样。天数是不可动摇的，我们一家既然到了该流血的时刻，你不闹事，别的人也会闹事。"这里所提到的"天数"其实点破了隐伏在薛刚身上的悲剧命运。

如莲居士的《薛刚反唐》中多神化仙化情节的特征，既与当时的历史演义故事的书写习惯有关，也与道教的广泛流播有关。布仁巴雅尔的《薛刚反唐》删掉了这些情节是因为人们的认知已经有了很大的提高。布仁巴雅尔的《薛刚反唐》极力想让故事贴近人们的生活，便有意删减掉了超自然和神秘化的情节。而如莲居士的《薛刚反唐》中过多的神仙化术的情节会把最后反唐成功的关键性原因归功于樊梨花和仙人相助，从而淡化了薛刚所做的努力和薛刚具有的能力。

其次表现在对力量和勇气的双重夸张。布仁巴雅尔的《薛刚反唐》中的薛刚在继承汉文历史演义小说中英雄塑造方式的同时，又具有蒙古族英雄史诗里的粗犷豪放和彪悍英勇，对人物进行了"蒙古化"处理。蒙古族崇拜英雄的文化传统由来已久，布仁巴雅尔在整个说唱过程中都表现出对英雄的赞颂之情。他未拘泥于以往的薛刚故事，而是从蒙古族独特的审美理想出发来刻画薛刚，将他塑造成为一位在武艺、谋略、勇气上都超过其他将领的强大英雄，有着一定的传奇色彩。布仁巴雅尔对薛刚这个理想人物的精心塑造，与蒙古族早期社会历史条件下形成的英雄崇拜有关，体现了蒙古族文化精神中对力量与勇敢的崇尚。

布仁巴雅尔的《薛刚反唐》中另一显著特点是人物斗智场面少，斗勇、斗力的场面多。关于力量的夸张式描写，布仁巴雅尔的《薛刚反唐》与蒙古族英雄史诗中人物处理方式颇有类同。人物的"粗犷少疑"，正适合蒙古族豪爽自然的天性，以及不喜欢深究较真的审美趣味。布仁巴雅尔有意使故事情节粗犷化，人物性格"蒙古化"，使人物性格趋于直率而少含蓄。

　　武艺超群、骁勇善战的薛刚胆识过人，有勇有谋，被敌人敬称为"果断的英雄"。布仁巴雅尔的《薛刚反唐》中，描绘了很多精彩的打斗场景以表现薛刚敏捷的力量。在如莲居士的《薛刚反唐》中，薛刚一扫铁丘坟时被武则天派出的重兵追杀，薛刚在奋勇逃脱的途中遇武三思拦截，书中描述道："那薛刚在铁丘坟内，仗着双鞭，死命拒住府内，杀得满身是血，总冲杀不出来。武三思、武承嗣催兵围住，却不能近前拿他。"布仁巴雅尔对他们的打斗描述道："这时薛刚手中的钢鞭打下来，'咻'的一声钢鞭闪光而来，武三思接连不断地接住，再反过来将大刀砍下来时，薛刚的钢鞭在上边接住，直接往下压着打下来，像是正负电力的碰撞一样，就这样两个人三十对六十次，交叉而过时，武三思知道用力量来抓薛刚是很难的，这个人用力气是抓不住的，于是武三思给他让了路。"薛刚就这样一路骑马打杀过来，无人能挡，先到南门，再打到西门，随后转战到北门，最终在马登的帮助下从东门冲出重围。对这一打斗场景，如莲居士的《薛刚反唐》用了约710字进行描述，而布仁巴雅尔的《薛刚反唐》增加了薛刚转战四门的过程，夸张地突出了薛刚的超群武艺、顽强毅力以及英勇的雄姿。

　　庐陵王李显命屈浮鲁在湖北房州城设擂台招揽贤才，薛刚闻讯前去打擂，文中对于二人较量的场景描述尤为精彩：

　　　　薛刚和屈浮鲁二人在擂台上打着，将各自的力量使出来，拿出了拳脚的功夫，很是有劲。两人纠缠着打斗，两人的两眼发着光，牙齿咬得吱吱响，拿出各自的力气打斗起来。黑、白脸色的两个将军在台上打斗着，薛刚的接招和跑打过来，像是把水拽起来的龙反转过去一样，像是云雾里的龙盘绕着下来一样。屈浮鲁握紧拳头打过来，像是在打狮子球一样。（频频打过来频频打回去），像是在大山的峰角上猛狮们玩耍一样，像是在深的海水里鳄鱼玩耍一样。长得一个黑一个白，来回打得不分高低，像是大山上虎狼争斗一样，又像是大海里的鲸鱼吃小鱼一样。屈浮鲁握紧右拳，像是在打南山的猛虎一样打过来时，薛刚一下子向上跳起来，像是燕子飞一样，那么快就跳到上面然后再下来，像是鸿雁掉进水里一样，朝着屈浮鲁的膝盖拿出踢北海龙的力气，踢向屈浮鲁的右腿。两人就这样地打着，像是二龙戏珠一样，像是两头狮子交叉玩耍抢球一样，像是一条龙绕着柱子向上攀爬一样。屈浮鲁抱紧拳头打了过来，薛刚接住了他的拳头。薛刚飞上去，用腿踢屈浮鲁。两人打得不分你我，双龙抢凤凰一样，双头狮子抢绣球一样，更像两条龙在一根柱子上攀爬一样。两人就这样打了十对二十回合，两人的力气相当。二十对四十回合，两人的力量相当，拳头碰在一起。三十对六十回合时，两人突出的力气一样，不分你我。四十对八十回合，两人分不清上下。五十对一百回合，两人的力气一样，上下不分。打到六十对一百二十回合，两人纠缠在一起不分开了。到了七十对一百四十回合，两人不分上下，分不出胜负，两人分不清你我了。八十对一百六十回合时，像是飞箭一样，像是燃烧的火遇到了风一样，放的箭一样快。打到九十对一百八十回合，两人分不清彼此，打了平手。到了一百对两百回合，两人又缠在一起不分开了。

而在如莲居士的《薛刚反唐》中，二人站在擂台上只是互问姓名便下了擂台同去见庐陵王，省去了较量的过程。布仁巴雅尔的《薛刚反唐》通过表现擂主屈浮鲁武艺之高来反衬出薛刚敢于前往打擂的勇猛胆识，他们打斗回合之多则突出了二人旗鼓相当的强劲力量，而他们打斗时间之久则是为了体现他们的英武耐力。虽然布仁巴雅尔的《薛刚反唐》这些描述中存在着极度的夸张和理想化成分，但却生动形象地反映了英雄人物的力气和胆量，是值得信服的英雄，而如莲居士的《薛刚反唐》中人物塑造方式便缺少了一些说服力。

布仁巴雅尔的《薛刚反唐》中的薛刚及其麾下的勇士们多勇猛、直率、无所畏惧、重情重义、知恩必报、胸襟坦荡，表现出崇尚力量的精神风貌和对英雄的无限崇尚，以及勇士们对功名战场的热衷和视死如归的大无畏精神，英雄对君主和国家的赤诚精神。这一切正是蒙古族传统的游牧文化的结晶，是蒙古人与生俱来的美好性格，是蒙古族精神品格的核心。

最后，大力彰显薛刚粗犷豪放的"蒙古化"性格。胡仁乌力格尔

"说唐五传"中的英雄人物,尤其是那些武将,多数也是个性直爽、不工心计、性烈如火、容易暴怒,他们甚至因为发怒而昏倒在地,或者不计后果地大吵大闹,直接动武。布仁巴雅尔的《薛刚反唐》中的薛刚同样也有这些特点,他脾性暴躁,行为莽撞,体现了蒙古族质朴而粗豪的性格特点。喜怒形于色,看到恶邪便暴跳如雷、疾恶如仇,生起气来便面红耳赤、咬牙切齿。在汉文本里也有类似的描写,但不及布仁巴雅尔描写得更加酣畅淋漓、血肉丰满。

"勇士的愤怒是叙事故事的核心。"布仁巴雅尔的《薛刚反唐》中,薛刚不顾母亲不许他出门喝酒惹是生非的嘱托,独自到长安街上喝酒看花灯,结果喝醉了酒,失误踢死了太子,踢断了月台楼,导致皇上摔死。薛刚脾气暴躁和易怒的性格让他经常做出鲁莽的行为,闯下弥天大祸。

在布仁巴雅尔的《薛刚反唐》中,狂妄的大臣张天佑坐轿出行,却走了只有皇上才能走的图虎门,恰巧与和兄弟在长安街喝酒的薛刚相遇。薛刚看不惯张天佑平日里目空一切和飞扬跋扈的嚣张做派,便站在路中阻拦。张天佑却直接口出狂言,扬言要手下暴打薛刚。于是薛刚便把张天佑从轿子里揪出来,一顿暴打后把他扔进了茅坑,后又乘酒意对平日就看不惯的张天佐大打出手。而张天佑这类奸佞之人对这种"侮辱"怀恨在心,意欲伺机报复薛刚。这一段将薛刚塑造成为一个正直勇猛的人:

> 张天佑的随从们喊道:"让路!"薛刚说:"你们这些人怎么这么蛮横无理,谁给你们让路呀?你们从太同桥的那一边下去,我早就站在这里了,跟你们有啥关系?"张天佑的手下说:"你以为是谁呢?"薛刚说:"你们是谁呀?"张天佑的手下说:"我们倒还好,这轿子里坐的是什么人你不知道吗?"薛刚说:"不,我不知道,是谁呀?"张天佑的手下说:"张天佑!"薛刚说:"张天佑?他不是狗杂种吗?"手下说:"你是谁?"薛刚说:"是谁?是梁辽王的三儿子,我叫薛刚!"手下说:"不管你是谁的儿子都不行!"薛刚说:"不行啊,不行怎么样?"在轿子里的张天佑听到薛刚在骂自己,说:"抓起来打!"薛刚说:"啊!打呀,这正是我喜欢的,喝完酒打架,没有比这个更让我喜欢的了!"说完就把袭上来的张天佑的手下们一把一把抓住,这儿甩,那儿甩,用拳打倒,用脚踢倒!张天佑刚从轿子里出

来，薛刚就一把将他抓住，顿时叫道："哎哟哟！"跪倒在地，薛刚的左脚踩在张天佑的身上并踩住他的左腿，左右两手握着拳，就开始打张天佑，说："你这小人，还敢在城中目中无人吗？离开白马寺来到长安掌权，钻进武氏的裙袖里，在朝中当了臣子，你为什么走皇上应走的图虎门？你还闹吗？还乱勘查城内，乱走吗？还乱打人吗？还从皇上走的图虎门走吗？还欺负人吗？你这畜生！"边说边"嗵、嗵"地打，开始时张天佑还叫着来的，到了后来，整个人都松躺了下去。从一边看的程铜、罗张两人说："完了，出了人命了，那张天佑不动了，咱们的薛刚还打呢！"这两人过来拉住薛刚，说："这回行啦，大小都是人命呀，出了人命对谁都不好呀，我们快走！"薛刚说："死就死呗，我还怕这狗杂种死？"然后又打了一气。在那边的路旁有个茅坑，薛刚用两手把张天佑拿起来，就扔到了这个茅坑里。

也正是薛刚这种任性与豪放不羁的性格，彻底让张氏兄弟对薛刚的仇恨加深，形成了不可调和的矛盾。直到薛刚误杀太子和皇上后，以武则天为首的张氏兄弟便想尽办法要置薛刚于死地，让薛家蒙受灭门之灾。

同样，在布仁巴雅尔的《薛刚反唐》中，薛刚的粗犷少疑也曾多次让他身处险境，险些遭到薛义的陷害，被武则天抓去。但这种刺激情节的加入，也很大程度上为听众营造了紧张的故事氛围，薛刚每次化险为夷、大难不死的经历更能抓住听众喜欢传奇故事的心理。而布仁巴雅尔的《薛刚反唐》中塑造的薛刚，动作表情则更加形象，语言也更具独特性，洋溢着风趣幽默的情调，使得薛刚这个人物形象更加栩栩如生，跃然纸上。这是胡尔齐在蹈袭汉文小说中的人物形象时不自觉地注入了蒙古族的审美情趣。

布仁巴雅尔从蒙古族传统文化的视角对薛刚这一理想人物进行了深层次的剖析与刻画，浓墨重彩地描绘了蒙古族内在精神中的勇敢与强悍，将薛刚刻画成一个果敢坚毅、尽孝有礼、具有大无畏精神的英雄豪杰。

二 伍辛

在布仁巴雅尔的《吴越春秋》中，忠孝王伍辛也是仁义忠孝型的英雄。他是伍子胥的儿子，伍辛既继承了伍子胥最突出的性格品质——"忠"，更具有自己独有的性格特征。

　　伍子胥是一位忠君爱国的将领。吴国战胜越国，并将勾践俘虏回国，其中伍子胥功不可没。胡仁乌力格尔《吴越春秋》中多次提及伍子胥忠君的高尚品格和赫赫战功。吴国正宫娘娘刘元平称赞伍子胥："忠心耿耿，征战沙场时你的功劳举世闻名。在十八个国家中有相国的职责。在吴国被奉为'明父'。"楚王道："相国，要数你立的功劳一天都数不完，对整个世界都有功劳。伍相国你一个人救出了困难中的十八个国家的国王。因为建立了这样的功勋，所以才是国家的相国。"

　　越王勾践向吴王夫差进献美女西施，吴国孙国师劝谏夫差不可因西施美貌便纳妃，称商纣王时的妲己和周幽王时的褒姒都是亡国殃民的祸水，应以历史为鉴。然而，伍子胥则因越国曾经战败而小觑了越王进献的西施，后经孙国师劝说，伍子胥知错就改。在知道了西施并非可以简单对付的人物时，他便劝谏吴王杀死西施。暗知这一切的西施利用阴谋诡计嫁祸伍子胥，可怜伍子胥无论如何解释都是做无用功。他绝望道："眼睛挖掉，我就会瞎掉。敌国越国来犯的话，谁为你打仗？挖掉眼睛，我就会瞎掉。敌国越国来犯的话，伍子胥怎么出征呢？我现在保护吴国就苦难了。饶恕啊大王，请辨明是非"！狠心的西施还要挖出伍子胥的心，伍子胥彻底绝望了："自己已经没有了眼睛，与其活在这世上，还不如早死了。"最终，伍子胥被挖眼掏心而含冤离世。伍子胥为忠义献身黄土，尽管吴王沉湎酒色辜负了伍子胥的一片爱国热心，但是伍子胥仍将夫差上奉为王。伍子胥直到最后都没有反抗吴王夫差的命令，与其说是伍子胥的愚忠，倒不如说伍子胥是对吴王失去了辅佐的信心和勇气。

　　"虎父无犬子"在忠孝王伍辛身上得到了验证。忠孝王伍辛后生可畏，继承了伍子胥为国为民的价值观念和忠君思想。忠孝王忠诚上谏，顾全大局。当楚王为请回伍子胥尸骨御驾亲征时，伍辛劝谏道："楚国不可一日无君，带兵出征乃十年、八年之期，楚王须以朝政为主，而非为了臣子之父的尸骨弃楚国黎民百姓于不顾。"楚王命伍辛率领八十万大军帮助吴国交战越国时，伍辛又说自己统领四十万大军即可，剩下四十万大军应当留下来保卫楚国安危。伍辛听命楚王帮助吴国，征讨越国，不完成楚王命令便不回朝，十年八年都外征杀敌，足见伍辛爱国爱民。楚王若是御驾亲征，朝政便无人掌管，楚国上下将处于混乱无主状态，那么楚国将民不聊生、混乱不堪。而且，吴国在西施等越国逆贼的执政下，全国乌烟瘴气、黑暗无边。这种情况下，伍辛更应该为全天下的百姓出征讨伐越国，帮助吴国清君侧，救万民于水火之中。值得说明的是，胡仁乌力格尔《吴越春秋》的主题是"反西施""反越国"，而不是"反吴国""反夫差"，也就是说忠孝王伍辛不仅忠于楚国，而且也忠于家国大义与和平盛世。

另外，除了伍辛内在的忠君爱国的品质之外，伍辛抵御外敌、骁勇善战、拯救苍生也是其忠君爱国的表达方式之一。布仁巴雅尔在胡仁乌力格尔《吴越春秋》中将忠孝王伍辛塑造成了一个勇猛善战的英雄形象。这也可以从侧面凸显忠孝王最突出的性格特征——"忠"。伍辛总是积极参与每一次战役，但是他并不是为了获得个人的荣誉或是战功，而是为了破坏敌军的作战计划，挫其锐气，为了国家和百姓的生活安稳而勇猛杀敌。如果误解了伍辛的作战目的，那么伍辛身上忠君爱国的品质就变成了一个虚空的"大帽子"，这无疑对认识伍辛会有失全面性。

布仁巴雅尔通过伍辛向楚王诚恳劝谏与伍辛出征杀敌表现伍辛的忠君爱国，除了有宏大场面的叙述之外，也有通过细节描写表现忠孝王伍辛把国家大义放在了比家庭更重要的位置。例如，忠孝王夫人李月英希望跟随丈夫出征杀敌，可忠孝王却以楚国无将留守或有他国攻击为由，拒绝了夫人的要求。之后，布仁巴雅尔安排了这样一段情节：

> 李月英接着没有说话。奏了一会儿乐器之后，定国夫人李月英斟了一杯酒，两只手敬忠孝王，单膝微曲。忠孝王接过酒问道："夫人，斟了这杯酒有什么说的话吗？"李月英说："将军出征有可能五年、八年，这是祈安康回来的酒。"听此，忠孝王一口喝完，然后说："夫人放宽心。虽然五年、十年的出征在外，但是一定会人没事的带着四十万士兵安康地回来。"

这段情节体现出伍辛深入骨髓的忠君爱国的品质，这也使得他的行为充满崇高感与高尚感。

"孝"是中华民族从古至今都尊崇的伦理思想之一，孝敬长辈、孝顺父母乃是"孝"的核心思想。伍辛礼敬叔叔焦严。豹国公焦严千里迢迢来寻忠孝王，可伍辛却不小心怠慢了他，所以急忙亲自用自己的轿辇将豹国公焦严抬入府中，并请豹国公焦严坐在自己的王位上，且以上宾之礼真诚相待。伍辛以晚辈身份礼待宿仇蓝誉。当得知自己的父亲与蓝石关总兵蓝誉有旧仇时，伍辛便向元帅请命去见蓝石关总兵蓝誉，认为不能因为自己私人的恩怨而延缓大军路程。可蓝誉并不领情，说道：

> "现在你不要什么废话了，伍辛。下马，到我面前绑上绳子，我跟你父亲有仇。没有能够跟你父亲报仇，听说儿子伍辛领兵出征，为了报仇我等了那么长时间。今天来了，怎么能够不报仇。下马。"伍辛说："叔叔总兵恕罪，跟父亲有什么仇怨呢？"蓝誉把从马上放下三次的事情告诉了忠孝王。忠孝王说："叔叔，那时双方比力，所以才会压制住你。不是没有别的仇怨吗？"

从辈分上来讲，蓝誉也是伍辛的叔叔，最初伍辛面对蓝誉攻击时并没有回击，而是报之以长辈之礼。

> 马躲过去时，蓝誉的刀扑了个空，再转过身驶过来时，忠孝王把枪压在膝盖下，又跟蓝誉说："虽然怒火中烧，但也请拉住缰绳。能否听我慢慢说来。十八国大会上的仇恨跟我求路又有什么联系呢。父亲去世，叫了一声叔叔，我在马上行礼。砍向我的剑，我也没有躲。已经杀了一次了，现在不行了吗，叔叔总兵。不给后边的大军放条路吗？"

伍辛迫不得已才出手打伤蓝誉，却没有乘胜追击。当元帅焦严问他"为何不直接将蓝誉总兵杀死"时，伍辛说："元帅叔叔恕罪，这也有一个原因。我父亲因为让人家受辱才会结下仇怨。就在这一点小事上，我杀一个人，这不另当别论了吗？与我们伍姓有仇，又不是跟全国有仇。只对我们不好，又不是对国家不好，所以我才放他走了。如果于国有害，我又岂会放他？"伍辛此行出征的目的是助吴国清君侧，讨伐越国。如果杀死忠于吴国的蓝石关总兵蓝誉，那么伍辛便会背上为报个人私怨而害国危国的骂名。因此，忠孝王伍辛在面对蓝誉与父亲的私人仇恨和家国大义时，选择了后者。除了帮助吴国讨伐越国之外，伍辛还带着皮革千里迢迢来到吴国苏州迎回父亲尸骨。当伍辛到达江南苏州发现自己父亲尸骨并不在坟墓里时，泪流满面，心急火燎地到处寻找父亲的尸骨，发告示声称"愿意用王位来换取父亲的尸骨"。帮助他找到父亲尸骨的老人家们说：

>伍辛，你父亲伍子胥一生做好事，因为救了十八国，所以被封为相国，一直保护人民，所以我们把尸骨迁到这儿保存。不然博西、倪伦们找到地方挖出尸骨之后，要在上边打多少棒槌再扔掉。听到这个消息，我们把尸骨藏起来了。我们并不是贪婪你的五王称谓和五千岁，你用王位来买你父亲的尸骨是不对的。如果你要是将王位和钱财给我们，你就是买你父亲尸骨的人了。这样就不对了。你要是知道了这件事情就不要找我们了。我们也不吃你一顿饭，也不喝你一口酒。是尊敬伍子胥才会这么做。其他你就不要和我们说了。

虽然说用王位与父亲尸骨等价交换有不得已的苦衷，但伍辛用自己身上最贵重、最看重的东西换取父亲的尸骨，可以说明伍辛与伍子胥父子情深，以及伍辛把父亲尸骨带回故乡安葬的孝心。

"孝"也有匡弼君王的忠君之意。豹国公焦严、蓝石关总兵蓝誉一方面是忠孝王伍辛的叔叔，另一方面他们也是吴国的臣子。忠孝王与他们二人的关系也可以归属于"忠"的范畴。忠孝王伍辛真诚礼待焦严与蓝誉，除了孝顺长辈的礼仪之外，也蕴含着为君解忧的意味。另外，楚王命令伍辛请回明父伍子胥的尸骨，所以这就使伍辛请父尸骨的事情上升到了完成君主命令的层面。因为请回伍子胥尸骨不仅仅是伍辛家的事，也是整个楚国的国事。显然，忠孝王伍辛身上的"孝"与"忠"并不是泾渭分明的，而是相互交织在一起的。

伍辛是一个富有理想色彩的完美的人物形象。"真正美人方有一陋处"，缺憾美可以使人物形象增加生命感、真实感和亲近感。忠孝王伍辛也有性格缺点，脾气暴躁、性格骄傲是其中最突出的。在忠孝王出征前：

>李月英还去了刘璋瑾那里。璋瑾问嫂子："有何指教？""你也知道你大哥性格暴躁，要是打仗的话，不要离开他。你知道你大哥性格

骄傲，去战场的话不要离开他。"

在青龙关时，因青龙关总兵周昆用激将法说伍辛是缩头乌龟，他便按捺不住，想冲出城门去杀敌，鲁莽冲动可见一斑。妻子李月英为渡江赦免青龙关总兵周昆时，他私下嘀咕应当杀无赦，全然不顾大军如何才能够渡过大江。在蓝石关，蓝誉女儿蓝秀英故意以言语激怒他，说他有勇无谋不敢追击自己，伍辛轻易就中计了。因这句话怒火中烧，不计后果去追击蓝秀英，致使远离战场数千里之外，甚至失踪，不见人影，大大延缓了楚军的行程。除此之外，他还有一颗相当强的虚荣心。在青龙关，请来相助的夫人李月英在外殊死搏斗时，伍辛阻止别的将领出城帮助她，就是想向元帅焦严炫耀自己的夫人。而忠孝王伍辛败给蓝石关女将蓝秀英之后，自认为大失颜面，便向元帅请缨出战杀死蓝秀英，想一雪前耻。

布仁巴雅尔成功塑造了忠孝王伍辛这一忠孝型人物形象。忠孝是中华民族亘古不变的伦理道德思想之一，是广大人民自觉遵守的伦理观念。因此，忠孝型英雄相比较其他人物形象系列，更能够引起听众的兴趣，更能够贴近听众的现实生活，更能够获得听众的喜爱。忠孝王伍辛"王位换尸骨"的孝顺是与"帮助吴国、讨伐越国"的忠君爱国品质联系在一起的，人物性格的真实可感与丰富复杂，使这一人物形象符合人民的理想与愿望，获得了人民的尊崇。

三 吴汉

在布仁巴雅尔的胡仁乌力格尔《刘秀走国》中，吴汉是一位英姿勃发、忠心耿耿的英雄人物。其在外貌上就显得十分魁伟奇特，引人注目。吴汉有着赭红色的脸，皮肤红润，双眼明亮，肩宽体阔，体格强健，双眸与眉宇间流露的满是英雄气概。"赭红的脸"是忠义的象征，在古代的说书唱戏中，凡是忠义的人都具有皮肤红润的特点，京剧中红色脸谱一般也代表忠义的人物性格。由此，"赭红色的脸""皮肤红润"是吴汉身上忠义气概的显性表现。当然，吴汉的外貌中同样带有一定的"蒙古化"特征。

首先，蒙古族是游牧民族，恶劣的自然环境塑造出蒙古族独特的外貌特征，长期的风沙吹打和曝晒使他们的皮肤变成酱红色。有着赭红色脸的吴汉，一方面代表着忠义，另一方面也体现了他身上"蒙古化"的特征。其次，吴汉具有蒙古族传统英雄身材高大、面目凶悍的外貌特点。蒙古族武将一般的形象都是彪悍威猛、体形高大，胡尔齐也用"肩宽体阔""体格强健"等词语来描述吴汉的外形，这种人物外貌的塑造方法与蒙古族体格高大的民族特征相吻合。吴汉的这副外表，有力地暗示了他的威力和神勇，隐喻着他人格的伟大和崇高，同时也展现了蒙古族关于武将形象的审美认知取向。胡尔齐通过简单的大线条刻画，将"蒙古化"了的吴汉所具有的非凡的英雄气质、忠义形象呈现出来，为吴汉后面的英雄壮举和大将风范做好了铺垫。另外，吴汉所穿戴的长袍、腰带、靴子、配饰等都具有蒙古族服饰的特色。布仁巴雅尔在吴汉出征前的装束上也有一定的"蒙古化"处理："棉衣穿在里面，长铠甲的系带结成吉祥云结，哈达系在胸前，穿上虎头钢底的战靴"，这里的"棉衣""吉祥云结""哈达"等蕴含着崇高、吉祥、美好的寓意，都呈现出浓郁的蒙古族传统文化色彩。

吴汉作为武将的后代，在他身上有着武将忠义精神的延续。清人罗布桑却丹在《蒙古风俗鉴》一书有关人的性格章节中提道："蒙古人的习惯是果断而急躁、英勇，不会用妙计而且不读书、重义气、认天命，为官或平民已定为代代相传""很重忠臣之礼义"。[①] 当吴汉刚刚失去自己的妻子和母亲时，王莽故意调动了十万大军追杀太子刘秀，此时悲痛不已的吴汉立即肩负起保护汉朝太子的重任，只身一人与众敌军殊死搏斗，在紧急关头将年幼的太子放在怀里，不顾个人安危保护幼君。在吴汉身上可以看到我们中华民族传统文化中强调的集体观念和大局观念，他的举动体现了从家庭到国家的集体主义精神，即为了国家的存亡而牺牲自己和小家，坚守忠义。游牧村落是蒙古族传统畜牧业生产的基本组织形式，传统牧民必须以村落为单位才能维持畜牧业生产。以游牧村落为基本单位的蒙古族畜牧业传统文化体现了一种崇尚集体精神和大局意识的文化传统，而吴汉身上的这种大无畏的集体主义精神与之是相吻合的。

作为一名勇将，吴汉身上不仅有着高超的武功、过人的胆量，而且还具有人性中最美好的品格。在《刘秀走国》众多的勇猛型将领中，吴汉的孝义举动是独一无二的，他的高尚品格让他的形象更加丰满，脱颖而

---

① （清）罗布桑却丹：《蒙古风俗鉴》，赵景阳译，辽宁民族出版社1988年版，第155页。

出。蒙古族自古就有自己独特的民族道德价值观，其中最基本、最重要的就是"孝"。在古代蒙古人社会中，"孝"不仅是家庭内部伦理关系的基础，而且也是作为整个社会伦理关系的支柱。《蒙古秘史》中就有不断强调孝顺父母重要性的记载。草原生活的独特方式和特殊环境，衍生出孝顺、重义等蒙古族传统美德。当然，"孝"也是整个中华民族的优秀文化传统和精神价值取向之一。

吴汉安顿完父亲的后事后，在不知情的情况下，接受了王莽的重用和赐婚，但随之而来的财富和权位并未冲昏他的头脑。他首先想到的是独自在家的母亲，所以立即派人将母亲接到自己身边赡养。在权位和荣华富贵面前，他没有只顾自己享受，孝顺父母在吴汉心中始终居于首位。

吴汉对父母的孝义还付诸在具体行动上。吴汉在父亲死后，临危受命，接替父亲镇守国土，继续完成父亲未竟的事业，他的这种子承父业的延续正是以另一种方式对父亲尽孝义。在母亲来京时，吴汉带着作为妻子的公主出城迎接母亲，二人行跪拜礼，他和妻子对母亲的晨昏定省从不间断。他身为一国驸马、骁勇大将，在母亲面前始终扮演好一个儿子的角色，从未因身居高位而忘记孝顺自己的母亲、忘记为人子的本分。吴汉在母亲告知妻子的父亲王莽是杀死他父亲的仇人时，决定听从母亲的意愿砍去妻子的头颅，以此表达对母亲的孝心、为死去的父亲报仇。杀妻意味着自己现在所拥有的一切都会失去。尽管他和妻子感情深厚，但是为了死去的父亲、为了活着的母亲，最终吴汉选择了孝义。站在现在的立场来看，吴汉杀妻的行为应该是被否定的，但是胡仁乌力格尔《刘秀走国》借此对吴汉身上的孝义做了更深层次的刻画和突出。吴汉这一举动体现了他身上具有的野蛮冲动的性格缺陷。

吴汉是一位临危不乱、智勇双全、身上充满着无穷力量的英雄。他单枪匹马面对强大的敌军，智勇并用。在险境面前，他临危不惧；在大义面前，他勇往直前。他不光有无穷的力量、高超的武艺，而且有超乎常人的智谋，这些方面的完美结合，让吴汉的形象更加丰满。在胡仁乌力格尔《刘秀走国》中，吴汉身上有着野蛮、粗犷、强悍的性格特征。在与敌人激战时，吴汉有着超出常人的表现："火红的脸庞，阵阵变色，明亮的虎目，迸发出寒光，钢铁般的牙齿，咯咯地咬紧"，狂叫声似"虎啸狮吼"，"砍瓜切菜"般砍向敌人，将敌军大将劈成两半落马，犹如发狂一般等近乎夸张的描写表现出了吴汉性格中野蛮、粗犷、强悍的特点。在吴汉与敌将田机的一次打斗中，对阵法一窍不通的他在得知敌军已经布下阵的情况下，只因自己身为军中大将，便决定亲自出战。在敌人的引诱下，他直接闯入敌阵中，在阵中只凭着猛力杀敌。吴汉的这一举动正是他性格中既勇猛又冲动的特征体现。

胡仁乌力格尔中仁义忠孝型英雄形象鲜活、饱满，具有鲜明的蒙古族武将特色，给听众留下了深刻印象。他们身上所具有的胆识、勇敢、忠贞、智慧体现出蒙古族人民对美好人性品格和英雄的向往与赞美，为胡仁乌力格尔的人物形象画廊增添了新的活力，展现出蒙古族口头艺术家们丰富的想象力与创造力，丰富了蒙古族民间文学的内容。

第二节　莽撞型英雄形象

程咬金和秦龙是胡仁乌力格尔中塑造得最为成功的莽撞型英雄人物，他们粗鲁的性格、冲动冒失的行事风格给人留下了深刻印象，让作品充满了喜剧色彩。

一　程咬金

汉文史传中关于程咬金形象的记载，可追溯至五代后晋刘昫撰修的《旧唐书》和北宋欧阳修、宋祁撰修的《新唐书》，其中的程知节就是程咬金的正史原型。史书中的程知节绝非莽撞之人，相反他是一个出身名门、忠心事主、行事果敢、有勇有谋的猛将，为唐朝的建立和巩固立下了汗马功劳。元代，杂剧盛行，流传的隋唐故事成为艺人编排选材的重点，涉及程咬金的剧作有《程咬金斧劈老君堂》《长安城四马投唐》《魏徵改诏风云会》《徐茂公智降秦叔宝》等，这些作品虚构了很多有趣的情节，改变了史书中的人物原貌，初步确立其滑稽、鲁莽的性格特征。

明清时期，伴随商品经济的繁荣，市民对通俗小说的需求越来越多，历史演义、英雄传奇题材小说逐渐兴盛。与此同时，程咬金的文学形象得到了丰富和彰显，《隋唐两朝志传》中增加了程咬金斧劈老君堂的情节，而《大唐秦王词话》则刻画出程咬金相貌狰狞、行动鲁莽、好逗英雄的性格特点。程咬金形象的转折是从明末崇祯年间出现的英雄传奇小说——《隋史遗文》开始的，这部作品虚构了程咬金的卑贱出身，衍生出了许多故事情节，如卖私盐被捕、卖柴扒、劫皇杠等，为程咬金披上了传奇色彩的外衣。清康熙至乾隆年间，褚人获的《隋唐演义》中对此角色的塑造进一步增加了程咬金的民间色彩和喜剧特征，而且还引入元杂剧中的"斧劈老君堂"情节，充分表现出程咬金的滑稽之态。另外，程咬金的性格内涵也被逐渐深化和丰盈，一改之前的单薄形象，例如单雄信被杀时，他的送别之言极具英雄气概，感人至深。《说唐演义全传》中关于程咬金的故事充满喜剧色彩，出狱前的耍赖无礼、卖柴扒时的强买强卖、战场上的三斧头功夫、为了立功强逞英雄却弄巧成拙等，都令人忍俊不禁。程咬金从以往史书中的正剧英雄脱胎换骨为一个民间喜剧形象，深受民众喜爱。

布仁巴雅尔的胡仁乌力格尔《隋唐演义》沿袭了汉文《说唐演义全传》中的程咬金的性格特征，进一步凸显了程咬金粗鲁莽撞的性格特点。他在演唱过程中，通过外貌、动作、语言等方面的描写使这个莽汉形象活灵活现，常常令人捧腹不禁。

从外貌描写来看，汉文《说唐演义全传》概括为"身长八尺，虎体熊腰，面如青泥，发似朱砂，勇力过人，十分凶恶"，突出了程咬金的凶相和勇力。而布仁巴雅尔的《隋唐演义》在描绘时则夸大了他的丑陋之相："长相奇特，红红的毛从他的头盔下边冒出来，四颗猪牙长得参差不齐，往上长的牙齿像要割破嘴唇一样，往下长的牙齿像挠着下巴似的，大耳朵耷拉着还有往下长的想法，耳朵下垂快到肩膀，穿着钢盔甲。"作品后面写到程咬金时也经常用"长着四颗猪牙"来形容。前文曾指出，程咬金的外貌描写经历了"丑陋化"的演变，布仁巴雅尔的《隋唐演义》正是沿袭了《隋唐两朝志传》《大唐秦王词话》《隋史遗文》等通俗演义作品中对程咬金丑陋之极的外貌塑造的路子。另外，莽撞大汉搭配丑陋相貌也更符合民间审美心理。一般来讲，人的外貌和性格都是对应的，正所谓"相由心生"，如果一个鲁莽之人长得面似桃花、潇洒英俊就会显得不协调，外表邋遢、粗糙之人也不太可能做到心思缜密、铺谋设计。因此，长相奇特、仿若猪牙的丑陋面相正凸显了程咬金莽撞粗鲁的性格特征，这样的描写给人以强烈的视觉冲击和画面效果，加深了听众对程咬金鲁莽性格的标签性认知。

从动作、语言描写方面来看，程咬金的为人处世也处处流露出粗鲁直爽、莽撞冒失的特点，下面以酒楼闹事、路劫皇杠、丢呼雷豹、败失秦王等情节为例，通过对这些情节中程咬金的言行举止、处事方式的具体分析来看布仁巴雅尔对程咬金莽撞性格的塑造。

程咬金卖柴扒时，因自己的霸道强悍而挣了许多钱，于是便寻找酒楼喝酒，而许多熟知程咬金为人的店主一看见他走来，都赶紧摘了门牌，闭门谢客，这个细节从侧面烘托了程咬金惯常表现的莽撞无礼。后来，程咬金找到一家外省老夫妇开的酒楼，进了店，老夫妇问他是否要喝酒吃肉，程咬金便说："我不来喝酒，我来这儿做什么？"言语之间甚是无礼，这正是一个莽汉的说话方式。接着，酒菜上来后，程咬金便在酒店大吃大喝：

> 老夫妇给他上菜拿酒。程咬金说："这酒还不错，再去拿。"老夫妇给他拿多少酒，他就喝多少。老夫妇算了一下，程咬金前后喝了二十斤左右。程咬金喝完酒吃完肉，抹完嘴就出去了。

老夫妇向他讨酒钱，他却赖着要赖账，被酒家拒绝后，他甚至甩出更为无赖的话语：

> 程咬金说："我把钱忘在家里，先记在账上，下次来喝酒时一块付钱。"老汉说："哎，不能这样，再说你一人喝的酒就顶三十个人，没钱还来喝酒？"老妇说："你这叫什么话？白吃白喝，有你这么说话的？"程咬金说："那切断我喉咙吧。喝都喝完，你剖开我肚子拿回去吧。"

争执之时，老夫妇不小心拽破了程咬金的衣服，程咬金以衣服为皇帝所赐为由大闹：

> 程咬金说："啊！你竟敢扯坏我衣服？这是我从长安的牢里出来时，皇帝给的衣服，你竟随意拽破了。你们好大的胆子，要钱跟着我过去拿就行，竟拽破我衣服。你能拽破我的衣服，我就能踏平这小

店。"程咬金发脾气，摔碗踢桌子，拿起锅摔到缸上，老夫妇想拽住他，但程咬金的眼神连他俩都想杀了。

即便酒店夫妇逃到二楼，程咬金也不放过：

  程咬金追到二楼，看见楼梯被破坏，说："你们以为没楼梯我就上不去？我把柱子撞破，看你们还不掉下来？"程咬金去踹柱子，楼的四面摇动了，房顶的尘土下来了。老夫妇吓得大呼小叫："救命！救命！"

从这一段的动作描写可见，程咬金是一个冒失易怒、鲁莽力大之人，处事时并不讲求道理，不看场合，不分对象，随心所欲，即便只是面对一对年老夫妇，也是鲁莽至极，不计后果。

打劫皇杠时，周围喽啰见是朝廷的军队，就劝程咬金不要拦截。程咬金却说："抢劫还分大小？抢劫大的赚的就多。"说完就吩咐众人敲锣鸣鼓，一个人出阵拦截。

  程咬金说："现在开始敲锣击鼓，我一人去拦路。"程咬金整装，右手握着宣花斧，骑着铁脚枣骝卷毛鼠到路中间横站着，说："要想过路，留下钱财。"

在得知皇杠是靠山王杨林送给隋炀帝的礼物时，他的语气也很嚣张：

  程咬金说："正因为如此，我才喊'起大风了'。如果有领头的话，叫你们领头出来。如果没有领头的话，你们乖乖放下财宝，滚蛋。"

与押送皇杠的罗方、薛亮交战时，对方战败，但程咬金依旧无所顾忌，紧追不已：

  罗方乘机扭头就逃跑，程咬金喊："往哪儿逃！"追过去。对面的薛亮催马拧枪喊："别欺人太甚。"刺向程咬金，程咬金用斧头顶住了枪尖，薛亮持枪的手如断了似的疼。程咬金朝头砍过去，薛亮缩颈藏头地顶住斧头，顿时觉得，脑袋开花，腰椎断骨，马绳拽长，手指麻木。程咬金再砍，薛亮迎挡，由于在马背上劈开腿坐着顶斧，感觉从中间劈了下来似的。薛亮皱紧眉头，失魂落魄、九死一生地从程咬金掌心逃脱。罗方后面，薛亮也跟着逃跑了。程咬金在他们俩后面紧追着跑。

抢劫成功后，罗方边逃边问他是哪儿的山王：

逃的罗方说："拦路的英雄！你想要钱我们给你就是，何必追着我们不放。你是哪儿的山王？咋这么不仁慈？"

程咬金不假思索地说道："你们以为我没名字？我是小孤山长叶林拦截道路的程咬金，我的合作伙伴叫尤俊达。"

从这些描写可以看到，程咬金在打劫时不探清情况、不考量双方实力，还一个人冲向阵前，劫了皇杠后又不考虑后果，竟自己报出名姓，还将山头、同伙交代得一清二楚，真是一个"四肢发达、头脑简单"的莽汉！

后来同众人齐聚秦琼家拜寿时，程咬金听到樊虎说秦琼因为抓不到劫皇杠的程达、尤金而被重打，有一段心理描写：

先是暗想明明告知了姓名，却被听错。众人开始骂劫匪时，他又忐忑不安、蠢蠢欲动，尤俊达几次暗示他沉住气，他却按捺不住就想招认。程咬金就说："你也不要总瞪着我，你总是瞪着我，那是我拿了吗？"尤俊达心里特着急，把手伸进桌子底下掐了一下程咬金，程咬金急得喊出了声："哎呀，你总是掐我干吗？就是我拿的，那又怎么样？"他明明告诉过程咬金千万不要说出来，但是程咬金却在众人面前大声喊了出来，喊出来了还觉得不过瘾，索性从位子上跳了起来，两手叉腰，非常生气地说着，颇有打架斗殴的架势："喂，众兄弟们听着，抢了皇杠的人就是我程咬金。"

尤俊达和程咬金的这一段互动让人捧腹不已，一个谨慎怕事，一个鲁莽率真，对比之下更凸显出程咬金处理事情不善思虑、冲动鲁莽、想做便做、不计后果的性格特征。如果换作一般劫匪，逃避追捕还来不及，程咬金却能敢做敢当，勇揽责任，虽冲动冒失，却也正是他性格中可爱的一面，很符合民众对于草莽英雄式人物的民间想象：既贴近生活，又带有豪情重义的英雄特质。

尚师徒有一匹宝马，名为呼雷豹，头上长着一撮毛，与人对战时，只要拽一下这撮毛，呼雷豹便会发出雷鸣般的叫声，对方的战马立刻就被震趴，无法战斗。

> 尚师徒的呼雷豹的头顶上有一个肉包，肉包上长了一撮毛，把那一撮毛一拽呼雷豹就雷鸣般地叫起来，追上来的马当时就趴地了。

程咬金与尚师徒对阵时，就是因这匹马的厉害，自己的战马倒在地上一动不动，败了阵。

> 那时候，尚师徒故意勒马逃跑并在呼雷豹头上的一撮毛拽了一下，在那训练有素的呼雷豹的嘴里喷出烟雾响雷声般的叫的一刹那，程咬金的马当时趴在地上起不来了。那时候，程咬金也摔倒在地，没来得及起来。尚师徒下令士兵抓了程咬金。

后来徐茂公为秦琼献计将呼雷豹偷出，牵回自己营中喂养：

> 双方都彼此挥舞着武器，两人都将马留下，决定下马大战。这时战着战着又离自己的马远了，尚师徒从背后抽出两个钢鞭，秦琼也手拿着金装锏。尚师徒红色的脸微微一变，手摇着长鞭而来，秦琼的两眼发光，手里拿着金装锏而来。向尚师徒砍过去时，尚师徒躲了过去，跳到另一边反身打了过来。手举着大鞭正要打中时，秦琼用双锏把他的武器顶了过去。这样打着，他们小心翼翼地往前迈开步伐，步子的距离好像是用尺子量好了似的，谁都打不过对方。就这样僵持的时候，尚师徒心想："这秦琼的马下的打斗功夫了得啊，但是你再怎

么厉害，你都不可能逃出我尚师徒的手掌心。"这样一想，尚师徒咬紧牙关，十步长的大鞭连连打向秦琼。秦琼来回又与他战了三十多回合，他继续装着像输的样子慢慢靠向自己的战马那里时，尚师徒继续打了过来。这时，秦琼突然转身像泰山压顶一样一打之后，快步向马上跳了上去，手中拿住虎头金枪说："尚师徒，现在我们在马上交战又如何？"听到这话，尚师徒反应过来，马上反身看向马时，自己的战马已不见了，看了过去，看见王伯当骑着他的马跑向自己的军营里去了。尚师徒看着，脸色大变，两眼直直地瞪着秦琼说："秦琼，你真是个狡猾之徒，昨天你说要马下打，然后偷走我的战马，今天还用这个办法来偷走我的马。"秦琼说道："尚师徒，昨天我在偷你的马时，跟你说了这是战场上的一个计，今天我们还用这个计来偷了你的马，你还是没有发现，大勇士乃是武技和谋略并肩才能称得上是大勇士，要是光有武技没有谋略只能说是一个空壳。在战场上三番两次地偷你马，你还不防备，你还有脸说我秦琼。"

程咬金却暗暗记恨着呼雷豹，深夜醉酒后来到马棚牵走呼雷豹，跑到军营外面狠狠拔掉了马头上的那撮毛：

> 程咬金心想让你喊让你叫，把那几个毛又使劲地拉着，折磨那匹马，那匹马越疼叫得越厉害越是跳起来。呼雷豹越是使劲叫，他拉得就越有劲。

后来马经不住折磨将程咬金摔下，跑回了尚师徒处，使得秦琼费力得来的宝马走失，大大惹怒了秦琼，甚至要将程咬金斩首。从这个情节中程咬金的表现可以看到，他把战败的原因都能算在呼雷豹头上，居然和一匹马置气，而且不考虑此马得来的不易以及对于打败尚师徒的重要性，不顾全大局，只计较个人利益，冲动冒失至极。这是做事鲁莽、不计后果的又一例证。

秦琼和程咬金刚从王世充处转投秦王时，秦王不计前嫌，对秦、程二人殷勤款待，程咬金感动不已。夜晚众人酒足饭饱都睡下后，程咬金却惦记着第二天与尉迟恭的作战，毫无困意，忍不住来到秦王帐前交谈。

程咬金得知秦王未曾去过白璧关，便邀请秦王一起游玩，不料误入尉迟恭的军营。程咬金打不过尉迟恭，尉迟恭看在秦王的面子上，放了程咬金一马，然而尉迟恭却不肯放走秦王，程咬金心中虽担心不已，最终还是留下了秦王独自回营求援。这让徐茂公恼怒不已："你这个罪是滔天大罪，你怎么把主子带到敌营，然后把他留在那里，自己一个人回来？"徐茂公的问责一语道出了程咬金的鲁莽：他不假思索，就悄然将秦王带入敌营；面对敌军贸然说出主公姓名，给敌人可乘之机；他莽撞好斗、自以为是，不思量自身实力就与人对打，致使秦王出手相救被擒；胆大粗心，脱身之时没有考虑清楚，竟将主公独自留下。在整个故事情节中，程咬金的所作所为都表现出他遇事欠缺考虑、处事不周、冲动莽撞的特点，因此而常常坏了大局。这里，再次深入刻画了程咬金鲁莽的性格特征。

通过以上分析可见，布仁巴雅尔重在突出程咬金的粗鲁莽撞，外貌、语言、动作的描写都符合其莽撞型人物的特质，贴近民间心理，所以塑造的人物十分成功。然而，人的性格常常是复杂多样的，除了主导性格外，还会有许多其他性格特质。布仁巴雅尔在塑造程咬金形象时未对其进行单一刻画，还描绘了其狡黠滑稽、粗中有细、孝顺重情的性格特点，从而使程咬金这个人物形象丰腴饱满，充满趣味。

在布仁巴雅尔的《隋唐演义》中，程咬金的狡黠滑稽、粗中有细也给人留下了深刻印象，这些性格特征可从狱中耍赖、抓阄使计、劝降罗成等情节见出。

布仁巴雅尔本中，程咬金的出场十分精彩。新皇登基，大赦天下，因贩卖私盐被捕入狱的程咬金也在赦免之列，然而他却担心出去之后没有饱饭吃，就赖在狱中不走："你们愿意管我是你们的事，与我无关。""这儿供吃供住，是个好地方，我生气就不出去了。"无奈之下，狱卒们只得凑了钱买来酒肉，然而当程咬金吃饱喝足后，又改变主意，仍不肯离开。吃饱喝足后把酒罐推到一边说："明天带酒的话，用这个带吧。"狱卒又开始百般劝说，程咬金还是继续耍赖："看我衣服，破烂不堪，堂堂七尺男儿，光着身子出去，再说我身高马大，街人看到我，吓都吓傻了，怕都怕死了。"最终狱卒只得找来一件葬服送给程咬金，程咬金才答应离开。这一情节中，从程咬金的这三段言辞可以看到他泼皮无赖的游民属性，明明自己该出狱回家，他却凭着撒泼耍赖的本事，讹来一顿酒肉、一身衣服，还给狱卒招来一阵麻烦。但他虽是粗鲁大汉，却也有细心之时，有着自己独有的生存智慧，让人哭笑不得又无可奈何。

在程咬金被推举为混世魔王这一情节中，布仁巴雅尔删掉了汉文《说唐演义全传》中独探地穴、拜帅旗等带有强烈传奇色彩的情节，变为以抽签决定谁是大王。这一情节写到程咬金心中是极不情愿做皇帝的，此设定很符合他直爽随性的特点，整个情节编排都是围绕程咬金展开的。程咬金的形象有如下表现：徐茂公提议推举一个大哥领导大家，程咬金第一个站出来推荐人选，他先是极力推举魏徵、秦琼，言辞极具说服力，深得大家认可。在魏、秦拒绝后，徐茂公建议程咬金为王，程咬金便反推徐茂公，说他有才有智有识。大家争辩不休之时，便决议抽签。此时程咬金心想："我又不识字，他们想尽办法让我当大王，我最后去抽，最后的那个签怎么也不可能是有'王'字的吧。"于是众人开始抽签时，他便佯装肚子疼，想要避开，被徐茂公识破后，他又要求最后一个抽。百般卖弄小聪明却都没成功，最终还是抽到了写着"王"字的签。程咬金便开始耍赖，责怪是徐茂公搞鬼。从这些心理活动、行为表现可以看到程咬金并不是一个完完全全的莽汉，有时也有自己的小聪明、小手段，举荐首领时有理有据、让人信服，耍心机时又狡黠心细、充满笑料。

劝说罗成归唐，汉文本《说唐演义全传》安排程咬金与罗成对阵。程咬金不断向罗成使眼色，引罗成来到偏僻处，进行大段劝说，言之凿凿、有理有据，最终说动了罗成。而布仁巴雅尔则为程咬金增添了带着一百五十辆车的礼物与王世充和谈的故事，在这一场景中充分表现了程咬金的狡黠。程咬金带着礼物入城，王世充设宴款待，程咬金此时表现得极有分寸，刚喝了几杯酒，便说担心自己喝多了糊涂，要先说清来意，然后从礼物谈起，说到尉迟恭与罗成的战斗，接着委婉指出双方继续再战难分胜负，不如划界和解。

> 程咬金说："大唐的国主给你们送来一百五十辆车的礼物，你们不是已经卸下来了？可是我来这里的原因是罗成和敬德交战，敬德战败了。因为敬德败了，所以换别人来作战，很难胜出。就算秦琼出来跟罗成作战，勉强不被战败，可是罗成的母亲和秦琼的父亲是从一个娘胎里出来的，怎么可以互相残杀？就这样，大唐的秦王李世民跟大

家商量，决定要我们两方和解，以你们后面的魏雪山为界，从山的后面到国家的后边都是大唐的土地，这座山的南面到国家领土的最南边都是你们洛阳城的地盘。我们两个地方各自治理各自的国家，这样如何？我来的原因就这些。要是可以的话，要让秦王李世民邀请您喝酒呢，还是王世充大哥邀请秦王来喝酒？我主要是来看看能不能把这事办好。事情总是赶紧办好才是上策，我也不会说一些花言巧语。我现在像是要折断一样东西似的着急着想要一个答案。"

整段说辞，层层铺设，步步逼近，条理清晰，逻辑缜密，让王世充心中大悦，同意和谈。

所以王世充满口答应了，问："就是这件事情？""就是这件事情。""那就成了，我愿意。不知道单雄信和罗成心里是怎么想的？"单雄信说："要是您自己愿意，我们也不好再说什么了。这也算可以，能占领一半的国土已经很不错了。"王世充说："那好，就这样定了，这件事情就这么办了。"程咬金说："那就这么办了？"王世充说："就这么办了。"

接着，程咬金便放心大胆地喝起酒来："放碗时候的声音明显大了，吃菜的时候也不用筷子了，他不管有没有油腻就直接用手抓着食物放进嘴里。"喝多之后，程咬金用他抓过菜的手抓着王世充的绸缎衣服，把人家衣服当成抹布，惹得王世充心里一阵厌恶。程咬金要走，王世充也不真切挽留，只安排单雄信去送。此时，程咬金心里想道："我本来是想要一个人走的，不能让单雄信跟着一起走。要是他把我送出城外，那这事情就办砸了。"于是灵机一动，他用脏手抓住单雄信衣服，对着单雄信的脸就喷了一口口水，惹得单雄信心中十分嫌弃，程咬金正好趁机支走了单雄信。随后他佯装醉酒迷路，用一百五十辆车接走了罗成家眷，最终成功劝降了罗成。至此，读者细细回想，便可发现程咬金狡黠之处：他用自己粗鄙莽撞的举止骗过了所有人。正是因为程咬金留给大家的印象是鲁莽无礼之人，酒宴中的各种表现才显得合情合理，不让人生疑。再加上程咬金的粗中有细、随机应变，才能步步为营，出色地完成了任务。这样的狡黠手段正符合程咬金的人物设定，小谋小略使得程咬金的智慧与他莽撞的主导性格并不冲突。布仁巴雅尔的这段编排，巧妙生动、扣人心弦，让人物在场景中充分表现，狡诈、心细、粗俗、可笑，多种性格特点——展露，使程咬金这一形象更加鲜活有趣。

布仁巴雅尔的《隋唐演义》还展现了程咬金孝顺重情的性格特质，如对母亲的柔情、对兄弟的义气，这使程咬金的形象人情味十足，充满闪光之处。程咬金之"孝"，是布仁巴雅尔《隋唐演义》中十分动情的部分。布仁巴雅尔的《隋唐演义》极力描写程咬金厚着脸皮和狱卒要酒要肉，酒足饭饱后仍赖着不走，百般刁难狱卒。

狱卒们说："你不出牢，也会关系到我们的，皇上下命令大赦天下，你不出去，别人以为是我们没放你出去。你还是走吧，好吧？"程咬金说："你们愿意管我是你们的事，与我无关。你们想这么容易就办好这件事，恐怕不行。办事没有酒肉，会那么容易办好？"狱卒们说："你想喝酒吃肉再走？"程咬金说："哼！那喝完酒、吃完肉再说。"狱卒们说："赶紧走，赶紧走。"程咬金说："我出去了，我天天从哪儿去弄稀粥？这儿供吃供住，是个好地方，我生气就不出去了。"程咬金这人与千万人合不来，同样狱卒们也感到无可奈何了。狱卒们商量着各自出钱，去买酒买肉，让他吃完赶紧走人。他们买了牛羊肉，买了大缸的酒，抬回去，到牢里摆酒席。程咬金露出笑脸。程咬金说："用不着摆桌的，只要有酒有肉就行。我又不吃桌子，我这粗人不讲究那些，有肉有酒就够了。"程咬金说着大口大口地吃切好的肉，大碗大碗地喝酒，还说："就这么点儿酒，还不够我塞牙缝呢？你没听说别人叫我'五罐酒'，现在这两罐酒哪够我喝？如果我喝得不尽兴话，甭想跟我谈妥事情。"狱卒们低着头互相对视，笑着说："这是怪人啊，既然请他喝酒吃肉，那就满足要求吧。"又出去买酒，没等他喝完，凑齐了五罐酒。程咬金大把大把地吃肉，大碗大碗地喝酒，吃饱喝足后把酒罐推到一边说："明天带酒的话，用这个带吧。"狱卒们听到这话说："这人又不走了。"

然而当狱卒提到他家中老母时，程咬金心中却变得十分难过。布仁巴雅尔《隋唐演义》唱道:"如果是说别的话,还不管用,但提到母亲,程咬金就难过了。"于是他立刻改变主意,要来衣物穿好,飞快地往家跑,路上一刻也没耽误。对比他对外人的蛮横无理,这份孝心显得愈发动人,充满铁汉柔情之感。后来,尤俊达赏识程咬金力大无穷,邀请他去家中共商大计,程咬金因一心惦念母亲,要求将母亲接来才同意留下,这也表现了程咬金的孝顺本色。显然,布仁巴雅尔对表现程咬金之"孝"的情节进行了充实丰富,运用细节描写进一步突出程咬金重情的一面,容易打动人心,又贴近生活,符合蒙古族人民尊敬长辈、重视情义的审美心理。

  蒙古族英勇善战,有着崇尚勇武之力、崇拜英雄精神的审美心理。因此,布仁巴雅尔在《隋唐演义》中塑造程咬金的形象时对其武功进行了夸大化描写。第一次关于程咬金武功的正面描写是他劫皇杠时与罗方、薛亮的战斗:"程咬金的斧头再次砍,罗方用尽全力好不容易顶住斧头,两眼冒火,后背颈椎骨如断了般的疼,震彻五脏六腑,如早饭上吐、昨晚的饭下泻似的。""程咬金朝头砍过去,薛亮缩颈藏头地顶住斧头,顿时觉得,脑袋开花,腰椎断骨,马绳拽长,手指麻木。程咬金再砍,薛亮迎挡,由于在马背上劈开腿坐着顶斧,感觉从中间劈了下来似的。薛亮皱紧眉头,失魂落魄地、九死一生地从程咬金掌心逃脱。"这里程咬金使一把八卦宣花斧,十分威风,斧头砍过"如卷风""如山塌",罗方、薛亮用尽全力也抵挡不住,直打得他们五脏震破、脑袋开花、椎骨断裂,这足显程咬金的力大威猛。

  蒙古族是马背上的游牧民族,喜好酒肉、豪迈不羁,尤其是蒙古族的酒文化,独具特色。这样的民族风俗充分体现在了程咬金身上,他经常大口大口地吃肉,大碗大碗地喝酒,还常常大呼酒水不够,其酒量着实惊人。布仁巴雅尔的《隋唐演义》在程咬金出狱、劝降罗成等情节中对程咬金喝酒作了详细描写。第一次描写程咬金喝酒是他遇赦出狱时,狱卒凑钱买了肉和大缸的酒,抬到狱中,然而程咬金却说这点酒还不够他塞牙缝,别人都叫他"五罐酒"。无奈狱卒又出去买酒,最终凑了五罐酒,他才喝满足了。在这一情节中,布仁巴雅尔两次使用"大把大把地吃肉、大碗大碗地喝酒"这个程式,凸显了程咬金的酒量之大。第二次表现程咬金酒量惊人的情节是在程咬金卖完柴扒后,去酒楼喝酒,酒楼夫妇拿多少他就喝多少,最后喝了二十多斤,相当于三十个人的量,让人惊骇。第三次描写程咬金喝酒是他害秦王被尉迟恭抓了后，被徐茂公赶走路遇小山贼毛三，毛三邀请他去自己寨中，程咬金只问有没有好酒，听说有酒招待便欣然同意前往。毛三设宴款待，程咬金说："这喝酒啊，是不能细细品尝的，把肉都大块大块地拿过来，酒也用坛子给我端过来。喝完了，把剩下的酒再拿过去放好就行。"又一次提到了大口喝酒大块吃肉，也表现出程咬金对酒的痴恋。第四次详细描写吃酒情节是在程咬金带着礼物去见王世充时，王世充、单雄信设宴招待，他在酒席上自报自己是个酒鬼，喝多了就犯糊涂，于是先说了和谈的事，谈好后就开怀畅饮，拿起酒碗一直在大口大口地喝，喝得"不知过了多久"，再次显示了程咬金的惊人酒量。

可见，布仁巴雅尔以蒙古族的生活和文化为基础，对汉文小说《说唐全传》中的程咬金形象进行因袭、改造与加工，成功塑造了一个贴近民众、生动丰满的莽撞英雄形象，使他极具蒙古族民间文学的艺术魅力，符合蒙古族审美文化心理及风俗习惯。

二 秦龙

"唐五传"中的秦龙是《苦喜传》《全家福》《殇妖传》中一位形象突出的重要英雄，也是一个着墨较多、性格饱满的莽撞型英雄。他是唐太宗时期大将秦琼的九世孙，与其祖一脉相承的是他的忠义和勇猛。同时，他比秦琼多了一分血气方刚，少了一分沉着隐忍，所以秦龙一出场时显得鲁莽有余，沉着不足。但是随着故事的发展，在兄弟程四海等人的帮助下，他一点点成长，最终成长为一员勇猛忠义的大将，屡次在乱军中成功救主。

秦龙最让人印象深刻的是他的血性与勇猛。秦龙是忠臣秦仁杰的儿子，初次登场的时候年仅十一。那年南疆的雄武大举侵犯大唐，符厚正执掌当朝大权，为诛锄异己，他将秦龙引荐给唐太宗，意在达到借剑杀人的目的。而后，秦龙在教军场上与符厚麾下的大将交手，不出几招就打死了对方。皇帝特此封他为护卫将军。后来，秦龙大破雄武，班师回朝。

最能体现他血性方刚的一件事是他一怒之下打死了符太师。符氏父子掌握朝廷大权，多次迫害忠良之臣，大臣们或是隐忍，或是谎称感染风寒，需在家休养，大家敢怒不敢言。符厚多次设计陷害秦龙，均以失败告终。尉迟显德也是被陷害的忠臣之子，当秦龙清剿他也不成时，符厚以此为借口罢黜了秦龙。秦仁杰最终郁郁寡终。秦龙、程四海、罗猛三人从此闭门不出，潜心习武，却仍然没有躲过符厚的打压报复。皇帝轻信小人，以秦龙三人未出席国家典礼为由，用木杖拷打。经过了这一系列事件，秦龙心中的怒火不断累积，多次快要爆发之际，都被程四海等人拦阻了下来。直到有一天，符厚出游，正好碰上秦龙三人。秦龙怒不可遏，不顾程四海阻挡，一怒之下拎起符太师的双腿，摔死了他。而后，秦龙又轻信了前来抓捕他们的官兵的诺言，以至于兄弟三人被掳。好在有杨王后出手相救，他才死里逃生，被发配到边境荒芜之地。

发配途中，秦龙一伙人在夜宿时，碰巧撞见了山大王尉迟显德夫妇。华松莲不明秦龙何许人也，照旧依据山大王的习惯，掠走了客栈为秦龙准备的肉，牵走了秦龙的马。就算在陌生之地，在流放途中，秦龙也丝毫没有收敛自己的脾气，一气之下打死了华松莲。事后秦龙又与尉迟显德产生了摩擦，多亏程四海识出了尉迟显德，这样两人才握手言和，结义为兄弟。

想当年，秦龙初出茅庐之时，多次征战，虽也是骁勇善战，奈何总是沉不住气。在首度开拔、征伐雄武时，当秦龙得知军中有雄武的内奸，意图夜里偷偷袭击唐军时，十分恼火，一定要抓出奸细将其处死。程四海却劝其将计就计，这才最终打赢了战争。而后在与东辽的战争中，他因求胜心切，中了敌人妖法，中毒昏迷，幸亏薛嵩的妻子杜鲜花相救才得以解毒。而醒来之后他的第一句话就是让嫂嫂别走，待之后他再次中毒还能相救。这一细节更是让他血气方刚的性格呼之欲出。他的勇猛、他的血性和天真，都是少年英雄与生俱来的。

秦龙的鲁莽是因为他的血气方刚，同时他也是一个重情重义的人。最能体现他重情义的就是他和那些兄弟（诸如程四海、罗猛以及后来的尉迟显德等人）之间的感情。他十一岁那年惨遭符太师陷害，出师北上征讨雄武，他的兄弟程四海、罗猛就一路相随，辅助他作战，这种情谊贯穿了他们的一生。一个武力过人、无人能敌的少年英雄，却能一直听从程四海的计策，控制自己的情绪，将程四海当兄长看待，虚心向其学习。之后，秦龙一伙人杀了符厚。面对前来抓捕他们的官兵，秦龙独自扛下了所有的责任，自愿俯首就擒，画押招供，只求朝廷将他那两兄弟释放了。他冲动鲁莽，却重情重义，不想让自己牵连到兄弟，愿意为兄弟赴死。先前，秦龙被迫讨伐少华山。秦龙明知若是战败，自己难逃毒打和罢黜的困境，他仍暗地里帮衬尉迟显德。对秦龙而言，摆在第一位的永远都是兄弟情谊，别说自己的仕途，就算是生命都可以置之于脑后。当秦龙得知误杀的竟是兄弟尉迟显德的妻子华松莲，他悲痛欲绝，长跪不起，以此谢罪。唐朝元帅薛嵩学成出师，初次下山来到军中比武的时候，秦龙与薛嵩力战，败下阵来就心服口服，一心跟从。

在秦龙的形象特征里，还有一点就是他的忠诚。这和他的血性，和他的重情义是分不开的。秦龙是一个简单而天真的人，他的重情义和勇猛都是天生的，是流淌在他血液里的特质，他不必经过思考，也不必权衡，他生来就相信兄弟情谊，相信快意恩仇。与此一致的是，他也相信忠诚，相信为国效力、征战沙场。

他的性格是一以贯之而同时有所发展的。从初出茅庐时的鲁莽，到经历了战争的洗礼和兄弟的帮助后，他成长为一名让敌人闻风丧胆的虎将。当他在《殇妖传》里再次集中出现时，他已经是一位成熟的大将，屡次在乱军之中救主。越王引兵进犯，先锋岳鸿大意失三城，唐王领军应战，在面对敌人的第一战中，秦龙只身应战，十个回合就将敌军将领生擒。

有一次，唐军与越军交战，越军派出了弩弓车，大获全胜。混战之中，敌军冲散了唐军的部队，皇帝也被敌军围困。紧急关头，秦龙一枪一马，冲锋陷阵，将敌军将领一击毙命，救皇帝于危难之中。越军又一次识破了唐军排兵布阵的企图，伏击了皇帝所在的部队。秦龙再次冲将出来，带皇帝杀出重围，上了渡河的小船，仅凭一人之力抵御敌人的乱箭，又一次保住了皇帝的性命。

此后还有一件事，也显示出秦龙的成长和正直。在与敌人斗法的过程中，需要从一个庄园里借来一件法器，岳鸿交涉多日不得，秦龙就想出了一条计策，最终成功取到法器。之后，他和岳鸿在渡河时被水流冲散，他被水流冲到了一个村子。在这个村子里，他又为民除害，杀了两个当地的地痞恶霸。

从以上的分析中，我们可以看出，秦龙这一形象，以血性为性格底色，有着快意恩仇、重情重义、威猛骁勇、忠诚正直的性格特点。在他的身上，我们既可以看到汉族英雄的那种报效国家的忠诚，又可以看出蒙古族英雄的天真、血性、豪爽和勇敢的性格。因为这些特征，秦龙在"说唐五传"的众多人物形象中脱颖而出，深受群众喜爱。

第三节　智谋型英雄形象

晏婴、程四海是胡仁乌力格尔作品中具有智谋特征的英雄，他们都能神机妙算，运筹帷幄，替众多英雄豪杰献计献策，常常是不费一兵一卒，就能让敌方不攻自破。

一　晏婴

晏婴的形象在《钟国母》中被神化了，他对于齐国的作用、他的智谋以及他在历史存在的时空重置都充溢着神化的色彩。首先，他拥有预见未来的能力，让整个故事具有"命中注定"的宿命色彩，成为故事中的关键人物。晏婴是引导并促成钟无艳成为国母的指路人，在钟无艳成功渡过的数次入冷宫、生死关头等事件中，他都起到了关键的解救作用。而对于齐宣王来说，是晏婴不离不弃的辅佐，才使得昏庸无道的齐宣王终能治守齐国。如果没有晏婴的谋略指导，齐宣王也将与钟无艳失之交臂，齐国数次的亡国之危将无从化解，所以对于整个齐国来说晏婴也是决定其生死存亡的关键人物。因此，在整个故事中，晏婴的存在成为故事发展、化解矛盾、拯救齐国的重要一环。其次，在这部口头故事中，晏婴的智谋更多地体现在他预见未来的能力之上，这与汉族文学《左传》中晏婴的智慧体现并不相同，在对比中可见，蒙古族人民是对历史上的晏婴形象进行了神化处理，使他的智谋拥有通神的色彩。而晏婴这一人物本身就是跨越时空的重新安置，他在齐国的位置在这部蒙古族口头故事中进行了重置处理。

对晏婴的神化在文中如此呈现：

晏丞相仔细看，钟王后拿来的七样东西，普通人看不出，就会嘲笑，只有这聪明的晏丞相一想就知道这些东西是非常重要的宝贝。晏丞相跪着，把钟王后请入轿里，请进宫殿。晏丞相想用不到三尺的身子抬钟王后用一丈身高抬的东西，显然抬不动，晏丞相急忙把绳子系上三个结终于抬上了。正当他走到轿旁的时候,钟无艳看见这情况,非常闹心,说:"晏丞相啊,晏丞相,怎么把那绳子系了三个结呢?这回我要有三次危险啊!"这时晏丞相才突然觉醒,这是诅咒了钟王后将三次入冷宫,冒死的危险啊!上天注定的事,即使事先知道了也很难避讳啊!这晏丞相把绳子系了三个结是钟王后注定要受罪啊!坐在轿子里的钟王后也不知道会发生什么事啊。小个子的晏丞相抬着钟王后的东西,从午门底下穿了过去。钟王后坐在轿子上,直接穿过金光闪闪的金銮殿,往西走,来到了宣王与臣子讨论政事的文德殿,钟王后到了金光闪闪的文德殿前停下轿子,对晏丞相说:"好了,如今我已来到中官文德殿,我有话要对宣王说,如果浪费我一点时间,我今天就不会放过你们的宣王。"说着从轿子里下来,钟无艳站在了金銮殿前。晏丞相非常着急,急忙走着进了文德殿,告诉了宣王钟无艳来的消息。宣王听了之后,皱着眉头说:"那配在地狱干活像鬼一样的东西怎能进这殿里?"这时晏丞相说:"请宣王放宽心,这是缘于天上的牡丹星君,想铺平世间的骚乱,才生成这般丑模样,所以宣王您不能推迟啊,推迟一点,微臣也不知道会发生什么事啊!"素来听晏丞相话的宣王也没办法,按照丞相的意思,带领着官员们来到了金銮殿前。"

晏婴的智慧形象具有通神性。晏婴这一形象的神化主要体现于与汉族文学以及历史上的晏婴形象的对比中。神化特征首先在于这部故事对晏婴在齐国位置的时空错置。"晏丞相"是这部故事中多处对晏婴所使用的称呼,显然他的官职是丞相之位,而在《左传》中记载的晏婴是在春秋齐景公时期任职为相,齐景公属于姜氏。可是故事中的齐宣王,名为田雄,且田氏代齐是在战国时期,所以《钟国母》故事将晏婴辅佐的君王进行了移置,从这一移置开始,晏婴的形象便赋予了神化的色彩。在汉族文学中,晏婴是一位政治家,他对局势有着敏锐的观察力,齐庄公四年曾劝谏阻止伐晋,洞悉其中将给齐国带来的祸患。他的这种洞察力在蒙古族故事中则得到了神化的塑造,他的能力不再仅仅停留于洞察力,而是完全可以预知后事详情,突出了晏婴智慧形象上的通神性。这种通神性以他总是"掐指一算""卜一卦"的动作特征为表征,面对齐宣王做的梦,他可以掐指算出齐王后的所在、年龄，甚至连钟无艳神仙转世的身份也可以算出来。面对直闯宫廷的钟无艳，他又能算出钟王后即将经历三次冷宫之祸。而当他看到被齐宣王害死的钟无艳尸身时，只有他预知到钟无艳还活着，并能算出钟无艳被害的全过程，神机妙算的晏丞相算完一卦之后唱了一段诗："阳性之人跟在后面，阴性之人领导了，用七节的竹筒，点燃了爆炸物，叠了罗汉放了火，可怜的王后被人杀害。"此处可见晏婴的神机妙算到了出神入化的地步，细枝末节的情形皆难逃他的法眼，他仿佛是一位站在事件之外的神祇，明晓一切事情的来龙去脉。

晏婴的智慧形象具有丰富性。作为一位数次拯救齐国的谋臣，晏婴被神化的智慧能力是其形象特征的主要方面，但是这种形象特征绝不是单一的。首先，在其智慧形象之上呈现出过人胆魄。他虽然手无缚鸡之力却拥有出入生死的勇气，在齐国危难关头可以不顾性命之危行走于战场之间，这种胆魄对于一个智谋臣子来说是难能可贵的。他之所以有如此胆魄也正体现了他对于自己智慧能力的十足把握，他以一介文官之躯冲入战火硝烟中，却可以凭借自己的智慧躲过战场上的刀光血刃，智谋加胆魄正是他引人瞩目的人物形象光辉。当赵国将军廉颇的兵马围困齐王于邯郸城下、齐国面临亡国之危时，晏婴冒死出城，孤身一人寻找救兵。在与五国的湘江大战中，晏婴为了帮助太子田丹认亲，穿梭于硝烟弥漫的战场中，这份胆识绝不是一个文官可以轻易胜任的。其次，这种智慧形象中又包含了他能言善辩的狡黠色彩，面对敌人他总是能够巧言哄骗。在赵国围城时，晏婴冒死出城，与廉颇的战前对话展现出他以言攻心的谋略过人的一面："晏婴大笑道：'世人都知廉颇是个聪明人，如今看来就是一个莽夫啊；都说是个极其聪明的英雄人物，现在看来就是一个昏庸无能之辈啊。'"在即将被拖出去斩首的情形下，他说："哎呀，第一，我已经把性命都豁出去了。第二，我就是想活着。这第三，我也是为了让廉将军声名远扬而从齐国逃出来的。"凭借自己的巧舌如簧，他成功骗取廉颇的信任逃出赵军的手掌心，终于请得钟无艳出山救齐。故此，晏婴的智慧形象因为有了敢于出生入死的胆魄、巧言令色的狡黠机警，而呈现出人物形象的丰满性。

晏婴的智慧形象具有忠君爱国色彩。晏婴的每一次谋计施略，都是为了化解齐国的危难；每一次出入战场的勇气，都是为了齐国的大局着想。无论是他的智慧，还是他的胆识与狡黠，均体现了他对齐国的一颗赤子之心、一种热爱之情。赵国大战中，他藏匿于草丛，不顾颜面、费尽唇舌，只为请钟无艳出山救齐。而对齐宣王的迷恋女色与昏庸无道，他的忠诚似乎显示出一种愚忠色彩。无论齐宣王犯了多大的错，他都会维护，甚至在齐宣王杀害了钟无艳这等昏庸无道之事上，为了防止田昆惩罚齐宣王，他也不肯明言告知真相。可是这种愚忠的出发点是爱国，他像个和事佬一样调和着钟无艳与齐宣王的关系，不谴责齐宣王的昏庸，只劝说钟无艳对齐宣王的理解，齐国的江山才有人能保。面对齐宣王对钟无艳的厌弃，钟无艳对齐宣王的怨恨，处在夹缝中的他不断地委曲求全、不断劝解，只为了求得齐国江山的稳固。钟无艳三入冷宫，晏婴三次劝谏齐宣王请免其罪。面对燕国的神琴挑战、郑国穿珍珠事件、吴国大葫芦测验，每一次都是晏婴请钟无艳出面化解。他苦口婆心的劝解，都来源于一颗爱国心。他的忍辱负重突出了其形象的爱国主义光辉色彩。

晏婴作为智谋型的英雄，是齐国的智慧担当。如果齐国没有晏婴的存在，齐宣王的昏庸终将导致齐国的灭亡；如果没有晏婴的存在，钟无艳不可能一次次出面拯救齐国；如果没有晏婴这一形象的存在，整部故事的发展将失去情节推进的动力。因此，对晏婴形象的塑造，可以说是故事发展的关键。也许这就是胡仁乌力格尔为何将他从齐景公时代移置到齐宣王时代的原因，这样一位智谋贤相是齐国在昏君统治下能够岿然不倒的关键。对他的塑造至关重要，他是兼具口才、智慧和勇气的爱国英雄。

二 程四海

程四海是"唐五传"中最富特色的英雄形象之一，他足智多谋、骁勇善战，是典型的智谋型英雄。程四海是程咬金的九世孙，与其祖辈比较，在性格方面既有联系，更显出区别。首先与其祖程咬金身上的鲁莽、市井气赋予的"喜剧色彩"不同，程四海从父亲那里承袭王位，出身高贵，稳重深沉，颇具大将风度。他还通晓兵书，很有计谋，以社稷为重，知进退，敢抗上，在唐朝与邻国的战斗中，经常发挥关键性作用。程四海在汉本小说中并无原型可循，是作者全新虚构出来的人物形象，对程四海这个人物，作者着力塑造的是他足智多谋、忠心耿耿的形象。

首先，他是一个足智多谋、充满智慧的形象。程四海在《苦喜传》

中的第一次出场，是在第二十四回。当时，十一岁的秦龙——秦琼的九世孙，受命挂帅出征，身为秦龙挚友的程四海与罗成的后代罗猛等人在得知此事后前来道贺。秦仁杰忧心小儿的安危，程四海等人便主动请缨，辅助秦龙，于是便有了程四海、罗猛等人相随秦龙左右，征战沙场的曲折故事情节，也暗示了程四海守护国家社稷的命运轨迹。秦龙这个人物在《苦喜传》中，是唐军的一员猛将，但却有勇无谋，极易冲动。程四海却与他不同，他遇事深思熟虑，顾全大局，在秦龙身边，责无旁贷地充当起军师一角，为其出谋划策，从而弥补了秦龙性格上的缺陷。如当秦龙得知雄武安插内奸，企图夜袭唐军之时，怒不可遏，程四海却劝其将计就计，最终凯旋；当薛嵩率军在禹城受阻之时，经查发现是因尉迟显德"忘恩负义"所造成的恶果，欲降罪于尉迟显德，程四海却看出了薛嵩内心的真实想法，提议让尉迟显德"将功补过"，正合薛嵩心意，于是薛嵩听闻便接受了他的提议，内心却不禁暗赞程四海智谋过人。不仅如此，程四海还为收服水贼佟留山，充当"撒泼打诨"的赖皮，最终为唐军吸纳了不少人才，"十英雄"也正是于此时歃血为盟，从而使唐军如虎添翼。程四海过人的智谋在平辽战役陷入胶着状态之时，体现得最是淋漓尽致。当时唐军损失了罗兴、佟留山两员大将，辽军采用水战，使得唐军节节败退。程四海向薛嵩献计，愿自告奋勇用苦肉计，诈降辽邦，到敌营探听军机。经过商议，他便与薛嵩在辽国俘虏面前，上演了一出"失和"戏码，最终取信于俘虏，成功打入了敌人内部。而程四海为了消除辽国众将的疑心，还饮血酒发誓，与他们结为兄弟，与此同时却在心中暗暗祈祷："我四海为了圣主江山，发誓得指东说西也。"辽国上下对他深信不疑，众将也因倾慕程四海之才，举其为征唐大元帅。辽国的礼遇并未动摇程四海的忠心，他最终与唐军里应外合，助唐军获取胜利。程四海为薛嵩出谋划策，让人不禁联想起曹操之于杨修。令人欣慰的是，程四海却拥有与杨修截然不同的命运。程四海身为唐军的高级将领，却放低姿态，不惜吃皮肉之苦，深入敌营，这不仅说明他既有智谋，又有胆魄，更说明了他视国家安危为己任，以其为重而不在乎个人安危。

其次，程四海是一个骁勇善战、武功高强的人物形象。从第二十六回始，秦龙刚因平定了西北叛乱受到嘉奖，却被奸臣符太师等人设局，欲引得秦龙与尉迟显德"二虎相斗"。尉迟显德本是护国公尉迟宗训之子，因尉迟宗训在朝堂之上怒杀奸臣，全家满门被抄斩，唯尉迟显德死里逃生。秦龙虽已看穿却不得不从。于是在尉迟显德夜袭唐军另一营寨之时，面对秦龙的不知所措，程四海知道秦龙身份多有不便，便主动请缨前去打探情况，随后速去援助尉迟显德，一边高喊着"吾来也"，一边"一斧就将焦荣砍下马来"，与罗猛杀散了众兵后，又寻机潜回。秦龙怒杀符太师时，抡起太师的躯体打杀军卒，程四海则是用轿辕助其一臂之力，后来发现秦龙手中的太师的残身仍有生命迹象，高喊与秦龙比试，用轿辕相迎，与其对打了十余回合。胡仁乌力格尔唱本中说到他迎战辽国南黎旭时，"身穿红袍、骑灰马、执阔斧，高喊'南黎旭你认识你程爷乎？'抡斧与其迎战四十回合。"用身体、轿辕相辅打斗，这显然是小说依据蒙古族勇士奇勇、力大的特点为参照而赋予人物的动作特点。虽然对于程四海的武功，胡尔齐并无过多笔墨渲染，但从这大战几十回合的气力来看，也定不是一般武将所能做到的，从中也可窥知其武功了得。

不仅如此，程四海更是一个忠义之士，他讲义气、重情义。在秦龙被昏君革职之后，秦仁杰忧思成疾，郁郁而终。从此，秦龙闭门守孝而居，程四海、罗猛等人也一直伴其左右，不离不弃。与秦龙同龄的程四海，不仅是辅佐秦龙的军师，更是与秦龙有着深情厚谊的兄弟。在艰难时刻，他给了没有镇国公秦仁杰庇佑的秦龙更为忠心的陪伴。"秦少爷怒杀太师"可谓是《苦喜传》中的一大高潮。秦龙与符太师积怨已深，当在御林军巡街时看到符太师的手下出言不逊，又得知符太师正在轿中，顿觉怒火中烧，难以抑制，不顾程四海等人的极力劝阻，抡起符太师奔杀军卒。程四海见状，知是难逃罪责了，于是便助秦龙灭了太师。符太师虽恶贯满盈，但也是堂堂一国太师，程四海不会不知他们将面临的罪责。但是自始至终，程四海一直与秦龙站在一条阵线上，虽"明知山有虎"，却"偏向虎山行"，不可不谓忠义。同样的，在平定辽国之时，辽国外援春鲸道士设"摄魂阵"，但只有唐太子能解此阵，薛嵩令程四海奉命去请太子，程国公因担心太子安危，始终不应，程四海却敢于与父亲论辩，正颜道："我等舍生戎马，皆为大唐江山，如今遇魔阵，圣贤已指点破阵之法，父亲只管发怒，可解三江之忧乎？"程四海心中自是明白父亲的行为的，但他更看重国家大义，为大唐安危考虑，而不惜"冒犯"父亲，据理力争，其忠义也可见一斑。

在薛嵩率唐军平定辽国的战役之中，程四海出场最多，有些时候也体现出了与其祖程咬金相似的"幽默"。唐军征辽途中行至铁牛河时，需寻船过江。将士寻得一船，程四海却看出船主佟留山乃一水贼，无奈仅此一船，他便对薛嵩耳语一番后，接受了佟留山先渡马匹粮草后渡大军的提议。程四海早已看穿了佟留山想要欺诈钱财的打算，于是便佯装怕有水怪而不愿登船，大声叫喊，挣扎着不走，最后是秦龙将他"轻轻抱起，上船放下"，他"紧闭双眼，抱住船杆而卧，口中还叨叨咕咕"。下船时，程四海对佟留山说："恩公可放东岸陆地，实感激不尽"，薛嵩配合着程四海，命秦龙前去接应，待其靠近，便高喊"还不与我捉贼"！终合力将佟留山降服。此乃诱骗佟留山上岸之计。作者在这里将其刻画成一个胆小怯懦、忌惮水怪的小人物，全然无大将风范，语言俏皮，行为幽默，极富喜剧色彩。对比他在战场上的勇猛，此时的程四海判若两人。于是通过大大小小的战役，这位结合汉蒙两个民族精神特质的英雄人物程四海的形象被生动丰满地塑造了出来，深受读者喜爱。

第四节　女性英雄形象

胡仁乌力格尔中最为突出的女性英雄是钟无艳，她无所不能，聪慧绝伦，擅长法术，骁勇善战，为齐国立下了赫赫战功，许多男英雄在她面前都显得黯然失色。在巴拉吉尼玛演唱的《钟国母》中，钟无艳长相奇丑，性格粗暴，却担负起了救国、强国的重任，她拥有神力、战无不胜，被胡尔齐塑造成为天命所归的救国女英雄。布仁巴雅尔的《吴越春秋》中的巴金定也是一个令人印象深刻的女性英雄，她性格善良淳朴、语言行为粗鲁，时常让人捧腹不已。

一　钟无艳

巴拉吉尼玛的《钟国母》对钟无艳的神化成为钟无艳形象最大的特色，整个故事的人物、情节均服从于为钟无艳形象的衬托。钟无艳形象的另外一大特色就在于其男性化特征的凸显，与同时代的女性相比，她拥有超越男性的能力，拥有不忌讳三纲五常的胆量与气魄，甚至显示出粗虐性、残暴性。

《钟国母》中的钟无艳是天上的牡丹星君转世，命中注定要与齐宣王相遇，并成为齐宣王的王后帮助其治理国家。她从小便拥有超乎常人的力量与战斗能力，能预见后事，以烟海兽为战马、以换魂镜等神器为武器，这些都是助她在战场上征服其他国家的重要法宝。作为一个天命所归的女英雄，她不仅仅能力非凡，而且在品格上也显示出一种神性，对于归降者能够予以重用，主动帮助敌国平乱，甚至入地府安抚刀下亡魂。在蒙古族民间叙事传统中钟无艳已经成为像神一样的存在。

钟无艳的前世是王母娘娘之女牡丹星君，因为在瑶池盛宴上嘲笑王母娘娘的相貌，所以转世受惩罚而生得极丑。但是她命中注定将会恢复其美艳的容貌，在与齐宣王结婚十八年后，于天河中蜕皮换颜，成为绝美的仙子，这是她神仙转世身份的突出体现。她的一切经历都是早有神的安排。骊山老母托梦给她，让她与因梦前往桑山打猎的齐宣王相遇，所以她十八岁便登上了国母的位置。从入住昭阳宫开始，钟无艳便走上了命中注定之劫路，经久失修的昭阳宫是为她而建的、天上的四方神仙可以为她所召唤、骊山老母随时下凡帮助遇险的钟无艳。晏丞相迎接钟国母入宫时在绳子上打了三个结，便注定了钟无艳要经历三次入冷宫的劫难。骊山老母对钟无艳说："你要在凡间修成正果，与宣王有四十二年的夫妻缘分，喝了五碗酒说明你会有五位龙子，消除世间的纷争，然后才能得道成仙。""牡丹星你既是降凡人间受那俗世之劫难，此番前去另还有七次大战会凶险于你。"由此可见，钟无艳在人世间遭遇的一切，始终都是早已注定的命运。这正是钟无艳神仙转世身份特征的体现，而这种命中注定的思想也始终贯穿于整个故事始末，使整个故事充满神化色彩。

钟无艳从小就喜欢舞刀弄枪，拥有超凡能力。她共经历了七次大战，每次战斗中，她挥舞着定齐大刀，手起刀落，只见敌手已被劈成了两半，这足以证明她非凡的神化力量。初入宫廷之际，她就洞悉宫中种种事物；初度经历战争就通晓天下事，可预想命数、预想未来，这足以证明她非凡的洞察力。她非凡的智慧也体现了她非凡的能力，她利用自己的才华巧妙地解决了各国给齐国出的难题：弹奏无弦琴，吓住了贼人魏进英；在宜州的对弈中，大胜了猴子；穿过郑国的珍珠，把东海的宝物给了齐宣王；猜出了吴国送来的大葫芦里只有阴阳两颗籽。力量与智慧完美的并存正是对钟无艳形象的神化效果。她能够召唤神仙的玉印、换魂镜、定风珠、钢鞭、收魂的宝瓶、定齐大刀等法器，而这些法器可增强她的能力，在一定程度上成了神化她非凡能力的符号。当这些符号在钟无艳一次次的打斗场景中出现的时候，神化效果体现得尤为明显。在与燕国孙驸马打斗之时，"钟国母跑过百步便开始念咒语，又拿出换魂镜照了一阵孙驸马，孙驸马跌下马的一瞬间钟国母已经拿出大刀架在了他的脖子上"。可见，换魂镜的使用就是为了神化钟无艳的战斗能力。

钟无艳是一个拥有完美人性的女英雄。《钟国母》中的钟无艳形象身上具有深厚的博爱情怀。与燕国大战中，她俘虏了燕丹公主，得知燕丹公主有孕在身时，她主动提出撤兵；与齐宣王结婚数年遭受冷遇，却从不嫉恨宣王无情、妃妾妖媚，甚至宽容大度地支持齐宣王纳妾迎亲。这些皆体现了她的完美人性。而在这种趋于真善美的完美人性之上，胡尔齐又为她戴上了更高一层的华冠，即品格的神性。她作为一国之母所拥有的博大的爱，最后升华成为神之爱。她化身成为普度亡魂的指路人，对于曾经犯下滔天大罪并死于她刀下的亡魂，充满怜悯之情。作为闪耀着神性品格光辉的人，她亲入阎王殿，为他们一一指明投胎转世之路，并不计前嫌地为他们的灵魂超度，以求他们的转世能够弃恶从善、终得圆满。她的神性品格正是因为这种超越人类的行事方式而得到升华。

胡仁乌力格尔唱本通过对钟无艳神仙转世的身份刻画、超凡能力的塑造以及神性品格的升华，最终呈现出一位被神化了的钟国母形象。相较于汉文学中的钟无艳形象，胡尔齐的讲述已经把刘向《新序》中极丑的妇人形象、《列女传》卷六中直言不讳的贤臣形象神化成为一位无所不能的女英雄。钟无艳形象通过身份、能力、品格上的塑造已经化身成为齐国的顶梁之柱。拯救齐国，安定民心。相较冯梦龙《东周列国志》中以钟离春的上谏衬托齐宣王的贤明，《钟国母》中，则意在通过齐宣王的昏庸无能衬托出一位伟大的女性英雄。钟无艳的神化最终呈现的是一位救国救民的女英雄形象。

《钟国母》在塑造钟无艳形象时，继承了汉文小说中钟无艳的男性化外貌特征，并夸大了其身形的魁梧，塑造出一位丧失了女性外貌特征的女英雄形象。冯梦龙《东周列国志》中描述了一个具有男性化外貌特征的钟无艳:"广额深目,高鼻结喉,驼背肥项,长指大足,发若秋草,皮肤如漆"①。显然,胡仁乌力格尔继承了汉文小说对钟无艳男性化的外貌特征描写,并通过打斗场景与母爱呈现等方面进一步突出钟无艳的男性化特征。

在《钟国母》中,钟无艳"身高有一丈,宽有两尺,肩宽胸大",当她骑上高大的坐骑烟海兽,在战斗中身材显得尤为魁梧,总能力压对手。钟无艳闺房的格扇上,挂着一个长有一丈、宽有八尺的大镜子,只有这样的镜子才能照出她的全身,可见其身形的高大。钟无艳"五花脸,嘴唇鲜红,有四颗虎牙往外露出,额头上有三只蓝色的角,眼睛凹陷,发出的光芒能吓鬼神",这种外貌特征已经完全超越男性,甚至可以说是丑陋无比,俨如妖魔。相较于齐宣王的其他妃子,女性的外貌特征与钟无艳是毫无关系,她甚至可以将齐宣王的妃子手撕成两半:"钟国母用两手拽洪晓女的双腿,洪晓女的身体被分成两半已断气"。她还具有男性脚大、额宽、脸黑的特点,当她照镜子看到的自己是"脚特别大,脸色黑灰,加上红呈现了三种颜色,头发有红色和绿色两种颜色,额头很宽,还有三条动脉在动"。

钟无艳所具有的男性化性格,表现在她不再具有女性所特有的柔和之美,反而呈现出暴虐化的倾向。在女性地位严重低下的时代里,她不仅仅逆礼俗之约,并且犹如男性一般掌握主导权,甚至敌人的生杀大权。首先体现在战斗中男性化的制敌手段,她最常使用的制敌手段就是手持定齐大刀直接将对手砍成两半,或者大臂一挥摔出脑浆,这种直截了当的残忍手法绝不是一个拥有女性柔和性格甚至于正常的人可以做到的。在齐国与五国的湘江大战中,钟无艳怒发冲冠,径直将吴宁王摔倒,吴宁王的头磕在路边的石头上,顿时脑浆迸裂,这种惩治手段可见其残暴之外易怒的性格特征。钟无艳还会在打斗中使用男性化的措辞,诸如"大胆畜生""贱女""禽兽不如"等极其粗野的词汇。这些措辞不仅与她的女性身份相违背,也与其一国之母的形象大相径庭。钟无艳的诸多行为也体现了人物自身意识中对其女性身份的忽视,也就是形象本身在施事时就采用了男性化

---

① (明)冯梦龙:《东周列国志》,见(清)蔡元放编著《中国古典文学史著集成》第2卷,北岳文艺出版社1998年版,第858页。

的行为方式和思维方式。最初她追到齐国的大殿上，胁迫齐宣王迎娶她，就可以看出她身上没有一点女子的矜持。在水帘山隐退时，她不计名节，虽身为王后，却广招新郎，像男子般迎娶三妻四妾，并从鲁、梁两国骗取了众多的奇珍异宝。为了国家，她可以不顾忌自己的女性身份，这种挣脱男权社会束缚在女性身上的伦理枷锁的行为，正是其追求如男子一般自由、自主的行为表现，也正说明她自身对男性化的追求。

  钟无艳有两个义子和三个亲生儿子，但是因为她要四处征战，所以她的两个亲生儿子田丹和田云都不是在亲生母亲的膝下长大的，因为她作为母亲抚育儿女的职责与她作为一位为国付出的女英雄形象是冲突的。在摒弃了抚育子女的母性职能后，作为一位与儿子们失散多年的母亲，她也丧失了其母性身份特征，终日与男性生活的她最终被男性化特征所取代。在湘江大战中，田丹终于寻得母亲钟无艳，并想与她相认，但钟无艳首先考虑到的是要使众将领像认可、信服她一样认可、信服其子，因此她三次派田丹往返于战场之间，险些让田丹丧命。这种理性化的思维方式正是其倾向于男性化特征的突出表现。在齐国遭围困之际，产子后终于醒过来的她，第一时间并没有着急寻找被狸猫换走的儿子，而是直接与朝臣商量攻鲁大计，她将国家命运放在一切之上而忽略了自己的儿子，这是完全不同于寻常母亲的形象呈现。钟无艳已经完全丧失了母性特征，成为一个实实在在男性化了的女英雄。

  《钟国母》中如此描述这一情节：

> 田丹上前，在朦胧中看了自己的母亲。呜呼，田昆指给的那个人，别说是女人了，就连男人也很少有这么恐怖的。但既然说那个就是母后，田丹上前拜见之后把事情的原委都说了清楚。怀胎十月，瞒过君主，生在了野外，钟王后现在就要认太子了。当初在青龙渠留下了自己的骨肉，用珍珠衫包裹，想让世人捡到抚养，但是总觉得这是奢求。从没想过还能见到自己的孩子，当初扔在青龙渠的孩子居然还活着，神仙师傅教授了本领，来到这硝烟弥漫的地方来认亲真的是太奇怪了。认出自己孩子的钟王后无比激动。但是仔细想一想：哎呀，如今在我身边的赵国的三位将军，还有义子田昆都不知道我在谭城怀孕的事情。另一方面，他们五位将军肯定不信我在青龙渠生下并扔在

竹林的这孩子,所以我就这样认下田丹的话他们肯定心有疑虑,必须要有让人相信的证据才行。钟王后问道:"田丹,那你有什么相认的信物吗?这里是两军交战的地方,不能只听你的一面之词。而且这些将军都不知道我怀上你,又把你扔在青龙渠。"那时,田丹上前:"母后要是有所怀疑,我有师傅交给我的信物。"

"什么信物?"

"写有血书的珍珠衫。"

"那你拿出来看看。"

这时,田丹突然想起来,在军营的时候因为晏丞相要确认信物,所以拿了出来,情急之下忘了带来。田丹下跪道:"母后明鉴,因为晏丞相和廉赛花大将军要看,所以把信物落在了蒲海山的军营。"神通广大的钟王后,立刻变脸道:"从哪里来的敌军奸细,想要用谎话来蒙骗我,说自己是太子,又没有信物,别想说好话蒙我。要是真的有你师傅给的信物,那就立刻回去取来,要是有所延迟,就让你尝尝定齐大刀的厉害。说自己是我的儿子,但是又没有证据,你要真的有信物,那就赶紧回去把信物取来。"这时,田昆举剑上前,田丹不禁大吃一惊,说道:"没有意识之前就被明员外收养,后来恩师教授兵法武艺,如今来认亲,发生了这样的失误。因为把信物落在了那里,王后母亲不信任,但是我必须要认我的生身母亲,所以现在就回去取信物。回蒲海山,从晏丞相那儿拿回珍珠衫再回来认母后。请母后先息怒,粗心大意的儿子立刻回去取信物。"田丹转身骑上马,从田昆手里拿过兵器,策马而去。

《钟国母》中的钟无艳不仅外表人高马大、健壮粗犷,而且在性格上也背离了女性特征。作为一名已经生育过子女的女性,她又进一步背离了自己的母亲身份,儿子生命的安危于她不足多虑,国家大事才是重中之重。这种有如男性的宏图抱负和性格特征,使钟无艳形象倾向男性化。而这种男性化形象特征又呈现出一种反封建的意味,女性地位从服从转变为主导。

受蒙古族文化的熏陶,钟无艳身上表现出强烈的蒙古族萨满文化特征。13世纪,萨满教由女真人传入蒙古地区,逐渐成为蒙古族狩猎和游牧生活时对万物认知的自然宗教。成吉思汗建国后又将萨满教定为国教。16世纪，虽然受到藏传佛教喇嘛教的冲击，但是蒙古族萨满教在蒙古东部科尔沁草原上一直维持到19世纪末期。时至今日，萨满教虽已式微，但萨满教的思想观念依旧留存于蒙古族人民生活的方方面面。因此，萨满文化心理特征某种程度上已经成为蒙古族人民的"集体无意识"，在不自觉的情况下已经根植于他们的内心，并代代继承。蒙古族的萨满教主要活动区域是在喇嘛教影响较弱的科尔沁草原，所以在这种萨满信仰浓厚的环境下，胡尔齐必然会在创作的过程中不自觉地融入萨满信仰文化。钟无艳形象身上所带有的萨满职能特性，便是胡尔齐对钟无艳形象"蒙古化"的产物。

蒙古族萨满依据等级分别称为"幻顿""勃额""渥得根"，他们为了实现治病救人、起死回生以及上通神仙、下至地府的主要职能，常常举行祭祀、唱神歌等活动。萨满在祭祀以及施法时，都会设立祭台，进行仪式化的祈祀。在《钟国母》中，钟无艳数次遇难都是通过设祭台、念咒语等仪式性的方式召唤神仙帮助渡难。初次应对昭阳宫鬼怪时，钟无艳对管事太监道："从仓库中取些东西来：七张黄纸、朱砂，还有圣上宝库的七星宝剑，快快在屋顶布置一处祭台。"她将萨满仪式所需之物一一备齐，然后穿上道服，披下头发，手握七星宝剑来到祭台，念动咒语，片刻之间便招来四个天神助阵。钟无艳身上的萨满色彩不仅在于她实施了萨满祭祀的仪式，而且在打斗中所使用的武器也是蒙古族萨满举行仪式及施法时所独有的法具。萨满施行法术时总会使用诸如神鼓、铜镜、腰铃、神杖、神刀等器具，其中铜镜多缀在萨满的胸前和背后，只有蒙古族萨满在使用时以挂在腰间的铜镜为突出特点，其他民族几乎没有。而钟无艳在战斗中使用过众多法器，其中，以换魂镜最为突出，而换魂镜便是一面铜镜。她总是从腰间掏出它向对手照去，对手立时便会跌下马。这显然是胡尔齐根据蒙古族萨满所使用的法具而创作的打斗情节，这恰好体现了钟无艳身上的"萨满"巫师特性。

在蒙古族传统社会中，人们普遍认为萨满具有治病救人、让人起死回生的法力。"渥得根"是实施这种法术的女萨满，她们通过跳大神或者招魂的方式使病人转危为安。在《钟国母》中，钟无艳曾数次使用这种法术令病中垂危的义子田昆起死回生，田昆甚至只要见到钟无艳就可以精神焕发。回到尚山后得了怪病的田昆，在钟无艳一出现的时候他便开始转好，"勇猛的田昆身染重病，见到自己的母后就好了很多，虽然身子还很虚弱，但是神志已经清醒了。"钟无艳又从宝瓶中拿出三颗丹药，让田昆喝下去，田昆便马上痊愈了。这种异乎寻常的起死回生能力让钟无艳恰如一名女萨满。她还能够召唤神灵帮助病人痊愈，这种能力尤为集中地体现了钟无艳身上的"萨满"性。面对宋国薛河布下的毒血红雾阵，临淄全城人死亡殆尽，钟无艳召唤来骊山老母，全城人起死回生。

对于萨满来说，他们最本质的职能就是"脱魂"与"显灵"，他们具有通向万灵世界的能力：一方面自己的灵魂可以脱离肉体而并行存在；另一方面这些萨满具有驱使诸神灵在自己身上显现的非凡能力。在《钟国母》中，钟无艳可以与神灵相通。在齐宣王放火烧冷宫的危急时刻，钟无艳用法术召唤各路神仙显灵，与他们产生感应，并因此获救。为了破郝农布下的鬼禄阵，钟无艳实现了"脱魂"，她的魂魄升到空中，来到了齐国军营荷花仙姑身边。钟无艳的魂魄与身体可以脱离、飞升，她甚至数次下地洞、走金桥、入天宫面见骊山老母，还自由出入地府安慰亡灵。这种通天入地的本领正是萨满所具备的通向万灵世界的职能。

在传统的萨满信仰中，萨满女神的形象充分肯定了古代女性的地位，塑造了智慧伶俐、勇于抗争的女性形象。女萨满乌布西奔妈妈的故事被誉为"萨满英雄史诗"。相传其是生活在凡世的太阳的女儿。一方面，她既能"上树"，又可"下海"，跟男人比，也毫不逊色；她会占卜世事，通晓神明；她能救人治病，驱除瘟疫；她可讨伐征战，有大将之风，王者之气；她既是部落首领又是女萨满，带领部落成员征战开疆，是女英雄。但另一方面，她又是拥有爱人的普通女子，随着岁月的流逝也会老去消逝。观照《钟国母》整个故事中钟无艳的种种施事方式，又可以发现她身上清晰呈现的萨满性。她像萨满一样，能够通天入地、呼神唤魂，她的使命完成之路是由诸多萨满法术辅助而成的。在某种程度上，钟无艳已经成为一名承担平定天下使命的萨满女神，所以在这一形象塑造的整体建构上，最终体现了萨满信仰文化的痕迹。

钟无艳身上种种萨满职能的显现，清楚地表明她所具备的萨满特征。她身上这种萨满性充分体现了胡尔齐是根据萨满信仰文化对汉文小说中的钟无艳形象进行了再创作。《钟国母》故事从汉文学中汲取素材，成功地丰满了钟无艳这个形象，呈现出一个极丑与极美、神性与粗暴二元对立的人物形象。她极丑的男性化外貌表现是因为上天的惩罚所致，最终服从于她原本极美的神化外貌。她男性化的残暴性格是为了战斗的胜利，为了平定天下的使命感，最终又服从于全能的神化特征。她残暴的战斗手段和男性化的行为方式是以帮助齐国兴盛为出发点，所以钟无艳形象的神化与男性化特征，最终是男性化特征服从于神化特征，通过男性化特征的呈现凸显了一个神仙转世的超能力国母，意在塑造一个天命所归的女英雄。

《钟国母》还塑造了其他骁勇善战的女英雄，其中较为突出的是廉赛花和鲁琳。她们一方面具有封建社会女性所倡导的对夫君忠贞不贰的封建伦理道德观念；另一方面又舍弃掉女性身份的明显特征，在战斗中被神化和异性化。她们的形象体现了人性、神性以及萨满性的结合。对丈夫的追随与忠贞是她们共有的特征，这种特征呈现的正是封建社会体制下女性对男性的依从，所以在她们仅有的女性化色彩之上，是胡尔齐无意中呈现的封建观念留痕。即使整部故事以歌颂女性为目的，但还是未能摆脱对女性固有的封建观念的认知。廉赛花和田昆结婚后，离开祖国，前往齐国，冲锋陷阵。每当田昆离开齐国，廉赛花都义无反顾地追随他。作为一个身经百战的女将，她完全可以有自己的认知水平，却一味地与夫君亦步亦趋。当田昆因为不服从命令斩杀了鲁琳公主后，她便忧心忡忡，担心夫君的安危；当田昆在尚山病危之际，她整日泪如雨下。如此这般柔情似水，又怎可让人联想到她在战场上异性化的杀戮，也正体现了在对女英雄的塑造之上胡尔齐的创作矛盾：一方面要表现她们的非凡能力、坚毅决绝；另一方面又无意识地呈现了她们对夫君依赖的柔弱性，显然是受到了女性三从四德的封建思想的影响。

而鲁琳公主更是因为早已许配无忌，由此为了一个花心阴险的男人，千里带兵从鲁国攻至齐国，只为见夫君一面，却白白丢了自己的性命。对男性的依赖本不该是她们这一类果敢坚毅的女性所呈现出来的弱点，胡尔齐却塑造了她们这一带有封建色彩的女性化形象特征。

在战斗中，她们的形象呈现出一种胜过男儿的凶狠和坚毅。无论是从其措辞使用上，还是制敌手段方式，都呈现出男性化的特征。廉赛花与田昆首次大战时，她的措辞就极其男性化，并显得十分野蛮。她在阵前大喊道："今天定要砍掉你的头，吃你的肉喝你的血。"而她的制敌手段可谓

"快、狠、准",她的双剑"如闪电一样快",立逼敌人咽喉,惯用直接砍掉对手头颅的凶狠方式。在楚国象棋对弈中,她为了解救钟无艳,从二十里地一路过关斩将,竟杀出一条血路。这种形象塑造显然带着鲜明的男性化粗暴特征。而鲁琳为了灭齐,更是不惜残忍地动用能杀死百万人的暴雨之咒,可见其男性化的残忍一面。在战斗中,鲁琳同时可与六位男将军大战二百回合,足见其男性化的力量特征。骁勇善战的她们拥有超越男性的战斗能力,在战斗中,无论是对阵措辞还是打斗手段都体现出一种男性化的暴虐,而她们的力量则是女性完全不可能具备的神力。

无论从外貌还是出身,她们都体现出神化的特点。蒙古族人民对美的观念在于光彩,他们看重女性脸上如日月般的光彩,只有这样才是他们心中的美人。而《钟国母》中的一众女将军们个个都是貌美如花,她们的外貌已经被神化。故事中用"漂亮的脸蛋胜过鲜花"来形容廉赛花的外貌,用"世间少有的美貌"来形容鲁琳公主,可见体现在外貌特征上的神化色彩。而这些拥有超凡战斗力的女将军们,都有一个相同模式的出身,无论是廉赛花、鲁琳公主还是钟无艳的妹妹钟彩花,她们都是年幼时被一阵风刮走,然后在某位神仙处习得神通仙术,数年后又返回家中,成为战功赫赫的女将军。这种身份定位本身就是神仙式的塑造,给予她们具有神力与法术的身份前提。在战斗中的法术使用更是直接表现出她们的神通广大,廉赛花的一个法术就可以霎时间让天空中布满刀剑,所以神化又是这些女将军形象的一个重要特征。而在这种神化塑造上,我们看到了一种萨满特征,她们所拥有的神力、法术、宝物皆呈现出萨满的职能特征。蒙古族萨满教中的女萨满名为"渥得根",她们可以实现通天入地的能力,她们所使用的祭祀工具是神鞭、铜镜等诸如此类的法具,而在《钟国母》的故事中我们不难发现那些女将军们,包括钟无艳都有一样十分类似的法器,就是铜镜,她们只要从腰间掏出铜镜照向对手,敌人便会倒地。在各民族萨满教中,也只有蒙古族萨满的铜镜是别在腰间的。

《钟国母》故事中的女英雄不胜枚举,廉赛花、涂金定、孟玉珍、孟玉奴、刘翠云等个个身怀绝技,她们既是忠于夫君的好妻子,又是骁勇善战的好将军。她们是齐国平定他国、建立威望过程中不可或缺的功臣,在这些形象身上所体现的是女性化"从夫"与男性化"粗暴"并存的特征,以及她们所拥有的被神化的外貌和能力。

二 巴金定

巴金定是《吴越春秋》中塑造的一位女性英雄。她是吴国八大公巴福鲁的女儿，是一位女中豪杰，也是楚国孙安王刘璋瑢的妻子。刘璋瑢在寻找失踪的大哥伍辛时，掉进了一个坑里，巴金定的母亲救了他的性命。两个人相认后，自然而然地聊到了巴金定。巴母介绍道：

> 生了一个女儿，跟别人家的女孩不同，不是守在家里。每天不着家，就知道打猎。不像别人家的还一样留在家中，而是每天出去打猎。不杀小猎物，就挑大猎物。吃虎肉才能强健体魄，所以就打老虎。要是抓到之后觉得羸弱的话便放走，穿着皮衣，后边还有一个袋子，袋子里有石头。跑起来的老虎直接打倒。要是打不倒的话，就一直追，一直追到老虎跑不动了，抓住脚摔死。孩子，她叫巴金定。

正当两个人聊到巴金定时，巴金定便出场了：

> 这时，外边"砰"地一声。巴太太说："现在你妹妹来了，带来了一个大猎物，看那摔的，真是房子都震了。"然后从外边吭哧吭哧走进来了。

这真是未见其人，已闻其声。"吭哧吭哧"拟声词的运用体现了巴金定不同于寻常姑娘的动作行为，她将打来的猎物摔在地上，震得房屋都有动静。

见面后，巴金定就准备给刘璋瑢炖新猎来的老虎：

> 说完，巴金定撸上皮衣袖子出去了。双手高举抓住的老虎，轻轻地拿进来，放在地中间。"娘，我一会儿就会拳击这只老虎，然后我就给哥哥炖肉吃。"然后就开始剥皮了，巴金定一直就说剥皮是拳击，一会儿就拳击完。那指甲就像是利剑，戳破老虎皮，没有一会儿便剥完了。又在那皮上分肉，虽然偶尔用刀，但最常用手。用大拇指

指甲一拨，那肉便戳破了，两手抓住骨头再扭断。孙安王在旁边看着，这妹妹的力气真是厉害。

这些粗莽冒失、不拘小节的动作行为一方面突出了巴金定力气之大、堪比男儿，另一方面也形象地塑造了一个个性鲜明、不同寻常的女性形象。

巴金定在与刘璋瑙成亲之后，便与刘璋瑙一起去寻找忠孝王伍辛。巴金定热情地帮刘璋瑙带路，发现刘璋瑙跟不上自己的脚步时，便背起他一路狂奔。"巴金定平时背两个老虎都不在话下，更何况只是一个刘璋瑙。"背上刘璋瑙后便"直接从冰河上跑过去了，看见山峰山坡就爬过去了；没有阻碍地跃过了冰河，就这样巴金定越来越快了"，吓得刘璋瑙以后再也不敢让巴金定背在身后了。布仁巴雅尔运用夸张和对比的修辞手法，表现了巴金定丝毫不逊色于男性英雄的勇猛彪悍与迅速敏捷。巴金定不仅在生活中如此能干，在战场上更是勇猛异常，以一敌百，如入无人之境。博阳关久攻不破，博阳关的四大将军只剩下辛松一人。这辛松却不是一个普通人物，他轻功绝顶，像一只小鸟一样来去自如。这场战争从早上打到了晚上，忠孝王伍辛向辛松射了两次箭都成空了。刚刚赶到战场的巴金定见此情景，很生气。布仁巴雅尔唱道：

巴金定真生气，然后拿着叉子跑了进来。也没有跟别人说，也没有问别人，直接跑到了战场。不像别人一样穿盔甲，穿着红色绸缎衣裳，拿着长杆叉子，束紧腰带，带着两块石头跑着说："哥哥，我杀他！"跑过来时，忠孝王说："弟妹你不能打，这人行动极快。"巴金定说："那么哥哥你就看着吧。"辛松站在上边，准备在很远的西边落脚时，巴金定拿出像球一样的石头，然后冲准备落脚的辛松扔过去，石头和辛松合在一起滚出去了。辛松两只脚刚落地，背部便被石头击中，倒下去之后球又向前滚，他又跟着球滚出去了。辛松这样时，巴金定跟着石头来到了辛松身边，在想站起来的辛松身上踩了一脚，抓住头直接拔了出来扔出去了，脖子什么的都跟着脑袋滚到了很远。然后巴金定把石头放进布袋里，大步走回去了。忠孝王横着枪骑在马上，欣赏极了巴金定扔石头的武功。

在战场上，巴金定没有像其他将军士兵一样穿盔甲，也不遵守军队纪律，单纯地因为生气而挑战辛松，而且只用石头就轻而易举地将辛松打死了。布仁巴雅尔运用对比的手法凸显了巴金定勇猛过人的速度与力量，并且对比的英雄形象并不是与她同一性别的女性形象，而是已在军中威风乍起的忠孝王伍辛与孙安王刘璋瑢等人，通过利用最勇猛的人物形象的衬托手法会更加彰显巴金定惊人的力量与敏捷的身姿。

巴金定作为《吴越春秋》杰出的女性英雄形象之一，呈现出与其他女性英雄形象完全不同的风采。首先巴金定的外貌虽然没有具体描绘出来，但是从说唱的言辞中可以感觉到，她并不是倾国倾城的美女，只能够算是一个长相一般的女性。她不喜打扮，穿着动物的皮衣，每天睡在山上。与刘璋瑢成亲时，母亲为巴金定洗脸，露出紫红色的皮肤。刘璋瑢见到洗脸之后的巴金定心想：

> ……觉得挺好的。睡在山上，脏兮兮的。洗完污浊，露出了紫红色的脸颊，也是可以的。看了穿着皮衣的夫人也是挺好看的。要是像别人一样穿上金色绸缎衣服的话，也是好看的人。

巴金定从小跟着母亲在山里长大，没有读过书，也没有学过礼仪，且不懂为人处世之道。换一句话说，巴金定是一个未开化的人。在为刘璋瑢煮肉时，布仁巴雅尔说唱道：

> 但是用手分肉，那手污和肉汁一起黑乎乎地流下去。这煮了可该怎么吃。没过一会儿，巴金定在衣裾里装满了刚才的骨头，然后全煮进锅里了。剩下的肉跟虎皮一起包起来，放在别的地方出去了。簸箕里装满雪然后放到锅里了。然后烧起干柴，煮起肉。肉锅烧起来了，看见了一点肉。现在快要熟了，巴太太说："巴金定，煮得软一点，你哥哥吃惯细肉了。""我不也细细分开了，看这肉多小块。"没过多久，砍了一个大树的底，这个与桌子一起放到了炕上。黑乎乎的衣裾擦了一下。将木盘放到锅边，将大块大块的肉放到了案板上。"哥哥，吃吧。"

布仁巴雅尔不吝烦琐地描述她如何将手上的污泥同虎肉一起煮进锅里，又叙述她如何把拆分虎肉的手擦在黑乎乎的裙裾上。布仁巴雅尔通过形象生动的语言将巴金定煮肉的画面栩栩如生地展现在听众面前。

其次，巴金定不懂礼数。刘璋瑤找到哥哥忠孝王伍辛之后，因兄弟二人久别重逢所以拥抱在一起，但是巴金定一看丈夫刘璋瑤与忠孝王拥抱，便也想与忠孝王伍辛拥抱。心想，原来分开很久之后见面的话还会抱着哭。巴金定以为这个就是礼呢。然后对刘璋瑤说："你先去一边，我还得见面呢。"刘璋瑤说："你见就见呗。""你拥抱着见面，那我怎么见？"刘璋瑤称巴金定为夫人时，巴金定却反问"夫人"是什么意思。巴老太太跟她解释说："巴金定，人家管媳妇儿叫'夫人'。以后叫'夫人'你就只管答应就是了。"巴金定从小的生活环境与生活习惯不允许她的性格像其他人一样合乎人情事理。生活环境与氛围服务于性格的发展变化，巴金定的性格成长恰好遵循于这一规律。从深山老林中的"未开化"到后来在生活和战场上经受教化，逐渐通人情懂礼数，巴金定人物形象的发展变化始终没有违背其单纯朴实的性格。

巴金定性格朴实、豪爽、善良。孙安王刘璋瑤问巴金定那座仙姑山离此地多远时，巴金定说："不知道，我又不懂距离，反正我走一天就到了。"再有巴金定母亲问她愿不愿意嫁给孙安王刘璋瑤时，她声称："嫁人是什么意思，结发又是什么意思，我不懂。"还有忠孝王伍辛问是否一起回军营时，巴金定说："要回家找娘，娘一个人在家。"巴金定的语言也如其行为动作一样没有背离其所生长的环境，契合其独特的身份，所以其人物语言与人物性格的同一性促进了巴金定典型性格的塑造。

巴金定这一人物形象为胡仁乌力格尔中的女性英雄形象群体注入了新的活力。布仁巴雅尔运用夸张的表现手法，成功地塑造了巴金定这一有别于传统女性的人物形象。与其说巴金定是一位女性形象，倒不如说是一位男性化了的女性形象。巴金定毫不逊色于男性形象的威风勇猛是胡尔齐把她塑造得最成功的地方。巴金定与刘璋瑤一同去找忠孝王的时候，由于巴金定走得太快，刘璋瑤根本追不上她。

  巴金定说："你这儿怎么走得这么慢，这么慢，我们什么时候到那儿，看我，我背你过去吧。"孙安王刘璋瑤有些不好意思。虽然如此，向左右看了看没人，只有山坡。我是背在了夫人身上，又不是别人。背就背。刘璋瑀说："你能背得动我吗？""我能背两个老虎，还背不动你了。"然后巴金定就蹲下了，背上了孙安王刘璋瑀。

在战场上的她也非常彪悍，火龙兵直接被打倒，头脑破裂，死的有多少，手脚断的就有多少。巴金定喊着："杀无赦，一人也不许放过，半个也不许放过，全都杀，有些就拔掉头扔掉。"

巴金定虽然行为举止粗鲁，也不懂人情世故，但是她的性格不是一成不变的，而是不断地向前发展。巴金定像是从人类最原始的未开化状态中慢慢成长和成熟起来的一个人，而她善良质朴和骇人反转的性格才是其最大的艺术魅力所在。

第五节　反面人物形象

在汉文历史和文学作品中，武则天一直因皇帝和女性这个双重身份而受到学者和大众的广泛关注。从正统的立场来看，她无疑是一个野心家，是一个放荡不羁的淫妇；但作为一个政治家，她超强的能力也不得不让人佩服。胡仁乌力格尔将她塑造成反面人物形象，体现了蒙古族群众对她鲜明的爱憎和审美倾向。与此不同，在汉文历史和文学作品中一直以正面形象出现的西施在布仁巴雅尔的《吴越春秋》里被塑造成一个反面人物形象，她不再是一个忍辱负重和以身报国的女性，而是一个阴险狠毒、心如蛇蝎的女性。

一　武则天

在如莲居士的《薛刚反唐》中，武则天是整个《薛刚反唐》故事中与"善"对立的"大恶"化身。反周成功后，英雄们列出"武后十大罪"："实系才人，蛊惑祸帝，罪一也；恃宠肆阴，谋杀王后，罪二也；灭嫡害子，天性何有，罪三也；毁弃先王七代宗庙，罪四也；女主专权，自立为帝，罪五也；杀戮大臣，贬窜侯伯，罪六也；诛灭宗室，立侄为嗣，罪七也；亲近小人，废绝君子，罪八也；贪淫极乐，无法无天，罪九也；奸僧术士，出入禁庭，罪十也。"在布仁巴雅尔的《薛刚反唐》中，武则天被贴上"作风不好""饥饿的豺狼""邪恶的心""独裁""烂女人"等标签，被丑化为红颜祸水，她不仅违反伦理，而且不遵守"妇德"。布仁巴雅尔指摘武则天皇位的不正当性，直指其罪责擢发数难。如莲居士的《薛刚反唐》和布仁巴雅尔的《薛刚反唐》均将武则天塑造成负面形象，将她塑造成薛刚的对立面，并运用佛教中的因果报应，完成对武则天的丑化和惩罚。

如莲居士的《薛刚反唐》描绘了武则天的淫乱不堪，如"仁杰拒色临清店""武媚娘初沾雨露""武才人出宫为尼""武三思进如意君"等情节，布仁巴雅尔的《薛刚反唐》对此均有展现。

如莲居士的《薛刚反唐》借房客狄仁杰之眼写武则天的外貌："见那女人生得身材楚楚，容貌妖娆，秋波一转，令人销魂。"布仁巴雅尔的《薛刚反唐》同样借狄仁杰之眼描述武则天的年轻貌美、眼神妖娆。当被问及敲门缘由时，武则天回道："公子，如果你不嫌弃我是粗俗的女子，我想在你身边待一会儿和你做伴，世间的人都已阴阳成双，你要是觉得可以，我便侍奉你一夜！"这些自轻自鄙、有违女性贤良淑德的言语，表现出其放荡成性的品性。

进宫后，她魅惑太宗使其疏离朝政。太宗病重后，武则天又勾引高宗。如莲居士的《薛刚反唐》记述太子见武则天美色，便留心欲私之，以目传情，逢武氏取金盆跪捧与高宗洗手时："高宗见她娇媚，遂戏将清水洒其面上。"高宗念诗试探，而武氏暧昧对答，高宗见其才色兼美，便携其手而起，完成云雨之欢。布仁巴雅尔的《薛刚反唐》也描述了太子眼神专注于看武氏美貌的情节，但是"武则天假装纳凉去洗脸，在擦脸前，路过太子跟前时用指甲里的水在太子脸上点了三下"，遂"武氏与李治忽略了辈分和年龄，走了不道德的路"。如莲居士的《薛刚反唐》是太子首先采取行动，而布仁巴雅尔的《薛刚反唐》描述的是武则天主动暗示，以此更加凸显了武则天的放荡与轻浮。

寺庙本为四大皆空、六根清净之地，和尚也本应为戒奢、戒色之人，而在布仁巴雅尔的《薛刚反唐》中，自从武则天打着做衣服的幌子出宫为尼时，又与白马寺的和尚们牵扯不清。布仁巴雅尔评述道："就算是把装奶的器皿打碎，还是跑不了酸味儿；将拴起来的狗喂得再饱，还是改不掉狗爱舔的习惯；虽然能将弯了的棍子弄直，但遇到潮湿还是会变弯。"她在尼姑庵还比较安静，但去了和尚庙就惹出事端来，让"东西院儿的和尚们有了口水之争，前后院儿的和尚们都要打起了架。"高宗继位后，让武氏留发待召，她还是不加收敛，直至高宗亲自去尼姑庵接她回宫时，她还在白马寺与和尚们厮混。布仁巴雅尔的《薛刚反唐》中还加入了尼姑们帮武氏隐瞒真相时与高宗的对话的情节。尼姑们紧张不安的语言和唯恐情况不妙的动作神态表现出武氏的可鄙德行。布仁巴雅尔的《薛刚反唐》对武则天扰乱寺庙秩序、危害佛门净地的淫荡行径进行了尖锐的批评和辛辣的讽刺。

薛刚酒醉踢死皇太子、惊崩了圣驾，武则天一时之间失去了儿子和丈夫，却仍然"一夜也少不得风月欢娱""日召大臣宿于内廷"，完全不顾为母为妻守丧的礼仪。武则天把儿子李显赶下皇位自己称帝后，设立了三宫六院，把昔日在白马寺一同厮混的王怀虎、许敬宗、张天佐、张天佑、张昌宗、张易之、张博弈等人接进宫，安排在宫殿的东西宫里，称他们为"娘娘"。这些后宫的"娘娘"满足不了她的要求，她"便让朝中的侄子武三思打探了解一些情况，在那个首都长安里不断地挑来年轻的男人，欢乐之后不符合心意的不断地拉出去杀掉"。直至"武则天从得到合自己心意的薛敖曹那天开始，长安城里年轻人的危险才消除了"。布仁巴雅尔的《薛刚反唐》的这一情节也极大地凸显了武则天的荒淫无度。

布仁巴雅尔的《薛刚反唐》对武则天的游乐生活和艳情故事进行了大量细致的描摹，塑造出一位极度荒淫纵欲的女性形象，武则天成了扰乱宫闱的淫妇。自从武则天进宫，高宗便对她终日宠幸，直至生了太子，把武氏封为天后，此后她谋夺正宫之心愈急，利用各种手段掌控正宫王皇后的一举一动，并时常颠倒黑白，在高宗面前谮言王皇后的过失，离间高宗与王皇后之间的感情。布仁巴雅尔的《薛刚反唐》中细致描述了武则天设计买通王皇后宫女、嫁祸王皇后做木人诅咒皇帝、污蔑国舅心怀谋逆、高宗轻信怒极欲诛国舅而废王后。武则天招来武三思密谋怎样加害王皇后时，说道："用沉香木做一个八寸长的木人儿，将圣上的生辰八字贴在上面，在上下七窍中都扎上针，然后把木人藏到正宫娘娘的凤椅下，把这个罪嫁祸于她的话，她还能有活路吗？就像将泰山压在头上，就这一件事就能将她废掉！"武则天设计陷害王皇后，目的是掌管后宫。布仁巴雅尔的

《薛刚反唐》中，武则天的设计谋划，越发凸显了武则天暴戾恣睢的丑恶嘴角。后来由于群臣力谏，以仁政为由才保全了王皇后，粉碎了武则天的阴谋诡计。

此次加害没有成功后，武则天又亲手将自己的公主闷死来栽赃陷害王皇后。布仁巴雅尔的《薛刚反唐》中描述道："邪恶的心在作祟，武则天咬着牙来到殿内，见公主正睡得香。武则天生得虽然如同仙女一样，但在那一刹那所产生的邪恶的念头，就像是要吃掉自己孩子的母猪一样。看她的容貌，比天上的仙女还更胜一筹，但此时的黑心和狠毒就跟饥饿的豺狼一样。她狠狠地咬了咬牙，心想：'一直想掌管后宫的我，一直没有机会，今天就将一条命案栽给王皇后。'"高宗不辨黑白，废王皇后为庶人，贬入冷宫。武则天指鹿为马，混淆是非，使得贤惠的王皇后遭受了不白之冤，正直忠厚的老臣褚遂良惨死，足见其毒蝎心肠。

当武则天闻知王皇后在冷宫产子后，她知道王皇后所生之子将会抢夺太子之位，便杀心立起，欲斩尽杀绝，派杜回去冷宫将他母子杀害。但是，杜回乃仁义之士，暗地里救下了太子李旦（玉）。武则天让刚出母胎的孩子就与母亲分离，为巩固正宫地位可谓不择手段，其心狠手辣、冷酷无情，丑陋嘴脸众目昭彰。

另外，武则天对薛家的迫害手段也十分残忍。薛家世辈为国为民，战功显赫，可她一点也不念及薛家所做的贡献，无论男女老少，全都葬在一坑之内，而且铸铁做坟。这一残忍狠毒、泯灭人性的行为可谓是寒了朝廷其他功臣的心。

布仁巴雅尔的《薛刚反唐》与如莲居士的《薛刚反唐》中的武则天都是一位城府极深、意图谋权篡位的野心家。从她进宫开始，便有意隐藏自己"武氏"的身份和黑暗的过往，力图把自己包装成单纯美丽的女性，从而讨得皇帝的欢心。她"一人得道鸡犬升天"，自己平步青云后，又推举家里的子侄亲辈加官晋爵，为自己搭建了一个稳固的幕僚团队。布仁巴雅尔的《薛刚反唐》把其门党刻画成对武则天百依百顺的狗腿子，他们成天工于心计、淫欢作乐，被薛刚等蔑称为"从武氏的裙袖里钻进来"的奸佞之人。

武则天在太宗病重时，与太子私通，赢得了太子的宠爱，后又设计杀死了王皇后，成为后宫掌权第一人；废中宗，将他贬到湖北房州，最后临朝执政……就这样，她一步一步地霸据了李姓天下。布仁巴雅尔的《薛刚反唐》描述武则天为顺利篡位称帝，杀戮了李家上下千人有余。先朝的众功臣们为躲避祸难都放弃了兵权，整个朝堂全由武氏集团掌控。百姓们对武则天怨声载道，忠臣们有怨难鸣，正是武则天的"恶"，将"善"的一方与薛刚聚合在一起，高举起反抗武则天的大旗，最后形成反唐成功的群众基础。

在对待武则天集团的态度上，如莲居士的《薛刚反唐》与布仁巴雅尔的《薛刚反唐》对武则天的篡权夺位行为都持否定和丑化的态度，共同描述了一位放浪形骸、颠倒是非、指鹿为马、精于算计的野心家形象，凸显了武则天恶毒狠辣的可憎面目。布仁巴雅尔的《薛刚反唐》延续了如莲居士《薛刚反唐》的善恶对立的叙事模式，以薛刚为代表的忠善集团和以武则天为代表的奸恶集团，形成忠奸、善恶的二元对立面，二者之间的斗争抗衡促成整个故事情节发展，体现了尊薛反武的审美倾向。

二 西施

与历史上被利用的政治工具的形象不同，西施在布仁巴雅尔的《吴越春秋》里被塑造成一个反面人物形象。

布仁巴雅尔首先用大量篇幅渲染了西施的美貌：

> 吴国的兵卒将等在门外的西施女请入内，西施女入内移步跪在吴王桌前。这时，站在两边的朝臣们观察了走入内的西施女。西施女慢慢地走着，轻轻地踩着，如莲花在清风吹拂下盛开一般；轻轻地走着，向前移步，如各色的花朵交相辉映在白天的轻风中摇动一般。接近玉石台阶，西施轻轻地跪下双膝。吴王色眼大开，看了从敌对国走来的女子。啊，怎么生得如此？神仙看了，心思会变化；年老的看了，会回忆年轻；年迈的看了，会追忆往昔。白色的皮肤白里透红，好看的双眼闪啊又闪，银白糖的白牙，樱桃一样的小嘴，这么好看的女子。虫子躺着一般，两条细眉延尾处微微地落下。鼻子挺直，像是把凤凰的胆挂起来了一般，像是用手轻轻捏了一下。黑色的头发闪着光泽，绕着鸳鸯爪爪，用三玶爪编起来，用珍珠和金钗装饰。生得好

看的西施女，珍珠和金耳环沿着耳朵闪着，金绸缎的衣服披在肩上，粉色的绸缎衣服上，有几个凤凰和孔雀的花纹，镶片金的衣边。珍珠钗子闪着光，指节上的金戒指也耀着光。手腕儿上的紫色手镯，在白色手指的袖口时不时能看见，如同凝脂一般。像是从天上下凡的神仙一样，神一样的女子是思念人间了吗？

白里透红的皮肤，双眸清澈，樱桃小嘴，柳叶细眉，凤胆鼻，乌黑秀发，凝脂般的手指……布仁巴雅尔将世间形容女子漂亮美丽的词语全都铺陈在了西施的身上，她就如同仙女下凡，勾人魂魄。

但布仁巴雅尔的《吴越春秋》中的西施却是一个蛇蝎美女，惯使阴谋诡计，为达目的不择手段。在进宫后不久的端午节，西施佯装钦佩伍子胥之威武，请吴王夫差招来伍子胥，然后与皮顺设计构陷伍子胥，可怜伍子胥被西施的谎言和吴王的昏庸迫害致死。而汉文历史演义小说所描述的伍子胥是因为刚直言谏顶撞了吴王夫差，才招致杀身之祸。胡仁乌力格尔中的西施不仅害死了正宫娘娘刘元平，还迫害了吴王的一双儿女。她与同伙皮顺、倪伦和博西三人狼狈为奸，扰乱朝纲，残害忠良，搜刮民脂民膏，弄得吴国乌烟瘴气，民不聊生。后来，西施欺瞒众位大臣，居然找来一个农妇的孩子谎称是吴国太子，然后又以太子年幼、无法执掌大权为由，自己顺理成章地坐上了王位。

西施虽狠毒，但是在杀害吴王夫差时，却心存不忍，有所顾念。当博西、倪伦、皮顺与西施四人准备绞杀吴王夫差时，西施刚开始是碍着夫妻情分下不去手。

丞相皮顺和博西们说"什么事情都是我们四个商议的，怎么今天你不去了，要杀吴王夫差你有什么不开心的吗？"问时，西施女虽然自己心里有想法，但是那天没有说出来。想的是虽然要杀完才能走，但一想到做了夫妻，要亲眼看着死去做什么呢，但是不能不去，现在四个人要一起去了。

后来实在无法亲眼看见吴王死在自己面前。当皮顺三人绞杀吴王夫差时，西施心有不忍，还转过头去。这些也足以证明西施并不是被塑造成一个非黑即白的负面人物形象，在她的身上也有一些善良的人性光辉，虽然这些人性光辉可能在她身上只是星星点点、昙花一现。吴王夫差看到西施转过头去，说道："跪着求着成了我的西宫，歪着转着头让我死吗？来到金龙礅前与我相遇，就这么让大王我死了吗？"西施听到后，恼羞成怒，掉过头，用手指着说："昏庸之至，你怎么还有脸在别人面前说话。"立时下令皮顺等人快点将吴王绞死，心中暗想：要是吴王夫差死了，自己可就是越国的功臣。可见，她虽心中念及旧情，但最终还是残忍地杀死了吴王夫差。

在杀害伍子胥、太子、公主、正宫娘娘、吴王夫差等人的过程中，西施只是充当了杀人工具的角色，而计谋策划都是另有其人。陷害伍子胥的计谋是越国丞相范蠡设计的，流放杀害太子、公主的计谋是由皮顺设计的。西施仅是凭借自己的美貌顺推了其他人阴谋的实现，说白了，她就是一个工具人。另一方面，西施也并非一个阴狠毒辣到无所畏惧的厉害角色。当她知道正宫娘娘在找自己寻仇时，便吓得躲到吴王夫差身后，向吴王请求："姐姐过来的话会把我杀掉的。大王请出计保全我的性命。"随后，太子、公主手持三妃剑欲来斩杀西施时：

> 她又紧张起来。"大王，我该怎么办？"吴王："能怎么办，就在这儿坐着。""你儿女要来杀我了。""怎么可能，这么没有礼教。娘亲死了，小孩子难免会着急。大不了就喊着哭着，诉几句苦。"这时，西施女说："你总是说得简单。高楼上，正宫娘娘上来时，你不说最多打两三下吗？都有二三十下。幸亏大王，不然她会杀了我。你儿女拿着三妃剑过来了，用三妃剑杀我，大王也不能追究罪责。那把剑就是有这么大的威力。"皮顺说："现在正离门口不远了。"西施女说："皮顺你到外边拦一下，我藏一藏。"

太子借兵韩国，攻入吴国都城时，她立时吓得魂飞魄散。"虽然坐上了王位，但是她心里也不安稳。就像是猫崽子进了心里，为了出来而挠着一般。"西施一旦遇见危险困难时，不安焦急的情绪便笼罩在她的周围，只能另寻他人计谋以脱困。

在汉文小说中，西施背负着兴越灭吴的使命，踏上吴国的国土，最后西施在扰乱吴国朝纲、吴王大失威望后，越王勾践长驱直入吴国，灭了吴国。但是布仁巴雅尔的《吴越春秋》中的西施迷惑吴王荒废朝务，让自己的亲信博西、倪伦与皮顺掌握政务与兵权等重要权力，自己登上吴国王位，成为一代女王。最后，西施四人因不敌吴楚韩联军而逃回越国，吴太子成功复国。布仁巴雅尔的《吴越春秋》到此结局便也戛然而止。当然，这些故事情节与史实不符。

总而言之，胡仁乌力格尔在人物塑造方面取得了巨大成功，仁义忠孝型英雄、莽撞型英雄、智谋型英雄、女性英雄和反面人物都兼顾到了汉蒙民族的文化因素，体现了蒙古族的审美情趣、审美价值。胡仁乌力格尔通过对汉文小说中人物形象的再创作，从而诠释了蒙古族的传统文化与民族审美心理，是汉蒙文化交流的文学创作缩影。

第五章　胡仁乌力格尔的传承与保护

在中国的行政区版图上，共有 5 个自治区、23 个省级行政区、4 个直辖市、2 个特别行政区。其中，内蒙古自治区是我国最早成立的省级自治区，于 1947 年 4 月 23 日在兴安盟王爷庙成立，也是我国最早实行民族区域自治的省级自治区。内蒙古自治区的成立标志着这一地区的社会形态发生了重大变化，开始了由传统社会向现代社会的全方位转型。

这种转型使得传统社会固有的社会结构、文化格局等方面都随之发生了变化。新的社会结构、文化格局的形成，促使社会发展、思想文化、价值准则等方面的深刻变革。随着社会形态、思想文化的急剧发展，文化事业自身也在不断变化，文化的多样性通过其承载者身份角色的转换得以呈现出多样化的姿态。胡仁乌力格尔作为内蒙古东部蒙古族聚居地区的一种重要的民间说唱艺术，也从原来的纯粹民间流传状态，转变为受到国家重视的民族民间艺术。

第一节　从民间自在状态进入到国家艺术体制的改变

正如高丙中所言："中华人民共和国的前 30 年追求的社会发展是普遍的革命性转变。不论地区和民族处于何种现状，都无一例外地转向相同的制度和文化，因而达到普遍的社会同质性，并且这一过程是在短时期内迅速完成的。因此，这种变化就性质而言是革命，就模式而言是转型，就结构而言是社会一体化。"① 在这种情况下，民间说唱艺术也毫无例外地被卷入了这种社会一体化的历史进程当中，它必须无条件地适应新的社会

---

① 高丙中：《中国文化的族际共享》，《民族艺术》1998 年第 4 期。

思想及其要求，重新界定其所处的文化层面和表现对象。而这些工作是通过对民间说唱艺术的传播者和持有者——民间艺人的改造来实现的。杨玉成（博特乐图）从三个方面描述了这种变化："一是将部分优秀的民间艺人进行培训，变为正式的舞台演员；二是建立说书馆，对胡尔齐的说唱活动进行统一管理；三是举办艺人训练班对胡尔齐及其艺术进行改造和革新。"这使得民间说唱艺术被纳入政府文化建设的框架内，成为传导主流意识形态的一股力量。

一　从民间走向舞台

内蒙古自治区建立初期，在各地开始组建各种文艺团体。内蒙古文艺工作团（简称"内蒙古文工团"，现为"内蒙古歌舞团"）是当时中国最早成立的省级专业歌舞艺术表演团体，于1946年4月1日在张家口成立。内蒙古文工团在培养本地区、本民族专业艺术人才的同时，也将优秀的民间艺人招纳到本团体中来，这样就能最大限度地快速扩充团体的力量，用尽可能多的民间音乐来丰富专业舞台，让民间艺术在传播中加以变革和发展。其中，毛衣罕（1906—1979）1949年4月参加了在乌兰浩特举办的民间艺人培训班，然后到内蒙古文工团参加工作；琶杰（1902—1962）1951年加入内蒙古东部区文工团；著名潮尔奇色拉西（1887—1968）1949年加入内蒙古文工团；四胡演奏家、民歌手铁钢（1907—1992）1948年加入内蒙古文工团；著名胡琴演奏家孙良（1910—1997）也于1949年在乌兰浩特加入内蒙古文工团。

在1947年至1965年期间，内蒙古各地大小文艺团体、文化工作部门也相继创办，它们最初的组织形式都是通过引进民间艺人来扩大规模。1957年6月，内蒙古第一支乌兰牧骑在锡林郭勒盟苏尼特右旗建立，紧接着各旗陆续建立了乌兰牧骑文艺演出宣传队。乌兰牧骑是以文艺演出为主的小型文艺宣传队，其演员大多是来自民间的文艺爱好者或者当地文化部门懂文艺的人，这其中不乏说唱艺人。乌兰牧骑所表演的文艺节目具有强烈的时代性、革命性和鲜明的民族特点、地域特色，多演小型节目，例如好来宝、笑课、新书等。所谓"新书"，大多是新编的革命历史题材的胡仁乌力格尔短篇曲目，如《乌兰夫的故事》等。

除了乌兰牧骑外，其他艺术团体也同样吸收说唱演员或者胡琴演奏艺人。如吉林省前郭尔罗斯蒙古族自治县四胡演奏艺人苏玛（1914—1970）于1957年加入到该县民族歌舞团，任独奏演员；胡琴艺人孙良于1957年调入内蒙古广播文工团，任独奏演员等。民间说唱艺人的加入，不但使演出的文艺宣传队得以壮大，而且表演的节目更加专业化、系统化，能够在原有的表演内容和演出形式上推陈出新。

各地广播电台，特别是内蒙古人民广播电台以及东部各盟广播电台，一方面请一些胡尔齐录制胡仁乌力格尔以及民歌、好来宝等节目，同时，也聘请一些胡尔齐驻台，成为专职艺人。例如，著名艺人道尔吉（1924—1985）于1955年调入内蒙古广播文工团，后来一直担任内蒙古广播局专职胡尔齐；却吉戈瓦（1933—?）于1953年被聘为内蒙古广播局专职胡尔齐；乌斯呼宝音（1914—1979）于1956年加入内蒙古广播局文艺组等。

毛衣罕的经历尤其可以反映国家对胡仁乌力格尔等民间艺术的重视。1956年11月，他被调到内蒙古蒙古语说书厅，不仅经常亲自演出，还通过举办培训班的方式培养了一批杰出的青年文艺工作者。这期间，他接连创作了《长征》《白毛女》《敖包相会》等演唱作品。1957年5月，中共内蒙古党委、人民政府授予毛衣罕"说唱艺术家"称号。1961年，毛衣罕被委任为内蒙古大学中文系蒙古语言学专业教师，进行民间文艺教学研究。1962年4月，他重返蒙古语说书厅。

新中国成立初期，国家将一部分民间艺人吸纳到乌兰牧骑、歌舞团等演出团体当中，将他们发展成为国家文艺体制下的职业舞台演员，一方面利用这些艺人对艺术规律和艺术技巧进行深入把握，另一方面又以新的思想主题和新的艺术题材来创作新的曲目，从而实现了由民间艺术形式向舞台艺术形式的过渡。

二 各地说书馆（说书厅）的建立

目前为止，已知最早的蒙古语说书馆成立于1928年，地址在王爷庙，即今天的兴安盟乌兰浩特。新中国成立后，内蒙古东部各盟级单位纷纷建立群众艺术馆，在各旗县级单位建立文化馆，在部分乡级单位建立文化站，在部分村级单位建立文化俱乐部，形成了四级文化网，有力地促进了在人民群众中间传播优秀的民间艺术。

中华人民共和国成立后，在内蒙古的呼伦贝尔盟（今呼伦贝尔市）、兴安盟、哲里木盟（今通辽市）、昭乌达盟（今赤峰市）、锡林郭勒盟、乌兰察布盟（今乌兰察布市）、巴彦淖尔盟（今巴彦淖尔市）、呼和浩特市等地区陆续建立了说书厅。据统计，旗县级以上的说书厅有：（1）牙克石市蒙古说书厅；（2）海拉尔蒙古说书厅；（3）乌兰浩特蒙古说书厅；（4）东乌珠穆沁旗蒙古说书厅；（5）科右前旗蒙古说书厅；（6）扎鲁特旗蒙古说书厅；（7）锡林浩特蒙古说书厅；（8）巴林左旗蒙古说书厅；（9）科尔沁左翼中旗蒙古说书厅；（10）阿鲁科尔沁旗蒙古说书厅；（11）巴林右旗蒙古说书厅；（12）通辽市蒙古说书厅；（13）乌拉特后旗蒙古说书厅；（14）镶黄旗蒙古说书厅；（15）翁牛特旗蒙古说书厅；（16）赤峰市蒙古说书厅；（17）奈曼旗蒙古说书厅；（18）库伦旗蒙古说书厅；（19）科左后旗蒙古说书厅；（20）呼和浩特蒙古说书厅；等等。除旗县级以上的蒙古说书厅以外，还建立过一些苏木（乡）级蒙古语说书厅。如在1950年至1960年期间，内蒙古兴安盟、哲里木盟扎鲁特旗等地区的代钦塔拉苏木、吐列毛都苏木、巴彦淖尔苏木，都建立过营业性质的蒙古语说书厅。各旗文化馆下设的说书馆或说书室，会聘请一些优秀的胡尔齐进行专职说唱演出。在1954年至1956年期间，胡尔齐松林、白音朝克图先后被兴安盟科尔沁左翼后旗文化馆聘请为专职说书人。在1959年至1963年期间，该旗建立三处蒙古语说书馆和一处汉语说书馆。哲里木盟库伦旗文化馆成立于1951年，由著名胡尔齐僧格扎布专职说唱，并负责全旗胡尔齐的招生、管理和培训工作。哲里木盟科尔沁左翼中旗文化馆成立于1952年，在1956年至1966年期间，该旗著名胡尔齐贡嘎在说书馆工作。哲里木盟奈曼旗文化馆建立于1953年，1956年建立了隶属于文化馆的奈曼旗说书馆，聘请专职胡尔齐说唱。哲里木盟扎鲁特旗于1957年建立了蒙语说书馆，1959年改为曲艺社，巴达玛于1955年分配到该旗文化馆工作；自1958年开始，德宝在扎鲁特旗说书馆专职说书。可见，哲里木盟（今通辽市）是当时蒙古语说书最流行的地区。此外，兴安盟、昭乌达盟（今赤峰市）、锡林郭勒盟、呼伦贝尔盟（今呼伦贝尔市）各级单位也相继创办了自己的说书厅、说书馆或说书室，并延请专职胡尔齐说唱。例如，在1955年至1957年期间，德宝被赤峰说书馆请去说书三年。著名胡尔齐乌斯夫宝音自1957年起在锡林郭勒盟说书馆专职说书。1956年，辽宁省阜新蒙古族自治县文化馆组建的民族文化服务队，成员就有蒙古贞地区著名胡尔齐特格舍。新中国成立初期，在一些乡镇文化站也相继建立了说书馆、说书室。如兴安盟科尔沁左翼中旗关其嘎（1892—1974年）曾在代钦塔拉苏木自筹建立说书馆。1956年，兴安盟科尔沁右翼中旗说书馆在高力板镇建立，由7名胡尔齐分三组轮换说唱：第一组，孟根高力图、青龙（快忙）；第二组，白顺、德力格尔、朝格图；第三组，西数鲁斯、达日玛扎布。各组除了在说书馆说书外，还分别到各苏木巡回演出，半个月轮换一次。该说书馆每天说书8小时，其中午场和晚场各四个小时。后来，宝山、舍旦、额尔敦珠日合、布仁巴雅尔、海宝等胡尔齐也曾在该说书馆说书。20世纪50年代至60年代初，该旗代钦塔拉、吐列毛都、巴彦努拉等苏木、镇相继建立了说书馆。

三 举办胡尔齐训练班以及发放艺人证

新中国成立初期，内蒙古东部各地文化部门通过举办民间艺人训练班、签发艺人证、组织民间艺人联合会、联谊会等方式对本地区民间艺人进行统一管理。

1954年，由哲里木盟库伦旗文化馆主办的第一届民间艺人训练班创立，由著名胡尔齐僧格扎布负责。1963年库伦旗成立民间艺人联谊会，由僧格扎布担任会长。1963年哲里木盟科尔沁左翼后旗举办全旗民间艺人训练班，此后形成一年一期的民间艺人训练班举办制度，并于1965年召开全旗民间艺人大会，成立民间艺人协会。1964年兴安盟科尔沁左翼中旗召开全旗民间艺人大会，成立民间艺人协会。哲里木盟扎鲁特旗自新中国成立初期便多次举办胡尔齐培训班，1958年，著名胡尔齐扎那在该旗胡尔齐培训班担任指导教师。各地在举办训练班、成立民间艺人协会的同时，文化部门对民间艺人开始签发胡尔齐证，这也是对民间艺人职业身份的一种认可和认证。

举办训练班的宗旨，可以归结为两点：一方面，可以统一管理民间艺人；另一方面，也能够很好地改造这些"旧时代艺人"以及"旧时代艺术",帮助民间艺人融入新的社会文化环境当中。为此,新中国成立初期,各地文化部门投入了大量的时间与精力来抓这项工作。下面是杨玉成采访曾在库伦旗文化部门从事多年基层文化工作的巴特尔先生关于20世纪50年代初该旗举办胡尔齐训练班情况的一段回忆:

> 自1958年、1959年到1964年、1965年期间,每年都要举办胡尔齐训练班,一年举办一到两次,由旗里统一安排。训练班结束后,旗里要给每位胡尔齐发放艺人证,一年签发一次。有了艺人证,艺人们就可以到处去说唱了。
>
> 学习新故事时,我们这些文化干部就派上了用场——给胡尔齐朗读书本。如果是蒙古文书,我们就用蒙古文念诵给他们,如果是汉文书,我们就翻译成蒙古文给他们念诵。"旧书"不用给读,他们也会。不过,有时也给他们念一些无毒害的旧书,但主要以新书为主,如《刘胡兰》《王若飞》《内蒙古人的胜利》《新儿女英雄传》等。举办训练班,不仅让他们掌握了一定的新书目,了解新的思想和观念,目的是让他们学会歌唱新事物,歌唱革命英雄事迹,歌颂党和社会主义。①

这段文字记录说明政府部门一方面通过签发艺人证和成立民间艺人协会的方式,成功地实现了对民间艺人的组织和统一管理;另一方面通过举办艺人训练班,使这部分优秀的胡尔齐成为国家向老百姓传播优秀文化的桥梁和纽带。

四 社会转型与民间音乐艺术的变迁

文化是与特定社会联系在一起的,社会转型必然引发文化的变化。科尔沁民间艺术所赖以存在的内蒙古东部地区,在20世纪中期发生了重要的社会转型,由原来松散的地方自治转向了现代的"民族—国家"形态,

---

① 转引自博特乐图《胡尔齐:科尔沁地方传统中的说唱艺术及其音乐》,此为该书作者于2003年在内蒙古库伦旗的采访记录。

其突出特征是国家与社会的高度融合。"随着民族——国家的到来，国家成了一个行政和领土有序化的统一体。这个统一体不可能纯粹是行政性的，因为它所包含的协调活动预设了文化同质性的因素。"① 按照安东尼·吉登斯的说法，"民族——国家"的发展预示着传统社会中的城乡关系的消解，也必然同时伴随着高度密集的行政等级。从这种描述出发，我们可以看到政府对于文化的控制得以加强，民间文化也被纳入到国家意识形态建设的轨道上来，原来的带有地方特色的文化在一定程度上被构建成全民性的文化。在这种转型过程中，各种地方性文化艺术受到社会普遍性知识的过滤。

以这些观点作为理论借鉴，可以解释民间音乐艺术在社会转型中发生变化的原因。具体到胡仁乌力格尔这种民间说唱艺术，其在现代化语境下也发生了巨大的变化，实现了深刻的转型，博特乐图（杨玉成）将这种变化概括为："从多元性向一元性的转型、从传统型向现代型的转型、从地方性向普遍性的转型、从稳定性向开放性转型、从'自在'状态向'人为'状态转型"② 等五个方面的内容。

第一，从多样性走向单一的标准化。中华人民共和国成立后，出于建设新文化的需要，通过相对集中的政治思想运动，力图把文化传统和思想意识及其多元的各民族人民塑造成为社会主义新人。如果说自上而下的制度建设是要把人组织在一起，那么文化整合是要把人心凝聚在一起，形成文化共同体。通过社会主义制度建设和文化整合运动，民族传统艺术形式被主流意识形态所替代，内容和形式被政治化和标准化，并从多元性意识形态向一元性意识形态转型。新中国成立初期，"各地文化部门通过签发艺人证、举办民间艺人训练班、成立民间艺人联合会、联谊会等方式对本地区民间艺人进行管理"③。政府部门通过这种方式，把胡尔齐成功地收纳到新的文化制度体系下，并按照新的文化和思维模式，对胡仁乌力格尔

---

① 安东尼·吉登斯：《民族——国家与暴力》，赵力涛译，生活·读书·新知三联书店1998年版，第271页。
② 博特乐图：《胡尔齐：科尔沁地方传统中的说唱艺人及其音乐》，上海音乐学院出版社2007年版，第372页。
③ 博特乐图：《胡尔齐：科尔沁地方传统中的说唱艺人及其音乐》，上海音乐学院出版社2007年版，第369页。

的艺术传播形式和演绎方式进行了改造。在现代社会思想以及文化制度体系中，传统的民间音乐文化被重新界定，并赋予其新的文化含义和价值取向。在传统的民间音乐中，英雄崇拜、忠诚勇敢、团结战斗等进步因素和因果报应、怪力乱神等落后因素杂糅并存，改造之后，则重点表现爱国主义、民族团结等更为正面的思想主题。

第二，从传统型民间艺术走向现代型民间艺术。在历史的变迁中，我们也许可以发现一些仍停留在原来意义上的"传统文化"的例子，但更为常见的则是，我们常说的传统文化已经发生了变化。因为即使传统文化在历史的夹缝中幸存下来的话，也与其最初的来源分离，而与包容它的社会秩序相融合，成为新秩序中的一部分。现代社会文化背景下的"传统文化"，其实是传统文化的现代转化形式。当它脱离了最初的生存土壤，要想再存续下去，只能进入到新的社会文化体系当中，不管它是主动的还是被动的。作为传统文化重要组成部分的传统艺术，如果想要生存下去，势必要根据新的文化语境的要求进行自我修正。这种情况在20世纪初的文化激进语境中即是如此，并相当程度地持续下来。能否接受这种现代话语的规训，成为重要的分水岭。可以看到，科尔沁民间说唱艺术的几种主要类型遭遇了不同的命运：被批判和摈弃；被改造或再利用；间或被大力提倡。其中，有着丰富想象力的蟒古斯因被指责"内容粗俗""宣扬迷信"，从而受到摈弃；胡仁乌力格尔经过现实主义改造后焕然一新，革命叙事、当代英雄题材的新作品占据了舞台，旧书目只有少数"无毒害"的曲目允许保留下来；好来宝由于能够及时地反映新事物、新生活而得到了大力提倡，并且逐渐演变为独立的舞台艺术形式。这样，经过一系列的思想改造和艺术变形，民间说唱艺术完成了从"传统型民间艺术"向"现代型民间艺术"的历史转型，从流动的演出转向相对集中的舞台（电台）演出，成为主流文化传播的重要载体。

第三，从科尔沁地方单一性艺术走向普遍性艺术。传统社会向现代社会的转型所造成的普遍性话语，让民间音乐艺术持续地从地方性形式中解放出来，向普遍性形式转变。1949年前，科尔沁民间艺术属于生长于特定民俗社会中的地方性艺术形式；而1949年之后，地方性说唱艺术被当作全民族性的艺术形式加以推广，主要表现在跨区域流行、跨阶层和跨民族共享等方面。

1949年以后，依托广播电台等现代化传播媒介，科尔沁民间说唱艺术的传播范围持续扩大。例如，内蒙古人民广播电台、内蒙古哲里木盟广播电台、赤峰市广播电台、呼伦贝尔盟广播电台、兴安盟广播电台、辽宁省阜新市蒙语广播电台等单位，均播放过多部胡仁乌力格尔曲目。这对科尔沁民间说唱艺术，尤其是胡仁乌力格尔的传播十分有利。另一方面，一部分胡尔齐被招揽，引进到各级、各地艺术团体以及文化部门中，他们承担起政府部门的文化传播职能，其说唱范围不再局限于原生的牧区，跨区域传播速度加快。例如，在首府呼和浩特各演出团体以及相关文艺部门，都配有专职胡尔齐演出人员，即使像锡林郭勒盟、巴彦淖尔盟（今巴彦淖尔市）等中西部偏远盟市以及西部的个别偏僻的旗县，这些并非胡仁乌力格尔的传统流行区域，也相继创立了说书馆，并从东部地区聘请胡尔齐来专职说书。由此，胡尔齐的活动范围远远超出了科尔沁地方文化区的范围，向东北到巴尔虎草原，向西到锡林郭勒-乌拉特草原，都留下了他们的足迹。而这些地方性的艺术形式也很快被当地牧民所接受。新中国成立后，消灭了阶级差别，人民生活方式高度一致化，使得民间艺术从牧区扩散到城镇，形成社会各阶层共享的演艺模式。

第四，稳定性向开放性的转型之路。植根于传统社会的民间音乐艺术具有相对稳定的内部结构以及意义模式、形态特质。但是，如果社会产生重要的政治变迁，伴随而来的新的文化建设要求必然会对传统的文化艺术形成压力。这种压力会从两个方面体现：一是民间音乐艺术要想留住观众听众，只能进行适应性变革；二是新的政权也会对艺术的发展走向提出要求，并且是不容置疑的要求。在来自内部和外部的双重压力下，民间艺术只能对自身体系进行调整，以便使自己融入新的文化环境当中。当然，也要吸收新的文化"养分"，更明确地说，就是要吸收新的时代精神，把它灌注到所有新旧曲目中。凡是能够继续存留下来的传统文化，都会呈现出这种开放性特质，从稳定性结构向开放性结构转型，不只是民间艺术的思想主题和艺术表现形式的改变，也对胡尔齐的职业方向产生了重要影响。例如，那些被吸收到文艺团体里的胡尔齐，转向以好来宝说唱为主要职业，其他方面的艺术表演能力开始衰弱甚至丧失，慢慢成为不会说唱胡仁乌力格尔和叙事民歌的纯粹舞台演员，而原来的胡尔齐并没有这种艺术类型的分工。那些仍旧活跃于乡里民间的胡尔齐，其表演形式和思想内容也适应新的文化要求而被改造，其稳定性结构也向开放性结构转变。

第五，从民间"自在"状态向体制化的转变。传统说唱艺术植根于乡野民间，无论是说唱者还是听唱者，都是出于对音乐的自然而然的热爱，是一种自足自给的自然状态。以往它只是在牧区生产活动的闲暇时间，自发形成的民间娱乐活动。其自律方式，主要是师承关系和民间民俗文化的制约。而在现代社会，国家倡导的全民性文化会渗透到基层社区中，其过程是有组织的，甚至是有固定形式的。这一时期的各种转化、改造以及管理措施，本质上都是对民间艺术进行体制化干预的具体表现。民间艺术的生存及其存在的合理性和合法性，不再是以民众的娱乐需求为依据，而是一定程度上要以主流话语的认同为前提。这样，胡尔齐不再只是民族民间文化的传播者，而是肩负了审美娱乐、政治宣传、思想教育乃至文化提升为一体的多种角色和功能。民间音乐也负载了较多的意识形态功能而成为新的文化话语系统中的一支力量。

第二节 "文化大革命"期间遭受的破坏

十年"文化大革命"给民间艺术的传承与发展造成了严重的破坏后果。这期间对艺术的全盘否定和人为压制破坏了人们对艺术的审美追求，更直接造成了艺术传承上的断裂，即便在"文化大革命"结束后很多年也难以恢复过来。

其一，"文化大革命"期间对传统艺术采取了彻底否定的态度。从初期的改造和有选择的保留到彻底否定，是通过对民间音乐的承载者和传播者——胡尔齐进行批斗和攻击的方式来执行的。在"破四旧""立四新"的口号下，许多胡尔齐被丑化成"牛鬼蛇神"，成为被重点斗争和打击的对象，其说唱活动被禁止，收藏的"故事本子"和胡琴也被没收甚至销毁。宝音诺莫呼收藏的满满两箱子"故事本子"，在"文化大革命"中被付之一炬。著名胡尔齐布仁巴雅尔在此期间遭受万般折磨，最终导致双目失明。对那些从"文化大革命"中走过来的胡尔齐来说，这段时间是他们职业生涯中的一段"空白"。除了极少数胡尔齐能够表演一些极"左"内容的曲目以外，绝大多数艺人被迫停止了一切表演活动。维系着传统说唱艺术的表演-观赏活动的一切民俗活动也被禁止，民间艺术的历史发展进程被人为地割断与停滞。

其二,"文化大革命"期间对艺术机构采取了破坏行为。具体表现在对新中国成立初期建立的民间文艺工作体制的破坏,致使已经建立起来的群众文化机构几乎全部瘫痪,各地文化馆、说书馆或被撤销或被改革,大批文艺工作者背上莫须有的罪名,受到打击与迫害。胡仁乌力格尔被认为是旧的文化糟粕而受到冷落,说书馆里的专职胡尔齐被迫回乡,民间艺术的发展方向发生了重大偏离。

其三,"文化大革命"使胡尔齐的传承链遭到断裂的厄运,胡尔齐队伍在此期间大幅度缩减,进而造成传统说唱艺术作品的大规模散佚与丢弃。"文化大革命"使大批民间艺人无法正常从事说书活动,更无法收徒传艺,因此他们只得封琴隐迹,这使得民间艺术的自然传承机制遭到严重破坏。例如,"文化大革命"期间,甘珠尔曾向本村孟天宝(1918—1979)学艺,但是由于时势所迫,他从孟天宝那里未能学到一部完整的传统书目。"文化大革命"前,扎拉森从小跟陶格套学艺,迫于"文化大革命"的不利环境,他也曾一度想过放弃。这些例子说明了"文化大革命"对胡尔齐及民间艺术传承的破坏力之大、覆盖范围之广、影响之深。

其四,"文化大革命"期间在理论研究方面的削弱。这期间刚刚起步的胡仁乌力格尔研究完全中断,国内学者对于胡仁乌力格尔方面的研究论文越来越少。"而在旧社会饱受苦难、在新社会享受自由与幸福的胡尔齐们也成了'怀旧者''叛国者',不断地受到批判。他们被强加上了各种莫须有的罪名而深受折磨,有的被害致残,有的甚至被害身亡。而世代相传的手抄故事本子等也被当作封建'毒品'而毁掉。那些研究在新社会创作的好来宝作品的知识分子和学者们也被扣上了'内人党''叛国贼'等政治冤帽。在'文化大革命'时期,就连蒙古族文学艺术的报纸、杂志、书籍也都被迫停止出版发行。这使胡仁乌力格尔在文学史上的研究暂时断裂。"[①]

其五,"文化大革命"十年,不只是胡尔齐历史上最黑暗的一段时间,其影响也波及后来,造成了20世纪后半叶科尔沁说唱艺术的全面衰

---

① 朝克图:《国内学者对胡仁·乌力格尔的研究状况》,《黑龙江民族丛刊》2003年第5期。

微。它对后世所造成的直接后果体现在两个方面：一是在"文化大革命"十年动乱当中，许多胡尔齐去世，其技艺、曲目等未能及时得以传承，很多艺人及学艺者永久放弃从艺，国内学者对胡尔齐的研究中断，致使"文化大革命"结束后胡尔齐的队伍规模和艺术质量出现一蹶不振的局面；二是由于文艺创作的格式化以及"文化大革命"期间的人为淘汰思想，造成了后来蟒古斯乌力格尔的消亡以及大量胡仁乌力格尔传统书目的流失。

如果我们把"文化大革命"的十年看作近代科尔沁民间说唱音乐艺术从兴盛向衰微转向的分水岭，那么这段时间里传统艺术被卷入到了政治运动的狂澜中，使百年来累积的文化经典遭受到了严重的扭曲和摧残，为后世留下了许多遗憾。

第三节 新时期的恢复与发展

胡仁乌力格尔是蒙古族传统的说书艺术表演形式，也是蒙古族优秀的口头文化的传承载体。但在现代社会中，受到经济结构转型和社会变化发展的影响，优秀的传承人数量在逐渐减少，并且胡仁乌力格尔的传承方式也在发生着改变。传承方式的改变主要来源于两大方面：一是"文化大革命"的十年对民间艺术、传统文化的打压和破坏，让优秀的传统文化在纵向发展上有了断裂层；二是"文化大革命"结束后，国家的政治经济体制有了新的变化，在新的经济体制和社会环境下，传统文化的发展面临着许多新的机遇和挑战。

1977年以后，民间音乐的发展演变历程更具复杂性和多样化，我们可以把这一时期科尔沁民间说唱艺术的兴衰变迁分为三个阶段来说明：第一阶段，"文化大革命"结束后，传统文化在传承与发展的认知高度上，其地位得以恢复，出现了复兴的趋向和态势；第二阶段，随着全球化时代的来临，传统的发展模式在向现代化发展模式过渡的过程中，传统文化固有的传承与传播形式已经不能满足新时代的需求，传统民间艺术的发展模式再次面临生存危机与发展挑战；第三阶段，随着改革开放以及地方经济的发展和民族文化意识的逐渐增强，传统民间艺术的传播与发展在民间社会团体中得到大家的追捧和推崇，在一定程度上得到复兴并迅速发展。

一 "文化大革命"后重建说书馆（说书厅）

"文化大革命"结束后，各地文化部门快速恢复了"文化大革命"前的相关工作，重建文化馆、说书馆、说书厅等一些重要的文化传播组织机构。此间，胡尔齐也重新获得了从事文化演艺活动的自由空间。1977年，扎鲁特旗重新建立蒙古语说书馆；1980年，通辽市文化馆下设蒙古语说书馆；1977年，科尔沁左翼后旗兴建蒙古语说书馆，召开全旗汉蒙语说书艺人大会，为艺人恢复名誉，发放民间艺人证书；1978年，库伦旗文化馆附设蒙语说书馆，并在十个公社建起"社办公助"的文化站；1977年，科尔沁左翼中旗召开全旗第二次民间艺人大会，恢复民间艺人协会；奈曼旗群众文化工作也得以恢复，组织了曲艺调演比赛等活动；1979年，科尔沁右翼中旗创办乌力格尔厅，先后举办了6期说书艺人培训班；阿鲁科尔沁旗开始了新的胡尔齐组织管理工作，建立蒙语说书馆，由诺力玛、秀连、桑宝、塔日巴、达·敖特根巴雅尔等5名胡尔齐担任专职艺人；巴林右旗建立说书馆，请来参布拉、叁布拉诺日布、达木林、斯琴孟克、波波、贺喜格宝音等人担任专职胡尔齐。至20世纪80年代初，内蒙古自治区恢复或重建了18个说书馆（说书厅），分布在五盟二市。

二 说唱艺人的组织构成和演绎形式

20世纪80年代初，政府文化部门组织的说书馆专职艺人分为两类情况。一类是常驻艺人，他们属于"大集体"，政府为其提供专门的说唱场所，并安排专人照顾生活。例如，20世纪80年代初，阿鲁科尔沁旗说书馆有5名胡尔齐，他们成立了一个团体，由诺力玛负责日常管理工作，塔日巴担任会计，还开设了一个小卖部以方便提供日常生活所需。另一类情况是聘请一批专职艺人，但他们不用常驻，只需在规定时间里到说书馆说书即可。专职胡尔齐的任务除了在规定时间内为观众说唱胡仁乌力格尔，在每年开办的胡尔齐训练班上，他们还要担任培训教员的角色，在向说书爱好者们传承技艺的同时也培养了大量的传承者。这些专职的胡尔齐会向观众收取一些听书费；此外，他们还利用业余时间到乡下说书，来增加一些个人收入；当然，政府也给他们提供一定的经济补贴。根据贺喜格宝音所提供的资料，在 1980 年到 1985 年期间，政府每个月发 25 元生活补贴费，从 1986 年起涨至每月 75 元。建立说书馆，举办文化培训班，允许这些民间文化的传承人去各地表演，政府每月给他们发放一定数目的津贴，这些都说明在"文化大革命"十年之后民间文化艺术的传播被重新重视起来，也得到了群众的喜爱和追捧。

各地的文化馆、说书馆响起了久违的四胡曲调，至此，对胡仁乌力格尔与胡尔齐的学术研究也慢慢步入了正轨。1978 年 5 月 17 日，查干巴日苏、额尔德尼巴特尔两人在《呼伦贝尔报》上发表了"文化大革命"后的第一篇关于胡仁乌力格尔的研究文章——《胡仁乌力格尔之新生》；同年，巴雅纳发表了《论胡仁乌力格尔的革新趋势》；1979 年，文根苏娃、孙齐木格的《值得评价的一部胡仁乌力格尔——读巴雅纳创作的胡仁乌力格尔〈鹰岩〉有感》也相继发表；此后，巴·阿拉坦巴根的《祖国文艺百花园中的一朵鲜花——介绍蒙古族民间文艺乌力格尔》、莫勒其格的《古典曲调的新发展——听〈乌力格尔的曲调〉有感》等文章也陆续发表。

1978 年，十一届三中全会之后，我国经济社会各个方面的发展态势都呈现出欣欣向荣的喜人景象，关于胡仁乌力格尔的研究也进入了一个全新的发展阶段。这一阶段包括 20 世纪 80 年代初期到 80 年代末期的 10 年左右的时间。这期间，关于胡仁乌力格尔的研究成果层出不穷。尼玛先生先后发表了《关于胡尔齐宝音那莫胡及其乌力格尔好来宝》（与忙·木仁和著）、《老胡尔齐朝玉邦》《胡尔齐却吉卡瓦及其作品》等论文。巴雅纳发表了《关于胡尔齐毛衣罕及其作品》一文。

胡仁乌力格尔的研究成果可以分为以下三个层面：首先，从总体层面论述，例如宝柱的《浅论胡仁乌力格尔》、却吉嘎瓦的《论胡仁乌力格尔》、陶利的《读〈论胡仁乌力格尔〉之后的几点想法》、阿拉坦桑宝的《初谈胡仁乌力格尔》、那日苏的《浅谈蒙古贞胡仁乌力格尔》等；其次，从艺术层面论述，例如道荣嘎的《胡仁乌力格尔的艺术概况》、劳斯尔的《探讨如何说唱胡仁乌力格尔》、宝柱的《胡仁乌力格尔的艺术特点》等论文；最后，从胡仁乌力格尔的产生、发展、创新及有关方面的研究，例如齐木德道尔吉的《浅谈蒙古族说唱艺术的产生和发展梦》、吴·新巴雅尔的《关于胡仁乌力格尔的起源问题》、斯琴青格勒的《关于胡仁乌力格尔的发展》等三篇论文。自此，学界对胡仁乌力格尔的研究逐渐步入正轨。

三 胡仁乌力格尔受众群体的情况对比

"文化大革命"结束后，国家的经济结构和社会生活方式也在悄然发生变化，使得胡仁乌力格尔艺术失去了赖以生存的听众基础。

在物资匮乏、经济社会不发达的年代，人们接受文化传播以及娱乐的方式就是靠胡尔齐的传唱来实现的，胡尔齐在人们心中的地位是神圣不可撼动的。大量文献资料均有记载，胡尔齐每到一处演出，不论男女老少大家争相去观看表演，如痴如醉地欣赏着胡尔齐的演唱并陶醉其中。

新中国成立后到改革开放，人们收听胡仁乌力格尔的形式也有了大的变化，从过去面对面欣赏胡尔齐演唱到通过广播、收音机等一系列传播介质来收听。这一巨大的变化使得固有的听众基础被撼动，人们通过收音机和广播等传播介质随时随地可以收听，听过之余还能够兴趣盎然地谈论和回味故事情节和人物变化。

各地蒙古语广播电台说唱艺术的录制与播出工作进行得井井有条，特别是内蒙古人民广播电台以及东部各盟市广播电台，录制了大量的胡仁乌力格尔节目，平均每天播放0.5小时至1个小时，在节日期间延长至2个小时甚至更长时间。与此相应，听众的欣赏习惯以及文化消费观念也发生了变化。例如，对于20世纪80年代初的蒙古族农牧民来说，收音机算是一种相当昂贵的消费品。但是，农村牧区还是兴起了"收音机热"，人们年末卖几只羊来买一台收音机，为的是收听胡仁乌力格尔节目。当时，科尔沁农村牧区经常可以看到这一情景：每到胡仁乌力格尔播出时间，村里老老少少放下手中活计，聚集在某一个有收音机的人家里，准时收听胡仁乌力格尔节目。随着人民生活水平的提高和收音机的普及，人们随身携带收音机下农田、上牧场，利用空闲时间收听胡仁乌力格尔，甚至一些农村学校的作息安排，也照顾到了师生们的听书时间。

20世纪90年代后，我国的经济结构和政治体制发生了新的变化，新兴娱乐产品和娱乐方式的相继出现吸引着更多的年轻人参与其中并为此投入大量资金。在这种情况下，还愿意继续听胡仁乌力格尔这种传统艺术的人群就只剩下了中老年人，这一变化使得胡仁乌力格尔的听众数量锐减，也使得这种说唱艺术的继续传承面临极大的挑战。

四　文化传播地域的缩减

胡仁乌力格尔的传播地域主要集中在内蒙古的东部及东三省的蒙古族聚集地区，以及锡林郭勒盟、通辽市、科尔沁右翼前旗和中旗、扎鲁特旗、阿鲁科尔沁旗等地域。与过去相比，现在胡仁乌力格尔的演唱地域范围逐渐缩小的原因是地域间的人口流动和本民族间的语言文化流传的相对减少。进入20世纪90年代后，经济体制的变革和经济模式多样性的快速发展，使得一些以游牧业为主的蒙古族群体改变了固有的生计方式，他们离开草原，远离了游牧业以寻求新的生计方式，打破了固有的受众群体接受模式。在这种情况下，胡尔齐的演唱范围和倾听的人群在逐渐地减少。他们不再像以前那样频繁地流动演唱，因此深入牧区的活动次数也相对减少了。

20世纪90年代以后，随着工业现代化、全球产业化的发展，胡仁乌力格尔的演唱者胡尔齐在内容和传播方式上也做了新的改变，他们由过去深入牧区为牧民面对面的演唱到现在通过广播、收音机等新兴的传播方式将演唱的节目预先录制好，随时随地地方便听众收听。演唱内容方面也有了新的变化，过去主要演唱《封神演义》《水浒传》《隋唐演义》《薛仁贵征东》等演唱时间长、篇幅长、故事性强、场面宏大的内容，现在变为演唱一些和百姓息息相关的故事，比如邀请胡尔齐演唱祝福老人的胡仁乌力格尔作品等，还有一些则是祝愿家人幸福安康、吉祥如意和祈求来年风调雨顺、五谷丰登等内容。

对于胡仁乌力格尔所面临的境况，我们应该加大对其的保护力度，通过申请世界非物质文化遗产保护，加大力度鼓励年轻人学习胡仁乌力格尔以传承和发展我们的传统文化，让更多的人知道并了解这一民间文化形式。

第四节　新时代下的发展与演变

胡仁乌力格尔是蒙古族传统地方说唱艺术，主要流行于内蒙古东部地区以及辽宁、吉林、黑龙江省蒙古族聚居地区，被西方蒙古学专家誉为研究蒙古族史诗的"活化石"。20世纪90年代,通辽市扎鲁特旗被文化部命名为"民族曲艺之乡"。2006年,胡仁乌力格尔入选第一批国家级非物质文化遗产代表名录。

在新时代,胡仁乌力格尔是民族地区传承中华文明、繁荣民族文化、坚定文化自信的有效途径,是促进民族团结进步的重要载体。因此,保护好、传承好、发展好胡仁乌力格尔意义重大。针对当前胡仁乌力格尔在传承和发展中面临的"断流"和"失忆"状态,通辽市确定了实施保护、传承和发展胡仁乌力格尔的"十个一"工程。通辽市委书记罗永纲解释道:"第一个工程是人的工程;第二个工程要建立一大批场地;第三个工程是需要固定的演出机制跟乌力格尔紧密联系;第四个工程是创建一个品牌式的比赛;第五个工程是发掘、梳理、保护大批优秀的作品;第六个工程是构建一个良好的传播平台,更好地发挥桥梁的纽带作用;第七个工程是传授传播者;第八个工程是要有一个好的起到带动性的研究课题;第九个工程是形成一个乌力格尔艺术保护传承发展的阶段性规划;第十个工程是要有专门的经费保障。""十个一"工程使通辽市对胡仁乌力格尔的保护实现了从被动保护向主动保护、从单一保护向全面保护、从静态保护向动态整体性保护转变,让胡仁乌力格尔迎来了复兴的"春天"。

一 胡仁乌力格尔复兴引发的忧思

20世纪80年代以后,在宽松的文化政策和良好的演艺传播环境下,民间说唱艺术得以复兴。但是在这种表面复兴的背后,却为日后的衰落埋下了伏笔,具体表现在如下五个方面。

第一,旧书被"解禁"。文化部门在传播民间文化的过程中提倡并鼓励传承者多编新书目,为胡仁乌力格尔在传播的过程中注入新鲜的血液和灵魂提供了契机,胡仁乌力格尔曲目构成由此发生了新的变化。新书目的编排使得新的内容和传播形式不断地变化更新着,但也在一定程度上冷落了旧书目,使得传统曲目在为数不多的基础上继续加快流失的速度。当时演唱的曲目由以下五部分构成。一是"文化大革命"期间禁止说唱的大量旧书目得以解封,各地广播电台开始录放传统曲目。二是部分革命题材曲目重新得以提倡,如《平原枪声》(道尔吉说唱)、《儿女风尘记》(额尔敦珠日合说唱)、《敌后武工队》(海宝说唱)、《巴林怒火》(巴拉吉尼玛说唱)、《保卫延安》(劳斯尔说唱)、《邓小平的故事》(李双喜说唱)等,各地广播电台前后录播了数十部革命题材的新书目。三是20世纪80年代后出现了如《青史演义》《木华黎》《满都海彻辰哈屯》等以蒙古族历史人物和事件为题材的新曲目,而在过去的传统曲目中,蒙古族历史体裁曲目极为罕见。四是出现了一些歌颂时代英雄的新曲目,例如,科尔沁右翼前旗乌兰牧骑以本旗"九八抗洪"斗争中壮烈牺牲的蒙古族青年布仁巴雅尔、邓玉宝两位烈士为原型,创作了《霍林河岸两丰碑》;旗文化馆以科尔沁右翼前旗烈士——巴彦淖尔苏木纪检干部春香的英雄事迹为题材创作了《纪检英雄春香》;等等。蒙古语说书艺人们以本民族英雄事迹为题材编创的新曲目,既丰富充实了人们的日常生活,也让胡仁乌力格尔的演绎方式能够流传得更久远。五是说书艺人们在传承以往经典胡仁乌力格尔曲目的同时,也开始了新作品、新曲目的自由创作。例如,最具代表性的胡仁乌力格尔非物质文化遗传继承人甘珠尔,在内蒙古电台、哲里木盟(今通辽市)电台、赤峰电台、兴安盟电台、通辽电视台、科尔沁右翼中旗电视台录制了《隋唐演义》《楚虢相争》《三侠五义》《金树传》《成吉思汗的故事》等20部胡仁乌力格尔作品。此后,他独立编创了胡仁乌力格尔新曲目《顶天山》(50余万字,60回),还在《哲里木文艺》《哲里木艺术》《鸿嘎鲁》《花蕾》《兴安日报》等报刊上发表了《薛仁贵的故事》(连载)等胡仁乌力格尔曲目的书写文本以及其他好来宝、诗歌作品30多部。"内蒙古博物馆民族文化传承者"扎拉森能够熟练地用四胡和潮尔伴奏,不仅可以自拉自唱长篇故事,也能够一人承担故事中的诸多不同角色,通过唱腔、道白和表演还原故事情节,塑造生动具体的人物形象。靠着这一系列扎实的基本功,扎拉森编创了《济公》《包青天》《李向南》《康熙微服私访记》《沙格德尔"疯子"》《僧格仁钦》《狄青征南》等9部胡仁乌力格尔作品。

第二,举办民间艺人训练班。训练班在内容的编排和传播方式上不断地更新变化使得胡尔齐的曲目数量扩大至数倍,这也是他们丰富知识和提高技能的有效途径。但是标准化的训练又导致胡尔齐队伍出现风格技法的一致化、单一化,这种状况对传统文化在多元风格和技法的沿传及保持等方面产生了消极作用。

第三，各地说书馆的建立以及专职艺人制度。20 世纪 80 年代之后，思想文化建设再度被人们重视起来，各地区纷纷开始建立说书馆、说书厅，并为胡尔齐设立专职的服务管理制度。在精神富足、生活才会更美好的思想理念导引下，胡仁乌力格尔顺其自然地成了丰富人民群众日常文化生活的精神食粮。但这一阶段的说唱艺术表演形式还是在既定的活动范围内，失去了纯粹的自然流动性。"乌力格尔"，蒙古语意为"说书"，是蒙古族的一种传统曲艺形式，与草原上蒙古族人民生活习性一致，因此这种艺术具有浪漫开阔的气息。伴随着各地说书馆的建立，这种浪漫开阔的气息也从表演形式变成了单纯的娱乐宣传行为，失去了固有的听赏娱乐、仪式象征、历史记忆、民俗教育等多重功能，变成了脱离原有民俗文化和生活语境的"音乐会"式的艺术形式。

第四，专职的胡尔齐艺人成了传播的主体。艺人培训班的举办和专职服务管理制度的设立，使得胡尔齐的数目不断地被扩充，其中部分专职艺人得到了政府部门和主流话语权的支持从而占据了市场，成为带动胡仁乌力格尔传播的主流群体。但主流群体的出现对大部分民间艺人的从艺市场造成了冲击，进而导致民间说唱活动的日趋减少。

第五，新型传播介质的出现改变了固有的传播局面。广播、电视等现代传播媒介的加入，让人们足不出户便可收听到优秀艺人们的说唱作品，这对民间说唱艺术的自然传播方式形成了巨大的冲击力。新时代新变化，借助现代传播媒体对胡仁乌力格尔进行"微"传播，演变成一名胡尔齐即可代替过去几十名甚至几百名艺人，导致胡尔齐行业出现了人员饱和状态，很多人由此失去了从艺机会。

二　现代生活变迁以及传统艺术的境遇

自 20 世纪 80 年代以来，随着改革开放的深入以及市场经济的进一步成熟，中国社会文化不断地从独立、自足向全方位、多角度、多样化的形式转变，为更好地吸收优秀的养分而不断地充实、丰富和改变自己。这一变革也使地方民俗的传统文本不断得到恢复和发展，社会文化和娱乐从全民一致的高度整合状态开始得以充分分化，其民族特色和地方特色开始全面呈现，从而使得民间文化生活变得更加异彩纷呈。一方面，传统民间艺术的复苏使得人们从文化迷失中走出来，并运用传统的力量在变化的世界中求得自我认同和生存的倚仗；另一方面，在当今世界多样化的进程中，乡土文化生活毫无例外地受到各方面的冲击，为了融入变迁的社会生活中，人们不得不接受外来文化，加快对自我文化调整的步伐。在这种内外因素的相互碰撞、冲突以及融合的过程中，民间文化完成了历史性嬗变。

当传统在现代的层面上再现时，其原来的结构因素往往会发生改变，并会重新组合，借用萨林斯的话："原有的体系以崭新的形式被建构出来。"过去，人们盖新房、过本命年或者庆祝其他重大的节庆活动，一般都要请胡尔齐到家里说书；20世纪80年代后则流行"请电影"到村里来放映。过去，人们喜欢的休闲娱乐方式是亲戚邻里聚在一起观赏说书表演，现在大家则更青睐于打扑克、搓麻将，借此来娱乐解压，年轻人更是会聚三五好友在俱乐部里唱歌跳舞。过去，民间知识的传承需要有拜师仪式，这样的传承方式是需要一些仪式感的，徒弟带着一份虔诚、谦虚的心态向师傅请教学习，师傅对徒弟的点化则是面对面的授受互动，口授心传。但我们需要传承的这种仪式感在今天"互联网+"的信息传播网络虚拟化的时代已经渐渐消失，不复存在。现在很少会看到年轻艺人虚心、虔诚地向长辈请教学习传统技艺，更多的则是通过收听广播、录音甚至看录像的方式来学习实用技艺，以至于"一瓶儿不满、半瓶儿晃荡"的状况比比皆是。

在网络信息时代的今天，各种新兴传播介质的涌现使得传统文化的传承与传播也遭受到了碎片化的冲击，为了继续生存，胡尔齐必须根据受众的需要对自己的艺术做出调整。像过去长达数十天的长篇胡仁乌力格尔说唱曲目已经不再受民众的普遍欢迎，多数胡尔齐更多的是转而演唱叙事民歌或者一些几个小时的中短篇书目，那些长篇书目也被肢解成许多小片段，用来应对新的表演——观赏需要。例如，齐宝德说唱的《花和尚鲁智深火烧瓦罐寺》，其实是从胡仁乌力格尔的传统曲目《水浒传》中节选出来的两个多小时的一段故事，的确能够在短时间内吸引尽可能多的群众观看表演。年轻艺人额尔敦楚古拉经常说唱的《姚山通的故事》，也是一个"三个晚上的"短篇故事。当然，他们的表演需求是一样的，即在满足受众群体需求的同时使传播效果达到最大化。另一方面，主流话语权的认同对民间艺术的格式化作用也相当严重。新中国成立以后，短小精悍的好来宝得到了相关部门的认同和重视，许多文化传承艺人倾向专事好来宝表演，出现了许多只能表演好来宝而不会说唱长篇书目的艺人。

随着经济的快速发展，人们的精神文化生活也在时刻变化着，新的娱乐形式和流行文化层出不穷，致使传统文化遗产遭致冷落而日益走向衰微，它们在民众文化生活中的地位也一落千丈，民间音乐艺术受到排挤而渐被"边缘化"。特别是随着中国市场经济体制的初步建立，市场经济通过计划和市场两种手段实现资源的合理配置，国家不再对经济的发展进行过多的干预和管制，让市场成为经济发展的主体。这一社会剧变使得各地说书馆纷纷关闭，再加上广播电台等部门缺少投资，资金链断裂，节目的录制量也开始缩减，这也是在客观上加速民间音乐艺术继续衰微的因素之一。

三 新时代下传统文化发展的困境与出路

随着信息时代的到来，经济水平的高速发展，文化在世界范围的流传更为方便和快捷。西方的哲学思想和文化艺术不断地在全世界传播，西方流行音乐亦受到世界各地年轻人的追捧，以流行、摇滚乐、嘻哈和爵士乐等为代表的西方音乐艺术迅速占领了中国文艺市场，青年一代的注意力就这样被"异"样的音乐艺术的魅力所吸引，由此胡仁乌力格尔的传承和流传渐渐出现危机。

在国内，各大卫视的综艺节目层出不穷，从 2005 年的《超级女声》到 2012 年的《中国好声音》《我是歌手》等选秀节目的火爆程度一直呈攀升的态势，居高不下。为了吸引更多的年轻人观看并加入到其中，这些选秀节目大多主打流行音乐、民谣、说唱等类型的风格和旋律，青少年在大背景下接触的音乐多为流行音乐，具有民族特色的艺术则备受冷落，这就导致蒙古族民间说唱艺术胡仁乌力格尔的日渐衰落。除此之外，老一辈的胡尔齐相继离世，例如琶杰（1902—1962）、毛衣罕（1906—1979）、额尔敦珠日合（1918—1984）、布仁巴雅尔（1928—1985）等。这也是胡仁乌力格尔传播受阻的因素之一。叁布拉诺日布说："民间艺术的生命是脆弱的，在市场经济的风浪中，一些民间艺术呈现出加快消亡的趋势。乌力格尔作为最受草原人民欢迎的民间艺术，如今其传承人是凤毛麟角，抢救乌力格尔的任务迫在眉睫，刻不容缓。"①

中国经济克服种种困难，初步建立起市场经济体制并实现了持续、高速的增长，经济发展使得国家综合实力逐渐提高，现代化初步推进，民众生活逐渐改善，极大地增强了全国人民的文化自信、自尊、自觉，自豪的情感与认同意识进一步加深，从而引发了复归传统文化的社会思潮和振兴传统文化的各种努力。在这种社会思潮和文化动向的波及和包围下，包括科尔沁说唱艺术在内的蒙古族传统文化艺术出现了一种复苏的态势。人们意识到保护民间文化艺术的重要性，开始对传统民族音乐进行抢救。参与抢救胡仁乌力格尔艺术工作的民俗学家王迅介绍说："经过五十年的艰辛搜集整理，我们搜集到一千余万字的民间文艺资料，挖掘、整理出版濒临失传的长篇英雄史诗，其中包括长篇史诗《镇压蟒古斯的故事》《迅雷·森德尔》《阿勇干散迪尔》《刀劈公主》等故事，这些故事长期在民间流传受到人们的欢迎。"② 被吉林省民间艺术协会授予"民间故事家"称号的前郭尔罗斯蒙古族自治县老艺人白音仓，也曾参与了抢救民间艺术胡仁乌力格尔的工作。他在83岁高龄时，完成并发表了胡仁乌力格尔长篇书目《陶克陶胡》，于1990年由吉林人民出版社和内蒙古人民出版社出版。特木尔巴根、特木勒、唐森林等胡尔齐也加入到抢救工作当中，他们将一些人们耳熟能详的传统故事改编后搬上舞台，扩大了胡仁乌力格尔的影响力。前郭尔罗斯蒙古族自治县草原文化馆馆长宝音朝古拉介绍说："为适应社会发展，过去传统的表演方式都是一人一把琴，一个人表演，现在经过我们的变革成为了多人多把琴，分人物、角色去表演，而且故事情节错综复杂，这样好像一台惊艳的文化戏。我们没离开传统琴书的曲调和形式，道白的时候坐着道白，交战的时候也站起来表演，从形式上更吸引人。"③

不管是政府出台政策还是民间自行组织，胡仁乌力格尔在20世纪80年代以后出现了复兴的态势，我们可以看到以下几个方面的变化。

1. 政府政策的支持

据劳斯尔说："80年代的时候，哲里木盟文化局曾组织过好几届乌力

---

① 胡金山、德木其格：《亟待保护的科尔沁文化瑰宝——乌力格尔》，《通辽日报》2010年第6期。
② 何金峰：《乌力格尔的传承与保护》，《音乐时空》2014年第9期。
③ 何金峰：《乌力格尔的传承与保护》，《音乐时空》2014年第9期。

格尔学习班，专门聘请著名胡尔齐艺人讲授乌力格尔的说唱技法和胡琴的演奏技艺，并且给结业的学生发放盖有内蒙古文化厅和哲里木盟文化局印章的胡尔齐证书。这种证书是政府对胡尔齐的认定与认可，也是对乌力格尔表演行为的批许。进入90年代以后，受众范围的缩减，各地的'乌力格尔屋'相继被拆除，因此证书也失效了。"这段话中传递给我们的信息是：地方政府在20世纪80年代的时候就已经开始重视胡仁乌力格尔的传承与保护工作，但是随着西方流行音乐的流入，胡仁乌力格尔在大部分民众眼中渐渐消失，直到2006年"乌力格尔"进入国家第一批非物质文化遗产名录后[1]，才重现星星之火，得到人们的关注。各地政府和相关部门开始采取更加宽松、灵活的政策，使那些长期被冷落、被禁止的民间传统文化在淳厚的乡土社会阶层中重生。几近消亡的科尔沁史诗，在学界及相关传人的努力下近年来出现了复兴的生机，胡仁乌力格尔也成了国家文化部门的保护对象，赢得了一系列的殊荣。

1995年，科尔沁右翼中旗被自治区文化厅授予"蒙古族曲艺艺术之乡"。1996年又被国家文化部授予"中国民间艺术之乡"。2006年，乌力格尔被列入第一批国家级非物质文化遗产名录；2007年11月，科尔沁右翼中旗被自治区文联和自治区民间艺术家协会联合命名为"乌力格尔之乡"。内蒙古通辽市科尔沁左翼中旗的四胡文化历史悠久，全旗有102个四胡民间艺术团活跃于城镇乡村，科尔沁左翼中旗的千人四胡协奏曾被载入吉尼斯世界纪录。2013年，中国文联民间文艺家协会命名内蒙古自治区科尔沁左翼中旗为"中国四胡文化之乡"，并批准建立"中国四胡文化保护传承基地"。

政府也出台了一系列保护措施。例如，2007年扎鲁特旗投资180万元建成了"全国首家乌力格尔博物馆"，填补了乌力格尔曲艺艺术集中展示的空白。馆内收集整理了实物、文本、图片、手记、声像等多种资料150余件，并请资深的胡尔齐录制了500多个小时的乌力格尔、好来宝说唱艺术资料。通辽市2004年制定了民族民间文化保护工程实施方案，"保

---

[1] "乌力格尔"的汉语意思是"说书"，是蒙古族传统曲艺说书形式的总称。在蒙古族民间，徒口讲说表演而无乐器伴奏的乌力格尔被称为"雅巴干乌力格尔""胡瑞乌力格尔"；使用乐器潮尔伴奏的乌力格尔被称为"潮尔乌力格尔"；使用四胡伴奏的乌力格尔被称为"胡仁乌力格尔"。

护工程"把通辽地区的珍贵、濒危且具有历史、文化和科学价值的民间传统文化一并纳入了保护范围。2012年，通辽市成立了市非物质文化遗产保护中心，胡仁乌力格尔的保护工作被列入其中。2015年，库伦旗、科尔沁区也先后成立了独立的"非遗"保护机构，在全区旗县级"非遗"保护机构建设中一步领先，这一举措表明政府对胡仁乌力格尔的保护工作已呈常态化。从科尔沁区民族人口区域分布出发，通辽市政府制定了坚持"保护为主、抢救第一、合理利用、传承发展"的工作方针，确立了构建"六位一体"乌力格尔传承体系的思路，即建设场馆、保障资金、成立组织、构建体系、创编作品、培训人才，这对胡仁乌力格尔以及胡尔齐的发展有建设性的意义。2017年年初，通辽市科尔沁区文化广电局将"乌力格尔"保护传承发展工作纳入全年工作重要议事日程，并制定了一系列工作计划。例如，组织乌力格尔艺术培训班、在"文化下乡"演出活动中增加乌力格尔说唱节目、编制《科尔沁区乌力格尔作品集》、建立有效的说书艺人管理机制等。

通辽市级以下的旗县——科尔沁右翼中旗，作为"中国民间曲艺之乡""中国民间文化艺术之乡"，全国的"乌力格尔之乡""赛马之乡""四胡之乡""民歌之乡"，旗文化馆对民族文化、地区特色文化的传承丝毫不曾懈怠。关于乌力格尔和胡尔齐的保护问题，旗政府相继提出有效的支持政策。2002年以来，科尔沁右翼中旗政府设立专户拨付资金支持乌力格尔事业，出台建立"民间艺术保护基金"，推出了一年一届的乌力格尔艺术节，成立艺人协会和培训中心，认定和命名优秀民间四胡艺术传承人。2005年6月，出版了《科尔沁右翼中旗·享誉全国的乌力格尔之乡》一书，内容涵盖论述、曲目、配图，是科尔沁右翼中旗乃至兴安盟民族文化发展史上首部研究说唱艺术的专著。其后又出版了《科尔沁右翼中旗·民间口头文学选编》《科尔沁右翼中旗·蒙古族曲艺音乐集成》《科尔沁右翼中旗·蒙古族说唱艺术研究》《图什业图山地名传说》《蟒古思的故事》《图什业图胡尔齐360人》《图什业图民歌集》等极具地方特色及研究价值的书籍，为繁荣和发展说唱艺术及民族文化事业做出了积极贡献。在制度方面，先后制定了《科尔沁文化发展规划》《科右中旗民间艺人奖励办法》等制度。在《科右中旗民间艺人奖励办法》中，明确规定了对60岁以上的老艺人、特困艺人的补助措施，以及对带出了弟子艺人和对参加全区、全国大赛获奖艺人的奖励措施。这一办法的实施，充分调动了民间艺人献身文化事业的积极性，使得全旗注册的民间艺人增长至150多人，比新中国成立初期增长了2倍。

但是面对以上政府采取的措施，中国社会科学院民族文学研究所博士纳钦表示："对于整个抢救计划来说，眼前的工作仍显得微不足道。经费严重短缺，使抢救工作步履维艰，如果当地政府能尽快支持做好组织演唱比赛、组建乌力格尔艺术团等工作，国家有关部门能提供几百万元的资金投入，那么，整个计划将分阶段进行。近期，可在3年内完成搜集2000个小时乌力格尔资料的工作；中期，用6年时间对遗漏的胡尔齐进行录音，回访一些著名的胡尔齐，搜集他们记忆中的乌力格尔；长期，在20年内跟踪采访年轻的胡尔齐。"纳钦认为，这样既可以建成一个规范、存储量庞大的"中国乌力格尔收藏库"，也能够使乌力格尔后继有人。扎鲁特旗文联主席徐文燕说："为了支持乌力格尔抢救计划，现在地方政府每年拨款5万元，说实话，这对于落后的少数民族地区而言，是一笔不小的款额，但是，要想让乌力格尔抢救计划真正落到实处，这5万元的作用是十分有限的。"中国曲协研究部主任魏秀娟指出："挖掘少数民族传统说唱作品是一项艰苦的任务，而整理已采录成的原始资料使之更加系统化和完整化，并且尽可能地符合其艺术原貌，的确不是一件简单的事情，深刻理解蒙古族说唱艺术本质和特征，也确实是一个不断深化的过程。"

2. 积极举办乌力格尔大赛

在政府政策的支持下，各地都积极举办乌力格尔大赛。这不仅能够向世界各地传播和弘扬乌力格尔文化，同时也能调动一些说书艺人的积极性，为弘扬民族文化、推动文化创新发挥正能量的表率作用。

在通辽市科尔沁右翼前旗，乌力格尔具有悠久的历史传统、深厚的文化积淀和广泛的群众基础。因此，乌力格尔大赛率先在科尔沁右翼前旗举办，科尔沁右翼前旗的乌力格尔大赛参照选秀节目的举办模式，经过海选层层选拔，从嘎查文化室到苏木镇文化站再到全旗性质的乌力格尔大赛，最后在总决赛中评选出优秀的乌力格尔作品。1993年，科尔沁右翼前旗成功举办了内蒙古自治区首届乌力格尔、好来宝大赛，比赛中获奖的选手不但获得了丰厚的奖品，同时还被推举参加盟市、自治区乃至全国性的文艺比赛。到21世纪，内蒙古各类乌力格尔比赛开始兴起，一些著名的乌力格尔艺术家也积极参与其中。2000年，甘珠尔、额尔敦达古拉、齐宝德等艺术家们在首届全国蒙古语乌力格尔大赛中亮相并获奖；2001年科尔沁右翼前旗举办了全国第二届蒙古语乌力格尔大赛；2002年举办了全国第三届蒙古语乌力格尔大赛；2003年举办了全国第四届乌力格尔大赛。2005年科尔沁右翼前旗隆重举办了内蒙古自治区首届乌力格尔艺术节暨全国第五届乌力格尔大赛，此次比赛中，共有122名来自黑龙江、吉林、辽宁和内蒙古自治区的选手参赛，是自举办乌力格尔大赛以来最盛大的一次。这次活动，还得到了北京、黑龙江、吉林、辽宁和内蒙古自治区等有关领导、艺术家、乌力格尔专家和研究学者的大力支持。至此，乌力格尔这一传统文化艺术在科尔沁右翼前旗的大力支持下开始复兴。

在科尔沁右翼前旗举办乌力格尔大赛的蓬勃态势下，乌力格尔发展的另一个繁荣地——通辽市的扎鲁特旗也紧随科尔沁右翼前旗的步伐，相继举办了乌力格尔大赛。例如，2002年组织举办了纪念琶杰大师诞辰100周年暨全国"琶杰杯"乌力格尔、好来宝大赛；2003年组织了纪念曲艺大师扎那胡尔齐诞辰100周年暨全国乌力格尔大赛；2006年8月中国曲艺家协会、内蒙古宣传部、内蒙古文联、通辽市扎鲁特旗政府等单位联合举办了纪念曲艺大师毛衣罕诞辰100周年暨中国·内蒙古乌力格尔艺术节，来自蒙古国、日本、加拿大及国内八省区的80多位胡尔齐艺术家们参加了大赛；2016年首届扎鲁特旗乌力格尔艺术节成功举办；2017年扎鲁特旗举办了"神峰杯"科尔沁民歌乌力格尔大赛；2017年举办了第二届扎鲁特旗乌力格尔艺术节。

除了科尔沁右翼前旗和扎鲁特旗之外，内蒙古许多地区也同样举办了形式各异的大赛。例如，2005年8月内蒙古首届乌力格尔艺术节暨全国第五届乌力格尔、好来宝大赛在科尔沁右翼中旗举办；2006年10月内蒙古呼和浩特市举办了"成龙煤炭"杯八省区首届蒙古四胡演奏广播电视大奖赛；2016年8月24日科尔沁右翼后旗举办了"琶杰杯"胡仁乌力格尔、好来宝比赛；2016年10月22日科尔沁区举办了首届乌力格尔、好来宝四胡大赛；2016年11月16日科尔沁左翼后旗民宗局、总工会、文化局联合举办了全旗首届农民工乌力格尔大赛；2016年12月8日科尔沁左翼后旗举办了第三届"科尔沁"杯蒙古语曲艺广播电视大奖赛乌力格尔分赛；2017年1月6日玉龙社区组织举办了"奈日乐杯"乌力格尔、好来宝、四胡大赛；2017年7月12日由兴安盟盟委宣传部、盟民族事务委员会、盟文体局、兴安广播电视、内蒙古广播电视台、内蒙古广播电视台文体娱乐频道联合举办的中国科尔沁民歌乌力格尔大赛兴安盟赛区决赛在兴安广播电视台开赛；2017年8月赤峰市举办了八省区首届"巴拉吉尼玛杯"乌力格尔大赛。2018年1月16日，由内蒙古自治区党委宣传部、民委、文化厅、内蒙古广播电视台、兴安盟委行署主办的"魅力内蒙古，唱响科尔沁"——中国科尔沁民歌乌力格尔大赛总决赛在兴安盟乌兰牧骑宫成功举办。此次大赛中，来自39个地区的3789名选手，经过56场的初赛、复赛层层选拔，有66组选手进入决赛。参赛者们在比赛的过程中弘扬了乌力格尔传统艺术的魅力，同时更为乌力格尔的爱好者们提供了交流的平台。在这次科尔沁民歌参赛选手中，年龄最大的84岁，年龄最小的只有5岁，青少年向老艺人虚心求教，老一辈向下一代心口相传，共同努力将乌力格尔传承下去。

3. 建立说书馆

政府积极建设说书馆，为广大喜爱乌力格尔艺术的年轻人提供了广阔的交流平台，接纳有志于学习这项传统技艺的年轻人，邀请老艺术家向年轻人及爱好乌力格尔的群众传授乌力格尔的技艺，力图将乌力格尔发扬光大。为推动乌力格尔说唱艺术的保护传承与发展，通辽市科尔沁区立足民族人口区域分布实际，坚持"保护为主、抢救第一、合理利用、传承发展"的原则，确立了建设场馆、保障资金、成立组织、构建体系、创编作品、培树人才"六位一体"的乌力格尔传承体系思路。2014年，科尔沁左翼中旗结合舍伯吐城乡一体化发展示范镇建设，投资550万元规划建设了面积为2650平方米的乌力格尔艺术馆。2016年9月30日，科尔沁区首家乌力格尔说书馆在丰田镇喜伯营子村正式落成，该馆建筑面积120平方米，可容纳近百人欣赏乌力格尔说书艺术，面向群众开放。作为乌力格尔传承中心，馆内同时接纳年轻人学习乌力格尔技艺。乌力格尔说书馆的建成是科尔沁区贯彻落实通辽市委、区委文化工作会议精神，传承少数民族文化，发展科尔沁区特色文化的突破性进步，践行了乌力格尔"六位一体"的发展规划。在主城区群众文化中心建设项目中增加乌力格尔说书馆建设，统领科尔沁区乌力格尔发展；依托文化活动室的建设，认真贯彻落实"六位一体"的发展规划，在蒙古族人口较集中的苏木（镇）和嘎查（村），如敖力布皋镇文化站、大林镇文化站、丰田镇文化站、木里图镇文化站，以及大林镇保安村、敖力布皋镇白音那嘎查、木里图镇西花灯嘎查、莫力庙苏木小街基嘎查、莫力庙苏木少林敖包嘎查、钱家店镇乌兰基嘎查、余粮堡镇二街村、庆和镇永合屯村、清河镇保安村、育新镇哈拉呼村等地建设了15座乌力格尔说书馆，实现全区苏木（镇）、35%的嘎查村有乌力格尔说书馆（厅）。

有关部门积极申请上级及本级政府拨付乌力格尔保护传承经费，用于深化乌力格尔艺术研究，并积极整理申报材料，逐级申报乌力格尔非物质文化遗产保护项目，争取专项资金支持。由区文化馆牵头成立乌力格尔艺术团，实行动态管理，使其成为乌力格尔宣传的中坚力量；在文化馆免费开放项目中增设乌力格尔培训，扩大群众认知，让乌力格尔从高端传统文化走进百姓生活，成为"流行"文化并得以活态传承。另外，构建区、镇苏木（街道）、嘎查村（社区）、文化户（院）四级乌力格尔传承体系，由区非物质文化遗产保护中心、文化馆统领、完善传承架构。

4. 开设乌力格尔培训班

由于一些农村牧区传统民俗活动的恢复，从而也带动了以乌力格尔为根基的民间音乐的复苏。随着人们物质生活的日益富足，牧民们的文化娱乐方式开始变得多姿多彩起来，他们不再像以前那样一味追求新鲜时髦的流行元素，传统音乐也日益成为人们多元化文化消费生活中的一个部分，从而在民俗生活领域中重新找到了一定的位置。据一些胡尔齐讲，目前说书活动的民间市场正在日渐扩大，特别是每到冬季，市场前景相当可观。政府以及民间组织为满足人们的精神文化需求，以及进一步弘扬和保护蒙古族传统民间艺术瑰宝——胡仁乌力格尔，经常举办"乌力格尔培训班"，旨在培训和选拔人才，让乌力格尔"非遗"文化能够薪火相传。乌力格尔的传承和发展是胡尔齐和文化工作者们共同的奋斗目标，是有计划、有组织地培养一支满足人民群众精神文化需求和传承乌力格尔艺术队伍的迫切需要。在这一方面，科右中旗文化主管部门把培训和发展民族曲艺艺术人才作为发展本地民族文化的大事来抓，先后成立了科右中旗乌力格尔培训中心、乌力格尔艺术协会、说书馆等组织机构。例如，科尔沁右翼前旗每年都会举办乌力格尔、好来宝培训班；2014年5月，请来了旗里德高望重的老艺人甘珠尔，以及楚古拉、照日格图等著名的民族文化传承人对爱好者们进行培训，使得乌力格尔的艺人队伍不断壮大。在培训结束后还组织 80 余名学员进行了竞技比赛，在切磋技艺的同时，也选拔出了传承文化的优秀人才，通过比赛脱颖而出的农牧民白音努拉如今成了一名专业的说书人。2015 年冬，科尔沁右翼中旗举办了胡仁乌力格尔短期培训班，内蒙古大学全福教授为学员们讲解了胡仁乌力格尔传统曲目中常常涉及的天干地支、阴阳五行、官职、年号、避讳等文化知识，纠正了许多流行久远的错误。为了全力保护和传承非物质文化遗产项目乌力格尔，2017 年 9 月 4 日，科尔沁右翼后旗文化馆主办了乌力格尔艺人乐理培训班，旗内 50 岁以下的乌力格尔艺人分期参加培训。该培训教程包括音调、节奏、音乐符号、简谱音乐基础等乐理知识，通过培训，进一步提升了乌力格尔艺人的音乐表现力和艺术感染力。除此之外，科尔沁左翼后旗文化馆定期举办公益培训，旨在提高非物质文化遗产传承人群的当代实践水平和传承能力，使非物质文化遗产融入现代生活，得到活态的传承与保护。

通辽市科尔沁区文化馆也免费举办艺术培训班，在原有的课程基础之外，加设了一门"胡仁乌力格尔"的课程，聘请教师专题讲授，并定期开办乌力格尔的专题讲座，这为民间艺术爱好者和胡尔齐提供了学习借鉴的交流平台。2016 年 3 月 11 日，通辽市科尔沁区文化馆举行了开班仪式，培训班的招录要求也相对宽泛，不限制学员的年龄和户籍，只要懂蒙古语和热爱乌力格尔艺术即可。从 3 月到 7 月为期 4 个月的时间里，科尔沁区文化馆专门聘请科尔沁职业艺术学院的老师为学员讲解，教授内容为四胡的拉弹基本功、四胡伴奏说唱好来宝等。开办乌力格尔培训班，对保护、传承优秀民间艺术具有里程碑的意义，它能够培养更多的胡尔齐和传承人，对乌力格尔的保护、传承和发扬起到了中流砥柱的作用。

5. 胡仁乌力格尔进校园

除了开办胡仁乌力格尔培训班之外，为了更好地保护民族文化，在政府和学校的支持下，胡仁乌力格尔传承人陆续走进校园，把文化瑰宝直接交到了孩子们的手中。不论是艺术家，还是传承者，抑或胡仁乌力格尔的爱好者，他们都用文字记录当下，努力把原汁原味的文化记忆完整地留传给后代。在民族学校，胡仁乌力格尔艺术教育被纳入第二课堂；而在一些非民族学校，胡仁乌力格尔欣赏课受到孩子们的喜爱。从娃娃做起，从小培养孩子们学习胡仁乌力格尔的爱好和兴趣，可以为充实胡尔齐从业队伍，提前培养、储备潜在人才。科尔沁区还采取了其他有效措施抢救、保护胡仁乌力格尔艺术，如专业机构与高校院所强强联合，科学、系统地搜集和整理散佚的文本资料，为传承人和老艺人录制胡仁乌力格尔经典作品，从而达到传播、传承胡仁乌力格尔作品和艺术的最终目的。同时，鼓励胡尔齐创新发展胡仁乌力格尔曲牌，通过精湛的演艺说唱途径传颂、弘扬时代精神。内蒙古自治区多地实施了"乌力格尔进校园"的方案，在各民族中小学纷纷开设艺术特色班等。例如，在《科右中旗科尔沁文化"十一五"发展规划》中，制定了把民族文化作为乡土教材进入课堂的内容，现已将适合于学生学唱的《图什业图民歌》、学拉四胡、说唱乌力格尔、好来宝等课程纳入音乐课堂，在学生中广泛普及。

扎鲁特旗将蒙古族实验小学确定为"乌力格尔培训基地"。2008年3月，在该校开办了"乌力格尔特色班"，首批学员有十余名，皆有良好的音乐基础，学校为每位学员配备了四胡乐器。至2017年，该乌力格尔特色班已培养出200多名学生。2012年、2013年"乌力格尔特色班"的学员参加内蒙古自治区成人曲艺大赛均获三等奖。2017年6月27日，扎鲁特旗蒙古族实验小学举办了"魅力内蒙古·放歌扎鲁特"——全旗中小学生乌力格尔、好来宝大赛，鼓励和传播对传统民族文化的学习和发扬。

通辽市依托"千校万户"工程的实施，陆续在库伦旗25所中小学开设了形式多样的特色班、兴趣班，有1500多名学生先后参加"乌力格尔文化和技艺"的学习。通辽市政府非常重视优秀传统文化的教育，对积极开展胡仁乌力格尔课外教学的几所中小学直接投入60万元支持资金。科尔沁右翼中旗在蒙古语授课的幼儿园和学校开设乌力格尔特色班和兴趣班，激发了许多学生对传统民间艺术胡仁乌力格尔的爱好和兴趣，为培养胡仁乌力格尔后续人才做了积极努力。

通辽蒙古族中学将音乐类特长生的招生专业类别分为声乐（含长调）、马头琴、四胡、乌力格尔、三弦、播音主持等，将乌力格尔作为录取的类目之一。2016年，由通辽蒙古族中学的音乐特长生组成的参赛队代表内蒙古自治区参加了全国第五届中小学生艺术展演活动，其中四声部合唱"嘎达梅林"和四胡三弦合奏"蒙古说书调"均荣获国家级二等奖。乌力格尔进校园的政策，加速了将蒙古族文化搬上国家级舞台的步伐。2017年7月24日，由内蒙古"蒙·汉·英"语言艺术电视大赛组委会、内蒙古民办教育协会、中国少先队事业发展中心以及内蒙古电视台少儿频道共同发起《语林大会》内蒙古"蒙·汉·英"语言艺术电视大赛，300多名参赛选手通过散文诗歌朗诵、演讲、讲故事、儿歌、影视动画配音、相声、快板、贯口、鼓书等节目，另外还有胡仁乌力格尔、好来宝、颂词等也在参赛作品之列。锡林浩特市蒙古族中学从2007年开始就确立了"传承传统、融合现代、特色为先"的办学理念，创建了"954321+N"工程，学校开设了乌力格尔、马头琴、舞蹈、民歌、长调、版画、蒙古族刺绣、蒙古族象棋、搏克等9个民族文化特色班，未来意将现有的"兴趣班"和"特长班"合并成"非遗班"，让"非遗"项目进入校本课程，让那些真正热爱民族传统技艺的学生接受更加系统地辅导，并且安排他们参加专业的比赛，并请来胡仁乌力格尔的传承人朝鲁巴根为学生表演原汁原味的好来宝，让学生感受胡仁乌力格尔的魅力。兴安盟为加强学校美育，挖掘、整合社会美育资源，提高广大中小学生的审美与人文素养，在"民族民间艺术家进校园"活动中，邀请中国音乐家协会会员、国家一级四胡演奏员阿古，自治区级非物质文化遗产乌力格尔传承人额尔敦楚古拉，内蒙古艺术家协会会员、兴安盟音乐家协会秘书长马头琴演奏家白沣，自治区级非物质文化遗产长调传承人白音都冷，兴安盟舞蹈家协会主席国家一级编导魏翠华，自治区级非物质文化遗产蒙古族剪纸传承人王小红，兴安盟非物质文化遗产札萨克图刺绣传承人包良花，以及年轻的呼麦艺人阿拉木斯等11位非物质文化遗产传承人和一线民族艺术家，从2016年4月10日开始分别走进科尔沁右翼前旗、乌兰浩特市、盟直学校、科尔沁右翼中旗、突泉县、扎赉特旗等21所中小学校，将蒙古族刺绣、剪纸、四胡、马头琴、乌力格尔、蒙古族剪纸、呼麦、马头琴、安代舞等9项"非遗"及优秀民族、民间文化带进校园、带给学生。

2013年10月12日，由内蒙古民族大学蒙古学学院、科尔沁文化研究中心主办，科尔沁非物质文化遗产研究中心、内蒙古自治区"草原英才"创新团队、中共通辽市委宣传部、通辽市文化局协办的首届"胡仁乌力格尔高层论坛"在内蒙古民族大学隆重召开。来自国内各高校和科研机构从事胡仁乌力格尔研究的18名专家、学者参加了本次论坛并宣讲了自己的论文。与会专家、学者就胡仁乌力格尔的起源与传承发展的文化背景，胡仁乌力格尔的文本、叙事母题、口头程式、音乐，以及胡仁乌力格尔与民歌等其他民间文学体裁的关系等诸多问题展开了广泛而深入的研论，对蒙古族非物质文化遗产——乌力格尔、好来宝等民间传统艺术的保护、发展以及学术研究、研讨起到了相当重要的推动和促进作用。2014年11月，内蒙古大学"胡仁乌力格尔整理与研究"课题组联合科尔沁右翼中旗建立"胡仁乌力格尔研究基地"，使民族民间艺术得以更广泛地传播和推广。2016年6月18日，内蒙古民族大学为纪念中国共产党建党95周年，迎接自治区第十届社科普及周以及内蒙古大学第三届社科普及周，倡导"留住民族文化根脉，激发广大师生保护非物质文化遗产的热情，繁荣校园文化"，学校党委宣传部、科技处、科尔沁文化发展传播基地、蒙古学学院等单位联合举办了"非物质文化遗产走进校园——乌力格尔展演"活动。2016年9月30日，莫力庙民族学校成功举办了"四胡·乌力格尔"走进校园启动仪式，通辽市广播电台的艺人班布尔以及民间艺人朝鲁等人为本次启动仪式演奏了四胡。2017年7月28日，在内蒙古通辽市扎鲁特旗召开"扎鲁特乌力格尔论坛"的学术会议。会议讨论内容主要围绕扎鲁特胡尔齐及胡仁乌力格尔的综合研究、扎鲁特著名胡尔齐的个案研究、胡仁乌力格尔基本问题的理论研究、民间文学资源的开发创新问题等四个方面进行。此次扎鲁特乌力格尔论坛所取得的成果，不仅有学术研究的意义，更有社会现实的价值。

6. 推动旅游业的发展

随着经济的快速发展，在习近平新时代中国特色社会主义思想的引导下，第三产业已经成为地区经济发展的支柱性产业和朝阳产业，融合区域发展的经济现状将乌力格尔的发展融合在旅游业之中，在第三产业的推动下，非物质文化的传播和发展获得了难得的机遇，吸引了更多的关注目光。在内蒙古的东部蒙古族聚居区，乌力格尔这一传统的民间文化已然成为当地旅游业发展不可或缺的重要组成部分。越来越多的旅游研发部门开始利用传统艺术来创造特色旅游以吸引顾客。他们寻求年轻的胡尔齐，建立文艺演出团，为游客表演，率先实行这一举措的便是扎鲁特旗。

扎鲁特旗历史悠久，文化底蕴深厚，是著名的红山文化、富河文化的发祥地之一，也是辽金时期重要的军事重镇。该旗古文化遗址众多，有保存完好的南宝力皋图古文化遗址、金界壕遗址、豫州古城遗址，以及查布嘎图大黑山人面岩画遗址、辽圣宗皇帝淑仪赠寂善大师古墓遗址、格日朝鲁十八阿贵洞遗址等，多达393处，其中自治区级以上的就有16处，而乌力格尔艺术节只是扎鲁特旗传统文化与旅游开放深度融合的突出典例。扎鲁特旗拥有四张传统文化名片，分别是全国闻名的"乌力格尔之乡""民间艺术之乡""民族版画之乡"和"民族曲艺之乡"。扎鲁特旗既是蒙古族说唱艺术胡仁乌力格尔的发祥地，也是著名的胡尔齐佼佼者琶杰和毛衣罕的故乡，扎鲁特旗利用这一深厚的文化底蕴和历史积淀，着力打造具有扎鲁特旗特色的文化品牌，尤其是以胡仁乌力格尔艺术为主的民族曲艺品牌。胡仁乌力格尔艺术是我国民族艺术中的一朵奇葩，毛衣罕等老一辈艺术家创作的胡仁乌力格尔、好来宝作品在群众中广为流传，听众遍布世界各地。毛衣罕、琶杰在20世纪50年代曾受到毛泽东等党和国家领导人的亲切接见，其中毛衣罕的代表作好来宝《铁牤牛》被翻译成多种文字，胡仁乌力格尔《胡日乐巴特》在蒙古国出版。扎鲁特旗充分利用极具特色的草原文化、蒙元文化、辽金文化、科尔沁文化资源，深度挖掘、创新开发其中的潜质资源，努力经营、精心打造"中国最美的山地草原"旅游品牌形象和"最具民俗风情旅游目的地"，充分利用好历史、民俗等方面的资源优势，用突出品牌效应的方式带动民族文化的发展。这不仅丰富了旅游地区的文化内容、带来了经济效益，也让人看到了传统文化的"现代价值"，为传承和弘扬胡仁乌力格尔曲艺提供了一定的生存空间，起到了唤起人们学习传统艺术的带动效应。

第五节　内蒙古大学胡仁乌力格尔研究概况

21世纪初，胡仁乌力格尔作为重要的非物质文化遗产而重新受到重视，一方面是地方政府进行大力扶持，另一方面则是学术界建立专业研究团队，倾力介入胡仁乌力格尔的研究、挖掘、抢救和保护工作。后者以内蒙古大学用力最多，成果也最为丰硕。

2009年开始，内蒙古大学蒙古学学院陆续购进了一批胡仁乌力格尔录音，将其作为重要的民间艺术形式进行收藏。内蒙古大学文学与新闻传播学院从2010年开始进行胡仁乌力格尔研究，并前往内蒙古科尔沁右翼中旗进行调查研究，因为那里是胡仁乌力格尔最有代表性的说唱区域。2011年内蒙古大学开始组建研究团队，撰写研究论文，先后发表了《胡仁·乌力格尔〈程咬金的故事〉对汉族古代小说的因袭与再创作》《胡仁·乌力格尔的"创造性叛逆"探析——以琶杰说唱的〈武松景阳冈打虎〉的故事为例》《胡仁·乌力格尔〈隋唐演义〉对〈说唐演义全传〉的因革》《胡仁·乌力格尔〈薛刚反唐〉文本分析》《"胡仁乌力格尔"研究述评》《从胡仁乌力格尔发展过程探析蒙古"故事本子"的含义》等论文,并持续不断地从各种渠道搜集整理胡仁乌力格尔录音、录像资料。

2013年9月,由内蒙古大学牵头申报的"胡仁乌力格尔(300部)整理与研究"获批国家社科基金重大招标项目,批准资助科研经费80万元。这是内蒙古自治区第一个国家社科基金重大项目,在全区学术界产生了重要影响,也为民族地区的科研工作起到了示范作用。该项目研究团队由内蒙古大学、内蒙古师范大学、内蒙古社会科学院、内蒙古民族大学、赤峰学院、呼和浩特民族学院等高校和科研机构的专家学者组成。该项目力图对胡仁乌力格尔进行全面的研究,总体设计分为三大板块,分别是:(1)胡仁乌力格尔的传承与接受;(2)胡仁乌力格尔与汉文学的关系;(3)胡仁乌力格尔的搜集与整理。在此基础之上,又分成了五个子课题,其中"传承与接受"板块对应"胡仁乌力格尔口头叙事传承研究"和"胡仁乌力格尔听众调查研究"两个子课题,成果为两部研究著作。

第一个板块中的"胡仁乌力格尔口头叙事传承研究"成果以蒙古文形式完成,字数约22万字。该研究在文化人类学、社会学、民俗学、音乐学、传播学等多学科视野中,力图动态地揭示胡仁乌力格尔传承与演化的叙事规律,以及胡仁乌力格尔口头叙事传统与胡尔齐的关系,进而从学理上厘清胡仁乌力格尔的传统与传承的关系。该成果首先运用传播学理论与方法,论述了胡仁乌力格尔口头叙事传统的概况以及当代的存在状态,梳理出胡仁乌力格尔在卓索图盟(今辽宁、河北、内蒙古接壤地区)① 生成之后经过了三个传播过程:从南往北传播,从东往西传播,从中间往四面八方传播。第二章和第三章运用口头诗学理论与方法,对布仁巴雅尔说唱的《吴越春秋》进行了研究:其一,进行较为精密的句法分析,探究布仁巴

---

① 卓索图盟为清内蒙古六盟之一,位于今辽宁省西部、河北省的东北部,内蒙古自治区东南部。

雅尔使用程式手段的多样性。其二，以上朝程式和马匹程式为案例，阐述了布仁巴雅尔在胡仁乌力格尔说唱传统的地位以及贡献。其三，对胡仁乌力格尔《吴越春秋》的韵律和平行式展开细致的分析。通过研究，可知程式句、韵律和平行式等手法在胡仁乌力格尔艺术中被广泛地使用，并在胡仁乌力格尔的口头传承中起着极其重要的作用。第四章着重探究了胡仁乌力格尔口头传承之路。胡仁乌力格尔是靠世代口耳相传并经过多年演变与发展而流传至今的。胡尔齐的传承主要有家族传承、师徒传承和自学成才三种方式。该研究以甘珠尔、李双喜、古如等胡尔齐成长的家庭、环境以及他们学唱并传承胡仁乌力格尔的事迹为例，研究了胡仁乌力格尔口头传承之路。第五章主要论述了胡仁乌力格尔传承的现状与未来。该研究重点从传承主体、传承政策、对内和对外传承的路径等方面分析与论述胡仁乌力格尔的现状以及传承中存在的各种问题，提出了可行性建议。

"胡仁乌力格尔听众调查研究"成果也是以蒙古文形式完成的。该成果通过田野调查，采访民间艺人及其听众并参与他们的说唱活动，采集第一手资料，研究听众与胡尔齐的相互影响、听众与胡仁乌力格尔的互动以及听众的地理分布等问题。同时，研究胡仁乌力格尔活态体系中听众的作用、地位，指出了包括胡仁乌力格尔在内的科尔沁说唱艺术研究中，受众视角是一种独特的研究角度，该研究也填补了以往胡仁乌力格尔研究中忽略其听众的不足。该成果探析了各地方胡仁乌力格尔听众情况，并通过分析图显示其基本情况及变化的趋势。其中以图什业图听众的专题探析为例，梳理了听众的历史与现状，进而总结归纳出胡仁乌力格尔口头叙事文本及其听众、胡尔齐的相互作用。这些第一手资料为胡仁乌力格尔整体研究提供了有效、可靠的资源。这对胡仁乌力格尔乃至蒙古族其他说唱艺术研究具有理论意义和现实价值，对了解内蒙古东部的地域文化、民生民俗、汉蒙文化关系等也有一定的现实意义。

第二个板块是"胡仁乌力格尔与汉文历史故事比较研究"，最终成果为学术专著《胡仁乌力格尔与汉文历史故事比较研究》，共 23 万字。该研究成果的突出特色主要有以下三点。首先，该成果开创了胡仁乌力格尔与汉族历史故事比较研究的内容体系，比较完整地呈现了胡仁乌力格尔在题材、情节、人物形象、结构及语言等方面对汉族历史故事的沿袭及创新。以往胡仁乌力格尔的研究对其与汉文历史故事的比较研究关注较少，该成果在一定程度上填补了这一空白。主体部分分为五章。第一章研究了汉语文学艺术与胡仁乌力格尔演唱题材的历史演进，主要研究了明清汉文小说、汉文鼓词文学、汉族评书艺术、汉语革命题材小说对胡仁乌力格尔题材的影响，同时也阐释了胡仁乌力格尔取材于汉文历史文学艺术的审美动因。第二章研究了胡仁乌力格尔与汉文底本人物形象的异同，总结了胡仁乌力格尔对汉文底本人物形象特征的继承规律，也阐释了胡仁乌力格尔在人物形象塑造方面呈现的有别于汉文底本的新特色，即这种改造实际上是浸透着蒙古族文化性格的二度创作。第三章是胡仁乌力格尔与汉文底本情节比较研究，从胡仁乌力格尔对汉文底本情节的因袭、截取及再创作等方面，阐释了胡仁乌力格尔演绎、改编汉文历史故事情节方面的主要规律。第四章胡仁乌力格尔艺术结构对汉族传统说唱艺术的借鉴与吸收，研究了胡仁乌力格尔在开篇、结尾及程式化的结构方面与汉族传统说唱艺术的相同之处，也阐发了胡仁乌力格尔在模式化的基础上求新、求奇的努力及成效。第五章胡仁乌力格尔与汉文底本语言的比较，研究了胡仁乌力格尔汉蒙语言交融的艺术形式、散韵结合的语言特色，并从程式化语言的角度将胡仁乌力格尔与汉族通俗文学进行了对比，总结了胡仁乌力格尔语言方面的主要特色。其次，该成果以"绪论"作为全书总纲领，并在章节设置上，运用实证、归纳、类型分析等研究方法，在胡仁乌力格尔的思想和艺术方面选择了最具代表性的五类问题进行深入研究，而不是将胡仁乌力格尔相关的所有文学现象全部写入，避免了宽泛而无深度的研究模式。

  第三个板块为资料库建设，对应的是"胡仁乌力格尔艺人档案整理及研究"和"胡仁乌力格尔资料库建设"两个子课题。"胡仁乌力格尔艺人档案整理及研究"成果由"论述篇"和"资料篇"两部分构成。"资料篇"通过文献整理、田野考察、口述访谈，搜集有记载以来可知的胡尔齐的资料，对100余名活跃在当下的胡尔齐进行了拉网式的调查和资料搜集，选择其中的333名胡尔齐，建立简要档案。"论述篇"共有五章，分别是"近代历史语境中的胡尔齐""胡尔齐的传承谱系及风格流派""胡尔齐的口头演述与口头传承""胡尔齐的口头演述中的句法程式与音乐形态""社会变迁视野下胡尔齐及其乌力格尔艺术"。以胡尔齐为切入点，通过一个个鲜活的个体来看胡仁乌力格尔形成与发展的历史过程，梳理胡尔齐流派脉络，总结其艺术风格，并对胡仁乌力格尔创作、表演、流布的规律特征进行系统总结，揭示承载于胡尔齐身上的民间智慧与艺术宝藏，进而对胡仁乌力格尔艺术的当下保存与传承情况进行全面性的了解，对其背后的原因和动力进行阐释，为今后胡仁乌力格尔艺术的保护与传承，提供可操作的意见和建议。"胡仁乌力格尔资料库建设"主要指音频资料的收集整理，也包括对 2013 年之前学术界研究资料的整理，最终成果为《胡仁乌力格尔资料库》，音频时长 7000 余个小时。胡仁乌力格尔虽然在内蒙古东部地区流传很广，但却没有较完善的资料积累。原因有二：一是因为这种艺术类型是口耳相传的，在录音录像设备并不发达的时期很难留存下来；二是因为在"文化大革命"时期将胡仁乌力格尔视为倒退的封建艺术而加以封杀和遗弃，很多录音带因保管不善而损毁，还有的被随意丢弃。此外，"文化大革命"前存在着很多手抄本形式的"故事本子"（即胡仁乌力格尔底本），也没能逃过十年浩劫。真正开始重视资料保存与整理，还是近二三十年的事。现在所见多为 20 世纪 80 年代之后的音频资料。该课题组目前共掌握了 202 部胡仁乌力格尔音频，累计超过 7000 多个小时。另有一些存于各地方电台、电视台的录音曲目，因版权问题不能获得，只能暂时存目。目前形成的整理目录共有 308 篇。从题材上来说，可以分为以下几类：胡仁乌力格尔最初以"说唐"系列而兴起，这一系列至今仍有众多曲目，课题组共收集到 73 部；其他题材包括"列国"系列（共 24 部）、"两汉"系列（共 14 部）、"两宋"系列（共 21 部）、"四大名著"系列（共 16 部）、"蒙古族历史故事"系列（共 28 部）、"革命故事"系列（共 9 部）、其他题材的故事（共 122 部）。从分类即可看出，其题材涉及很广，既有大量的汉文故事进入胡尔齐的说唱视野，也有蒙古族历史故事的吟唱，还有结合当代文化而新创的富有时代气息的作品。这些资料通过民间收集、电台电视台拷贝、传播平台收集、艺人录制等多种途径获得。另外，课题组完成了《胡仁乌力格尔研究资料汇编（第一辑）》（20 万字），收集了 2013 年本课题立项前的研究论文，还收集了 128 位胡仁乌力格尔艺人的照片。

课题组在项目研究期间，形成了丰厚的中期成果，列举如下：专著有《胡仁乌力格尔的发生发展结构及其文化艺术研究》（全福，内蒙古大学出版社，2017）和《述纲鉴（歌书）》（杨玉成，内蒙古文化音像出版社，2018）；发表在学术期刊上的论文有《论明清小说在胡仁乌力格尔中的传播》(赵延花,《内蒙古大学学报》2016 年第 4 期)、《论历史演义类胡仁乌力格尔叙述模式的基本特征》(赵延花,《内蒙古师范大学学报》2015 年第 3 期)、《论胡仁乌力格尔〈龙虎两山〉的忠奸斗争主题》(戚碧云,《名作欣赏》2014 年第 12 期)、《论胡仁乌力格尔〈钟国母〉下凡历劫母题的继承与创新》(玉莲,《名作欣赏》2016 年第 3 期)、《论胡仁乌力格尔〈钟国母〉中太子田丹的神奇诞生》(澈力木格,《名作欣赏》2016 年第 3 期)、《论胡仁乌力格尔对明清小说的改编》(赵延花,《内蒙古师范大学学报》2016 年第 6 期)、《内蒙古胡仁乌力格尔代表性传承人问题思考》(包金刚,《中国蒙古学》2018 年第 6 期)、《关于胡尔齐的现状与未来》(包金刚,《内蒙古师范大学学报》2019 年第 4 期)、《论胡仁乌力格尔的历史渊源》(包金刚,《内蒙古师范大学学报》2018 年第 4 期)、《论胡仁乌力格尔听众及其历史与现状》(斯琴托雅,《内蒙古大学学报》2018 年第 1 期)、《论胡仁乌力格尔听众与胡尔齐互动问题》(斯琴托雅,《中国蒙古学》2018 年第 6 期)、《论胡仁乌力格尔青史演义的叙事时间》(斯琴托雅,《乌兰巴托大学学报》2018 年 12 月)、《胡仁乌力格尔发展中故事本子的作用》(斯琴托雅,《蒙古国师范大学学报》2019 年 7 月)等;研究生完成并通过答辩的硕士学位论文有《胡仁乌力格尔〈苦喜传〉之初探》(乌云宝力格,2014)、《胡仁乌力格尔民俗研究》(阿娜尔,2014)、《褚人获〈隋唐演义〉与布仁巴雅尔演出本比较研究》(陈琰,2016)、《布仁巴雅尔讲唱本〈刘秀走国〉与明代谢诏〈东汉演义〉比较研究》(包雪芳,2017)、《胡仁乌力格尔〈钟国母〉与鼓词〈英烈春秋〉比较研究》(玉莲,2017)、《胡仁乌力格尔〈吴越春秋〉程式句法研究》(白存良,2017)、《胡仁乌力格尔〈薛刚反唐〉对汉文原著的蹈袭与创新》(马静,2017)、《科尔沁左翼中旗胡仁乌力格尔的传承探析》(吴永芳,2017)、《胡仁乌力格尔听众调查研究——以图什业图乌力格尔厅为例》(乌雅汉,2017)、《钟无盐形象在蒙汉文学中的传播》(澈力木格,2018)、《胡仁乌力格尔〈忽必烈斯钦汗故事〉叙事学研究》(苏雅,2018)、《胡仁乌力格尔〈窝阔台莫尔根汗故事〉叙事学研究》(敖民图亚,2018)、《胡仁乌力格尔〈僧格林沁〉研究》(阿日古娜,2019)、《胡仁乌力格尔〈达那巴拉〉研究》(格棍塔娜,2019)、《胡仁乌力格尔〈顶天山〉说唱版本与小说版本比较研究》(苏日嘎,

2019）等。这些成果，或追溯胡仁乌力格尔的历史源流、代际传承、挖掘与保护，或研究其总体叙事艺术、口传特色，或探究其满汉蒙文化融合贡献，或就具体作品解剖其情节构成、语言特色、版本变化，形成了对这一民间口传艺术的全方位的研究。

　　胡仁乌力格尔是蒙古族民间文化的独特瑰宝，是中国非物质文化遗产的重要组成部分，因其时间跨度长、传播地域广，又涉及汉蒙两种文化的交流融合，是历史上民族文化交往交流交融的成功范例，在弘扬蒙古族民间文化、促进民族团结、展示民族凝聚力方面具有代表性作用。内蒙古大学牵头启动的胡仁乌力格尔研究项目让胡仁乌力格尔的命运出现了转机，他们对胡仁乌力格尔的整理、数据化及比较研究，扩大了该领域的研究视域，拓展了相关课题的研究层面，为今后更多的跨学科研究合作起到了示范作用。

主要参考文献

一 著作

包金刚：《说书艺人与胡仁乌力格尔好来宝叙事民歌》，内蒙古人民出版社2006年版。

博特乐图：《胡尔齐：科尔沁地方传统中的说唱艺人及其音乐》，上海音乐学院出版社2007年版。

博特乐图主编：《库伦胡仁乌力格尔、好来宝、四胡音乐荟萃》，内蒙古文化出版社2012年版。

朝格吐：《蒙古说书艺人劳斯尔研究》，民族出版社2012年版。

朝格吐、额尔很白乙拉编著：《蒙古族说书艺人口述史》，内蒙古人民出版社2012年版。

朝克图：《胡仁乌力格尔研究》（蒙古文），民族出版社2002年版。

朝克图、陈岗龙：《琶杰研究》，内蒙古文化出版社2002年版。

朝克图、陈岗龙等：《毛依罕研究》，内蒙古文化出版社2006年版。

甘珠尔、白音特木尔主编：《图什业图胡尔奇名录》，内蒙古科学技术出版社2014年版。

劳斯尔：《乌力格尔教程》，内蒙古少年儿童出版社2007年版。

劳斯尔：《扎鲁特胡尔奇研究》，内蒙古人民出版社2008年版。

劳斯尔整理：《扎那胡尔奇及其作品选》，内蒙古少年儿童出版社2003年版。

李青松：《胡尔沁说书》，辽宁民族出版社2000年版。

卢明辉：《清代蒙古史》，天津古籍出版社1990年版。

孟繁华：《叙事的艺术》，中国文联出版公司1989年版。

那达密德、福宝琳整理：《胡仁乌力格尔曲调300首》，哲里木盟文学艺术研究所 1989 年版。

仁钦道尔吉、好必图编：《蒙古书习语》，内蒙古少年儿童出版社 1988 年版。

仁钦道尔吉编著：《萨满诗歌与艺人传》，民族出版社 2010 年版。

叁布拉诺日布、王欣：《蒙古族说书艺人小传》，辽沈书社 1990 年版。

叁布拉诺日布、章虹：《蒙古胡尔奇三百人》，哲里木盟文学艺术研究所 1989 年版。

吴·新巴雅尔等整理：《乌斯夫宝音乌力格尔好来宝集》（上、下），内蒙古教育出版社 2011 年版。

扎拉嘎：《比较文学：文学平行本质的比较研究——清代蒙汉文学关系论稿》，内蒙古教育出版社 2002 年版。

二 期刊论文

包红梅：《内蒙古近代农耕化与社会审美文化变迁——以近代蒙古族民间文学为例》，《内蒙古民族大学学报》（社会科学版）2015 年第 4 期。

布特乐图：《胡仁·乌力格尔音乐的传承与传播》，《内蒙古师大学报》（哲学社会科学版）2001 年第 6 期。

朝克图：《国内学者对胡仁·乌力格尔的研究状况》，《黑龙江民族丛刊》2003 年第 5 期。

朝克图、赵玉华：《探析蒙古族曲艺艺术"胡仁·乌力格尔"面临的危机》，《内蒙古民族大学学报》（社会科学版）2008 年第 6 期。

澈力木格、赵延花：《论胡仁乌力格尔〈钟国母〉中太子田丹的神奇诞生》，《名作欣赏》2016 年第 9 期。

陈岗龙：《东蒙古本子故事表演中的汉族说书赋赞和戏曲影响——以护背旗、虎头靴、绣龙蟒袍为例》，《内蒙古大学学报》（人文社会科学版）2005 年第 4 期。

戴莉、海全：《胡仁乌力格尔与鼓词比较研究》，《内蒙古民族大学学报》（社会科学版）2010 年第 6 期。

冯文开：《陈岗龙〈蟒古思故事论〉述评》，《民族文学研究》2018

年第 1 期。

冯文开：《明清小说的蒙古演绎——论胡仁乌力格尔的创编》，《民族文学研究》2016 年第 5 期。

冯文开、李昂格乐玛：《胡仁·乌力格尔〈隋唐演义〉对〈说唐演义全传〉的因革》，《内蒙古大学学报》（哲学社会科学版）2013 年第 2 期。

冯文开、王旭、马静：《胡仁·乌力格尔〈隋唐演义〉对汉文小说〈说唐全传〉的蒙古化》，《前沿》2015 年第 2 期。

何金峰：《乌力格尔的传承与保护》，《音乐时空》2014 年第 9 期。

建英：《胡仁·乌力格尔〈王金英作证〉浅探》，《产业与科技论坛》2019 年第 2 期。

李晨冉、李树新：《布仁巴雅尔〈隋唐演义〉对程咬金形象的蒙古化塑造》，《名作欣赏》2016 年第 32 期。

李福清、陈弘法：《蒙古长篇小说之源》，《民族文学研究》1987 年第 1 期。

蒙古贞夫：《浅论胡仁乌力格尔传承方式演变》，《文化创新比较研究》2020 年第 4 期。

彭春梅：《蒙古族说书传统中的"套语"探析》，《文艺争鸣》2016 年第 7 期。

戚碧云、伊日沽、赵延花：《论胡仁乌力格尔〈龙虎两山〉"忠奸斗争"主题》，《名作欣赏》2014 年第 36 期。

全福：《"胡仁乌力格尔"研究述评》，《内蒙古大学学报》（哲学社会科学版）2013 年第 4 期。

斯钦巴图：《田野视野下的演述型说书艺人及其演述文本特征研究》，《满语研究》2017 年第 1 期。

魏永贵：《多元文化视野下的古代北方民族文学研究述评》，《内蒙古民族大学学报》（社会科学版）2020 年第 5 期。

徐春晓、李树新：《浅析胡仁·乌力格尔〈刘秀走国〉中吴汉形象的塑造》，《名作欣赏》2017 年第 15 期。

赵延花：《胡仁·乌力格尔〈程咬金的故事〉对汉族古代小说的因袭与再创作》，《内蒙古大学学报》（哲学社会科学版）2013 年第 2 期。

赵延花、包雪芳：《论胡仁乌力格尔对明清小说的改编》，《内蒙古师范大学学报》（哲学社会科学版）2016 年第 6 期。

赵延花、鲍颖萍：《论明清小说在胡仁乌力格尔中的传播》，《内蒙古大学学报》（哲学社会科学版）2016 年第 4 期。

赵延花、玉莲：《论历史演义类胡仁乌力格尔叙述模式的基本特征》，《内蒙古师范大学学报》（哲学社会科学版）2015 年第 3 期。

三　学位论文

包爱玲：《赵双虎四胡艺术研究》，硕士学位论文，内蒙古大学，2014 年。

包红梅：《论蒙古史传文学向历史小说的转型》，博士学位论文，中国社会科学院，2003 年。

包雪芳：《布仁巴雅尔讲唱本〈刘秀走国〉与明代谢诏〈东汉演义〉比较研究》，硕士学位论文，内蒙古大学，2017 年。

策力木格：《隋唐历史演义小说在蒙古地区的口传》，硕士学位论文，暨南大学，2016 年。

陈琰：《褚人获〈隋唐演义〉与布仁巴雅尔演出本比较研究》，硕士论文，内蒙古大学，2015 年。

胡灵艳：《扎鲁特旗乌力格尔的传承与保护》，硕士学位论文，中央民族大学，2009 年。

华艳玲：《内蒙古扎鲁特旗乌力格尔发展与演变》，硕士学位论文，陕西师范大学，2011 年。

梁娜：《内蒙古扎兰屯地区人文环境对儿童音乐素养培养形成的影响》，硕士学位论文，东北师范大学，2010 年。

陆雯：《蒙郭勒津地区胡仁·乌力格尔研究》，硕士学士论文，沈阳音乐学院，2015 年。

马静：《胡仁乌力格尔〈薛刚反唐〉对汉文原著的蹈袭与创新》，硕士学位论文，内蒙古大学，2017 年。

彭春梅：《胡仁·乌力格尔：从书写到口传》，博士学位论文，中央民族大学，2013 年。

苏日嘎：《胡仁乌力格尔〈顶天山〉说唱文本与小说版本比较研究》，

硕士学位论文，内蒙古大学，2019年。

杨玉成：《胡尔奇：科尔沁地方传统中的说唱艺人及其音乐》，博士学位论文，中国艺术研究院，2005年。

玉莲：《胡仁乌力格尔〈钟国母〉与鼓词〈英烈春秋〉比较研究》，硕士学位论文，内蒙古大学，2017年。

后　　记

　　胡仁乌力格尔是汉蒙文化关系史上罕见的、富有历史意义的、独具特色的文化现象，是汉蒙文化、汉蒙文学、汉蒙艺术交流的结晶。

　　汉族的"说书"艺术，在清朝中期传入今内蒙古东部蒙古族聚居地区，逐渐产生了以"说唐"系列故事为主的具有蒙古族特色的胡仁乌力格尔，它是蒙古族民间艺人胡尔齐使用四胡伴奏说唱系列故事的一种口头艺术形式。在其200来年的发展进程中，以流传在蒙古族民间的汉文演义小说及蒙译的汉文小说为故事本子，民间艺人对其展开不断地加工与再创造，随后逐渐民族化，出现了许多"蒙古化"的新编演义故事，形成了一个完整的活态说书体系。这种富有活力的艺术形式是活形态的文化现象，至今还在内蒙古东部地区不断地说唱。

　　胡仁乌力格尔是汉蒙文化交融的产物。对胡仁乌力格尔的搜集、记录、整理、翻译与研究有利于增强民族文化的创造性，促进民族文化交流与传播，对丰富中华文化的多样性，推动祖国56个民族的文化发展富有借鉴意义。同时，对胡仁乌力格尔与汉文演义小说及其他口头传统文学的关系的研究，可以归纳出胡仁乌力格尔的生成条件、发展规律等有关源流方面的一系列问题，进而梳理和揭示北方游牧文化与农耕文化的冲突、交流、认同及其规律、特点。这对于正确描述中华民族多元一体文化格局下汉蒙文化的历史与现状、碰撞与共进等有着重要的学术价值。

　　胡仁乌力格尔具有多学科、交叉性的特点，涉及文学、语言学、社会学、文化学、音乐学等多个学科领域，开展这一课题的研究具有较大的挑战性，面临着许多困难。2011年始，内蒙古大学文学与新闻传播学院组织学术力量对胡仁乌力格尔进行研究，并于2013年获批国家社科重大项目《胡仁乌力格尔（300部）整理与研究》，课题组首席专家为全福教授。2014年，笔者作为主持人牵头申报了内蒙古自治区社会科学院"内蒙古民族文化建设研究工程"项目《胡仁乌力格尔研究》，课题组成员有刘志中、冯文开、赵延花、金荣。经过课题组全体成员的努力，历时3年，完成了该项目的研究，本书为"内蒙古民族文化建设研究工程"项目的结项成果。

《胡仁乌力格尔研究》一书的问世与课题组成员的协助付出是分不开的，在此对课题组成员表示衷心的感谢。本书是在搜集现有的文献资料，了解前人的研究，掌握更加丰富的材料，包括综合性资料汇编、学术论文与专著等文献资料，对它们进行整理、分析和总结所形成的研究成果。在这一过程中，借鉴了前人的一些学术观点和研究资料，在此也表示感谢。

内蒙古大学出版社王晓俊老师在本书定稿过程中付出了许多心血，特表谢意！

感谢中国社会科学出版社编辑宫京蕾老师的辛勤付出！

作　者

2021年11月21日